SCARLETT THOMAS

Faule Tricks

Buch

Für Lily Pascale stehen die Zeichen auf Sturm. Die große Liebe ihres Lebens steht kurz vor der Hochzeit, nur leider mit einer anderen Frau, und Lily soll auch noch Brautjungfer spielen. Da trifft es sich gut, dass ihre Freundin Jess sie bittet, sofort nach London zu kommen. Jess, eine Journalistin, scheint in Schwierigkeiten zu stecken, die mit einem Aufsehen erregenden Mordfall zu tun haben. Jess war für einen Bericht verantwortlich, in dem drei Frauen über ihre traumatischen Erfahrungen mit einem Verfolger berichteten. Und an jenem Tag, als der Artikel erschien, wurden alle drei Befragten ermordet. Als Lily in London eintrifft, ist Jess spurlos verschwunden. In ihrer Wohnung finden sich Drohbriefe sowie Hinweise auf einen anonymen Voyeur – Lilys detektivische Neugier ist geweckt. Sie taucht ein in die Geheimnisse um Jess, die so gar nicht das Mädchen zu sein scheint, an das sie sich erinnert. Obwohl Lily bald selbst das Gefühl bekommt, beobachtet zu werden, lässt sie nicht locker. Sie kommt einer dramatischen Geschichte auf die Spur und muss schließlich erkennen, dass ihr nicht mehr viel Zeit bleibt, um Jess zu retten.

Autorin

Scarlett Thomas ist Mitte zwanzig und lebt in Devon. Nach ihrem Studium der Kulturwissenschaften hielt sie sich mit diversen Jobs über Wasser und war unter anderem als Journalistin für verschiedene Zeitungen und das Fernsehen tätig. Mit ihrem ersten Roman, *Eine Klasse für sich,* landete sie in England auf Anhieb einen sensationellen Erfolg, an den sie sofort mit *Faule Tricks* anknüpfen konnte. Sie widmet sich seitdem ganz dem Schreiben. Ein weiterer Roman mit Lily Pascale ist bei Goldmann in Vorbereitung.

Von der Autorin bereits bei Goldmann erschienen:

Eine Klasse für sich. Roman (44518)

Scarlett Thomas

Faule Tricks

Roman

Aus dem Englischen
von Wolfgang Müller

GOLDMANN

Die Originalausgabe erschien 1999 unter dem Titel
»In your Face«
bei Hodder and Stoughton, London

Umwelthinweis:
Alle bedruckten Materialien dieses Taschenbuches
sind chlorfrei und umweltschonend.

Deutsche Erstausgabe April 2001

Umschlaggestaltung: Design Team München
Umschlagfoto: TIB / De Lossy
Satz: DTP Service Apel, Hannover
Druck: Elsnerdruck, Berlin
Titelnummer: 44747
Redaktion: Alexander Groß
AB · Herstellung: Katharina Storz / ḤN
Made in Germany
ISBN 3-442-44747-X
www.goldmann-verlag.de

1 3 5 7 9 10 8 6 4 2

Für meine Mutter
Francesca

Das Geheimnis der Philosophie besteht möglicherweise nicht darin, sich selbst zu erkennen oder zu erkennen, wohin man selbst geht, sondern darin zu erkennen, wohin der andere geht; nicht darin, sich selbst zu träumen, sondern zu träumen, was die anderen träumen; nicht darin, an sich selbst zu glauben, sondern an die zu glauben, die nicht glauben.

Jean Baudrillard

Prolog: Juli 1987

Das Nebengebäude, in dem die Mädchen nach den Spielen immer duschten, war inzwischen fast leer. Es war kalt, zu kalt für Juli. Das Mädchen stand allein im Strahl des heißen Wassers und beobachtete eine kleine graue Motte, die immer wieder gegen den Vorhang prallte und fast durchsichtig wurde, während das Wasser auf die Flügel platschte und diese schließlich abriss. Das Mädchen betrachtete diesen merkwürdigen Selbstmord nur mäßig interessiert und fing an, sich die Beine zu rasieren.

Ihre neue Swatch – alle Mädchen hatten eine – glitzerte im Wasser, obwohl sie wegen des Babyöls, mit dem sie sich die Beine einrieb (Becky hatte ihr gesagt, dass so die Haut geschmeidig bliebe), leicht verschmiert war. Es war schon nach sechs. In drei Stunden, kurz bevor das Licht gelöscht wurde, wäre sie mit dem Bus schon auf dem Weg in die Stadt. Wenn man sie erwischte, würde sie wahrscheinlich fliegen. Auch egal.

Der hohe graue Ziegelbau stand träge da und warf traurige Schatten auf den Park in der Nähe des Stadtzentrums. Das Mädchen mochte diesen Teil des Weges; raus aus dem Bus und durch den Park, vorbei an den Massen von Schülern, Lehrern, Radlern und Liebespärchen, vorbei am Polizeirevier und dann den Weg runter bis zur Brücke. Dann die Abkürzung: über die Brücke und durch die Hecke, quer über das Kricketfeld und die drei Steinstufen hinauf, an der alten, mit Steinplatten verkleideten Mauer entlang und durch die Tür für die Aufsichtsschüler hinein.

In der Eingangshalle war es ruhig, genau wie in der Schule des Mädchens. Es roch auch so ähnlich: Mahagonipolitur, Staub und antikes Holz. Hier und da noch der flüchtige Geruch von Zigarettenrauch, der auf einem Blazer oder im Haar eines Schülers hereingetragen worden war. Kokosnussöl.

Es hing die gleiche Stimmung in der Luft, die auch ihre Schule durchdrang: Ende des Semesters. Übermorgen wäre der Flur voller Koffer und Mäntel, Mamas und Papas. Sie musste das Beste aus dem Abend herausholen.

Am Fuß der halbkreisförmigen Treppe hing ein Gemälde der Weißen Frau von Rosenberg, ein düsteres Ding im gotischen Stil, das dem Mädchen offensichtlich einen Schauer über den Rücken jagte. Sie lief die Treppe hinauf, eilte durch ein Labyrinth von Gängen und gelangte schließlich in den Gang, der am schaurigsten war. »Maids' Corridor«, wo man früher die Dienerschaft untergebracht hatte und wo sich jetzt die Zimmer für die Schüler der Abschlussklasse befanden.

Nachdem sich die schwere Tür hinter ihr geschlossen hatte, stieg dem Mädchen der vertraute Geruch in die Nase, der nur in diesem Teil der Schule existierte: Zigarettenqualm, Bier, Jungenschweiß. Hier oben war die Ende-des-Semesters-Stimmung gleich bedeutend mit Hochstimmung. Die Jungen der Abschlussklasse genossen die letzten Tage ohne Aufsicht und ließen die Sau raus. Aus einem der Zimmer dröhnte *Sign of the Times*, das letzte Album von Prince. Es erinnerte das Mädchen an die Sommerwochenenden in Camden. Es erinnerte das Mädchen an das Frühjahrssemester; hier hatte sie ihre Unschuld verloren. *Genau hier.*

Sie stand vor der siebten Tür auf der linken Seite – *seiner Tür* – und klopfte leise an, bevor sie hineinging. Sein Freund, ein kleinerer Junge mit Brille, hob die Budweiser-Flasche und pfiff leise und gedehnt durch die Zähne. Sie alle wussten, weshalb sie hier waren. Sie hatten es besprochen, hatten es geplant. Es war ihre Idee gewesen. Und keiner sonst wusste davon.

Irgendwo anders in dem grauen Gebäude machte sich ein Junge fertig, um seinen »Sklavendienst« abzuleisten. So nannte man eine gängige Bestrafung, die ihm von einem der Aufsichtsschüler aufgebrummt worden war. Er hatte das falsche Telefon benutzt, als er seine Mutter gebeten hatte, ihn möglichst früh abzuholen. Wenigstens wäre er schon bald zu Hause, dachte er, als er im Maids' Corridor an die erste Tür klopfte. Er wurde noch wahnsinnig hier.

Ein rotgesichtiger Junge öffnete die Tür. Im Zimmer plärrte der Fernseher.

»Scheiße, was hast du Arschgesicht denn hier oben zu suchen?«, fragte er.

»Ich bin dein Diener und tu alles, was du willst.« Während die Erniedrigung in seinen Eingeweiden rumorte, biss sich der Jüngere auf die Lippen.

»Verpiss dich«, sagte der Ältere. »Ich hab zu tun. Komm später wieder, vielleicht fällt mir dann was ein. Klo sauber machen oder so was.«

»Ha, ha«, sagte der Junge und ging weiter den Gang hinunter, wobei er an jede Tür klopfte und dann seinen Spruch aufsagte.

Da er aus den Geräuschen hinter der siebten Tür nicht schlau wurde und auch niemand auf sein Klopfen reagierte, wollte er schon weitergehen, als sich die Zimmertür gegenüber öffnete. Ein grobschlächtiger, total betrunkener Bursche torkelte heraus und stieß ihn gegen die Tür des Zimmers, aus dem die undefinierbaren Geräusche kamen. Die Tür schwang auf. Er stand jetzt zwischen Tür und Angel des dunklen, stickigen Zimmers.

Er schaute hinein. Und was er da sah, war sicher nicht für

seine Augen bestimmt. Es waren drei: der Schülersprecher, einer der Aufsichtsschüler (der, der seine Strafe festgesetzt hatte) und dieses reiche Mädchen aus der Saint-Helena-Schule. Ein Dreier: Zwei Jungen machten es mit einem Mädchen.

Als sich die Tür geöffnet hatte, hatte der Junge gerade noch den Rest eines Satzes aufgeschnappt. »… egal, mach, was du willst.« Die Worte des Mädchens. Und dann, gerade als er die Augen schloss und sich wünschte, das alles nicht gesehen zu haben, einer der Jungen: »Du kleine Schlampe.« Und über allem Prince, der die sinnlosen Textzeilen von »Starfish and Coffee« sang.

Er drehte sich um und rannte.

1

Träumen, was die anderen träumen

Der Briefumschlag lag vor mir auf dem Schreibtisch: weiß und dünn. In der krakeligen, mir inzwischen so vertrauten Handschrift stand vorne *Lily Pascale* drauf. Ich wusste, was er enthielt, aber ich war noch nicht fähig, ihn zu öffnen. Stattdessen kümmerte ich mich um die andere Post und versuchte dem Umschlag zu beweisen, dass er mich nicht interessierte. Das kurze Sommersemester war zwar vorüber, doch es gab immer noch einiges zu tun.

In meinem Büro sah es aus wie bei einer Wohnungsauflösung. Fast rechnete ich damit, dass jeden Moment ein paar alte Damen hereinspazieren und in den Überresten stöbern würden. Eigentlich hätte ich schon alles rausgeschafft haben sollen, aber wie ich nun mal war, hatte ich es bis zur letzten Minute aufgeschoben. Meine Mutter, die glücklicherweise ebenfalls in der Universität arbeitete und die mich jeden Tag zur Arbeit und wieder nach Hause gefahren hatte, wartete nun schon eine halbe Stunde im Gang, während ich ihr alle paar Minuten versicherte, dass ich in einer Minute so weit sei. Nur ich konnte so chaotisch sein. Außerdem war ich ein Hamsterer, was die Sache nicht leichter machte. Neben all meinen *Film-noir*–Postern und Standfotos aus alten Horrorfilmen war die Wand zusätzlich mit blutrünstigen Postkarten und mit Zeitungsausschnitten von perversen Mordfällen übersät, die mir Freunde in der Annahme geschickt hatten, ich fände das lustig. Während meines Magisterstudiums hatte ich mich auf Kriminalliteratur spezialisiert, die ich jetzt als

Teilgebiet für den Abschluss in Englischer Literatur unterrichtete. Leute, die das wussten, waren oft überrascht, wenn sie mich kennen lernten. Offenbar sah ich nicht so aus, wie sie sich diese Sorte Mädchen vorstellten.

Zuerst riss ich die Ausschnitte aus der Lokalpresse von der Pinnwand: *Lily kassiert £ 20.000 Belohnung! Drama im Hochmoor: Dozentin rettet Studenten das Leben. Polizei stand vor Rätsel – fünfundzwanzigjährige Dozentin für Kriminalliteratur knackt den Fall!* Wegen meiner Leidenschaft für Kriminalliteratur und wegen des Umstands, dass ich zur falschen Zeit am falschen Ort aufgetaucht war, hatte ich für etwa fünfzehn Minuten Berühmtheit erlangt. Allerdings nicht auf die Art, die ich mir vielleicht erhofft hatte.

Bevor ich nach Devon zurückgekehrt war, um bei meiner Mutter zu leben und an der Universität zu unterrichten, hatte ich als Schauspielerin in London gearbeitet. Damals wollte ich meinen Ruhm mit Glitter, Glamour und Schampus. Aber das Leben ist komisch, und stattdessen kam er, wenn auch nur für kurze Zeit, mit Leichen, Verbrechern und Verfolgungsjagden daher. Auf dem Höhepunkt meines Ruhms hatte ich einige verlockende, aber vulgäre Angebote erhalten, meine Geschichte an die schmalbrüstigeren unter den Frauenzeitschriften zu verkaufen. Die Lokalpresse hatte mich mit Sherlock Holmes – schmeichelhaft – und mit Miss Marple – weniger schmeichelhaft – verglichen. Eines der Blätter hatte mich in einer schaurigen Zusammenfassung sogar Lily Savage genannt. Jetzt war ich wieder nur ich selbst.

Ich brauchte noch zehn weitere Minuten, um alles von den Wänden zu reißen. Da nie welche zur Hand waren, wenn man sie brauchte, knetete ich die Klebepads zu einer kleinen Kugel zusammen und steckte sie ein. Dann musste ich mich nur noch um den Eingangskorb kümmern. Das Problem war, dass ich ihn schon seit Wochen nicht mehr durchgesehen hatte. Irgendwo unter dem Stapel schlummerte ein Plastikkorb, an dessen Farbe ich mich schon gar nicht mehr erinnerte. Ich ging systematisch vor. Doch schließlich wurde es mir zu deprimierend, all die Lunches, zu denen ich hätte kommen sollen, all die Nachrichten, auf die ich hätte antworten sollen, auszugraben. Zu guter Letzt kippte ich den ganzen Papierkram – merkwürdige Rechnungen und unlesbare Merkzettel inklusive – in die große Schachtel mit den Arbeiten, die ich zum Korrigieren mit nach Hause nehmen wollte.

»Na endlich«, sagte meine Mutter, als ich herauskam.

»'tschuldige«, sagte ich grinsend, während sie den Uniprospekt, den sie sich angeschaut hatte, zurück auf den Tisch legte. Wir gingen zum Ende des Gangs und kramten beide unsere Schlüssel heraus. Wegen meiner Trödelei waren wir die Letzten, die das Gebäude verließen.

»Einen Moment noch«, sagte ich, stellte die Schachtel auf den Boden und lief wieder zurück. Ich hatte den Briefumschlag auf dem Schreibtisch liegen lassen.

Gerade als ich die Tür zu meinem Büro öffnete, klingelte das Telefon.

»Lily Pascale«, sagte ich in den Hörer. »Fachbereich Anglistik und Amerikanistik.«

»Lily. Gott sei Dank bist du noch da.« Die Stimme klang abgehetzt und verzweifelt. Ich war mir nicht sicher, wo ich sie unterbringen sollte. »Ich bin's, Jess. Jess Malone.«

»Jess! Mein Gott, ich hab deine Stimme gar nicht erkannt. Wie geht's dir?« Jess war mal eine Freundin von mir gewesen. Oder, um genau zu sein, eine Schönwetterfreundin. Wir hatten uns schon *während* der Zeit auf der Universität aus den Augen verloren und auch danach keinen Kontakt mehr gehabt. Ich hatte keinen Schimmer, weshalb sie mich gerade jetzt anrief.

»Nicht sehr gut, fürchte ich.«

»Was ist passiert?«

»Tut mir Leid, Lily, dass ich dich so überfalle ...«

»Nein, nein. Ist schon okay, Jess. Beruhige dich erst mal, und erzähl mir, was passiert ist.«

»Ist ein bisschen kompliziert. Es ist ... Scheiße. Da waren diese ... Gott, ich weiß nicht, wo ich anfangen soll.«

»Pass auf«, sagte ich, während ich auf die Uhr schaute. »Der Hausmeister schmeißt mich gleich raus. Gib mir deine Nummer, dann ruf ich dich zurück.«

»Ja, okay, okay«, stotterte sie. »Ruf bitte bald an, ja? Weil ... Ich will das Ganze nicht überdramatisieren oder so, aber ich bin wie gelähmt vor Angst.«

Ich kritzelte Jess' Nummer auf einen Zettel, stopfte den Briefumschlag in die Hosentasche und rannte den Gang wieder zurück. Meine Mutter schaute ein wenig verärgert – bis sie meinen Gesichtsausdruck bemerkte.

»Ist alles in Ordnung?«, fragte sie.

»Ich bin nicht sicher«, sagte ich und schüttelte verwirrt den Kopf. »Los, fahren wir. Ich erzähl's dir unterwegs.«

Wir gingen durch die glühende Hitze zum Wagen, und ich verstaute die Schachtel, die in meiner Abwesenheit schwerer geworden zu sein schien, im Kofferraum.

»Danke, dass du gewartest hast«, sagte ich, während meine Mutter die Beifahrertür aufsperrte. »Wird wohl nicht mehr lange dauern.«

»Wann kannst du das neue Auto abholen?«

»Ich glaube, bald. In ein paar Wochen, hat der Mann gesagt.«

Wegen der Belohnung war zum ersten Mal seit undenkbaren Zeiten mein Konto im Plus, und alle Kreditkartenrechnungen waren bezahlt. Deshalb auch der neue Wagen. Außerdem würde ich diesen Sommer auf Haussuche gehen; irgendwas zur Miete, wenn möglich am Meer.

Noch vor ein paar Monaten hätte ich mir nicht vorstellen können, wieder nach Devon in die Nähe meiner Mutter zu ziehen. Doch inzwischen reizte mich der Gedanke immer mehr. Mir gefiel die Stelle, und seit ich die Literaturabteilung leitete (ein Posten, den ich diesen Sommer abgeben würde, wenn sie einen Ersatz fänden), sahen meine Karriereaussichten gut aus.

»Wer war das vorhin am Telefon?«, fragte meine Mutter, während sie sich ihr rotes Haar glatt strich und wir vom Parkplatz rollten.

»Richtig, der Anruf«, sagte ich und dachte wieder an Jess' deprimierten Tonfall. »Das war echt merkwürdig.« Ich kramte in der Hosentasche meiner Jeans nach dem Zettel mit der Nummer. Gut. Er war noch da. »Erinnerst du dich noch an Jess?«, fragte ich, während ich die Nummer betrachtete und darüber nachdachte, aus welchem Teil von London sie stammte. *691*. Süden, dachte ich.

»Jess wer?«

»Jess Malone«, sagte ich. Meine Mutter schaute mich verständnislos an. »Erinnerst du dich an John – von der Universität?«

»Ja, richtig. Er ist mal übers Wochenende da gewesen und hat dieses Mädchen mitgebracht.«

»Genau. Das war Jess. Sie war in dem Journalismus-Kurs.«

»Ah ja. Und was hat sie gewollt?«

»Weiß nicht genau«, erwiderte ich. »Scheint so, als ob sie in irgendwelchen Schwierigkeiten steckt. Sie hat gesagt, dass sie wegen irgendwas schreckliche Angst hat.« Ich schüttelte den Kopf. »Warum sie angerufen hat, weiß ich aber trotzdem nicht. Ich hab seit Jahren nicht mehr mit ihr gesprochen.«

Den Rest der Fahrt verbrachten wir damit, über ihr aktuelles Problem am Arbeitsplatz zu debattieren: Sollte man einem Mann erlauben, in der Abteilung für Frauenstudien zu arbeiten? Ich lachte und sagte, dass man den meisten Männern nicht erst zu erklären brauchte, wie man Frauen studiert, was mir aber nur einen vernichtenden Seitenblick einbrachte. Als wir in Mawlish ankamen, hatte sie sich immer noch nicht entschieden, schien aber in Richtung Nein zu tendieren. Ich stimmte ihr zu. Ein Mann, der so einen Job wollte, musste irgendwas Hinterhältiges im Schilde führen.

Als wir das Cottage betraten, schien die Sonne immer noch. Ich stopfte die Schachtel mit den Arbeiten in den Schrank im Flur und ging dann in mein Zimmer. Das Wetter war zwar verlockend, doch ich hatte zwei wichtige Dinge zu erledigen, die wahrscheinlich einige Zeit in Anspruch nehmen würden.

Das Telefon klingelte eine Zeit lang, bevor Jess abhob.

»Ja?«, sagte sie unsicher. Es klang, als hätte sie geweint.

»Hi, Jess. Lily. ’tschuldige, dass ich vorhin nicht sprechen konnte, aber …«

»Ist schon gut«, sagte sie schwach. Sie hielt einen Moment inne, als ob sie nicht wüsste, wie sie anfangen solle. »Ich hab gehört, dass du diesen Mordfall gelöst hast.«

»Wirklich?« Ich war überrascht. »Wie hast du davon erfahren?«

»Meine Mutter hat was in der *Bristol Evening News* über dich gelesen.«

»Großer Gott. Mir war gar nicht bewusst, was für Kreise mein Ruhm schon gezogen hat.«

Mein ironischer Tonfall war bei Jess pure Zeitverschwendung. Sie hustete und seufzte dann.

»Ich stecke bis zum Hals in Schwierigkeiten«, sagte sie und fügte geheimnisvoll hinzu: »Glaube ich wenigstens.«

»Was ist passiert?«, fragte ich. Ich war immer noch verwirrt.

Was Jess dann erzählte, hörte sich an wie ihre Lebensgeschichte; eine lange Einleitung, von der ich hoffte, sie würde zum Kern des Ganzen führen. Sie begann mit der Zeit, als unsere kurzlebige Freundschaft geendet hatte, erzählte, dass sie die Universität als Zweitbeste ihres Jahrgangs abgeschlossen und dann als junge Reporterin bei einer Zeitung angefangen habe. Ein lukratives Angebot hatte sie dazu gebracht, in die Desktop-Publishing-Abteilung einer großen Papierwarenfabrik zu wechseln. Nachdem sie dort gekündigt hatte, arbeitete sie erfolgreich als freie Journalistin – eine Arbeit, die ihr Spaß machte. Ich dachte daran, dass Jess in unserer gemeinsamen Zeit eine atemberaubende Schönheit gewesen war, und ich fragte mich, ob sie sich verändert hatte. Jedem war sie aufgefallen: ihre blassgrünen Augen, ihr eckig geschnittenes, glattes blondes Haar. Sie war am ganzen Körper blass und auf beängstigende Weise spindeldürr gewesen.

Jeder in der Universität hatte sie die Ice Queen genannt, und obwohl wir alle behaupteten, nicht zu wissen, was John in ihr sah, war es doch schmerzhaft offensichtlich, dass er sah, was auch wir nicht umhin konnten zu sehen: eine umwerfende, fast geisterhafte junge Frau mit einer einzigen Mission: Erfolg. Sie war die Art von Mensch, die dir das Gefühl gab, groß und plump zu sein, ganz gleich, wie klein du auch warst. Ich erinnerte mich daran, wie ich mal versucht hatte, das jemandem zu erklären. Ich hatte argumentiert, dass es, anstatt die Leute klein zu machen, manchmal schlimmer sei, ihnen das Gefühl zu vermitteln, sie seien groß. Aber ich wurde nicht wirklich verstanden.

Was mir nie aus dem Kopf gegangen war, war Jess' Narbe. Ich hatte sie nur einmal rein zufällig gesehen, an dem Wochenende, als sie hier im Cottage war. Sie war dreieckig und grellweiß, die drei Seiten leuchteten auf ihrer Taille wie Miniaturneonröhren. Sie hielt sie immer sorgfältig bedeckt, trug nie kurze Tops oder Bikinis. Ich hatte sie aus der Dusche kommen sehen, nachdem wir alle am Strand gewesen waren. Ich dachte mir, dass sich eine Geschichte dahinter verbergen müsse, war aber zu taktvoll und verlegen gewesen, um danach zu fragen. Irgendwann im ersten Jahr war das Gerücht umgegangen, dass man sie überfallen hätte. Sie redete nie darüber, aber ein paar Wochen lang trug sie in den Seminaren immer ihre Ray-Ban-Sonnenbrille.

Während sie weitersprach, spielte ich zum zweiten Mal an diesem Tag mit dem Briefumschlag herum, der immer noch ungeöffnet neben mir auf dem Bett lag. Anscheinend lebte Jess im Moment mit einem Mann namens Tyler zusammen und war glücklich gewesen bis gestern, als, wie sie es ausdrückte, ihre Welt zusammengebrochen war.

»Also – was ist passiert?«, fragte ich noch einmal und griff nach der Zigarettenschachtel und dem Notizbuch – den beiden unverzichtbaren Utensilien, wenn ich telefonierte.

»Hast du die Nachrichten gesehen?«

»Hmm.« Ich dachte kurz nach. »In letzter Zeit nicht. Nein. Warum?«

»Die Morde an den drei Frauen in London. Hast du davon gehört?«

»Nein. Tut mir Leid, aber gegen Ende des Semesters ...«

»Es ist alles meine Schuld.« Jess fing wieder an zu weinen.

»Warum? Wie? Was meinst du damit, es ist alles deine Schuld?«

Jess schnäuzte sich geräuschvoll. »Ich hab dir doch gesagt, dass ich als freie Journalistin arbeite. Ich hab für eine Zeitschrift eine Story über sie gemacht, über die Frauen, die man umgebracht hat. Über ihre Erfahrungen, wie es ist, wenn man von einem Stalker verfolgt wird. Stalker, das sind diese Typen, die Frauen auf Schritt und Tritt verfolgen, alles über sie rauskriegen. Richtiger Psychoterror. Manchmal kommt es zu sexuellen Angriffen, und manchmal endet es sogar mit Mord. Gestern ist der Artikel erschienen, und dann hat man alle drei tot aufgefunden. Ich hätte nie gedacht ...« Sie hörte abrupt auf zu reden, so als wüsste sie nicht, was sie als Nächstes sagen sollte.

»Was?«, fragte ich sanft.

»Nichts. Ich kann einfach nicht glauben, dass das passiert ist. Sicher taucht die Polizei bald hier auf. Was soll ich denen bloß sagen?« Jess schluckte und holte tief Luft. »Verdammte Scheiße.«

Sie fluchte sogar mit Stil.

»Verdammte Scheiße«, sagte sie noch einmal, diesmal mit mehr Nachdruck.

Ich drückte meine Zigarette aus. »Weißt du irgendetwas darüber, was da passiert ist?«

»Nein. Doch, ja, zum Teil. Das ist einfach alles völlig verworren.« Sie machte eine Pause. »Ich weiß, dass du es komisch findest, dass ich dich nach all den Jahren anrufe, und ich weiß auch, dass ich auf der Uni keine besonders gute Freundin war, aber ... Wahrscheinlich bist du die einzige Freundin, die ich überhaupt noch habe.«

In Anbetracht der Tatsache, dass ich sie schon fast vergessen hatte, hörte sich das ganz so an, als sei ihre Lage nicht gerade rosig.

»Was ist mit John?«, fragte ich.

»Ich kann nicht zu ihm zurück«, sagte sie verbittert. »Bitte sag, dass du mir hilfst.«

»Ja, klar«, sagte ich langsam. »Aber ich verstehe nicht ganz, was ich für dich tun soll. Ich meine, was genau soll ich tun?«

»Du musst mir helfen rauszufinden, was da abläuft. Das ist alles ein Scheißchaos, ich krieg einfach nichts mehr auf die Reihe. Du hast doch diesen anderen Mörder geschnappt. Du musst mir einfach dabei helfen rauszukriegen, wer das gemacht hat, bevor die Sache mein Leben total ruiniert.«

»Aber wie denn? Das andere, das war doch nur Glück ...«

»Also. Ein paar Sachen weiß ich. Davon kann ich der Polizei aber jetzt noch nichts sagen. Bevor ich denen was erzähle, muss ich da erst mal für mich selbst Ordnung reinbringen.«

»Okay. Ich glaube, ich bin ein ganz guter Zuhörer.«

»Kannst du bald herkommen?«, fragte sie schnell und erwischte mich damit auf dem falschen Fuß.

»*Herkommen?* Nach London? Aber ich dachte, du ...«

»Bitte, Lily. Ich bezahl dir die Fahrkarte und alles. Bitte.«

»Na ja, wenn sonst keiner ... Schätze, ich kann's einrichten.« Ich schaute einmal mehr auf den Briefumschlag und schrieb Jess' Adresse in mein Notizbuch. »Aber ich glaube, ich muss bald zu einer Hochzeit.«

2

Schlimme Sachen

Ich hatte mir schließlich ein Herz gefasst und die Karte aus dem Umschlag genommen. Die Einladung zur Hochzeit war alles andere als eine Überraschung. Die etwas zu gotische Schrifttype ließ sie auch nicht besser aussehen: Ich wurde gebeten, an der Eheschließung meines besten Freundes und Kollegen Fenn Baker und einer Studentin im ersten Jahr, Bronwyn Young, teilzunehmen. Neben der Einladung enthielt der Umschlag eine Nachricht von Fenn, dass ich mich morgen Nachmittag mit ihm auf einen Kaffee in der Stadt treffen solle. Ich seufzte, ging nach oben ins Badezimmer, um ein längst fälliges Bad zu nehmen, und zog mich vor dem Spiegel aus.

Als ich den Klipp löste, der mein Haar den ganzen Tag gehalten hatte, fielen mir die dunkelbraunen Locken auf die Schultern. Während das Wasser einlief, betrachtete ich mich im Spiegel und stellte befriedigt fest, dass sich meine Teenagereifersucht auf Mädchen wie Jess, die dünner und blasser waren als ich, schon vor mehreren Jahren in Luft aufgelöst hatte und dass mir jetzt mein Spiegelbild eigentlich ganz gut gefiel. Männern übrigens auch; allerdings regelmäßig den falschen.

Wie Fenn. Dem Holzkopf Fenn. Ich musste mich einfach über die ganze Angelegenheit ärgern: Irgendwas an der Sache, an dieser Hochzeit, war eindeutig falsch. Sie fand nicht statt, weil sich Fenn und Bronwyn liebten, sondern weil sie schwanger war. Um das zu verstehen, musste man Fenn wirklich gut kennen. Es hatte in keiner Weise etwas mit

Konventionen zu tun, natürlich nicht: Schließlich lebten wir in den Neunzigern, weder seine noch ihre Eltern hatten ihn dazu gedrängt, und laut Fenn war selbst Bronwyn überrascht gewesen, als er ihr den Heiratsantrag gemacht hatte.

Seit dem Antrag vor drei Monaten hatten wir das Thema wieder und wieder durchgekaut. Dabei stellte sich heraus, dass sein Vater seine Mutter noch vor Fenns Geburt verlassen hatte und dass er nie die Gelegenheit hatte, ihn kennen zu lernen. Fenn wollte nicht, dass noch einmal jemand das durchmachen musste, was seine Mutter und er durchgemacht hatten. Das war der Grund für den Antrag; er tat es für ein Kind, bei dem sich nebenbei bemerkt ein Haufen Leute gar nicht so sicher waren, dass es überhaupt von ihm war.

Ich hatte versucht, ihm mit Vernunftgründen beizukommen, hatte ihm dargelegt, dass er mit Bronwyn und dem Baby in Verbindung bleiben könne, dass es einen Mittelweg gebe zwischen Heirat und dem, was sein Vater getan hatte. Doch ich hatte keine Chance, seine Meinung zu ändern. Mir kam das ziemlich naiv vor, wie ein Versuch, sich vor dem Unvermeidlichen zu drücken. Fenn und Bronwyn würden nicht ewig zusammenbleiben. Sie liebten sich nicht.

Während ich mit der Seife herumspielte, dachte ich wehmütig an all die heimlichen Treffen, bei denen wir diese Unterhaltungen geführt hatten. Wir trafen uns in einer Bar oder einem Museumscafé in der Stadt, redeten eine Zeit lang über Bücher, die wir gerade lasen, über Kunst, Philosophie, das Leben. Dann kam unausweichlich der Moment, in dem wir anfingen, über »das Baby« und die Konsequenzen zu reden, während Fenn dasaß, die Hände rang und sich laut fragte, wie er bloß in diesen Schlamassel hatte geraten können.

Die Hochzeit fand schon bald statt, und ich wollte nicht daran denken. Stattdessen dachte ich ein bisschen über Jess nach. Warum hatte sie mich angerufen? Ich hatte keine Ahnung, wie ich ihr helfen sollte. Wie ich den Leuten immer wieder sagte: Mein einzig Ding – bis auf den Irrweg im letzten Sommer – ist die Kriminalliteratur. Bei echtem Mord drehte sich mir der Magen um.

Wie haben Sie sie getötet?

Sie wissen doch schon, wie ich … Ach so, Sie wollen es von mir hören. Also gut. Die Erste habe ich erstochen, die Dritte erdrosselt. Die Mittlere habe ich vor einen Zug gestoßen. Das war schon immer eine Fantasie von mir, die Sache mit dem Zug. Schätze, das hat was mit Macht zu tun.

Ich kann mich noch an den Zeitpunkt erinnern, als ich mich verändert habe: als ich aufhörte, machtlos zu sein, und anfing, die Kontrolle zu übernehmen. Es ist auf einem Bahnsteig passiert, ich glaube, in Cambridge. Ich hatte immer Angst davor gehabt, dass mich einer über die Linie stößt, Sie wissen schon, diese gelbe Linie, die einen von den Gleisen und damit letztlich von dem Zug trennt. Wuh, wuh [macht die Pfeife eines Zugs nach] – und platsch. Ich habe mich einfach dafür entschieden, die Person zu werden, die stößt, anstatt die zu sein, die dasteht und darauf wartet, dass man sie stößt. Danach ist mein Leben einfacher geworden. [Macht eine Pause.] Sie wollen wirklich was über mich wissen, stimmt's? Nicht nur über die Morde? Ich meine, darum geht's doch hier letztlich, oder?

Als ich aus der Wanne stieg, war es nach sieben. Ich trocknete mit einem Handtuch meine Haare ab, zog eine saubere Jeans und ein weites, ärmelloses Top an. Draußen wurde es schon ein bisschen kühler, also ging ich nach unten in mein Zimmer, um mir eine Strickjacke zu holen. Obwohl sich Maude, meine halb siamesische Katze, gerade an etwas hinter meinem Bett heranzupirschen schien, schmatzte sie fröhlich mit der Zunge, als sie mich hereinkommen hörte, und trottete auf mich zu. Als ich mich bückte, um sie zu streicheln, reckte sie mir ihr kleines graues Gesicht entgegen. Nachdem sie mich hinreichend willkommen geheißen hatte, wandte sie sich wieder der Pirsch zu. Vermutlich war sie auf der Jagd nach ihrem Lieblingsspielzeug, einem blassblauen, unförmigen Fellknäuel, das mal ein Fisch gewesen war.

Weil ich die Einladungskarte nicht mehr sehen wollte, verstaute ich sie in einer Schublade und ging dann ins Wohnzimmer, wo meine Mutter, mein Bruder Nat, seine Freundin Beth und deren Zwillingsbruder Paul lautstark Scrabble spielten.

»Das ist *kein* Wort«, sagte Beth pikiert, als ich hereinkam.

»Was für ein Wort?«, fragte ich, während ich den einzigen noch freien Lehnstuhl ansteuerte.

»Beutelmarder«, sagte Mama genervt. »Hat das Bad gut getan?«

»Ja, danke«, sagte ich. »Beutelmarder?«

»Paul versucht, *Marder* an *Beutel* dranzuhängen«, sagte Beth. »Ach ja, hallo, Lily.«

»Hi, Lily«, sagte Nat. »Du kennst dich doch aus mit Worten. Was meinst du?«

»Das ist doch so was wie ein Schwindler, oder?«, sagte ich und war selbst überrascht, dass ich mich an das Wort erinnern konnte. Es war in einem dieser kniffligen Kreuzworträtsel vorgekommen. »Eine Art Betrüger.«

»Genau. Meine Rede!«, sagte Beth, deren normalerweise leise Stimme vor Ärger lauter wurde.

»Nein«, sagte ich lächelnd. »Das ist die Bedeutung des Wortes.«

»Ha!«, sagte Paul und grinste mich an. »Willst du auch mitspielen?«

»Ich glaube, ich schau euch ein bisschen zu«, sagte ich. »War ein langer Tag.«

»Oho«, sagte Nat in anzüglichem Tonfall. »Sie möchte uns ein bisschen *zuschauen.*«

»Lass das«, sagte meine Mutter. »Du bist eklig.«

»Was meinst du?«, sagte Nat und fügte provozierend hinzu: »Was du dir bloß wieder vorstellst«, worauf alle lachen mussten.

Die Atmosphäre wurde immer hysterischer, da sie mehr und mehr, vor allem Nat, mit immer abstruseren Wortschöpfungen durchkommen wollten. Ich nahm an, dass Nat, Beth und Paul gerade geprobt hatten, weil das in der Stadt schon lange erwartete Comeback ihrer Band, The Immense Standing Timbers, kurz bevorstand. Nach einer Zeit begannen mich ihre Mätzchen zu langweilen (*Klar ist Elvis ein Wort, er ist der King of Rock 'n' Roll!*), und ich schaltete den Fernseher an, um mir die Nachrichten anzuschauen.

Die erste Meldung ließ mich frösteln.

»In den so genannten *Magazine Murders* ist die Polizei immer noch auf der Suche nach Hinweisen. Die gestern tot aufgefundenen Frauen waren alle in den Zwanzigern. Nachdem erste Ermittlungen keine Verbindung zwischen den drei Mordopfern ergeben hatten, wurde jetzt bekannt, dass die Frauen Gegenstand einer ›Wahren Geschichte‹ des Magazins *Smile!* waren. Thema der Reportage waren die Erlebnisse der Frauen, die alle von einem Stalker verfolgt wurden. Dies führte zu Spekulationen, dass das Verbrechen von einem der in der Reportage erwähnten Stalker begangen worden sein könnte.

Wir schalten jetzt zu unserem Korrespondenten Trevor Novell, der sich an einem der drei Schauplätze der Verbrechen befindet. Trevor, stimmt es, dass die Polizei an diesem Tatort gerade schlüssige Beweise für eine Verbindung zwischen zumindest zwei der Morde entdeckt hat?«

»Ja, Aamon, das ist richtig. Hinter mir sehen Sie das Haus Madison Gardens 38, wo gestern um die Mittagszeit Tam

Hunter erdrosselt wurde. In diesem Haus wurde ein Messer gefunden, und obwohl die Polizei noch keine offizielle Stellungnahme abgegeben hat, scheint man von der Annahme auszugehen, dass es dasselbe Messer ist, mit dem Sasha Brookes erstochen wurde, deren Leiche man gestern Morgen in einem Park im Nordosten Londons gefunden hat.«

»Gibt es irgendeinen schlüssigen Hinweis auf eine zusätzliche Verbindung zu dem Mord an Rebecca Marsh?«

»Wie Sie wissen, wurde Rebecca Marsh gestern Morgen kurz nach der Rush-Hour vor einen Zug gestoßen. Nach ersten Berichten, die von der Annahme ausgingen, dass sie gestolpert sei, fanden die Gerichtsmediziner Hinweise auf einen Kampf am Tatort. Die Polizei geht davon aus, dass die Obduktion dies bestätigen wird. Bemerkenswerterweise war keiner der bis zu hundert Zeugen am Tatort in der Lage, eine vollständige Beschreibung des Mörders zu liefern. Man nimmt allgemein an, dass Rebeccas Tod der Zweite in dieser Serie war, und man geht auch davon aus, dass dies das Werk eines einziges Täters ist.«

»Danke, Trevor.«

»Danke, Aamon. Zurück ins Studio.«

»Dieser interessante Fall hat die Frage nach der Notwendigkeit von Anonymität im Magazinjournalismus aufgeworfen. Des Weiteren sind Stimmen laut geworden, die verlangen, die gestern erschienene Ausgabe des Magazins aus den Regalen zu verbannen. Während der Verlag selbst bislang noch keine konkreten Schritte unternommen hat, um die Ausgabe zurückzuziehen, hat W. H. Smith die Nummer schon aus dem Verkehr gezogen.«

Ich stellte den Ton ab, drehte mich um und schaute die anderen an.

Da die Meldung schon einen Tag alt war, dachte ich mir, dass sie vielleicht schon andere Berichte mit mehr Details gesehen hätten.

»Was ist da passiert?«, fragte ich.

»Mehr oder weniger das, was sie gesagt haben«, sagte meine Mutter. »*Smile!* lese ich nicht. Hat einer von euch das Heft gesehen?«

»Ich hab eins«, sagte Beth und zog ein dünnes, labberiges Magazin aus ihrem Beutel. Außer der inzwischen berüchtigten Schlagzeile *Gehetzt von einem Stalker!* waren da noch: *In den Fängen von Terroristen; Meine Nacht mit den Außerirdischen; Orgasmus – wann immer Sie wollen* und *Nie wieder Fettpolster.*

»Lass mal sehen«, sagte Nat und grapschte nach der Zeitschrift.

»Ohoo, darf ich erst mal?«, sagte meine Mutter.

Sie blätterten zu der entsprechenden Seite und fingen alle gleichzeitig an, die Geschichte zu lesen. Über die Schulter meiner Mutter versuchte ich einen Blick zu erhaschen, bekam aber lediglich ein paar verschwommene Fotos und den nicht entzifferbaren Text unter der Verfasserzeile mit Jess' Namen zu Gesicht. Und dennoch – schon beim bloßen Anblick der Reportage kam mir die ganze Sache ein bisschen zu wirklich vor. Auch wenn Jess mich dazu überredet hatte, nach London zu fahren, würde ich mich da nie und nimmer reinziehen lassen. Ich würde sie morgen anrufen und ihr irgendwas erzählen, dass ich schon was anderes vorhätte oder so. Das wäre das Vernünftigste. Und wenn sie was über diese Morde wüsste, sollte sie damit zur Polizei gehen.

Haben Sie es genossen?

Richtig genossen habe ich es nur bei der Dritten – bei Tam. Sie wollte es – und sie hat es auch genossen. Vielleicht glauben Sie mir nicht, aber sie hat es wirklich genossen ... Entschuldigung, aber ich soll Ihnen ja wohl nicht die Einzelheiten erzählen, oder? Doch? Also gut. [Senkt die Stimme.] Ich wollte eigentlich auch sie erstechen. Aber ich hatte diesen Artikel über das Lustgefühl beim Ersticken gelesen, und da habe ich mir gedacht, dass das wahrscheinlich die einzige Gelegenheit sein würde, es auszuprobieren.

Die Polizei glaubt, dass man als Serienmöder eine Art »Handschrift« hat, einen MO, einen Modus Operandi, und dass man es jedes Mal auf die gleiche Weise macht. Ich verstehe das nicht. Ich meine, wenn man das allererste Mal Eiskrem isst, nimmt man ja auch nicht nur eine Sorte, oder? Man probiert sie alle. Und genau das habe ich gemacht.

Als ich Tam erdrosselt habe, habe ich geklingelt und bin einfach zur Tür reinmarschiert. Ich habe sie auf der Stelle an den Haaren gepackt und an mich rangezogen. Sie hat geschrien, da ist mir erst mal alles vergangen. Ich habe nur gedacht: Was ist, wenn sie jemand hört? Egal, hat nicht lange gedauert, dann hatte es mich wieder gepackt, das Schreien, das bringt's. Und die Augen, weit aufgerissen, panisch, aber trotzdem erregt, glaube ich. Was weiß ich. Mich hat es auf jeden Fall erregt. Genau, wie ich es gelesen hatte. Ich habe sie am Hals festgehalten und dann mit dem Messer ein paar Fetzen von ihren Klamotten abgeschnitten. Es hat länger gedauert, als ich gedacht hatte, und hinterher war ich ziemlich erledigt. Ich wollte es einfach hinter mich bringen, verschwinden und wieder an normale Sachen denken. Schließlich bin ich ja auch ein ganz normaler Mensch. Ehrlich.

Als ich am nächsten Morgen aufwachte, fühlte ich mich ungewöhnlich gut ausgeschlafen. Mein Körper erinnerte mich daran, dass endlich Ferien waren. Ich schaute auf den Wecker neben meinem Bett: Es war kurz nach zehn. Da ich mit Fenn erst für vier Uhr verabredet war, trödelte ich herum, bügelte ein paar Sachen und nahm ein ausgiebiges Bad, bis es Zeit für *Columbo* war. Nachdem der durchs offene Fenster hereinwehende Luftzug mein Haar getrocknet und Columbo seinen Mann (einen Zahnarzt) schließlich entlarvt hatte, ging ich nach oben ins Badezimmer, um mich fertig zu machen.

Obwohl es mir hätte egal sein sollen, in welcher Aufmachung ich zu einem Treffen mit Fenn auftauchte – jetzt, da er der *Zukünftige* von jemand anderem war –, wählte ich meine Garderobe sorgfältig aus. (In der Nachricht hatte es geheißen, dass er mich etwas fragen wollte, und ich war aufgeregt und gleichzeitig besorgt, was das wohl sein würde.) Meine Lieblingsjeans war eine blaue, sehr alte und ausgebleichte 501er mit ausgefransten Gesäßtaschen und einem sich andeutenden Loch auf dem Knie. Dazu schlüpfte ich in ein weißes Top, das an den entscheidenden Stellen eng anlag, und band meine Haare zu einem Pferdeschwanz hoch. Wie immer ging ich mit dem Make-up sparsam um: nur roter Lippenstift und schwarze Mascara. Ich benutzte nie Lidschatten. Da ich ein grünes und ein blaues Auge habe, war es immer schwierig, die passende Farbe auszusuchen, die sich nicht mit einer der beiden Augenfarben biss.

Um Viertel vor drei war ich fertig. Da ich meine Mutter nicht damit behelligen wollte, mich zu chauffieren, nahm ich ein Taxi zum Bahnhof. Zehn Minuten vor der Zeit war ich in der Stadt und marschierte ins The Tearooms.

3

Einer für unterwegs

Würden Sie sich als Serienmörder bezeichnen?

Ich habe es Ihnen doch schon gesagt. Ich bin ganz normal. [Lacht.] Was soll's, man würde mich wohl einen »Exzessmörder« nennen. Wissen Sie, was das ist? Klar wissen Sie es. Ich habe es nachgelesen. Ich hätte zum Massenmörder werden können. Hätte nur noch eine mehr umbringen müssen. Zum Massenmörder braucht man vier: vier oder mehr Opfer innerhalb einer kurzen Zeitspanne. Und da ist noch das, was die Experten [lacht] eine »Abkühlungsperiode« nennen. Serienmörder haben eine Abkühlungsperiode: die Zeit, in der sie über den letzten Mord nachdenken und ihn genießen, bevor sie an den Nächsten denken. Ein »Exzessmörder« verübt mehrere Morde kurz hintereinander – aber nicht mehr als drei, klar – ohne Abkühlungsperiode. [Lacht.] Als ich mich abkühlte, war schon alles erledigt. Es gab keinen Grund, weiterzutöten.

The Tearooms war fast leer. Ich setzte mich wie immer an den kleinen runden Tisch am Fenster, das zwar geöffnet war, durch das aber nicht der geringste Luftzug hereindrang. Während ich einer Fliege, die das Weite suchte, hinterherschaute, dachte ich über das kleine Café nach, in das ich jedes Mal einkehrte, wenn ich in der Gegend war. Es gefiel mir aus mehreren Gründen. Zum einen gab es hier einen wundervollen Espresso und die kleinen italienischen Kuchen, die man sonst nirgends in der Stadt bekam, zum anderen war dies der

Ort, an dem sich Fenn und ich immer zu unseren halb unschuldigen, halb schuldigen Kaffees verabredeten, von denen er – da war ich mir ganz sicher – Bronwyn kein Wort erzählte.

Ich fragte mich wieder, was er wohl von mir wollte, und dachte dabei an den nur wenige Monate zurückliegenden Tag, an dem wir uns zum ersten Mal begegnet waren. Bei dem Gedanken musste ich lächeln. In der festen Überzeugung, ich stünde einem Mörder gegenüber, war ich vor lauter Angst in ein leeres Klassenzimmer geflüchtet. Tatsächlich war er ein rätselhafter Literaturdozent, der sich auf die Dichtung im neunzehnten Jahrhundert und auf Romanzen (natürlich in Büchern und fast auch bei mir) spezialisiert hatte.

Eine Kellnerin, die die Hitze offenbar ganz nervös machte, kam an den Tisch, und ich bestellte einen doppelten Espresso und einen Schokoladenkuchen. Ich schaute auf die Uhr. Es war kurz nach vier. Kurz darauf öffnete sich die Tür des kleinen Cafés, und Fenn kam herein. Er machte zwar einen genervten Eindruck, sah aber in der alten grauen Jeans und dem weißen T-Shirt umwerfend aus. Als er mich zur Begrüßung auf die Wange küsste, kratzte sein Dreitagebart sanft auf meiner Haut.

»Du siehst zum Anbeißen aus«, sagte ich, während er Sonnenbrille, Autoschlüssel, Handy und Zigaretten auf den Tisch legte.

»Danke«, sagte er, setzte sich und machte der Bedienung ein Zeichen, ihm einen Cappuccino zu bringen. »Auch du siehst wie immer hinreißend aus.«

Wir begrüßten uns immer auf diese Art, zumindest wenn wir allein waren (was Bronwyn wahrscheinlich nicht verstanden hätte). Obwohl das ein lustiges Ritual zwischen uns war, meinte ich es ernst. Er sah sehr gut aus. Mehr noch, er war elegant. Fenn war der einzige Mann, den ich kannte, der wirklich gerne Kleidung einkaufen ging, der sich länger als ich in der Kosmetikabteilung herumtreiben konnte und allen möglichen neumodischen Schnickschnack an Feuchtigkeitscremes und teurem Zeugs für seine Haut kaufte. Manchmal hielten die Leute ihn für schwul, und ich nannte ihn oft einen Sklaven der Mode. Aber die ganze Mühe zahlte sich aus, denn er war wirklich sehr sexy.

»Hast du mal wieder schmutzige Gedanken?«, fragte er unschuldig, worauf ich errötete.

»Du weißt, dass ich dazu gar nicht fähig wäre«, sagte ich und war ein wenig irritiert über die Wahrheit, die in seiner Frage lag. Ich hatte das Ganze noch nicht richtig verarbeitet, und ich war mir immer noch nicht sicher, ob Fenn das wusste.

»Hmm«, sagte er halb zu sich selbst. Die Kellnerin hatte den Cappuccino gebracht, und er ließ geistesabwesend braune Zuckerstücke hineinfallen.

»Wie geht's Bronwyn?«

»Gut.« Er schüttelte den Kopf und schaute mir tief in die Augen. »Mach ich das Richtige, Lily?«

»Ich weiß es nicht«, sagte ich wahrheitsgemäß. »Du weißt, dass es nicht das ist, was ich tun würde. Aber schließlich bin ich ja auch nicht du.«

»Nein.«

Wir saßen ein paar Sekunden stumm da, dann wechselte ich das Thema, um ihn ein bisschen aufzumuntern.

»Wie waren die Arbeiten deiner zweiten Klasse?«, fragte ich. Außer Arbeit fiel mir kein anderes neutrales Thema ein.

»Entsetzlich, wie üblich«, sagte Fenn lächelnd. »Ich weiß nicht, was mit dem Haufen los ist.«

»Die meiste Zeit des Jahres hatten sie nur schlechte Dozenten«, sagte ich beschwichtigend. »Obwohl das keine Entschuldigung ist. Bei manchen Studenten fragt man sich, ob hinter den guten Noten nicht einfach gute Spickzettel stecken.«

»Ja. Bei manchen frage ich mich allerdings, ob sie nicht sogar dazu zu blöde sind.« Er seufzte. »Ich bin einfach froh, dass ich jetzt nach Semesterende ein bisschen Ruhe hab.«

»Wenn ich das bloß von mir sagen könnte«, sagte ich. »Bei den Essays, Memos und was weiß ich noch alles, was sich in meinem Schrank stapelt.«

»In deinem *Schrank.* Aus den Augen, aus dem blablabla. Tolle Idee.«

»Klar. Warum nicht?«

»Hab ich letztes Jahr genauso gemacht«, sagte er theatralisch.

»Und? Was war dann letztes Jahr?«

»Hab sie vergessen, bis zum ersten Tag. Fünfzig Studenten haben mich daran erinnert, dass ich ihnen die Arbeiten zurückgeben wollte. Und ich hab gemerkt, dass ich sie tatsächlich verloren hatte.« Fenn räusperte sich und schaute mich unschuldig an. »Für immer.«

»Für immer?«, sagte ich. »Was hast du damit gemacht?«

»Ich hab sie in einen Schrank gelegt.«

»Und warum hast du sie nicht einfach wieder rausgeholt?«

»Zwischendrin bin ich umgezogen.« Er brach in Gelächter aus, und ich stimmte mit ein. Fenn war eine jüngere, attraktivere Version des sprichwörtlichen zerstreuten Professors; unglaublich intelligent, aber über alle Maßen desorganisiert und geistesabwesend. »Die haben es in die Luft gejagt.«

»Was?«, fragte ich kichernd.

»Das Haus.«

»Du machst Witze.«

»Nein, im Ernst. Hab ich dir doch schon gesagt. So was passiert nur mir. Da steht jetzt ein Supermarkt.«

»Was hast du den Studenten gesagt?«

»Dass sie schon drüber wegkommen würden. Die meisten schmeißen sie danach sowieso weg.«

»Aber wie hast du Ihnen die Noten gegeben?«

»Blind.«

»Das ist aber gar nicht anständig«, sagte ich.

»Ich konnte da keinen Unterschied erkennen«, erwiderte er. »Die hätten sich sowieso alle verschlechtert.«

»Klar, dann hat das schon seine Richtigkeit«, sagte ich lachend und zündete mir eine Zigarette an.

»Du schaust so ernst«, sagte Fenn wenig später und riss mich aus meinen Gedanken.

»Ich denk immer noch über die Arbeit nach. Mein Körper weiß schon, dass Ferien sind, bloß mein Hirn noch nicht. 'tschuldige.«

»Ist schon okay.« Er lächelte. »Du hast wirklich gute Arbeit geleistet in diesem Semester.«

»Ja?«

»Klar. Das sagt jeder.«

»Oh.« Ich war überrascht und fühlte mich geschmeichelt. »Danke.«

»Du brauchst einfach ein bisschen Abstand. Fahr irgendwohin.«

»Was du nicht sagst. Fakt ist, dass ich keinen Fuß in ein Flugzeug setze, dass ich Schiffen auch nicht traue und dass ich keinen hab, der mit mir fährt.«

»Also ich – wenn ich nicht heiraten müsste – wäre mehr als glücklich, mit dir an irgendeinen exotischen Ort fahren zu dürfen.«

»Hmm. Wo man mit dem Zug hinfahren kann. Wie wär's mit Bournemouth?«

»Wir kriegen dich schon noch in ein Flugzeug.«

Als sich ein kühler Luftzug durch das Fenster verirrte und über mein Gesicht strich, atmete ich tief durch.

»Wenn du nicht heiraten würdest«, sagte ich versonnen. Fenn und ich griffen im selben Moment nach den Zigaretten. Unsere Hände und Augen begegneten sich und hielten sich für vielleicht zwei Sekunden aneinander fest. Zu lang für Freunde, nicht lang genug für Liebende.

Er hüstelte verlegen. »Aber, na ja, ich heirate eben nun mal.«

»Ich weiß.«

»Du weißt, was das bedeutet, oder?«

»Nein«, sagte ich. Etwas in seiner Stimme ließ mich aufhorchen. »Was?«

»Wir werden das hier nicht mehr machen können.« Fenn streckte die Hände aus und schaute mich traurig an. Ich war mir nicht ganz sicher, was er meinte. Erst redete er davon, mich auf eine romantische Ferienreise mitzunehmen (das hoffte ich zumindest!), und dann das.

»Wie bitte?«

»*Das hier.* Ich meine, wir werden uns bei der Arbeit sehen und so. Aber ich muss mich auch um das Kind kümmern, und ...« Er verstummte.

»Und was? Fühlt sich Bronwyn etwa bedroht?«

»Um es kurz zu machen – ja.« Er seufzte. »Es fällt mir schwer, das zu sagen.« Als ob es ihm peinlich sei, was er zu sagen hatte, senkte er den Blick und schaute auf den Tisch. »Wir sind überein gekommen, dass ich dich privat nicht mehr treffen soll.«

»Du machst doch Witze«, sagte ich. Ich versuchte – allerdings ohne großen Erfolg –, mir meinen Unglauben und meine Abscheu nicht anmerken zu lassen.

»Nein. Wir haben einen Kompromiss geschlossen. Ich meine, sie wollte auch, dass ich nicht mehr mit dir zusammenarbeite. Da habe ich aber nicht mitgemacht.« Er lachte verlegen. »Ich glaube nicht, dass ich es ertragen könnte, dich überhaupt nicht mehr zu sehen.«

»Warum zum Teufel spielst du das Spiel dann mit?«

»Sag nicht so was, Lily«, erwiderte er ruhig. »Ich muss mich dieser Aufgabe einfach stellen.«

»Aber um welchen Preis? Dass du einen Freund verlierst?«

»Du bist mehr als ein Freund, Lily«, sagte er und nahm meine Hand. »Wir beide wissen das. Und Bronwyn auch. Das ist das Problem.«

»Aber warum dann …?«

»Ich muss das einfach tun. Ich weiß, dass ich unsere Freundschaft aufs Spiel setze. Herrgott, ich riskiere mein eigenes Glück, aber mir bleibt keine andere Wahl. Das Baby braucht einen Vater.«

»Und was passiert, wenn du es einfach nicht mehr aushältst? Wenn du in zwei Jahren feststellst, dass du einen Fehler gemacht hast, und abhaust? Wär das nicht noch schlimmer?«

»Wir müssen einfach abwarten und sehen, was passiert.« Er lächelte trübsinnig. »Vielleicht klappt's ja.«

»Vielleicht? Wenn du jetzt schon *vielleicht* sagst, Fenn, dann sieht das nicht gerade gut aus.«

»Ich wünschte, du würdest mich etwas mehr unterstützen«, sagte er und zog die Hand weg. »Es ist so schon schwer genug.«

»Ich soll dich also mehr unterstützen?«

»Ja.«

»Obwohl mir klar ist, dass du den größten Fehler deines Lebens machst? Die Ehe ist kein Spiel, Fenn. Freunde von mir sind da reingerutscht und haben es bitter bereut. Ist nicht so einfach, da wieder rauszukommen, wenn man erst mal drinsteckt.«

»Das weiß ich ja alles«, sagte er ruhig und senkte den Blick.

»Ich glaube nicht, dass du das weißt. Die Ehe ist wirklich eine ernste Sache. Wenn du einen Unfall hast oder so was, dann entscheidet Bronwyn, ob man dich operiert oder ob die Ärzte einfach die Drähte kappen. Wenn sie glaubt, dass du durchdrehst, dann kann sie dich einliefern lassen. Du darfst das nicht auf die leichte Schulter nehmen. Wenn es nicht klappt mit euch, dann dauert das Monate – vielleicht sogar Jahre –, bis die Scheidung durch ist. Und die wäre dann wahrscheinlich auch noch teurer als die Hochzeit.«

»Um Geld geht's hier nicht. Es geht darum, dass das Kind einen Vater bekommt.«

»Indem die Mutter einen Ehemann bekommt? Herrgott, Fenn. Heutzutage müssen Eltern nicht mehr unbedingt verheiratet sein.«

»Das ist deine Meinung.«

»Nicht nur meine. Alle glauben, dass du ein bisschen verrückt bist.«

»Die können denken, was sie wollen. Ist schließlich mein Leben.«

»Ach ja? Vielleicht gar nicht mehr so lange.«

»Was soll das jetzt wieder heißen?«

»Das heißt, dass du dein Leben buchstäblich an jemand anderen überschreibst.«

»Und wenn. Es ist meine eigene Entscheidung.«

»Wie die, dass wir uns nicht mehr treffen können. Ist das deine eigene Entscheidung?«

»Das ist eine Entscheidung, die notwendig war.«

Ich saß einen Moment stumm da. Dann wurde ich laut.

»Du kapierst es einfach nicht, stimmt's?« Mit verkrampfter Stimme zischte ich ihn an: »Erst erzählst du mir, dass du mich nicht mehr treffen kannst, weil *Bronwyn* das so will, und dann erzählst du mir was von eigenen Entscheidungen. Herrgott noch mal, was du da tust, ist nicht einfach heiraten, du machst einen verdammten Kult daraus. Ich pack das nicht mehr.«

Ich sprang auf, griff mir meine Zigaretten, wobei ich undeutlich was von »Du weißt ja, wo du mich erreichen kannst, wenn du …« vor mich hin murmelte, und stürmte hinaus.

Während ich hastig in Richtung Bahnhof ging, fragte ich mich, was ich eigentlich hatte sagen wollen. *Wenn du* ... deine Meinung änderst? Unwahrscheinlich. *Wenn du* ... stattdessen mich heiraten willst? Lächerlich. Aber was dann?

Ich habe nie erfahren, was er mich eigentlich fragen wollte. Was mich in dem Moment aber auch herzlich wenig kümmerte. Ich kochte. Im Rhythmus der Geräusche des Zuges auf den Gleisen ging mir die ganze Zeit nur eins durch den Kopf: *Was für ein Arsch.* Ich malte mir eine Checkliste aus, die Bronwyn für Fenn aufgestellt hatte: *Hochzeitstorte bestellen. Hochzeitskleid abholen. Hochzeitsreise buchen. Lily sagen, dass mit den Treffen jetzt Schluss ist.* Was war bloß los mit diesen Leuten?

Als mich das Taxi vom Bahnhof Totnes nach Hause fuhr, war es kurz vor halb acht. Ich fühlte mich müde, schmutzig und beschissen und konnte es gar nicht erwarten, ins Haus zu kommen, um mich abzuregen. Ferien hin oder her – ich brauchte eine Tasse heißen Kaffee und ein ruhiges Eck, um wieder einen klaren Kopf zu bekommen.

Nachdem ich das Taxi bezahlt hatte, ging ich auf die Vordertür zu und sah in der Einfahrt neben dem Wagen meiner Mutter zwei weitere Autos stehen. Das eine kannte ich, es war Beths gelber Mini, das andere, ein leicht angerostetes Käfer-Kabrio, hatte ich noch nie gesehen. Ich nahm an, dass es einem von Nats Freunden gehörte.

Ich nahm den Weg durch die Hintertür und ging in den Flur. Musik und Gelächter empfingen mich. Am Küchentisch saßen meine Mutter und Sue, die lauthals lachte. Sie war eine Arbeitskollegin und die beste Freundin meiner Mutter. Ich wusste, dass das Auto nicht ihr gehörte. Sie verabscheute Autos und fuhr nie selbst, seitdem sie – mit Ausnahme ihres forschen Auftretens – dem radikalen Feminismus abgeschworen hatte und nun auf dem Kriegspfad der Ökologie wandelte.

Als ich die Küche betrat, hätte ich fast Nat, der drei Becher Kaffee in den Händen hielt, über den Haufen gerannt.

»Hey, aufpassen«, sagte er gutmütig und grinste.

»Entschuldige«, sagte ich säuerlich. Ich war immer noch ganz durcheinander wegen des Streits mit Fenn.

Da ich dringend etwas zum Streicheln brauchte, hielt ich Ausschau nach Maude, die aber anscheinend vor dem Lärm in irgendein ruhiges Eck geflüchtet war. Ich stellte schnell Wasser auf und ging ohne ein Wort in mein Zimmer, wo ich mich mit dem Kopf zwischen den Händen ein paar Minuten hinsetzte. Ich spürte das dringende Verlangen, mich sofort ins Bett zu legen. Dann pfiff der Kessel. Mühsam erhob ich mich vom Bett und ging zurück in die Küche, fest entschlossen, mir meinen Kaffee zu machen, mich nicht in irgendwelche launigen Gespräche verwickeln zu lassen und mich dann wieder zu verdrücken.

»Hallo, Lily«, sagte Sue und machte damit meinen Plan zunichte. »Du siehst gut aus.«

»Danke«, sagte ich und suchte im Küchenschrank nach dem Kaffee.

»Hallo Liebling«, sagte Mum. »Was suchst du?«

»Den Kaffee. Ich hab erst neulich welchen gekauft.«

»Ich glaube, Nat hat gerade den Rest verbraucht«, sagte Mum.

»Na Klasse«, sagte ich und knallte den Schrank zu.

»Ich kaufe morgen welchen«, sagte Mum sofort, um mich wieder friedlich zu stimmen. Sie hasste es, wenn ich mich mit Nat stritt.

»Willst du einen Schluck Wein?«, fragte Sue. »Wir machen noch eine Flasche auf.«

»Nein danke«, sagte ich. »Ich hatte einen langen Tag. Ich nehm nur noch schnell ein Bad und geh dann gleich ins Bett.«

»Deine Mutter erzählt gerade von ihrer Kreativ-Schreiben-Gruppe«, sagte Sue. »Klingt faszinierend.«

»Die sind alle komplett verrückt«, sagte meine Mutter. »Wenn du sie kennen lernen würdest, würdest du Zustände kriegen.«

»Das glaub ich gern«, erwiderte ich und rang mir ein Lächeln ab. Schließlich war es nicht ihre Schuld, dass ich einen lausigen Tag gehabt hatte. Ich war froh, dass meine Mutter diesen Kurs besuchte; anscheinend kam sie nun endlich vorwärts mit dem Roman, an dem sie schon seit ein paar Jahren arbeitete.

Als ich auf die Treppe zuging, hörte ich aus dem Wohnzimmer plappernde und kichernde Stimmen, die plötzlich von Beths Stimme übertönt wurden.

»Bist du das, Lily?«, rief sie.

»Ja«, rief ich zurück.

»Komm rein, und schau dir das an«, sagte sie und fügte dann, wahrscheinlich an Nat gewandt, hinzu: »Ich glaube, wir brauchen da noch die Meinung einer weiteren Frau.«

Ich ging ins Wohnzimmer und sah Bronwyn, die zwischen Nat und Beth auf dem Sofa saß. Die Auswahl an Brautmagazinen und Katalogen für Umstandskleidung, die sich auf ihren Knien stapelte, nahm ihre ganze Aufmerksamkeit in Anspruch. Klasse. Genau der Mensch, den ich jetzt nicht sehen wollte. Andererseits brauchte ich mich nicht zu wundern, schließlich war sie Beths beste Freundin. Als ich ihr das erste Mal begegnet war, hatte sie ausgesehen wie ein durchscheinendes Dia ihrer Selbst, war von einer Art geistesabwesenden Blässe gewesen, die der von Jess ähnelte. Jetzt strahlte sie förmlich: Der blonde, glänzende Pferdeschwanz leuchtete, die normalerweise bleichen Wangen glühten.

»Was soll ich mir anschauen?«, fragte ich.

»Was ist los mit dir?«, fragte Nat.

»Nichts. Ich wollte gerade nach oben ins Bad. Was gibt's?«

»Was hältst du von diesem Badeanzug?«, fragte Beth, die ganz aufgedreht war. »Für die Hochzeitsreise, meine ich.«

»Mit so was kenn ich mich nicht besonders gut aus«, sagte ich. Ich konnte mir absolut nichts vorstellen, was ich mir jetzt weniger gern anschauen wollte. »Warum fragt ihr nicht Mum?«

»Lass gut sein«, sagte Bronwyn leise zu Beth.

Ein paar Sekunden herrschte eine verlegene Stille. Beth schien die ungute Atmosphäre im Zimmer allerdings nicht zu bemerken.

»Morgen machen wir alle zusammen Hochzeitseinkäufe«, plapperte sie weiter. »Komm doch mit, das wird sicher ein Riesenspaß. Bron braucht noch was Blaues.«

»Ich kann nicht«, sagte ich schnell und suchte nach einer Ausrede. »Ich … ähem … fahre nach London.«

»Nach London?«, sagte Nat. »Das hättest du mir ruhig sagen können.«

»Ich hab es bis gestern selbst noch nicht gewusst«, erwiderte ich wahrheitsgemäß. »Eine meiner Freundinnen von der Uni steckt in irgendwelchen Schwierigkeiten.« Ich ließ unerwähnt, dass die »Schwierigkeiten« schon Schlagzeilen machten. »Sie braucht jemanden, der ihr zur Seite steht.« Ich warf einen kurzen Blick auf Bronwyn. »Und da ich in den nächsten paar Wochen sowieso nichts Besseres vorhabe, dachte ich mir, dass ich meinen Vater besuchen könnte.«

Angesichts dieser offenen Brüskierung schien Bronwyn leicht schockiert. Vielleicht würde es mir ja wirklich nichts ausmachen, nicht zur Hochzeit zu gehen. Das wäre genau das Richtige für Fenn. Bevor ich überhaupt wusste, was ich da tat, hatte ich auch schon meine Sachen gepackt, nahm ein Bad, rief meinen Vater Henri an, dass ich morgen Abend kommen würde, und ging schlafen. Ich hatte außerdem versucht, Jess zu erreichen, um ihr die gute Nachricht mitzuteilen, aber es hob niemand ab. Ich nahm an, dass sie immer noch fest mit meinem Kommen rechnete, und beschloss, sie morgen vom Zug aus anzurufen.

4

ANHANG

Er ist hinter dir her – Die Opfer von Stalkern erzählen ...
Von
Jess Malone

Noch nie hat sich die Öffentlichkeit über das Verbrechen auf unseren Straßen so besorgt gezeigt wie gegen Ende des 20. Jahrhunderts. Statistiken zeigen, dass sich Frauen größere Sorgen über Verbrechen machen als Männer. Da wir Frauen mit fünfmal größerer Wahrscheinlichkeit das Opfer eines Gewaltverbrechens werden als Männer, kann das kaum überraschen. Andererseits beweist die Statistik aber auch, dass die Wahrscheinlichkeit, von einem Bus angefahren zu werden, größer ist, als einer Vergewaltigung oder der Attacke eines Fremden zum Opfer zu fallen. Dennoch gibt es eine in zunehmendem Maße um sich greifende Form des Verbrechens, die von Fremden an Frauen verübt wird. Unter den Opfern waren Madonna und Prinzessin Diana. Sind Sie das nächste Opfer?

Sasha, eine zweiundzwanzigjährige Modeeinkäuferin aus Hackney, hat sich immer noch nicht ganz von dem Martyrium erholt, das sie in den Fängen eines Stalkers erleiden musste.

»Ich war damals achtzehn und habe im Osten von London als Assistentin eines Modeschöpfers gearbeitet. An einem Freitagabend, ich war gerade auf dem Weg nach Hause, ist mir aufgefallen, dass mir jemand folgt. Ich bin schneller gegangen, und schließlich bin ich fast gerannt. Ich hatte wirklich große Angst.«

Sasha lief nach Hause, zu Tode erschrocken. »Erst als die Tür hinter mir ins Schloss fiel, habe ich mich wieder sicher gefühlt«, sagte sie. »Ich habe mir einen heißen Tee gemacht und bin in dem Glauben schlafen gegangen, dass ich mir das alles nur eingebildet hatte.«

Was Sasha nicht wusste, war, dass ihr derselbe Mann in den nächsten sechs Monaten unerbittlich nachstellen würde.

»Am nächsten Tag hatte ich wieder das Gefühl, dass mich jemand verfolgte oder beobachtete. Doch jedes Mal, wenn ich mich umgedreht habe, war niemand zu sehen. Ich bin mir wirklich albern vorgekommen«, sagt sie. Als Sasha zu Hause ankam, wartete ein Brief auf sie.

Als sie die Nachricht las, wurde ihr fast übel. »Ich beobachte dich ständig«, stand da. »Schau dich nicht um – ich werde immer da sein.«

Weil sie damals nur an einen dummen Scherz glaubte, rief sie nicht die Polizei. Trotzdem hatte ihr der Brief so viel Angst eingejagt, dass sie von nun an immer darauf achtete, dass Türen und Fenster fest verschlossen waren.

Zehn Tage später begannen die Anrufe. Die Stimme eines Mannes, der gewöhnliche Dinge flüsterte wie »Ich kann dich sehen« oder fragte: »Was hast du unter deinem Rock an?« Immer noch hielt sie es nicht für nötig, die Polizei einzuschalten. Als sie jedoch fast jeden Abend angerufen wurde, entschloss sich Sasha zu handeln. Sie rief die Telefongesellschaft an und beauftragte sie, die Anrufe zurückzuverfolgen. Das Ergebnis versetzte sie in Panik. Die Anrufe kamen aus der Telefonzelle auf der gegenüberliegenden Straßenseite. Er konnte sie wirklich sehen.

Von da an ließ Sasha ihren Apparat überwachen, und glücklicherweise schien der Stalker der Sache überdrüssig zu werden.

Madeline Zeger, Psychologin an der Universität Harvard, studiert die Motive von Stalkern seit über zehn Jahren. »Diese Männer – in der Regel sind es Männer – sind Egoisten und verfügen über den unbedingten Willen, ihre Bedürfnisse zu befriedigen. Sie verschreiben sich ihrer Obsession voll und ganz und gehen sehr, sehr clever vor.« Manche Opfer sind beunruhigt darüber, dass sich ein Stalker detaillierte Kenntnisse darüber verschafft, wer sie sind und was sie tun, doch wenn ein Journalist der Boulevard-Presse dazu in der Lage ist – so Dr. Zeger –, warum sollte das jedem anderen nicht auch möglich sein?

Das psychologische Profil dieser Männer ist vielschichtig, doch haben Untersuchungen gezeigt, dass sie hauptsächlich der weißen Mittelklasse entstammen, gut ausgebildet sind und über einen stabilen Familienhintergrund verfügen, in dem jedoch bisweilen ein problematisches Verhältnis zur Mutter auftreten kann. Gewöhnlich sind sie Perfektionisten und sehr ordnungsfixiert: Sie sind Sammler und Hamsterer, manchmal von pornografischem Material, aber meist von profanen Dingen wie Fußballbildern oder Kronkorken. Einige sind in festen Arbeitsverhältnissen tätig, doch die meisten pendeln von Job zu Job, wobei sich manche Tätigkeiten suchen, wie zum Beispiel im Journalismus, in denen ihre Psychose quasi zum Berufsbild gehört und deshalb als »normal« empfunden wird.

Die meisten Stalker sind ziemlich harmlos, und die meisten Zwischenfälle, so verstörend und lästig sie auch sein mögen, sind nichts weiter als das Ergebnis dessen, was der Stalker für Liebe hält. Manchmal sind die Motive jedoch auch düsterer Natur – wie Rebecca, 29, eine Fotografin aus Hertford, feststellen musste.

»Ich bin immer mit dem Zug zur Arbeit gefahren, jeden Tag um die gleiche Zeit. Im Zug war immer ein Mann, der mich anlächelte. Wir haben nie miteinander gesprochen, und ich habe ihn für einen Pendler gehalten, der einfach nur freundlich war.«

Eine Woche später wollte Rebecca gerade ein Bad nehmen, als es an der Tür klingelte.

»Im Bademantel hastete ich zur Tür, ohne auch nur einen Gedanken daran zu verschwenden, wer das sein könnte«, sagt Rebecca. »Als ich aufmachte, konnte ich nicht glauben, wer da stand. Es war *er,* der Mann aus dem Zug. Mit einem Blumenstrauß in der Hand.«

Irgendwie schaffte es der Mann, der sich Gregory nannte, Rebecca zu überreden, ihn hereinzulassen. Einmal in der Wohnung, weigerte er sich, wieder zu gehen. Rebecca hatte Angst, konnte aber nichts tun. Selbst als sie ihn unverblümt dazu aufforderte, weigerte er sich, die Wohnung zu verlassen.

Er blieb etwa eine Stunde und erzählte ihr von sich. Er würde sie jeden Tag besuchen, sagte er, weil er davon überzeugt sei, dass sie ihn vor sich selbst retten könne. Als Rebecca erkannte, dass während all der Monate, in denen sie den Mann im Zug gesehen hatte, dieser gar nicht zur Arbeit gefahren war, sondern sie verfolgt hatte, geriet sie in Panik.

Plötzlich packte er sie und zog sie zu sich aufs Sofa.

»Ich kann mich nur noch daran erinnern, dass ich dachte: ›Das ist es also. Ich werde vergewaltigt‹«, sagt sie. »Er wollte mir den Bademantel herunterreißen, wurde immer aggressiver. Er begrapschte mich am ganzen Körper und schlug mir ins Gesicht. Er sagte, dass er mir wehtun würde, dass er mich bestrafen würde für das, was ich ihm angetan hätte. Ich wusste nicht, was er damit meinte, aber ich wusste, dass er es ernst meinte. Es hört sich komisch an, aber die ganze Zeit konnte ich an nichts anderes denken als daran, wie dumm es gewesen war, dass ich die Tür aufgemacht hatte, ohne vorher nachzuschauen.«

Glücklicherweise wurde Rebecca von »Gregory« nicht im

eigentlichen Sinne vergewaltigt. Dennoch wurde sie das Opfer einer schwer wiegenden sexuellen Belästigung und befindet sich in psychologischer Behandlung, um das Trauma aufzuarbeiten.

Francine Linker, Psychologin im Beratungszentrum für Vergewaltigungsopfer, sagt zu der Attacke auf Rebecca: »In diesen Fällen geben sich die Opfer oft selbst die Schuld. Sie glauben, dass sie zur falschen Zeit am falschen Ort gewesen seien, dass sie die Tür nicht hätten öffnen sollen usw. Doch eins muss man unmissverständlich klarstellen: Das Opfer trifft eindeutig keine Schuld.«

Natürlich sind nicht alle Stalker Fremde. In einer großen Zahl der Fälle kennt das Opfer seinen Peiniger. Tam, 30, eine Künstlerin aus dem Süden Londons, wurde permanent von ihrem Ex-Freund Stuart, der sich mit der Trennung nicht abfinden konnte, verfolgt.

»Ich habe ihm immer wieder gesagt, dass es aus ist«, sagt Tam. »Aber er hat einfach nicht aufgehört zu betteln, dass ich ihm noch eine Chance geben soll. Das Problem war, dass ich ihm schon haufenweise Chancen gegeben hatte und dass ich einfach einen klaren Schnitt machen wollte. Ich wollte mein eigenes Leben leben.«

Aber Stuart ließ sie nicht in Ruhe.

»Fast jeden Tag ist er mit irgendwelchen Geschenken aufgetaucht«, sagt sie. »Als ich ihm nicht mehr aufgemacht habe, hat er angefangen anzurufen. Als ich seine Telefonnummer habe abblocken lassen, hat er einfach seine Nummer ändern lassen oder von der Telefonzelle angerufen.« Obwohl er Tam nie bedrohte, machte er es ihr doch unmöglich, ein normales Leben zu führen. Wenn sie sich mit einem anderen Mann traf, tauchte er auf und schrie sie an, dass sie ihm untreu sei. Die Folge waren mehrere Beziehungen, die in die Brüche gingen, und ein unglaublicher psychischer Druck. Da sie nicht glaubte, dass ihr die Polizei helfen könne, meldete sie die Vorfälle auch nicht. So viel zum Thema neue Gesetze gegen Stalker. Schließlich blieb Tam keine andere Wahl, als sich eine neue Wohnung und einen neuen Job zu suchen.

»Ich bin mir vorgekommen wie auf der Flucht«, sagt sie. »Binnen eines Tages habe ich mein Leben total umgekrempelt. Ich entschloss mich, Stuart mit seinen eigenen Waffen zu schlagen. An einem Tag, von dem ich sicher wusste, dass er mich nicht verfolgen konnte, bin ich aktiv geworden. Ich hatte schon vorher die Änderung meines Familiennamens beantragt und unter dem neuen Namen eine Wohnung gemietet – alles per Telefon. Ich ließ die Nummer meines Handys ändern und habe den Job gekündigt. Während Stuart unterwegs war, bin ich einfach umgezogen. Ich habe keine Adresse hinterlassen, nichts. Als ob ich vom Erdboden verschwunden wäre. Ich muss zugeben, dass das ein sehr erregendes Gefühl war. Ich weiß, dass ich jetzt sicher bin. Es sei denn, wir laufen uns mal zufällig über den Weg. Aber ich hoffe, dass er inzwischen über die Sache weg ist.«

Jocelyn James von der Aktionsgemeinschaft gegen Stalker hat Verhaltensmaßregeln ausgearbeitet für den Fall, dass man das Opfer eines Stalkers wird. Sie gibt den Rat, auf folgende Punkte zu achten:

1. Stalker verhalten sich gesetzwidrig. Geben Sie jeden Vorfall bei Ihrem örtlichen Polizeirevier zu Protokoll. Um ein bestimmtes Verhaltensmuster nachweisen zu können, lassen Sie jede Beschwerde unter dem gleichen Aktenzeichen aufnehmen.
2. Fordern Sie den Stalker auf, Sie nicht mehr zu belästigen. Tun Sie das vor einem Zeugen, wenn möglich schriftlich. Bewahren Sie eine Kopie des Schreibens auf.
3. Führen Sie ein Tagebuch, und notieren Sie Punkt für

Punkt seine Vorgehensweise. Notieren Sie Uhrzeit, Datum und Ort, und beschreiben Sie exakt jeden Vorfall.

4. Zeichnen Sie belästigende Anrufe auf einem Anrufbeantworter auf. Versehen Sie die Bänder mit dem Datum, und bewahren Sie sie als Beweismittel auf. Bewahren Sie ebenfalls unerwünschte Post und jede andere Art von Beweisstücken auf.
5. Informieren Sie Ihre Freunde, Familie, Arbeitskollegen und Nachbarn, und geben Sie ihnen ein Foto oder eine Beschreibung des Stalkers.
6. Besorgen Sie sich ein Handy, und programmieren Sie die Nummer der Polizei ein, um sich im Notfall schnell melden zu können.
7. Schließen Sie sich einer einschlägigen Initiative an, und sprechen Sie mit Freunden und in der Familie über Ihre Ängste. Meiden Sie den Kontakt mit Menschen, die Ihr Problem herunterspielen und – am allerwichtigsten …
8. *Geben Sie sich nicht selbst die Schuld.*

5

Der Mörder

Auf dem Weg zum Bahnhof kaufte ich in einem Dorfladen, der das Magazin noch führte, die umstrittene Auflage von *Smile!* Anscheinend war die Aufregung, die es überall verursachte, noch nicht bis hierher durchgedrungen. Ich erwischte den Zug um zwei nach elf, der um kurz nach zwei in London ankommen würde. Ich hatte mich noch nicht entschieden, ob ich erst zu Henri fahren sollte, um mich etwas auszuruhen, oder direkt zu Jess. Ich erwog die Möglichkeit, dass ich die Sache mit Jess ja immer noch bleiben lassen könne, um einfach einen Kurzurlaub mit Henri zu verbringen. Doch mein Gewissen ließ das nicht zu. Sie war mal meine Freundin gewesen, und sie brauchte Hilfe.

Der Zug, ein riesiger, lauter InterCity, lief pünktlich auf die Sekunde ein. Ich quetschte mich bis zur Ersten Klasse durch, weil ich mal gehört hatte, dass das am Wochenende nur einen minimalen Zuschlag kosten würde. Ich suchte mir einen bequemen Fensterplatz und warf Handy, Notizblock, das Buch, das ich gerade las, und das *Smile!*-Magazin vor mir auf den kleinen Klapptisch. Ich war aufgeregt wie ein Kind, das zum ersten Mal mit der Eisenbahn fuhr. Da ich, seit ich den Führerschein hatte, für lange Strecken immer das Auto genommen hatte, kam mir die Fahrt fast wie eine neue Erfahrung vor. Der Zug verlieh mir Anonymität: Ich hätte irgendwer sein können, der irgendwohin fuhr. Die Vorstellung gefiel mir.

Der Zug verließ den Bahnhof, und mit zunehmender Geschwindigkeit begannen auch der Ärger und die Kränkung von gestern sich langsam zu verflüchtigen. Ich würde nicht direkt sagen, dass ich mich entspannte: Ich war nervös, weil ich nicht wusste, was ich in London vorfinden oder nicht vorfinden würde, und ich war gespannt, ob ich mit Henris neuer Freundin klarkommen würde. Auch wenn ich ihn nicht so oft sah, wie ich mir das gewünscht hätte, kam ich mit meinem Vater gut aus. Als er sich vor Jahren einem etwas lockereren Lebenswandel als dem in der Ehe erlaubten zuwenden wollte, hatten sich er und Mum auf relativ freundschaftliche Weise getrennt.

Auch wenn sich Fenn die Ehe als eine ehrenwerte und erhabene Traumwelt vorstellte, nach den Erfahrungen mit meinen Eltern wusste ich es besser. Mein Vater war ein kettenrauchender, Wein trinkender französischer Weiberheld, meine Mutter eine radikale Feministin. Die Kombination hatte nicht gerade das perfekteste Gespann der Welt abgegeben, und so verstanden sie sich jetzt um vieles besser als vor der Scheidung. Ich seufzte. Warum musste einen nur alles an Fenn erinnern? Ich musste ihn mir aus dem Kopf schlagen.

Ich würde mich also in die Hilfsaktion für eine Freundin vertiefen. Das kam gerade recht. Ich löschte den Namen Fenn aus meinem Gehirn, nahm das Handy und wählte Jess' Nummer. Nachdem es zweimal geklingelt hatte, schaltete sich der Anrufbeantworter ein. »Sie sind verbunden mit dem Büro von Jess Malone. In dringenden Fällen erreichen Sie mich unter der Handynummer 0440 222 314. Wenn Sie eine Nachricht hinterlassen wollen, sprechen Sie nach dem Piepston ...«

»Hallo?«, sagte ich zu der Maschine. Ich hoffte, Jess würde abheben, was sie aber nicht tat. »Hallo, hier ist Lily Pascale. Ich bin jetzt unterwegs, Jess. Ich weiß nicht, um wie viel Uhr ich in London ankomme. Wahrscheinlich ist es am besten, wenn wir uns morgen treffen ...«

»Hallo?«

»Hallo?« Ich war überrascht, plötzlich die weiche Stimme eines Mannes mit schottischem Akzent zu hören. Mir fiel ein, was Jess mir am Freitag am Telefon gesagt hatte, und ich sagte auf gut Glück: »Tyler?«

»Tyler Moss. Und mit wem spreche ich?«

»Lily Pascale«, sagte ich. »Wahrscheinlich hat Jess meinen Namen schon mal erwähnt.«

»Der Name kommt mir irgendwie bekannt vor«, sagte Tyler. »Du hast doch einen Mörder geschnappt.«

»So was Ähnliches«, erwiderte ich lachend. »Jess ist nicht da, oder?«

»Nein«, sagte er. »Aber sie hat erwähnt, dass du sie besuchen würdest.«

»Könntest du ihr ausrichten, dass ich morgen so um vier vorbeikomme.«

»Klar. Mach ich.«

»Wunderbar«, sagte ich.

Ich hatte kaum die Inhaltsübersicht von *Smile!* geschafft, als ich schläfrig wurde. Vielleicht lag es an all den Anzeigen für Lippenstift und Tiefkühlkost. Um mich wach zu halten, blinzelte ich mit den Augen und schaute eine Zeit lang aus dem Fenster. Schnell nahm mich der weite blaue Fluss gefangen, der erst in Marschland überging und sich dann wieder in einen Fluss zurückverwandelte, bevor er nach einem kurzen Tunnelstück plötzlich zum Meer wurde. In seiner Weite und Wildheit wirkte es wie eine bedrohliche Flutwelle. Obwohl ich leicht erschauderte, weil die Gleise so nah am Ufer verliefen, dass sie die Illusion schufen, der Zug würde buchstäblich übers Wasser rollen, starrte ich weiter hinaus.

Während wir uns einem weiteren Tunnel näherten, fing es an zu regnen. Von draußen drangen rauschende und plätschernde Geräusche herein, und plötzlich überzogen das Meer Millionen von kleinen Riffelungen. Ich wandte mich vom Fenster ab und wieder meiner Zeitschrift zu. Ich war gerade zwei Seiten weitergekommen, als es klingelte. Während ich den Knopf für die Rufannahme drückte, verfluchte ich das Handy im Stillen und hoffte, dass ich keinen meiner Pläne ändern müsste. Es war der automatische Anrufbeantworter, der mir mitteilte, dass er eine Nachricht für mich hätte und diese jetzt abspielen würde.

»Hallo, Lily. Fenn. Ich brauche …«

Plötzlich schossen wir in den Tunnel; anscheinend musste ich noch etwas auf die Enthüllung dessen warten, was Fenn brauchte. Was immer es auch war, eine Entschuldigung oder ein Sinneswandel in Sachen Herzensangelegenheiten dürfte es kaum gewesen sein. *Leck mich doch,* dachte ich. *Soll er doch seine eigenen Fehler machen.*

Neugierig las ich mich durch *Smile!*, wobei ich mich die ganze Zeit fragte, wo sie nur all diese unglaublichen Geschichten ausgruben. Bald kam ich zu bewusster Geschichte, die ich aufmerksam durchlas und dabei sorgfältig auf möglicherweise wichtige Einzelheiten achtete. Über dem Text stand Jess' Name, und überall auf der Doppelseite hatte man an passenden Orten aufgenommene Fotos der Frauen verteilt: Sasha im Park, Rebecca auf einem Bahnsteig, und Tam in ihrer neuen Wohnung. Sie waren alle attraktiv, alle erfolgreich – und alle tot. Der Gedanke machte mich krank. Wer konnte nur so etwas tun?

Während ich die Fotos betrachtete, fragte ich mich, ob sich die Frauen gekannt hatten: Sasha mit ihren wuscheligen, blonden Haaren und den falschen Wimpern, Rebecca mit ihren kohlrabenschwarzen Haaren und dem bleichen, abgespannten Gesicht, und Tam mit ihren lockigen, roten Haaren und den katzenartigen, grünen Augen. Zusammen als Trio sahen sie irgendwie zu perfekt aus. Wie auf einem Debütantinnenball. Wenn sie zusammen unterwegs wären, stellte ich mir vor, würde jede von ihnen eine andersfarbige Schleife tragen. Wer würde welche Farbe tragen? Sasha pink, Rebecca gelb und Tam blau.

Aber sie waren tot. Keine Schleifen mehr, kein gar nichts

mehr. Ich blätterte das Heft bis zum Ende durch und wunderte mich, wie viel Aufhebens darum gemacht wurde. Mit seinen zum Begaffen frei gegebenen Monstrositäten und Opfern war das Ganze eine Art Wanderzirkus des ausgehenden zwanzigsten Jahrhunderts. Ich fühlte mich peinlich berührt, dass die Leute bei so etwas mitmachten: Sie machten sich selbst zu Objekten, ließen es zu, dass man einen Riesenwirbel um sie veranstaltete – und wofür? Um den anderen zu beweisen, dass in Wahrheit *sie* die Normalen waren?

Ich fragte mich, ob die Zeitschrift Jess vorgeschrieben hatte, drei so unterschiedliche Frauen zu finden, und wie viele Leute sie interviewt hatte, bevor sie sich für diese drei entschieden hatte. Worüber ich die ganze Zeit nachdachte, war, dass die Morde am Tag des Erscheinens verübt worden waren. Der Mörder muss einen Plan gehabt haben: Deshalb muss er (und ich ging davon aus, dass es ein Mann sein musste) die Ausgabe des Magazins schon vor deren Erscheinen gesehen haben. Wahrscheinlich war es jemand, der für das Magazin arbeitete, dachte ich mir, oder jemand, der Jess oder eine der Frauen wirklich gut gekannt hatte.

Als ich spürte, wie mir die Augen zufielen, verschwammen mir schließlich die Gedanken. Ich gähnte. Die Bewegungen des Zuges hatten eine beruhigende Wirkung auf mich, und ich ließ den Kopf zur Seite fallen.

Könnten Sie mir die Ereignisse in chronologischer Reihenfolge schildern?

Ja. Sie meinen, an dem bewussten Tag, oder? Okay. Obwohl ich sowieso schon gewusst habe, was drinsteht, habe ich mir das Magazin gekauft. Ich wollte mich nur noch mal vergewissern, wie sie aussehen, und ein paar letzte Vorbereitungen treffen. Ich war aufgeregt: Ich saß in einem großen, schmutzigen Zug und war auf dem Weg nach London.

[Lacht.] Ich habe Smile! *gierig verschlungen, wobei ich mich die ganze Zeit gefragt habe, wo sie nur all diese unglaublichen Geschichten herhaben. Ich kam bald zu der Hauptgeschichte, die ich aufmerksam durchlas; ich achtete dabei sorgfältig auf möglicherweise nützliche Einzelheiten.*

Die Fotos von den Mädchen waren alle an passenden Orten aufgenommen. Sasha im Park, Rebecca auf einem Bahnsteig, und Tam in ihrer neuen Wohnung. (Na? Merken Sie, wie sich langsam alles zusammenfügt?) Sie waren alle drei attraktive Frauen, und als mir durch den Kopf gegangen ist, dass sie schon bald alle tot sein würden, hat sich mir vor kranker Erregung der Magen umgedreht. Ich habe mich gefragt, ob sie sich wohl kennen: Sasha mit ihren krausen, ausgebleichten Haaren und der nuttigen, blauen Wimperntusche, Rebecca mit ihren schwarzen, fettigen Haaren und dem bleichen, leichenartigen Gesicht, und diese aufdringliche Tam mit ihren albernen roten Haaren und den viel zu grellen grünen Augen. Sie haben irgendwie zu perfekt ausgesehen, so zusammen als Trio.

Im Zug habe ich von ihnen geträumt, immer das Klackediklack im Ohr, und in meinem Rucksack ist das Jagdmesser auf und ab gehüpft.

Draußen auf den Wiesen leuchtete ein gezackter Blitz auf. Verschlafen setzte ich mich auf und zündete mir eine Zigarette an.

Warum nennen Sie Tam »aufdringlich«?

Ich hab's ja schon gesagt. Sie hat es gewollt. Obwohl – es war nicht nur, dass sie mich gewollt hat. Ich weiß nicht, ob ich damit der Menschheit einen Gefallen getan habe oder so [lacht]. Ich sag Ihnen jetzt mal was. Die hätte alles gevögelt, was sich bewegt. Sogar mich, als ich versucht habe, sie zu erdrosseln.

Wahrscheinlich denken Sie, das ich mir das nur eingebildet habe. Kann sein. Sogar Sie erregt das jetzt, denken Sie mal drüber nach. Aber vielleicht bilde ich mir auch das nur ein.

Als der Zug in den Bahnhof rollte, war ich hellwach. Es war ein aufregendes Gefühl, wieder in London zu sein. Während ich vom Bahnsteig zu der Taxischlange draußen vor dem Bahnhof ging, wusste ich, was ich mit dem angebrochenen Nachmittag anfangen würde. Ich fuhr mit dem Taxi zu Henris Haus, um die schwere Reisetasche abzustellen.

Glücklicherweise war mein Vater irgendwo beim Lunch. Ich stellte die Tasche ins Wohnzimmer und schrieb ihm eine Nachricht, dass ich angekommen sei, wenn auch noch nicht ganz.

Nach einer schnellen Tasse Kaffee verließ ich das Haus wieder und ging zum Bahnhof Camden Road. Ich war auf dem Weg zu dem Ort, den ich auf einem der Fotos in dem Artikel wiedererkannt hatte, dem Schauplatz des ersten Mordes. Ich war auf dem Weg nach London Fields.

Der Regen, der mich auf der Zugfahrt begleitet hatte, hatte London noch nicht erreicht. Während ich auf dem verlassenen Bahnsteig wartete, konnte ich aber schon die unangenehm klebrige, heiße und stickige Luft spüren. Obwohl ich wusste, dass an Sonntagen auf dieser Strecke nicht viele Züge verkehrten, hatte ich mich für die Linie entschieden, weil sie durch Islington direkt nach Hackney führte. Kurz darauf kam der Zug, ich stieg in einen leeren Waggon und machte es mir bequem.

Ich bin direkt zu diesem Park in Hackney gefahren. Nicht zum Victoria Park, zu dem anderen. Über den es ein Buch gibt. Egal. Das war der Weg, den sie immer zur Arbeit genommen hat, jeden Morgen um Viertel nach acht.

Die Woche davor hatte ich sie einmal beobachtet. Tänzelte

in hohen Stöckelschuhen und Polyesterkleidung über den Rasen. Sie sah aus wie eine Tippse. Eigentlich wollte ich es gleich da machen – Spontanmord, sozusagen. Aber der Zeitpunkt wäre nicht der Richtige gewesen. Ich musste noch warten: Ich glaube, Sie wissen schon, warum. Ich habe eine halbe Stunde unter dem Viadukt auf sie gewartet und mir die Graffiti angeschaut. Piss mir ins Gesicht, stand da. Netter Ort, habe ich noch gedacht. Da standen so Stahlfässer rum, Sie wissen schon, in denen sie in Filmen immer Feuer machen.

Kurz danach ist sie dann gekommen. Ist ganz allein und scheinbar sorglos durch den Park gesaust. Komisch, habe ich noch gedacht, für jemanden, der schon mal in einem Park von einem Stalker verfolgt worden ist. Aber man weiß ja nie, wie diese jungen Dinger ticken. Da gibt's einen Pub im Park, um den bin ich rumgegangen und dann im Gleichschritt hinter ihr her. Sie hat gewusst, dass ich da war: Erst konnte sie meine Schritte hören, dann das Geräusch, als ich mich geräuspert habe, und schließlich meinen warmen Atem in ihrem Nacken, als ich mich mit der Brust an ihren Rücken gepresst und sie nach hinten gezogen habe.

Sie hatte nicht mal Zeit zu schreien. Ich habe sie an den Haaren gepackt und zu mir umgedreht, damit sie mich anschauen musste. Wenn ich jetzt darüber nachdenke, frage ich mich, warum sie nicht geschrien hat. Vielleicht hat sie ja doch geschrien. Der Rest ist wie in Zeitlupe abgelaufen. Als ich sie rumgerissen habe, ist sie aus dem Gleichgewicht geraten und direkt ins Messer gefallen. Ha ha [lacht], sie hat sich selbst erstochen. Sie ist buchstäblich ins Messer reingefallen ... Dann habe ich das Messer noch mal rumgedreht, nur um sicherzugehen. Die Nylonbluse ist zerrissen, und auf meinem Hals hat sich ihr weicher Atem in Blut verwandelt.

Als von irgendwoher ein anderer Pendler aufgetaucht ist, habe ich sie heftig auf den Mund geküsst. Mein Mund hat ihre Schreie erstickt. Wir waren ein Liebespaar im Park.

Mir war klar gewesen, dass der Bahnhof London Fields am Sonntag geschlossen sein würde. Ich wusste das noch aus der Zeit, als ich in Islington gewohnt und diese etwas vergammelte Linie ziemlich oft benutzt hatte. Ich kannte aber auch die Lösung des Problems – zumindest bei den alten Zügen. Während sich der dankenswerterweise sehr alte und klapprige Zug dem Bahnhof näherte, war ich gespannt, ob mir das Glück zur Seite stünde. Es hing alles von dem Stellwerk hinter dem Bahnhof ab. Bei Rot wäre ich im Geschäft, ansonsten hätte ich einen langweiligen Fußmarsch zurück vom Bahnhof Hackney Central vor mir.

Als ich spürte, wie der Zug langsamer wurde, kam ich mir wirklich sehr ungezogen vor. Leise öffnete ich die Tür und sprang ab, wobei ich mich daran erinnerte, wie mein Exfreund Anthony und ich immer an dieser Stelle abgesprungen waren, wenn wir seinen Bruder besuchen wollten, der in einer Seitenstraße der Mare Street wohnte. Als meine alten Converse-Turnschuhe den heißen Teer berührten und ich in die Knie ging, um den Sprung abzufedern, musste ich grinsen.

Der Bahnhof war natürlich menschenleer. Ein kalter Schmerz machte sich in meiner Magengegend bemerkbar, als mir klar wurde, dass der Mörder, kurz bevor er Sasha tötete, wahrscheinlich ziemlich genau hier entlanggekommen sein musste. Der plötzliche Adrenalinschub und die Angst ließen mich die Treppe hinunter in den Durchgang rennen, der genauso menschenleer war wie der Bahnhof selbst und viel dunkler und heißer, als ich ihn in Erinnerung hatte. Graffiti bedeckten die konkaven, roten Ziegelwände, und überall lagen Wellblechstücke und Stahlfässer herum. Sie sahen aus wie zurückgelassene Requisiten für einen Film über das Leben in unseren Innenstädten, den zu drehen man dann aber doch als zu deprimierend empfunden hatte.

Eines Tages gehe ich zurück nach London Fields, dachte

ich und erinnerte mich an den Roman, den ich im letzten Semester in der zweiten Klasse durchgenommen hatte. Bei dem Gedanken musste ich lächeln. Im Buch hatte das romantischer geklungen. Ich ging weiter. Plötzlich wollte ich nur noch ans Tageslicht, raus aus diesem dunklen Tunnel.

In Gedanken versunken ging ich weiter, als ich plötzlich hinter mir Schritte über den staubigen Beton huschen hörte. Je schneller ich ging, desto schneller wurden auch sie. Ich blieb stehen, drehte mich abrupt um und stand keuchend da. Ich hatte keine Ahnung, was ich als Nächstes tun sollte.

Natürlich war da niemand. Die Schritte waren lediglich meiner eigenen Paranoia entsprungen. Während ein Zug über mich hinwegdonnerte, fummelte ich eine Zigarette aus meiner Hosentasche und zündete sie an.

Es hat nicht so stark geblutet, wie ich erwartet hatte, was wohl ein gutes Zeichen war. Als sie sich nicht mehr gewehrt hat [hustet], habe ich das Messer herausgezogen und wieder in den Rucksack gesteckt. Ich habe das Mädchen losgelassen, und sie ist langsam auf den Boden gerutscht. Ihre Hände waren ganz rot, weil sie immer noch ihren Bauch umklammert hielt und so das Blut in den Körper zurückpresste.

Gleich hinter dem Tunnel befand sich ein Pub, in dem Hochbetrieb herrschte. Beim Anblick der vielen modisch gekleideten Menschen, die vor der Tür herumstanden und mit kühlen Drinks gegen die Hitze ankämpften, atmete ich erleichtert auf. Gleich hinter dem Pub erstreckte sich der Park. Vorbei an der Menschenansammlung marschierte ich selbstbewusst auf den grauen Weg zu, der sich durch das Gras schlängelte. Ich verlangsamte meine Schritte und stellte mir vor, was an diesem Ort passiert sein musste.

Je weiter ich mich von dem Pub und seinem allmählich verstummenden Stimmengewirr entfernte, desto mehr beschlich mich wieder ein Gefühl der Isolierung. Ich fragte mich, warum Sasha allein durch diesen Park gegangen war. Ich fühlte mich nicht wohl dabei, und mich hatte noch kein Stalker verfolgt. Ich fragte mich, ob man sie hierher gelockt hatte.

Langsam begann ich mich wirklich unwohl zu fühlen. Ich hatte nicht direkt Angst, eher ein Gefühl der Unsicherheit, ein Was-zum-Teufel-hab-ich-hier-überhaupt-zu-suchen-Gefühl. Es steckte genau in der Magengrube. Warum war ich hergekommen? Warum wollte ich mich wieder in einen Mordfall verwickeln lassen, wenn ich schon beim Ersten nicht gerade rasend viel Spaß gehabt hatte? Anstatt in einem verlassenen Park mitten in London, wollte ich plötzlich nur noch zu Hause sein. Ich hatte gedacht, es könnte interessant sein, hierher zu kommen. Stattdessen schaute ich mich um und sah nichts als einen gewöhnlichen Park. Ich konnte mir mit beängstigender Klarheit vorstellen, was hier passiert war, aber ich würde keine wie auch immer gearteten brillanten Schlussfolgerungen daraus ziehen.

Mit der Gewissheit, dass ich nicht viel tun konnte, bevor ich nicht mit Jess gesprochen hatte, ging ich zum Ende des Wegs bis zur Richmond Road, von wo ich nach rechts in die Mare Street einbog. Warum war ich eigentlich hier? Jess wollte mit mir reden, aber das hätten wir auch am Telefon erledigen können. In meinem Kopf begann sich die Erinnerung zu melden, was das beim letzten Mal für ein Gefühl gewesen war, das Gefühl, etwas herausbekommen zu haben, wozu kein anderer in der Lage gewesen war. Das Gefühl hatte etwas Angenehmes. *Aber das ist kein Kreuzworträtsel*, wies ich mich streng zurecht. *Solche Sachen sollte man wirklich den Profis überlassen.* Aber ich wusste, dass mich das nicht aufhalten würde. Ich war jetzt hier. Und ich war neugierig.

6

Fachchinesisch

Als ich zurückkam, stand Henris Auto vor dem Haus. Er machte mir die Tür auf.

»Hallo, Papa«, sagte ich und lächelte breit. »Wie geht's?«

»Hervorragend.« Während er mich auf beide Wangen küsste, sah ich hinter ihm die elegante, asiatisch aussehende Frau, die ein pinkfarbenes Kostüm und dazu passende, hohe Stöckelschuhe trug. Vermutlich seine neue Freundin. Ihr glattes Haar war feinsäuberlich zu einem französischen Zopf geflochten. Durch die Akkuratesse ihrer Erscheinung fühlte ich mich fast etwas eingeschüchtert. Erst als sie freundlich lächelnd auf mich zukam, traute ich mich, ihr zur Begrüßung einen Kuss zu geben.

»Die geheimnisvolle Tochter«, sagte sie und küsste mich dreimal auf die Wange. »Lily. Es ist mir ein Vergnügen.«

»Das ist Star«, sagte Henri. »Sie wird eine Zeit lang hier wohnen.«

»Meine Wohnung wird neu eingerichtet«, sagte sie und hob leicht eine Augenbraue. Ich hob ebenfalls eine Augenbraue und fragte mich, ob Henri – was der Himmel verhüten möge – sich schließlich doch noch ernsthaft mit jemandem einlassen wollte. Die meisten seiner Freundinnen waren halb so alt wie er und überdauerten gerade mal einen Abend. Star schien in jeder Beziehung anders zu sein. Sie war kultiviert, erwachsen und – sehr angenehm – älter als ich.

Ich trug meine Tasche nach oben ins Gästezimmer und stellte sie aufs Bett, zog das Handy aus der Hosentasche und steckte das Netzteil in die Steckdose. Ich schaltete es allerdings noch nicht ein (falls jemand fragte, könnte ich einfach behaupten, ich hätte in einem langen Tunnel gesteckt, was ja nicht ganz gelogen war).

Als ich das Zimmer wieder verließ, stieg mir aus der Küche einer meiner Lieblingsdüfte in die Nase: frisch gebrühter Kaffee. Wie ein Magnet zog mich der Duft die Treppe hinunter. Ich schwebte ins Wohnzimmer, wo ich mich in einen von Henris wuchtigen Armsesseln plumpsen ließ. Ich fühlte mich noch ein bisschen so, als sei ich in Bewegung: Lange Zug- oder Autofahrten hatten immer diese Wirkung auf mich. Star lag ausgestreckt auf dem Sofa und lächelte mir freundlich zu.

»Die Prinzessinnen dürfen sich entspannen«, rief Henri aus der Küche. »*Un moment,* und sie werden mit feinstem Kaffee und selbst gemachtem Kuchen verwöhnt. *Merde.*«

Aus der Küche war ein Knall zu hören. Ich schaute Star an und musste lachen, als eine weitere Serie französischer Flüche ins Wohnzimmer drang.

»Selbst gemachte Kuchen?«, fragte ich sie. »Henri hat doch nicht …«

»Grundgütiger, nein!«, sagte sie lachend. »Nein, wenn er *selbst gemacht* sagt, meint er sicher, dass der Bäcker sie selbst gemacht hat.«

»Oh«, sagte ich. Ich war erleichtert. Er war immer noch der gleiche Mann (zumindest fast), der er immer gewesen war. Er war zwar ein hervorragender Koch, aber Kuchen backen war nun wirklich nicht sein Stil. »Und«, sagte ich leicht nervös, »wie habt ihr euch eigentlich kennen gelernt?«

»Bei einer Konferenz«, erwiderte sie. »Ich bin nämlich Ärztin. Ich war Mitglied einer Arbeitsgruppe, die ein Papier über Gerichtsmedizin vorgestellt hat. Wir waren alle im selben Hotel. Eines Abends bin ich den Flur entlanggegangen und habe etwas gehört, das, tja, das sich im Wesentlichen genauso angehört hat wie das, was wir gerade aus der Küche hören. Ich habe ihn auf Französisch gefragt, ob ich ihm helfen kann. Der kleine Schöpflöffel war ihm in die Eiswürfelmaschine gefallen. Mich hat er zwar auch zum Teufel gewünscht, aber ich habe ihm den Löffel rausgefischt, und so sind wir die besten Freunde geworden.«

»Wie romantisch«, sagte ich und musste bei dem Gedanken, dass mein Vater über einen kleinen Schöpflöffel so in Rage geraten konnte, kichern. »Bist du auch aus Frankreich?«

»Aus Mauritius«, sagte Star. »Aber meine Muttersprache ist Französisch.«

»Ist Star dein richtiger Name?«

»Nein. Ich heiße eigentlich Tarasvati. Aber die meisten Engländer kommen damit nicht richtig klar. Also habe ich, als ich damals zum Studium hergekommen bin, von Anfang an meinen Spitznamen benutzt. Fast jeder nennt mich Star, auch meine Familie. Macht mir nichts aus.«

»Dann lebst du also schon ziemlich lange in England?«

»Ja. Nach der Uni bin ich eigentlich nie wieder länger zurückgegangen.«

»Genau wie Henri«, sagte ich lächelnd. »Arbeitest du … ich meine, bist du praktizierende Ärztin?«

»Nein«, erwiderte Star und schüttelte den Kopf. »Ich bin in der Forschung.«

»Auf welchem Gebiet?«

»Behandlung von Psychopathen. Ich bin mir zwar sicher, dass das ein Oxymoron ist, aber ich warte doch lieber die Ergebnisse ab.«

»Einsperren und den Schlüssel wegwerfen«, sagte Henri gut gelaunt. Er trug ein Tablett, auf dem sich eine Pyramide aus kleinen Kuchen und drei Espressotassen befanden.

Star lachte. »Ich fang schon an, genauso zu denken«, sagte sie. »Wenn man so viele Interviews gemacht hat wie ich, stumpft man ein bisschen ab.«

»Kann ich mir gut vorstellen«, sagte ich und dachte an meinen letzten Krach mit einem Psychopathen, der alles andere als erfreulich gewesen war.

»Wie auch immer. Ich finde faszinierend, was *du* tust«, sagte Star, während sie eine Tasse und ein Stück Kuchen vom Tablett nahm.

»Was? Unterrichten?«

»Nein, nicht das.« Sie schüttelte den Kopf. »Ich hätte wohl besser sagen sollen, was du getan *hast*. Ich meine das Verbrechen, das du aufgeklärt hast.«

»Die Geschichte erzähle ich dir später, okay? Ist ein bisschen lang.«

»Ich nehm dich beim Wort«, sagte sie lächelnd. »Was man so hört, sind deine Schlussfolgerungen brillant gewesen.«

»Was hast du ihr erzählt?«, fragte ich Henri. Ich war zwar etwas verlegen, aber auch angenehm berührt.

»Ich? Nichts«, sagte Henri und hob die Hände.

»Ist ja auch egal«, sagte Star geheimnisvoll. »Wenn du mal Zeit hast, würde ich gern die ganze Sache mit dir durchsprechen. Vor allem deinen aktuellen Fall.«

Da ich weder Henri noch Star etwas davon erzählt hatte, warum ich wirklich in London war, war ich mehr als überrascht. Henri bemerkte meinen Gesichtsausdruck.

»Das ist ihre *Intuition*«, sagte er, wobei er das Wort französisch aussprach und ungläubig den Kopf schüttelte.

»Berufsgeheimnis«, sagte Star lächelnd und bot mir einen der köstlich aussehenden Kuchen an. »*Geheimnisse*. Ich schätze, das ist mein Spezialgebiet.«

»Tja«, sagte ich. »Wenn das so ist, dann sollte ich wohl auf *deinen* Verstand zurückgreifen, um meiner Reputation auch nur annähernd gerecht zu werden.«

Ich schlürfte gemächlich meinen Kaffee und aß den Kuchen auf. Kurze Zeit später verschwanden Henri und Star in der Küche, um das Abendessen vorzubereiten – anscheinend erwarteten sie noch Gäste. Währenddessen räkelte ich mich im Sessel und zappte durch alle Fernsehkanäle.

Ich blieb schließlich bei den Nachrichten hängen und erfuhr, dass die Polizei zwar noch keine konkreten Verdächtigen vorzuweisen, aber ein paar Personen aufgespürt hatte, die bei den »Ermittlungen behilflich« sein könnten. Die Polizei richtete die dringende Bitte an alle Personen, die die Opfer kannten oder die einen der Stalker aus der Geschichte identifizieren könnten, sich zu melden. Ich fand es merkwürdig, dass sie noch keinen der Stalker hatten ausfindig machen können. In der Zwischenzeit tobte immer noch der Streit, ob der Verlag die Nummer zurückziehen solle. Es kursierten Gerüchte, dass der Verlag die Auslieferung der Ausgabe erst dann stoppen würde, wenn er genug davon verkauft hätte.

Es war fast sieben, und für halb acht wurden die Gäste der Dinnerparty erwartet. Ich ging in die Küche und fand Henri und Star in ausnehmend leidenschaftlicher Umarmung vor. Lächelnd zog ich mich zurück und ging ins Bad, um eine dringend notwendige Dusche zu nehmen. Ich schälte mich aus meinen Sachen und ließ begierig das heiße Wasser über meinen verschwitzten Körper laufen. Ich schaute mich im Bad um und entdeckte haufenweise Anzeichen dafür, dass Star nicht nur ein vorübergehender Gast im Haus war. Feuchtigkeitscreme, Augencreme, Clinique-Gesichtswasser (das ich unbedingt ausprobieren musste), Abschmink-Pads (eine Zweihunderter-Packung, halb aufgebraucht, was entweder auf jede Menge Nagellackentfernungen oder nicht gerade wenige Übernachtungen hindeutete) und Tampons.

Ich griff nach einer interessant geformten Flasche mit Lemon-Gloss-Shampoo und stellte befriedigt fest, dass Henris Badezimmer schließlich doch in der Zivilisation angekommen war und inzwischen mehr als nur Sandelholzseife von Crabtree & Evelyn (ganz nett, aber langweilig) und Faltenlotion (nur für Männer) zu bieten hatte.

Das Wasser war jetzt genau richtig. Ich genoss das Gefühl, wie es auf mich herunterprasselte, wie sich die Haare um den Kopf schmiegten, wie der ganze Körper kribbelte. Nachdem ich die Dusche abgestellt hatte, suchte und fand ich im jetzt schier überquellenden Badezimmerschränkchen einen Conditioner und trug ihn auf meine Haare auf. Ich rieb meine Haut mit Feuchtigkeitscreme ein, massierte sie ein bisschen (ich glaube, es stand in *Smile!*, dass das der Haut gut tun würde) und spülte dann mein Haar aus. Ich schlang mir ein Badetuch um den Körper, legte etwas Make-up auf und ging ins Gästezimmer. Nur Sekunden später hatte ich das kleine Schwarze angezogen, das ich extra für solche Gelegenheiten gekauft hatte. Normalerweise ließ ich mein Haar einfach so trocknen. Diesmal benutzte ich den Föhn und hatte dann noch genau fünf Minuten für eine Zigarette, bevor die ersten Gäste eintreffen würden.

Während ich rauchte, dachte ich nach. Hatte Fenn nicht eine Nachricht auf mein Handy gesprochen? Ich wählte die Nummer meines Anrufbeantworters und wartete. Während es in weiter Ferne klingelte, fragte ich mich, was Fenn von mir gewollt hatte: was er *gebraucht* hatte. Schließlich kam die Verbindung zustande. *Es sind keine neuen Nachrichten vorhanden.* Seltsam. Vielleicht hatte ich das alles nur geträumt. Vielleicht hatte er am Ende doch nichts gebraucht.

Gerade als ich die Zigarette ausdrückte, klingelte es an der Tür. Ich ging nach unten, wo Henri, der sportliche Baumwollhosen und einen weißen Kaschmirpullover mit V-Ausschnitt trug, gerade drei modisch gekleidete Leute begrüßte: ein elegantes Paar, dessen Kleidung nach Armani aussah, und einen jungen Mann, der einen legeren Anzug trug. Bei dem Gedanken, dass die Kombination der Worte *leger* und *Anzug* nur in Henris Bekanntenkreis vorkam, musste ich lächeln. In der Welt meiner Mutter war *leger* gleichbedeutend mit Farbklecksen auf Jeans, und modisch war lediglich die saubere Version von leger – eventuell kombiniert mit einem geblümten Rock, falls der Anlass dies erforderte.

In seiner Jugend hatte sich Henri vielleicht sogar noch bohemienhafter als meine Mutter aufgeführt. Um ihn davor zu bewahren, irgendwelche Revolutionen anzuzetteln, hatten ihn seine sich fast schon aristokratisch gerierenden Eltern nach England geschickt. Das dunkle, kastanienbraune Haar trug er zwar auch heute noch schulterlang, doch ließ er es inzwischen bei Vidal Sassoon schneiden, und es schimmerten auch schon einige graue Strähnen durch. Außerdem hatte ich den Eindruck, dass seine blauen Augen in letzter Zeit einen Stich ins Graue bekommen und etwas von ihrem Glanz verloren hatten. Vielleicht könnte Star da Abhilfe schaffen.

Ich begrüßte die Gäste mit einem Lächeln und folgte ihnen ins Wohnzimmer. Das Paar waren Lloyd Green und Lucy Cousins; beide arbeiteten fürs Fernsehen, er als Produzent, sie als Schauspielerin. Ich hatte sie schon vor ein paar Jahren mal getroffen und als interessante Persönlichkeiten in Erinnerung. In ihrer beider Anfangszeiten hatte sie sich einmal an eine Plakatwand fesseln lassen, um für eines seiner Projekte zu werben, und so zum ersten Mal für wenige Minuten im Scheinwerferlicht gestanden. Der junge Mann war mir völlig unbekannt. Bevor ich mich vorstellte, musterte ich ihn kurz. Die meisten Leute hätten ihn wohl als jungenhaft attraktive Erscheinung beschrieben, aber ich fand ihn nicht im Geringsten anziehend. Er sah aus wie ein Rugbyspieler: groß, blond, mit zerzaustem Haar, dunklen, haselnussbraunen Augen und einem unverschämten Grinsen auf den Lippen.

»Cal«, sagte er und streckte mir die Hand entgegen. »Sehr erfreut.«

»Hallo«, sagte ich. »Ich bin …«

»Lily. Ich weiß. Henri hat mir schon alles über dich erzählt.«

»Ach ja?«, sagte ich und fragte mich, warum. Dann wusste ich es. Es war alles arrangiert, wenn auch auf charmante Weise. Cal war anscheinend da, um das Gleichgewicht der Geschlechter herzustellen.

»Cal«, sagte ich. »Ist das die Kurzform von Callum?«

»Calvin«, sagte er. »Aber alle nennen mich Cal.«

»Sehr erfreut«, sagte ich, während mir Star ein Glas Champagner reichte. »Und was machst du so?«

»Ich bin Texter. In der Werbebranche.«

Ich schaute mich um. Die kalten, trockenen Bläschen des Champagners stiegen mir umgehend ins Hirn, und mir wurde klar, dass ich nach der langen Fahrt und dem außerplanmäßigen Ausflug nach Hackney dem Auftrieb hier noch nicht gewachsen war. Peinlich berührt stellte ich fest, dass ich einfach ins Bett wollte. Während ich darüber nachdachte, was Jess mir morgen wohl zu erzählen hatte, verschwamm das Geplauder um mich herum zu bloßen Hintergrundgeräuschen. Irgendwas an unserem Gespräch am Freitag hatte nicht gestimmt. Ich hoffte, auf die entscheidenden Fragen, die mir immer noch im Kopf herumschwirrten, ein paar Antworten zu bekommen: Was wusste sie, und warum wollte sie niemandem davon erzählen?

Cal berührte meinen Arm und riss mich aus meinen Gedanken.

»Lucy hat dich was gefragt, Lily«, sagte er.

»Entschuldige, Lucy«, sagte ich. »Ich war ganz in Gedanken. Was hast du gesagt?«

»Was hältst du von der *Excitement*-Ausstellung?«, fragte sie. »Cals Kollege aus der Werbeagentur stellt Fotografien aus, die man an Schauplätzen von Verbrechen gemacht hat. In jeder Beziehung abscheuliche Fotos. Ich bin der Meinung, dass man sie verbieten sollte. Uns würde interessieren, was du davon hältst.«

»Ich habe wirklich keine Ahnung.« Ich fühlte mich in die

Enge getrieben und fragte mich, was es mit dieser *Excitement*-Ausstellung auf sich hatte. »Seit ich nicht mehr in London wohne, bin ich nicht gerade auf dem Laufenden, was in der Stadt so vorgeht.«

»Ja, ja«, sagte mein Vater, der gerade ins Wohnzimmer kam, theatralisch. »Meine einzige Tochter hat ihren armen, einsamen Vater verlassen, um weit weg auf dem Land zu leben.«

»Red keinen Unsinn«, sagte Star liebevoll. Sie erhob sich von der Armlehne des Sessels, auf der sie gehockt hatte, und bat uns zu Tisch.

Ich hatte meine Nachspeise – irgendwas aus Mascarpone mit Walnüssen und Kirschen – schon fast aufgegessen, als jemand eine Bemerkung darüber machte, dass meine zweifelhafte Berühmtheit wieder auflebte. Ich war wirklich zu müde, um mich jetzt noch in den Mittelpunkt des Interesses rücken zu lassen. Fast während des gesamten Essens war über die geheimnisvolle *Excitement*-Ausstellung, die *Scene*-Serie und Zensur im Allgemeinen diskutiert worden. Beim Thema Zensur waren wir alle einer Meinung: Zensur gehörte verboten (basta). Doch die Frage, ob man Fotos von Mordopfern als Kunstobjekte zeigen dürfe, war weniger leicht zu beantworten. Ich persönlich hatte weniger etwas gegen die Realität als gegen manche Produkte der Fantasie: Die Tatsache, dass Menschen an fiktiven, blutrünstigen Horrorvideos Vergnügen fanden, erschien mir schlimmer. Ich äußerte kurz meine Meinung dazu und trank dann nur noch still vor mich hin. Die Diskussion wandte sich der Fernsehwerbung zu und kehrte dann erneut zum Thema Verbrechen zurück, bei dem schließlich ich wieder ins Spiel kam.

»Seitdem du auf dem Land wohnst, soll dein Leben ja noch aufregender geworden sein«, sagte Lloyd. Er schob das Puddingschälchen von sich weg und zündete sich eine Zigarette an, was auch für mich, Star und Henri das Zeichen war, uns eine anzustecken. »Hast du irgendeine gute Geschichte auf Lager?«

»Nur die Geschichte von diesem rätselhaften Mord«, sagte ich lächelnd. »Aber die kennt ja sicher jeder schon.«

»Den hast du auf frischer Tat erwischt, stimmt's?«, sagte Lucy. »Das muss furchtbar aufregend gewesen sein.«

»Du hast einen Verbrecher gefangen?«, sagte Cal, dem fast die Augen aus dem Kopf fielen.

»Einen Mörder«, korrigierte ich ihn.

»Das ist noch gar nicht so lange her, oder?«, fragte Lloyd.

»Hmm.«

»Und das Mädchen, das man ermordet hat, war das nicht eine von deinen Studentinnen?«, fragte Lucy.

»Ja, aber gekannt hab ich sie nicht«, sagte ich. »Ich hab an der Uni erst in der Woche nach dem Mord angefangen. Ich war so blöd, zu glauben, dass ich das alles ignorieren könnte. Aber dann bin ich natürlich mittenrein geschlittert.«

»Und so bist du dann zum Amateurdetektiv geworden?«, sagte Lloyd.

»Na ja, eigentlich nicht. Ich meine, das war ja nur das eine Mal.«

»Es ist also unwahrscheinlich, dass das zu deinem neuen Hobby wird?«, sagte Lucy, worauf alle lachen mussten.

»Ja«, erwiderte ich und meinte es auch fast so.

»Das muss ja mächtig aufregend gewesen sein«, sagte Cal. »Erzähl uns die Geschichte. Was genau war das für ein Verbrechen?«

»Da gibt's wirklich nichts mehr zu erzählen«, sagte ich verlegen.

»Ich bin sicher, dass Lily keine Lust mehr hat, das alles noch mal zu erzählen.« Star war meine Rettung. Wahrscheinlich wusste sie, wie ich darüber dachte. Es war tatsächlich aufregend gewesen: aufregend, beängstigend und unangenehm. Im Fernsehen war nie die Rede davon, dass einem

Leichen und Psychopathen nicht nur Ruhm bescherten, sondern auch Albträume. Und dass man irgendeine Horrorvision, die sich erst mal im Kopf festgesetzt hatte, nicht mehr so schnell los wurde. Dass man in seinen Träumen immer nur *davon* träumte.

»Ich frage mich, wie aus Menschen Mörder werden«, sagte Cal nachdenklich und versuchte erfolglos, den Zigarettenqualm vor seinem Gesicht zu vertreiben.

»Ich schätze, das geht zurück bis in die Kindheit«, sagte Lucy. »Genau wie alles andere auch.«

»Nicht unbedingt«, sagte Star und trank ihren Wein aus. »Die meisten Patienten in meinem Forschungsprogramm kommen aus ziemlich stabilen Verhältnissen. Besonders die zielgerichtet operierenden Straftäter.«

»Zielgerichtet operierende Straftäter?«, fragte Lloyd. »Ist das so was wie eine Klassifizierung?«

»Ja. Das sind Verbrecher, die ihre Taten minuziös planen«, erklärte Star mit finsterem Lächeln. Ich nahm an, dass sie ihre Arbeit sehr mochte und auch sehr gut beherrschte. Sie stand auf und holte noch eine Flasche aus dem Weinständer. »Und zwar bis ins kleinste Detail«, fügte sie hinzu, als sie wieder am Tisch saß.

»Wie im Fernsehen?«, fragte Henri etwas zu aufgedreht. Er machte sich über seine Gäste lustig, ohne dass die etwas davon bemerkten.

»Genau«, sagte Star.

»Aber sind Psychos nicht für jeden sichtbar verrückt?«, fragte Cal.

»Nein«, sagte sie. »Das erzählt man uns bloß, damit wir keine Angst haben.«

Wieder dieses Lächeln.

»Tatsächlich«, fuhr sie fort, »kommen einem die wirklich gefährlichen Psychopathen ganz normal vor. Sie leben normalerweise mit einem Partner zusammen, haben eine feste

Arbeit, die Familienverhältnisse sind stabil. Wenn sie ein Verbrechen verüben, gehen sie ruhig und entspannt vor. Sie sind im zwischenmenschlichen Umgang geschickt und unternehmen manchmal große Anstrengungen, um das Vertrauen ihrer Opfer zu erwerben, gewöhnlich, indem sie sich in deren Persönlichkeit hineinversetzen.«

»Mein Gott«, sagte Cal.

»Da kommt wohl eine Einführungsvorlesung auf uns zu«, meinte Lucy.

»Irgendwo hab ich gelesen, dass die meisten von ihnen erstgeborene Söhne sind«, sagte ich und drückte in einem von Henris riesigen Glasaschenbechern meine Zigarette aus. »Ist da was dran?«

»O ja«, sagte Star. »Das ist einer der Aspekte, die ich untersucht habe. Ich war überrascht, dass das für etwa …« Sie dachte kurz nach. »… für etwa achtzig Prozent der von mir bearbeiteten Fälle zutrifft.«

»Bis ich Star getroffen habe, hab ich immer gedacht, dass *meine* Patienten sonderbar sind«, sagte Henri stolz.

Der Einwurf löste allgemeines Gelächter aus und lockerte die frostige Stimmung, die sich über die Runde gelegt hatte, wieder auf. Henri war ein ziemlich bekannter Psychiater, der eine Praxis in der Harley Street unterhielt. Zu seinen Patienten zählte eine wachsende Schar von Berühmtheiten, deren Identität im Mittelpunkt ständiger Spekulationen stand.

»Er hat jetzt einen *Astrologen* als Patienten«, sagte Star provozierend.

»Mystic Meg!«, sagte Lloyd.

»Patric Walker!«, sagte Cal.

»Ist der nicht schon tot?«, fragte Lucy und schaute verwirrt.

»Meine Lippen bleiben … *geschlossen*«, sagte Henri und runzelte die Stirn. *»Condamnée?«*

»Versiegelt«, sagte Star, die anscheinend meinen Job als

Übersetzerin übernommen hatte. Da Henri schon so lange im Land lebte, dass er die Sprache eigentlich im Schlaf beherrschen müsste, hatte ich oft den Eindruck, er würde seine sprachlichen Lücken nur vortäuschen. Manchmal dachte ich, dass er das deshalb absichtlich machte, um Aufmerksamkeit zu erregen oder sich seiner französischen Wurzeln zu versichern.

»Poker!«, sagte er plötzlich. Er war schon angetrunken und schlug mit beiden Händen auf den Tisch. »Wir pokern. Hol die Karten, Lily.«

»Ich spiele nicht«, sagte Cal, der leicht verängstigt dreinblickte.

»Ich schon!«, sagte Lucy ganz aufgeregt.

In einer Schublade in der Küche fand ich einen Satz Karten. Als ich zurück ins Wohnzimmer ging, ließ ich die Karten zwischen den Händen hin und her gleiten.

»Lily zinkt schon die Karten«, witzelte Lloyd.

»Schon möglich«, erwiderte ich. Der Wein hatte mich übermütig gemacht. »Aber ich möchte wetten, dass du der bessere Falschspieler bist.«

»Ich wünschte, es wär so«, sagte Lloyd.

»Wir werden ja sehen«, meinte ich und mischte die Karten. »Wie wär's mit einem Experiment?«

»O ja, ein Kartentrick«, sagte Lucy und rieb sich die Hände.

»Sieht ja ganz so aus, als ob du eine Frau mit vielen Talenten wärst«, sagte Cal.

»Wir werden ja sehen«, sagte ich erneut.

Ich gab Lloyd den Pack Karten und sagte ihm, er solle drei Mal abheben und die vier Stapel auf den Tisch legen.

»Genau so«, sagte ich. »Die Stapel heißen A, B, C und D.«

»Okay«, sagte Lloyd ernst.

»Du nimmst jetzt den Stapel A«, erklärte ich. Lloyds nikotinfleckige Finger zitterten leicht, als er die Karten aufnahm. »Nimm die drei oberen Karten und steck sie unter den Stapel. Und jetzt hebst du von oben nacheinander drei Karten ab und legst jeweils eine auf die Stapel B, C und D.«

»Jetzt bin ich mal gespannt«, sagte Star. »Wo hast du das bloß alles gelernt?«

»In meiner vergeudeten Jugend«, erwiderte ich lächelnd. »Okay«, sagte ich zu Lloyd. »Jetzt das Gleiche mit Stapel B. Denk dran: Die drei oberen unter den Stapel schieben und dann von oben die nächsten drei auf A, C und D ablegen.«

»Ist es egal, in welcher Reihenfolge ich die Karten auf die Stapel lege?«, fragte er. »Ich hab vergessen, welcher der Stapel C ist.«

»Der da ist C«, sagte ich und zeigte auf den Stapel, während Lloyd sorgfältig eine Karte auf jeden der drei Stapel legte. »Und jetzt das Gleiche bei den restlichen Stapeln.«

Alle schauten fasziniert zu, während Lloyd jeweils drei Karten unter den Packen in seiner Hand schob und dann wieder drei Karten auf den anderen Stapeln ablegte. Als er fertig war, schaute er mich erwartungsvoll an.

»Gut. Du hast also beim Pokern noch nie geschummelt?«

»Nein«, sagte er.

»Dann schauen wir mal nach«, sagte ich und deckte die oberste Karte von jedem Stapel auf. Natürlich war es überall ein Ass. Alle klatschten, was mich ziemlich verlegen machte.

»Vielen Dank«, sagte ich.

»Ich hab's ja gewusst«, sagte Henri. »Meine Tochter ist ein Genie.«

Ich zuckte leicht zusammen, freute mich aber dennoch. Seit ich Laufen gelernt hatte, hatte ich meinen Vater nicht mehr so beeindruckt.

Die Idee mit dem Pokern wurde schließlich zu Gunsten einer Tasse Kaffee fallen gelassen. Nachdem ich schon ein paar Zigaretten zu viel geraucht hatte, hörte ich irgendwo im Hintergrund eine Uhr zwölf schlagen, entschuldigte mich und ging zu Bett. Morgen würde ein komplizierter Tag werden.

7

Das Dreieck

Mein Kater weckte mich früh und wollte umsorgt sein. Ich versuchte ihn zu ignorieren, worauf in meinem Kopf ein Blasorchester zu spielen begann. Ich musste aufstehen. Verhangene Augen schauten aus einem bleichen Gesicht, als ich auf der Suche nach Zigaretten und Aspirin die Treppe hinunterstolperte und direkt in Cals Arme lief. Was machte der hier? Ich sah auf die Uhr im Flur: Es war schon nach neun.

»Musst du nicht zur Arbeit?«, fragte ich.

»Nicht vor zehn«, sagte er. »Kein Werbemensch fängt vor zehn an.«

»Oh«, sagte ich und ging in die Küche, wo ich nebst einer Kanne frisch gebrühtem Kaffee eine herrenlose, halb volle Packung Gitanes fand (meine eigenen Zigaretten hatte ich verlegt).

»Ich hab dir Kaffee gemacht«, sagte Cal, der in der Tür auftauchte.

»Danke«, sagte ich höflich. Normalerweise trank ich morgens heiße, cremige Schokolade, doch in meinem Zustand würde es jede andere Flüssigkeit auch tun. Ich schenkte mir eine Tasse ein, setzte mich an den inzwischen abgeräumten Küchentisch und zündete mir eine Zigarette an.

»Du rauchst zu viel«, sagte Cal vorsichtig.

»Ich will ja nicht grob werden«, erwiderte ich und ignorierte seine Bemerkung, »aber was machst du eigentlich noch hier?«

»Ich bin auf dem Sofa eingeschlafen«, sagte er. »Tut mir Leid, wenn ich dich erschreckt habe.«

»Ist mein Vater in die Praxis gegangen?«

»Ja. Star ist auch schon weg.« Als er meinen Gesichtsausdruck sah, bewegte er sich rückwärts in Richtung Tür. »Ist wohl besser, wenn ich mich auf den Weg mache.«

»Gute Idee.«

Er blieb ein paar Sekunden an der Tür stehen und schaute mich argwöhnisch an. Das nasse blonde Haar klebte an seinem Kopf und sah dunkler und nicht so zerzaust aus wie gestern Abend. Außerdem hatte er sich rasiert.

»Kann ich dich mal anrufen?«, fragte er. Die Botschaft, dass ich ihn aus dem Haus haben wollte, hatte ihn offensichtlich nicht erreicht.

»Das ist ein freies Land.«

»Was du gestern Abend gesagt hast, fand ich wirklich faszinierend. Ich würde dich gern näher kennen lernen.«

Ich wusste nicht, was ich sagen sollte. »Ähm ...«

»Wahrscheinlich hältst du mich für ziemlich langweilig«, unterbrach er mich. »Aber ich war gestern Abend ein bisschen zurückhaltend, weil, na, du weißt schon, weil dein Vater ein Kunde ist und so.«

»Henri ist ein Kunde von dir?«

»Ja, klar. Hast du das nicht gewusst? Ich arbeite zusammen mit Lloyds Produktionsfirma an einer Werbekampagne für ihn.«

»Oh.«

»Ist ja auch egal«, sagte er und stieß sich vom Türpfosten ab. »Ich werde dich irgendwann mal anrufen.«

»Freu mich schon drauf«, sagte ich und bemühte mich, so sarkastisch wie möglich zu klingen, ohne ihn wirklich zu verletzen. Es war schließlich nicht seine Schuld, dass ich ihn nicht attraktiv fand.

Ein paar Minuten später hörte ich, dass die Haustür ins Schloss fiel, und atmete erleichtert auf. Endlich allein. Ich stellte das Radio an, machte mir ein Marmeladenbrot, aß es gemütlich auf und ging dann nach oben, um mich anzuziehen. Etwas von dem, was Cal gesagt hatte, gab mir zu denken. Während ich mir einen Zopf ins Haar flocht, stand ich fast eine Ewigkeit mit dem Hörer am Ohr neben dem Telefon und wartete darauf, dass ich von der Auskunft der British Rail ein Freizeichen bekam. Bevor ich mich auf den Weg machte, musste ich noch zwei Dinge herausfinden.

Eine Stunde später stand ich wieder auf dem Bahnsteig in London Fields und wartete auf den Zug. Die Auskunft hatte mir die beiden Dinge, die ich wissen wollte, bestätigt: London Fields und Hertford East wurden von derselben Linie bedient, und es gab an Werktagen um 8 Uhr 35 einen Zug ab London Fields, der um 9 Uhr 31 in Hertford East ankam. Das bedeutete, dass der Mörder, falls er den Zug benutzt hatte, vom Schauplatz des ersten Verbrechens in knapp einer Stunde zum Schauplatz des zweiten Verbrechens hätte gelangen können. Obwohl ich noch nicht wusste, ob diese Information von irgendwelchem Nutzen sein würde, hielt ich das in meinem Notizbuch fest.

Während ich unruhig auf und ab marschierte, konnte man schon spüren, dass es wieder ein heißer Tag werden würde. Außer mir warteten auf dem Bahnsteig lediglich drei Personen. Wahrscheinlich bot sich einem während der Rush-Hour ein völlig anderes Bild. Wenn auch nicht auf dieser Seite des Bahnsteigs, an dem die stadtauswärts fahrenden Züge hielten. Ich war erleichtert, als der Zug kam und ich endlich einsteigen konnte. Der Gedanke, zu lange auf Bahnsteigen herumstehen zu müssen, jagte mir Angst ein. Ich fuhr nach Hertford East, zum Schauplatz des zweiten Verbrechens. Bevor ich mich mit Jess traf, wollte ich mir einen Überblick verschaffen.

Obwohl ich auf dem Weg nach Hertford East in Hackney Downs umsteigen musste, habe ich für die ganze Fahrt weniger als eine Stunde gebraucht. Ich erinnere mich daran, dass ich dasaß und darüber nachdachte, was ich getan hatte und was ich noch tun würde. Ich hatte alles immer wieder durchgespielt, war immer wieder mit dem gleichen Zug gefahren, hatte ständig das Timing kontrolliert und die Frauen beobachtet. Manchmal hatte Rebecca einen anderen Zug genommen, aber das machte die Sache nur einfacher. Welchen Zug sie am Donnerstag nehmen würde, wusste ich, weil ich sie für einen wichtigen Fototermin in London selbst gebucht hatte.

Obwohl die Fahrt nur knapp eine Stunde dauerte, kam es mir wie eine Ewigkeit vor. Als ich in Hertford East ankam, war es schon so heiß, dass ich die Jeansjacke auszog. Als unerlässliche Hilfsmittel für den heutigen Tag hatte ich dabei: das Handy, das Notizbuch und einen Stadtplan von London.

Im Bahnhof herrschte mehr Betrieb als in London Fields. Neben der Treppe zum Bahnsteig für die stadteinwärts fahrenden Züge hing ein kleines Plakat, auf dem Fahrgäste, die am vergangenen Donnerstag den Zug benutzt hatten, aufgefordert wurden, sich mit einem Sonderdezernat der Londoner Polizei in Verbindung zu setzen. Ich ging den gesamten Bahnsteig ab und machte mir akkurat wie ein Buchhalter meine Notizen. Warum hatte niemand etwas von dem Anschlag gemerkt?

Als ich glaubte, alles gesehen zu haben, nahm ich den nächsten Zug zurück zur Liverpool Street. Nachdem der Zug ohne Zwischenstopp den Bahnhof von London Fields passiert hatte, konnte ich einen Blick auf den Park werfen. Er lag genauso verlassen da wie am Sonntag. Beim kleinsten Anzeichen von Sonnenschein strömten fast überall in London die Menschen in die Parks. Nicht so in London Fields.

Der Zug brachte mich schnell zum Bahnhof Liverpool Street, wo ich noch genügend Zeit hatte, um mir in einem der Bahnhofsläden ein paar Sandwiches und etwas zu trinken zu kaufen. Als Nächstes musste ich mit der U-Bahn nach Surrey Quays. Ich wollte nach Deptford, dem Stadtviertel von London, das ich am wenigsten mochte. Dort lebte Jess, und dort hatte Tam gelebt.

Als ich versuchte, Jess anzurufen, erwischte ich wieder Tyler.

»Wo ist sie?«, fragte ich ihn, nachdem er mir mitgeteilt hatte, dass sie nicht da sei.

»Tja, hmm … ich hab gerade ein paar Leute da.« Seine Stimme klang beunruhigt.

»Kommt sie heute Nachmittag noch zurück?«

»Das will ich doch hoffen.« Er lachte. »Bei Jess kann man das allerdings nie wissen.«

Auf meiner Hitliste für die unangenehmste Art zu reisen kamen U-Bahnen gleich nach Flugzeugen. Wenn sie im Freien fuhren, machte es mir nicht so viel aus, aber wenn ich mich unter der Erde befand, jagte mir das richtige Angst ein. Unter der Erde war da, wo man landete, wenn man tot war, und der Gedanke an den Tod brachte mich mächtig durcheinander. Ich hätte ein Taxi nehmen können, aber abgesehen davon, dass die Fahrt über den Fluss zu teuer war (der Gedanke, unter ihm hindurchzufahren, war allerdings noch schlimmer), wollte ich mich so weit wie möglich auf einer Art Spur vorwärts bewegen. Und zwar auf der von *Zügen.* Weil es nämlich genauso abgelaufen sein musste. Ich klappte den Stadtplan auf und blickte auf die Figur, die die Linien zwischen den drei Tatorten bildeten: ein Dreieck, klar. Eines, das man – wie mir meine Fahrpraxis in London sagte – mit dem Auto unmöglich in der gegebenen Zeit abfahren konnte. Selbst mitten in der Nacht, wenn man als einzige Hindernisse nur Taxis und Nachtbusse zu umkurven hatte, wäre das kaum zu schaffen. Und dann erst in der morgendlichen Rush-Hour! Keine Chance.

Mein Notizbuch füllte sich mit Strichmännchen, Kurven und Theorien. In einer theoretischen Abhandlung über Verbrechen hatte ich gelesen, dass für die Beweisführung der Anklagevertretung drei Dinge entscheidend sind: Motiv, Tatwerkzeug, Gelegenheit. Deshalb richtete sich darauf das Hauptaugenmerk eines jeden Detektivs. Um die Schuld eines Verdächtigen zu beweisen, musste man für alle drei Punkte ausreichend Beweismittel beibringen.

Das war die wissenschaftliche Methode, und sie bekam meinen Zuschlag. Jess wusste etwas, aber nicht alles. Sonst wäre sie direkt zur Polizei gegangen. Sie war überzeugt davon, dass ich mich auf dem Gebiet auskannte, und obwohl ich mir das meiste in Büchern angelesen hatte, würde ich versuchen, ihr so nützlich wie möglich zu sein. Da ich einleuchtenderweise keine Ahnung hatte, wer die Tat verübt oder warum er sie verübt hatte, fing ich mit dem Punkt *Gelegenheit* an: Wie war der Mörder vorgegangen, wie hatte er sich von einem Ort zum anderen bewegt und so weiter. Vielleicht könnte mir Jess genauere Informationen über die Frauen und über mögliche Motive für die Morde liefern. Wenn wir dann alle Informationen durchgegangen wären, bräuchte ich sie vielleicht nur noch dazu zu überreden, zur Polizei zu gehen.

Surrey Quays war ein grauer unterirdischer U-Bahnhof, der lediglich durch die vielen Penner und Säufer, die im und vor dem Bahnhof herumlungerten, etwas Farbe bekam.

»Haste mal 'ne Kippe, Herzchen?«, fragte ein großer, rotgesichtiger Mann, der draußen vor dem Ausgang stand und auf dessen Kopf ein purpurroter Hut thronte.

»Äh ... klar, sicher.« Da ich gerade dabei war, mir selbst

eine anzuzünden, hatte ich keine Wahl. Ich zog eine Zigarette aus dem flachen Päckchen und gab sie ihm.

»Sie sind wirklich eine *sehr* gut aussehende Lady«, nuschelte er. Dann nahm er die Zigarette und küsste mir die Hand.

»Danke«, sagte ich und ging rauchend und in Gedanken versunken die Evelyn Street hinunter. Je weiter ich ging, desto weniger Menschen waren zu sehen, desto deprimierender wurde der Anblick. Früher waren das alles mal Läden gewesen, dachte ich. Übrig geblieben waren verrammelte Bruchbuden und Pleite gegangene Geschäfte, die allesamt einen abweisenden Eindruck machten. Die eine Seite der Straße, auf der es ein paar Waschsalons und einen Fish-and-Chip-Laden gab, machte eine Zeit lang einen etwas besseren Eindruck. Doch bald sah auch sie genauso aus wie ihr Gegenüber, und ich fühlte mich ziemlich einsam.

Ich bin um halb zehn in Hertford East angekommen und habe sie gleich auf dem Bahnsteig gegenüber stehen sehen. Rebecca. Diese Künstlertypen fangen dermaßen spät an zu arbeiten. Besonders die Freischaffenden. Und ganz besonders, wenn sie für mich arbeiten.

Sie hat sich deutlich von den anderen Spätpendlern fern gehalten. Verständlich, in Anbetracht der Umstände. Auf dem Bahnsteig war mehr Betrieb, als man eigentlich annehmen sollte. Andererseits sind die Arbeitszeiten heutzutage ja schon ziemlich flexibel.

Ich musste ein Ablenkungsmanöver starten. In diesem frühen Stadium durfte sie mich nicht sehen. Ich habe es mit einem Feuerwerkskörper gemacht. Ich habe ihn angezündet, in den Abfallkorb an der Treppe geworfen und bin dann rüber zu Rebecca gegangen. Süße Rebecca. Wie alle anderen hat sie dem Zug entgegengeschaut, bis ... BUMM. Das war vielleicht ein Spektakel [lacht]. Jeder hat auf die Farben ge-

starrt. Die, die direkt neben dem Korb gestanden haben, sind zur Seite gesprungen, als er hochgegangen ist. Alle haben in die andere Richtung geschaut. Keiner hat was gesehen, als ich zu ihr hin bin und ihr einen kräftigen Stoß gegeben habe. Sie hat geschrien, aber da war ich schon wieder weg. Wie der Zug sie erwischt hat, habe ich nicht gesehen. Aber ich konnte es hören. Ein weicher, dumpfer Schlag, und dann ein scharfes Knirschen. Das war das Ende von Rebecca.

Danach bin ich rüber auf die andere Seite des Bahnsteigs, bin in den Zug Richtung Liverpool Street gestiegen und wieder zurückgefahren. Vorbei am wunderschönen London Fields, wo ich durchs Zugfenster die Polizei, die Leiche und die Menschenmenge sehen konnte. Ein Krankenwagen war auch da. Sie haben gerade die Klappe zugemacht. Die Schlange hatte zugebissen. Ich habe gewunken, aber keiner hat mich gesehen. [Hustet.]

Als Nächstes musste ich mit der U-Bahn nach Surrey Quays, mitten ins Herz (wenn es denn eins hat) von Deptford, das Stadtviertel von London, das ich am meisten mag und in dem mein nächstes Opfer wohnte.

Die U-Bahnfahrt nach Surrey Quays war grauenvoll. Aber ich hatte keine Wahl, ich musste weitermachen. Das war meine Mission, meine unbarmherzige und leidenschaftliche Mission. Unvorstellbar und unauffindbar. Keiner kümmert sich um Leute im Zug.

Ich kann mich erinnern, dass draußen vor dem U-Bahnhof ein besonders widerlicher Haufen von Pennern rumgehangen hat. Was ist eigentlich der Sammelbegriff für Penner? Saupenner! *Einer mit einem purpurroten Hut hat mich um eine Zigarette angeschnorrt. Ich habe bloß gesagt, dass ich ein Psychokiller bin. Dann bin ich die Evelyn Street runtergegangen, wobei ich die ganze Zeit gespürt habe, wie hinten im Rucksack das Messer hin und her gerutscht ist. Die Straße war deprimierend (genau die Sorte, die einen in die Stim-*

mung für einen Mord bringt). Die anfangs noch belebte Straße ist immer trostloser geworden, war schließlich fast menschenleer. Und ich bin immer aufgeregter geworden. Früher hat es da vielleicht mal Geschäfte gegeben, jetzt war da nichts mehr. Die eine Seite hat noch ein bisschen freundlicher ausgesehen. Da gab's ein paar Waschsalons und einen Fish-and-Chip-Laden. Aber auch die haben sich dann in Nichts aufgelöst, und ich habe mich ziemlich aufgekratzt gefühlt.

Die Tatsache, dass das Haus und der Wohnblock, in dem Tam beziehungsweise Jess wohnten, sich in fast unmittelbarer Nachbarschaft befanden, hielt ich für einen merkwürdigen Zufall. War Jess auch hierher gekommen, als sie Tam interviewt hatte? Ich, Jess, der Mörder: Hatten wir alle den gleichen Weg genommen? Ich erschauderte und ging weiter.

Als ich in die Alloa Road einbog, fühlte ich mich wieder sicher. Saubere Geschäfte und ein viktorianisches Haus neben dem anderen. Nachdem ich in die Madison Gardens gefunden hatte, näherte ich mich langsam dem Haus, wobei ich mir genau die Umgebung anschaute. Dies war die einzige konkrete Adresse, die im Fernsehen erwähnt worden war, und ich wollte sichergehen, dass ich kein Detail übersah.

Nummer achtunddreißig war ein großes Stadthaus von der Art, wie es gewöhnlich Studenten, Hausbesetzer oder berufstätige junge Leute bewohnten. Meine Vermutung, dass sich mehrere Parteien das Haus teilten, wurde durch die Tatsache gestützt, dass die Haustür von der Polizei – wie das wahrscheinlich der Fall gewesen wäre, wenn Tam allein hier gewohnt hätte – nicht versiegelt worden war. Wie um meine Annahme durch ein weiteres Indiz zu bekräftigen, drang jetzt der schwere und laute Bass-Sound von Reggae-Musik auf die Straße. Es musste also jemand im Haus sein. Ich war verwirrt. Ich hatte angenommen, dass Tam allein lebte, aber manchmal fabrizierte das Gehirn eben komische Schaltungen. Und da ich nicht sicher war, warum ich das angenommen hatte, schlug ich mir den Gedanken aus dem Kopf. Als ich gerade anklopfen wollte, verstummte die Musik so plötzlich, wie sie eingesetzt hatte. Die Tür ging auf, und mir gegenüber stand ein großer, schmuddeliger Mann mit Rastalocken.

»Alles klar?«, sagte er freundlich. Dass sich eine Fremde in seinem Garten herumtrieb, schien ihn nicht im Geringsten zu irritieren. »Du bist sicher Rainbow. Ich hab dich vom Fenster aus gesehen. Joe hat gesagt, dass ich dich reinlassen soll. Du kannst hier auf ihn warten, er kommt bald zurück.«

Er lehnte am Türpfosten und wartete darauf, dass ich ins Haus ging. Ich überlegte kurz, wer wohl Rainbow sei und ob ich, um einen Blick ins Haus werfen zu können, lange genug damit durchkäme, mich als Rainbow auszugeben. Ich sagte mir, dass ich ja nichts zu verlieren hätte, lächelte und ging an dem kräftigen Mann vorbei in den muffigen Flur. Als ich die modrige Feuchtigkeit einatmete, musste ich husten. Vielleicht bildete ich mir das nur ein, aber ich hatte den Eindruck, dass er seinen Spaß dabei gehabt hatte, als ich mich an ihm vorbeidrücken musste. Ich war mir fast sicher, dass ich seine Hand auf meiner Brust gespürt hatte.

»'tschuldige, dass es hier so aussieht«, sagte er. Er grinste wie ein unartiger Junge und deutete auf die im Flur herumliegenden Absperrbänder der Polizei. »Schätze, wir kriegen deshalb noch mächtig Ärger. Das Zeug sollte eigentlich draußen vor der Tür sein, aber wir hatten einen kleinen Unfall hier.« Er machte eine Pause. Vielleicht weil er sich an meinem erschrockenen Gesichtsausdruck weiden wollte. »Scheißbullen. Schätze, du hast schon davon gehört.«

»Äh, Joe hat was davon erzählt«, sagte ich vorsichtig. »Wann wollte er denn wieder da sein?«

»In einer halben Stunde, hat er gesagt. Ich bin übrigens Dean.«

»Angenehm«, sagte ich und achtete darauf, ihm nicht zu nahe zu kommen. »Was ist denn genau passiert?«

»Du hast sie nicht gekannt, oder? Tam, meine ich.«

»Nein.«

»Man hat sie erwürgt«, sagte Dean nüchtern. »Da drin.«

Er deutete auf die von der Polizei versiegelte Tür, die vermutlich ins Wohnzimmer führte und an der ein großes gelbes »Zutritt verboten«-Schild hing.

»Mein Gott«, sagte ich und brauchte ihm das Entsetzen in meiner Stimme erst gar nicht vorzuspielen. Während ich mir vorstellte, wie sich ein Fremder gewaltsam Zugang zu meiner Wohnung verschaffte, wurde mir ganz übel. »Was ist passiert?«, fragte ich noch einmal. Ich stand regungslos da und wunderte mich darüber, dass Dean – in seinem Wohnzimmer war schließlich ein Mensch erdrosselt worden – die ganze Sache nicht sonderlich zu beeindrucken schien.

»Keine Ahnung«, sagte er und schüttelte den Kopf. »Echt krank das Ganze. Echt *beschissen* krank.«

Er wandte sich von der Tür ab und ging durch den muffigen Flur in die große Küche, aus der einem der Geruch von angebranntem Knoblauch und seit Wochen ungewaschenem Geschirr entgegenschlug.

»Tasse Tee?«

»Ja, danke«, sagte ich. Ich erwog kurz, ihn um einen Kaffee zu bitten, ließ es dann aber bleiben, weil ich mir dachte, dass jemand mit dem Namen Rainbow sicher Tee trank: *Kräutertee*, um genau zu sein. Denn als Dean den überquellenden Küchenschrank öffnete, sah ich mindestens zehn Packungen davon.

Ich setzte mich an den runden, gelben Küchentisch, der aussah wie eins dieser Resopalgebilde aus den Sitcoms der frühen Siebziger. Während ich Notizbuch, Stadtplan und Handy vor mir auf den Tisch legte, kam ich mir nicht gerade wie jemand vor, der auf den Namen Rainbow hörte. Dennoch hatte ich keine andere Wahl, als zu versuchen, Dean eine überzeugende Vorstellung zu liefern. Während meiner Zeit in Islington hatte ich einer Theatergruppe angehört. Ich hoffte einfach, dass meine schauspielerischen Qualitäten dafür ausreichten.

Dean setzte Wasser auf, griff dann in die Hosentasche und zog eine King-Size-Packung Rizlas heraus. Er zupfte etwas Golden Virginia auf das Zigarettenpapier und veredelte den Tabak mit ein paar großen Brocken klebrigen, schwarzen Haschischs. In der Hoffnung, er würde mir keinen Zug davon anbieten (ich hatte so meine Zweifel, ob Rainbow und meine Einstellung zu Drogen deckungsgleich waren), zündete ich mir eine Zigarette an.

»Heute ist der erste Tag, an dem noch keine Polizei hier reingeschneit ist«, sagte Dean, während er mit der Zunge über den gummierten Streifen des Zigarettenpapiers fuhr, mit den beiden Zeigefingern geschickt den Tabak einrollte, die befeuchtete Kante aufdrückte und dann glatt strich. Geistesabwesend befingerte er sein Werk.

»Wenn du hier einziehen willst«, sagte er langsam, bevor er schließlich den Joint anzündete und einen tiefen Zug nahm, »dann wäre es besser, wenn du deinen Kram nicht offen rumliegen lässt. Hier wimmelt es nur so von Polizisten.«

»Kann ich mir vorstellen.«

Ich schaute auf die Uhr. Ich war jetzt schon zehn Minuten hier. Bevor Joe oder die echte Rainbow auftauchte, musste ich jetzt unbedingt ein paar Informationen aus Dean herausbekommen und dann schnell wieder verschwinden. Das Haus genauer unter die Lupe zu nehmen, musste ich auf ein andermal verschieben. Obwohl ich mir kaum vorstellen konnte, wann oder wie ich das überhaupt bewerkstelligen sollte. Ich überlegte, ob ich mir irgendwie Deans Schlüssel unter den Nagel reißen könnte, besann mich aber eines Besseren.

»Ich wette, ihr seid alle ganz schön durcheinander«, sagte ich mitfühlend. »Es muss furchtbar für euch sein.«

»Groß überrascht hat das keinen, wenn du das meinst. Tam war schon lange fällig.«

»Warum?«, fragte ich. Ich fand seine Haltung schockierend. Ganz sicher hatte *niemand* so etwas verdient. Ich merkte, wie ich mich verspannte und mir wieder übel wurde. Ich konnte mir nicht vorstellen, wie man mit derart widerlichen Leuten zusammenwohnen konnte. *Arme Tam*, dachte ich.

»Sie hatte bei einem Haufen Leute Schulden«, sagte Dean und zuckte mit den Achseln. »Und nicht wenig. Deshalb hat sie auch …«

»Was?«

»Hat dir Joe denn überhaupt nichts davon erzählt?«, fragte er und schaute mich erstaunt an. Er kniff ein Auge zusammen, bekam aber nicht mehr als die Karikatur eines verwunderten Seitenblicks zustande.

»Nein.«

»Sie hat am Goldsmith's College Kunst studiert. Bis sie sich mit ein paar Studenten von der härteren Sorte eingelassen hat.«

Dean machte eine Pause und goss kochendes Wasser in zwei Becher. Sofort erfüllte das Aroma von Nelken und Früchten die Küche. Er bot mir einen Zug von dem Joint an, worauf ich die Stirn runzelte und entschuldigend murmelte, dass es noch zu früh sei und ich außerdem nicht mehr so viel rauchen wolle. Der blaue Becher mit dem Teebeutel, den er vor mir auf den Tisch stellte, war schmutzig und hatte einen Sprung. Als er zum Spülbecken zurückging, streifte er mit der Hand absichtlich meine Schulter. Ich bekam eine Gänsehaut; es war widerlich und peinlich. Ich warf einen Blick auf die fade, purpurrote Flüssigkeit und nippte ganz vorsichtig daran. Es schmeckte tatsächlich fruchtig, allerdings ziemlich schwach und wässrig. Vielleicht fiel es nicht weiter auf, wenn ich nichts mehr davon trank.

»Härtere Sorte?«, fragte ich und stellte die Tasse auf den Tisch.

»Ja. Fesseln, Leder und so. *Kunst.*« Dean schnaubte verächtlich. Ich hatte zwar eine ungefähre Vorstellung, wovon er da redete, war aber dennoch zu verblüfft für eine schnelle Antwort. Er sprach weiter.

»Sie hat schließlich das College geschmissen und versucht, für irgendeine Installation, die sie machen wollte, Geld aufzutreiben. Live Body Piercing. In Islington oder so. Keiner hat sie gemocht. Hat sich einen Scheiß um die Miete gekümmert, hat nie was gelöhnt für die ganzen Drogen, die sie sich reingezogen hat. Hat, glaub ich, nie was anderes gemacht, als mit diesen schrägen Typen rumzuhängen. Ich wollte gar nicht wissen, was da abging, wenn du weißt, was ich meine. Hab also auch nie danach gefragt. Und dann, logischerweise ...« Er breitete die Hände aus. »... *das.*«

»Glaubst du, dass einer von diesen Typen sie umgebracht hat?«

»Wenn das stimmt, was in der Zeitung steht – nein. Dann weiß ich auch nichts.«

»Was hat denn die Polizei unternommen?«, fragte ich. »Haben sie euch alle befragt?«

»Ja«, sagte Dean träge. »Wenn du mich fragst, sollte man sich besser gar nicht weiter drum kümmern. Einfach abhaken den Scheiß. Meine Meinung.«

»Glaubst du nicht, dass man den, der das getan hat, einsperren sollte?«

»Ja«, sagte er und lächelte giftig. »Aber dann müsste man halb London einbuchten.«

»Glaubst du, dass es der Stalker war? Ihr Ex-Freund Stuart?«, sagte ich und vergaß für einen Moment, dass ich über die Sache ja eigentlich gar nichts wissen durfte. Ich verfluchte mich dafür, dass ich so leichtfertig meine Rolle ruinierte.

»Stalker?«, erwiderte er und ließ ein widerliches Lachen hören. »Ja, richtig. Das hätte ihr gefallen. Ich hab den Typen, diesen Stuart, nie gesehen. Kann gut sein, dass das Ganze schon angefangen hat, bevor sie hier eingezogen ist. Ich glaub aber nicht, dass das was damit zu tun hat. Sie, wie soll ich sagen, sie hat es förmlich *gewollt.* Vielleicht knacken sie ja die Sache mit den beiden anderen Tussis, keine Ahnung. Vielleicht war der Typ, der Tam gekillt hat, anders. Vielleicht war es ja ein Unfall. Wenn du weißt, was ich meine …«

»Nicht genau«, sagte ich und spürte, wie mein Puls zu rasen begann. »Wovon redest du überhaupt?«

Dean räusperte sich und zog wieder die Rizlas aus der Tasche. Ich hatte den Eindruck, dass er die ganze Sache genoss, *die Macht* und die Gelegenheit, sich aufzuspielen. Aus meiner Studentenzeit in Nordlondon kannte ich mich ein bisschen aus mit dieser Art von häuslichen Verhältnissen. Ich hatte so das Gefühl, dass, wenn die echte Rainbow hier auftauchte, sie wahrscheinlich mit Dean im Bett landen würde. Natürlich nach dem Motto »Freie Liebe« oder so. Er war arrogant, geradezu verblüffend blasiert (was aber wahrscheinlich an den Drogen lag) und gab vor, wirklich über alles Bescheid zu wissen. Nach der Größe der Haschischplatte zu urteilen, die er aus der Tasche zog, musste er mit dem Zeug dealen. Ich fand ihn abstoßend und wünschte, dass er endlich auf den Punkt kommen und mir irgendwas Nützliches erzählen würde.

Er wollte gerade weiterreden, als das Handy klingelte. Ich fluchte leise und nahm das Handy vom Tisch. Das Display sagte mir, dass es Fenn war und dass er von zu Hause anrief. Der Gedanke an eine freundliche Stimme, die die kalte Atmosphäre des Hauses etwas erwärmte, ließ mich innerlich aufjauchzen. Ich war versucht, den Anruf anzunehmen. Aber ich musste wissen, was Dean mir noch zu erzählen hatte. Ich drückte auf den Knopf, hörte Fenns »Hallo?« und warf ihn mit einem weiteren Knopfdruck gleich wieder aus der Leitung.

Erwartungsvoll wandte ich mich wieder Dean zu, der jedoch abrupt aufstand, auf die Uhr schaute, als hätte er noch etwas Wichtiges zu erledigen, und aus der Küche ging. Verärgert schaute ich das Handy an. Ich wünschte, ich wäre so schlau gewesen, das Handy auszuschalten, bevor ich das Haus betreten hatte. Dann hätte ich jetzt zwei Informationen: eine von Fenn auf dem Anrufbeantworter (wohin war eigentlich die andere Nachricht entschwunden?) und eine von Dean, der im Flur anscheinend gerade selbst jemanden anrief.

Da klar war, dass ich von ihm nichts mehr erfahren würde, und da ich befürchtete, Joe und Rainbow würden jeden Moment auftauchen, entschied ich, dass es höchste Zeit war zu gehen. Als ich die Küche gerade verlassen wollte, schnappte ich ein Wort von Deans Gespräch auf, blieb stehen und spitzte die Ohren.

»Jess Malone«, sagte er noch einmal. »Nein, Kumpel, die kenne ich nicht ... Ja, *echt* schräg. Diesen Tyler kenne ich flüchtig. Kannst es ja mal bei ihm versuchen ... Also, wenn ich du wäre, würde ich mir nichts dabei denken. Weiß ich wirklich nicht, ziemlicher Großkotz ... Ich glaube, das ist alles über ihn gelaufen ... Egal, ich komme später mit dem Zeug vorbei. Klar, Kumpel, bis dann ...«

Als Dean gerade auflegen wollte und ich gleichzeitig draußen Stimmen hörte, ging ich hastig an ihm vorbei und murmelte dabei etwas von »Ich muss noch was besorgen«. So schnell ich konnte, drückte ich mich an dem Pärchen vorbei, das gerade zur Haustür hereinkam. Den ganzen Weg bis zur Evelyn Street rannte ich. Dann blieb ich stehen und versuchte mich zusammenzureißen. Mein Hirn schlug immer noch

Purzelbäume, als ich mich wieder in Bewegung setzte und in die Rainsborough Avenue einbog, wo sich der Wohnblock befand. Vielleicht hatte Jess ein paar Antworten für mich.

Ich hatte gut daran getan, alles so genau zu planen. Es hatte sich nämlich herausgestellt, dass Tam mit einem Haufen Studenten zusammenlebte. Ich musste das exakt abpassen: Wann war sie allein im Haus? Ich hatte das Haus eine Woche lang beobachtet, ohne dass ich ein Muster ausmachen konnte, wann wer kam oder ging. Rein, raus, mal die Gleichen, dann wieder andere. Ich wusste nicht mal, wer da wohnte und wer nicht. Schließlich blieb mir nichts anderes übrig, als das Haus im Auge zu behalten und zu hoffen. Einmal habe ich jemanden gesehen, den ich sehr gut kannte. Was machten die da drin? Da im Verborgenen? Irgendwas ganz Schlimmes. Ich kicherte in mich hinein [lacht]. Das machte alles nur noch besser. Ich wusste, dass mein Plan klappen würde. Als ich mir fast sicher war, dass alle außer Haus waren, setzte ich mich in Bewegung. Ich klopfte an die Haustür, und sie machte auf. Den Rest kennen Sie.

Was haben Sie dann gemacht?

Als ich mit Tam fertig war, habe ich schnell das Haus verlassen. Ich kann mich nicht daran erinnern, dass mich auf der Straße jemand gesehen hat. Außer einer von Tams Mitbewohnern. So ein Typ mit Rastalocken, der aber so stoned aussah, dass er mich sicher nicht bemerkt hat. Ich ging schnell, ich war fast fertig. Ich überquerte die Evelyn Street und ging zu einem Wohnblock ganz in der Nähe. Ich musste noch ein Geschenk abliefern: ein blutverschmiertes T-Shirt.

8

Der trostlose Turm

Der Wohnblock, in dem Jess wohnte, war heruntergekommen und ungepflegt. Die Kieselsteinfassade empfing einen mit einer Kälte, die eher einem Abschieds- denn einem Willkommensgruß glich. Es dauerte eine Zeit lang, bis ich den Eingang fand. Ich war nie zuvor in einem Wohnturm dieser Art gewesen und erwartete eine irgendwie imposante Lobby. Es gab keine. Stattdessen lag der Eingang versteckt auf der Rückseite des Gebäudes und war im Grunde nichts weiter als eine Seitentür, die von einem eingeklemmten Ziegelstein offen gehalten wurde.

Ich stand da, schaute mir die Tür an und versuchte mir über die Bedeutung des Steins klar zu werden, als ein großer Mann mit schutterem Haar herauskam und mich fast über den Haufen rannte. Während er mir dabei half, meine Sachen aufzuheben, murmelte er Entschuldigungen.

»Das Sicherheitssystem scheint wohl nicht zu funktionieren?«, sagte ich und deutete auf den Ziegelstein und eine schäbige, ehedem weiße Holzlatte neben der Tür. Ich war gerade zu dem Schluss gekommen, dass Stein und Latte zusammen mit irgendeiner Apparatur als Türöffner fungierten (wie in Science-Fiction-Filmen, nur nicht so glamourös).

»Typisch«, sagte der Mann.

»Passiert das oft?«

»Immer, wenn jemand einbricht«, sagte er. »Und das kommt ziemlich häufig vor.«

Gemeinsam starrten wir einen Moment auf den Ziegelstein. Dann drehte sich der Mann zu mir um und lächelte.

»Das läuft so«, sagte er. »Irgendwer bricht ein: Er schlägt die Scheibe ein und klettert durchs Fenster. Richtig? Dann geht der Alarm los, aber bevor die Polizei sich drum kümmert und anrückt, ist der Kerl schon lange weg oder sitzt wahrscheinlich in seiner Wohnung und ist stinksauer darüber, weil er mal wieder nicht weiß, wo seine Magnetkarte rumfliegt ...«

»Seine was?«

»Das hier«, sagte der Mann und hielt mir ein weißes, längliches Stück Plastik entgegen, das so groß wie eine Streichholzschachtel war. »Wie auch immer. Jeder Einbruch setzt das System außer Kraft, und dann funktioniert es eine Zeit lang nicht. Beim letzten Mal hat es drei Monate gedauert, bis es wieder repariert war. Und dann hat es auch nur ein paar Wochen gehalten, weil dann wieder jemand die Scheibe eingeschlagen hat. Wenn das System nicht arbeitet, müssen wir immer was dazwischenklemmen, sonst kommt keiner mehr rein.«

»Ist das nicht gefährlich?«, fragte ich.

»Nein. Sie brauchen sich nur die Leute anzuschauen, die hier wohnen.«

»Nur so aus Neugier«, sagte ich, als er sich gerade umdrehte, um zu gehen. »Wann war denn der letzte Einbruch?«

»Irgendwann letzte Woche«, sagte er unsicher. »Wann genau weiß ich nicht. Mittwoch oder Donnerstag. Ich weiß genau, dass es nicht vorher war, weil ich unserer neuen Untermieterin gezeigt habe, wie das mit der Magnetkarte funktioniert. Und das war am Dienstag.«

»Danke«, sagte ich.

»Nichts zu danken.«

Der Gestank da drinnen hat einen umgehauen. Wie Pisse in einem Aschenbecher. Ich konnte einfach nicht glauben, dass man so leben konnte. Ist einfach nicht richtig. Die Wände innen waren gelb oder so, wie Butterblumen. Schätze, es ist völlig egal, welche Farbe sie hatten, aber ich habe mich auf einmal an etwas von ganz früher erinnert. Wo ich mal gelebt hatte: in einem Internat. Überrascht Sie das? Klar, es hat anders gerochen. Hier gab es natürlich keine Möbelpolitur, liegt ja auf der Hand. Es gab überhaupt keine Möbel, die man polieren konnte. Nur sterile Wände und Gänge. Und Pisse.

Gegenüber vom Eingang war die Treppe, die bin ich hochgegangen. Ich habe richtig gespürt, wie die dunkle und gedrückte Atmosphäre mit jedem Schritt dichter und beißender geworden ist. Das rote Treppengeländer hat richtig an meinen Fingern geklebt. Wahrscheinlich habe ich da etwas von dem Blut der Mädchen draufgeschmiert. Ich habe mir vorgestellt, wie sich das Blut mit all dem anderen Zeug auf dem Geländer vermischt: Kotze und Spermasoße. Ja, ich weiß – rümpfen Sie nur die Nase, kann ich ja verstehen. Aber Sie müssen einfach wissen, wie eklig die Treppe war. Durch die schmalen Fensterschlitze konnte ich das Auto auf dem Parkplatz sehen. Irgendein Mädchen ist da gerade hergegangen. Die hat ernst und etwas verloren dreingeschaut.

Als ich im zweiten Stock angekommen bin, war das Licht schon ausgegangen. Fenster waren da oben auch keine mehr. Das ist wahrscheinlich der heißeste Tag des ganzen Jahres gewesen, und der Müllschlucker war genau da, wo ich gerade gestanden habe. Der Gestank … der war so, ich kann den gar nicht beschreiben. Fliegen. Massenhaft Fliegen. Hauptsächlich Schmeißfliegen. Viel zu fett und betäubt, um überhaupt noch fliegen zu können. Die sind wie kleine schwarze Alka Seltzers über den Boden gezischt. Ich bin auf eine draufgetreten und habe zugeschaut, wie sich das Innere auf dem Boden verteilt hat. Entschuldigung. Aber ich habe mich einfach dran erinnert, kann nichts dafür. An einem Tag mit so vielen neuen Erfahrungen war das noch mal was Neues für mich. Ich hatte es noch nie fertig gebracht, eine Schmeißfliege zu zerquetschen.

Ich betrat den Vorraum im Erdgeschoss und ging schnell die Treppe hoch. Widerwillig tauchte ich in den Gestank und die trübe Schwärze ein. Ich konnte einfach nicht glauben, dass etwas so Simples wie das Auswechseln einer Glühbirne im Treppenhaus ein Problem darstellen könnte. Wie viele städtische Angestellte waren wohl nötig, um eine Glühbirne auszuwechseln?

Ich war erleichtert, dass es im dritten Stock wieder Fenster gab, die die dunstigen Sonnenstrahlen des heißen Junitages ins Innere ließen. Das Licht wurde gleich doppelt gefiltert: durch das Glas und durch die Staubschicht auf dem Glas. Die stumpfe Londoner Sonne. Als ich einen kurzen Blick nach draußen warf, blickte ich auf das graue Vordach vor der Eingangstür, auf dem Kartoffelchipstüten, Bonbonpapier, ein Pornoheft (*Hustler*) und ein Fußball lagen.

Ich stand jetzt vor einer Tür, die vom gleichen Typ wie die Eingangstür war und die man ebenfalls nur mit einer Magnetkarte öffnen konnte. Wie unten gab es für Besucher einen Summer. Das ganze System schien aber auch hier oben nicht zu funktionieren, denn in der Tür klemmte eine dicke weiße Socke.

Der Fußboden. Ist doch merkwürdig, woran man sich erinnert, oder? Ich bin durch die Tür gegangen und dann den Gang hinunter. Er war lang: länger als jeder Gang, den ich je gesehen hatte; der Bodenbelag war aus Plastik, in dieser komischen keksbraunen Farbe, die man immer in Werkhallen und Schulen sieht. Was mir aber wirklich auf die Nerven gegangen ist, das waren diese Beulen: diese kleinen Dinger auf dem Boden, die wie Knoten aussehen. Ich bin immer weiter gegangen, immer tiefer in den Gang hinein, und das Licht war so intensiv orangefarben, und beim Gehen haben meine Schuhsohlen gequietscht. Ich bin mir vorgekommen wie … [macht eine Pause]. Wie Orpheus. Wie Orpheus in der Un-

terwelt. Ich hatte das Gefühl, dass mich – hauptsächlich wegen des Lichts – irgendein seltsames Gift infizierte. Ich habe völlig vergessen, dass die Welt da draußen überhaupt noch existiert. Diese Welt mit ihrem Sonnenschein und ihren widerlichen Kindern.

9

Starfish and Coffee

Die Wohnung von Jess und Tyler befand sich am Ende eines sehr langen, orangefarbenen Korridors. Ich konnte mir nur schwer vorstellen, warum Jess an einem solchen Ort leben wollte: Auf der Uni hatte sie immer einen so pedantischen Eindruck gemacht. Uns allen war aber auch klar, dass jenseits dieses ganzen Ice-Queen-Getues etwas viel Kraftvolleres gelauert hatte. Die Designerklamotten, die schneidende Stimme, der schwarze BMW: Das alles hatte die Gerüchte bestätigt, dass ihr Vater Millionär war. Und da lag der Grund für meine Verwirrung. Warum lebte ein Mädchen, dem jede nur denkbare Möglichkeit offen stand, in Deptford, in einem Wohnblock wie diesem?

Mit einem Kopfschütteln verscheuchte ich die nagenden Gedanken, schaltete das Handy aus und klopfte kräftig an die Tür. Ich war gespannt, in welchem Zustand Jess sein würde. Armes Ding. Damals war das Äußerste, mit dem sie sich hatte herumschlagen müssen, ein schief geschnittener Fingernagel oder dass sie eine halbe Stunde zu spät zur Turnstunde gekommen war. Und dann hatte es natürlich noch diesen Überfall gegeben. Aber hatte der überhaupt je stattgefunden?

Schließlich öffnete sich die Tür, und ich stand zwei Polizisten gegenüber, die offensichtlich gerade gehen wollten. Hinter ihnen stand ein Mann: Tyler, nahm ich an. Er trug eine Adidas-Trainingshose, der Oberkörper war nackt. Einer der Polizisten gab ihm eine Teetasse und murmelte etwas wie »Danke, dass Sie Zeit für uns hatten«.

»Wir bleiben in Verbindung, Mr. Moss«, sagte der andere Polizist und klappte sein kleines, schwarzes Notizbuch zu. »Und wir wären Ihnen sehr verbunden, wenn Sie Miss Malone ausrichten würden, sich so bald wie möglich mit uns in Verbindung zu setzen.«

Er wandte sich mir zu und schenkte mir ein Lächeln, das er wahrscheinlich für durchdringend hielt.

»Es sei denn, dass Sie Miss Malone sind.«

»Nein«, sagte ich und erwiderte mit unschuldig erhobenen Händen sein Lächeln. »Ich bin, hmm, eigentlich bin ich niemand.«

»*Eigentlich niemand*«, sagte der Polizist langsam und bedächtig. »Haben Sie einen Namen?«

»Nein. Ich meine, ja, natürlich.« Meine Stammelei ließ mich erröten. »Lily Pascale. Eine Freundin von Jess aus der Unizeit. Ich wollte nur mal kurz vorbeischauen.«

»Hätten Sie ein paar Minuten Zeit für uns?«, fragte der Polizist.

»Klar«, sagte ich, wobei ich mich fragte, was in aller Welt sie von mir wollten.

Da sie nun mal darauf bestanden, betrat ich die Wohnung und ging die drei kleinen Stufen hinauf in einen Raum, der wie das Wohnzimmer aussah. Aus der Stereoanlage in der Ecke war leise die Melodie eines irgendwie vertrauten, uralten Popsongs zu hören. Die Lautstärke war wohl wegen der Polizisten heruntergedreht worden. Ich war überrascht. Der Raum mit dem nackten Fußboden und den leeren und halb bemalten Leinwänden sah eigentlich eher wie ein Studio aus. Ich fragte mich, ob Tyler der Künstler war. Nur um zu sehen, ob er auch so aussah wie einer, warf ich ihm einen kurzen Seitenblick zu.

»Also dann«, sagte der erste Polizist und klappte sein Notizbuch auf. »Wann haben Sie Jess zum letzten Mal gesehen?«

»Tja, so etwa vor drei oder vier Jahren.«

»Ich dachte, Sie hätten gesagt, dass sie befreundet sind?«

»Das sind wir auch«, sagte ich. »Oder wir waren es. Wir haben telefoniert.«

»Wann haben Sie zuletzt mit ihr gesprochen?«

»Am Freitag.«

»Und wie hat sie sich angehört?«

Ich hielt kurz inne, weil ich das Gefühl hatte, dass hier irgendwas nicht stimmte. »Wo ist Jess?«

»Sie ist verschwunden«, sagte Tyler bedeutungsvoll. Der schottische Akzent klang unversöhnlich, zu breit für den Süden, zu blasiert für den Norden. Er schaute die Polizisten an. »Vielleicht hätten Sie mehr Erfolg, wenn Sie jetzt da draußen wären und nach dem Typen Ausschau halten.« Er wandte den Blick ab und schaute jetzt mich mit aufgerissenen Augen an. Er war stinksauer. »Kannst du dir das vorstellen? Die glauben, dass Jess was mit der Sache zu tun hat?«

»Glauben Sie, dass sie irgendwie in die Sache verwickelt ist?«

»Um das noch mal klarzustellen«, sagte der schnauzbärtige Polizist genervt. »Wir haben bis jetzt noch keine ausreichenden Informationen, um irgendjemanden zu verdächtigen.« Er klang, als hätte Tyler ihm schon mächtig zugesetzt. »Wir wollen sie einfach finden. Wir wollen sie nicht beschuldigen. Wir wollen lediglich, dass sie uns bei den Ermittlungen hilft.«

»Oh.«

»Hat sie Ihnen erzählt, wo sie hin wollte?«, fragte der andere Polizist.

»Nein«, sagte ich. »Sie hat mit keinem Wort erwähnt, dass sie nicht hier sein würde. Ich meine, ich bin immerhin den ganzen Weg von Devon bis nach London gefahren, nur um sie …«

»Sind Sie immer noch nicht zufrieden?«, fiel mir Tyler ins

Wort und schaute die Polizisten an. »Kein Mensch weiß, wo sie ist.«

»Also gut«, seufzte der Polizist und gab mir eine Visitenkarte mit dem Logo der Metropolitan Police. »Wenn Ihnen etwas einfällt oder wenn sich Jess bei Ihnen meldet, dann erreichen Sie uns unter dieser Nummer.«

»Also. Wo ist Jess?«, fragte ich, nachdem die Polizisten gegangen waren und Tyler uns Kaffee gemacht hatte. »Ist sie wirklich verschwunden?«

»Was? Ja, klar. Natürlich ist sie verschwunden«, sagte er und stellte den Becher zwischen dem Sofa und einem am Sofa lehnenden Bild auf den harten Boden. Seit die Polizisten gegangen waren, war Tyler merklich ruhiger geworden. Während er sich sichtbar den Kopf zerbrach – über Jess, vermutete ich –, war die Atmosphäre in der Wohnung abgekühlt.

Er ging zum Fenster und betrachtete nachdenklich das vor ihm liegende Südlondon. Ich nippte an meinem Kaffee: Er war sehr stark, schwarz und heiß. Abgesehen von der gedämpften Musik, war es merkwürdig still in der Wohnung.

»Wenn du lieber allein sein willst, dann gehe ich wieder«, sagte ich behutsam zu Tylers Rücken. »Die ganze Sache muss dir ganz schön ...« Meine Gedanken schweiften ab. Ganz schön was? Kein Wort schien das Richtige zu sein. Seine Freundin hatte sich aus dem Staub gemacht, Untersuchungen in einem Mordfall wurden angestellt, und er steckte mitten drin in dem Schlamassel. Am Telefon hatte Jess angedeutet, dass sie irgendwas wusste. Und jetzt war sie verschwunden. Warum hatte sie verschwinden wollen?

»Ja«, sagte er.

»Du weißt, warum Jess mich angerufen hat, stimmt's?«

»Ja. Du hast was am Telefon davon gesagt.«

»Also ...«, sagte ich und wartete darauf, dass er anbiss und zu reden anfing. Er tat es nicht. »Ich weiß nicht genau, was ich jetzt tun soll.«

»Was tun wobei?«

»Na ja, bei dieser Mordgeschichte«, sagte ich. »Jess wollte, dass ich ihr helfe. Sie wollte, dass ich ihr dabei helfe, rauszukriegen, was es mit diesen Morden auf sich hat. Sie hat mich förmlich angefleht herzukommen. Sie hat geglaubt, dass sie irgendwelchen Ärger kriegen würde. Zumindest hat es sich so angehört.«

Tyler blieb stumm.

»Also, hier bin ich jetzt«, fuhr ich fort. »Ich meine, soll ich die Sache jetzt einfach vergessen oder ...«

»Nein«, sagte er und drehte sich plötzlich um. Seine Hände waren rot angelaufen, so fest umklammerten sie den Kaffeebecher. »Nein«, sagte er noch einmal. »Jess will, dass du ihr hilfst. Äh ... Hat sie dir von ihrem Verdacht erzählt?«

»Nein. Sie hat mir fast gar nichts erzählt. Nur dass sie diese Geschichte über die drei Frauen gebracht hat und dass man sie umgebracht hat.« Mir fiel auf, dass Tyler zusammenzuckte, als ich die drei Frauen erwähnte. »Und deshalb bin ich hier«, fuhr ich fort. »Wenn sie verschwunden ist, kann ich das allerdings kaum mit ihr durchsprechen.«

»Also gut«, sagte Tyler und setzte sich mir gegenüber aufs Sofa. »Schätze, dann muss ich das wohl übernehmen. Schieß los.«

»Was war das für ein Verdacht?«, fragte ich.

»Sie hat dir wirklich gar nichts erzählt?«

»Nein.«

»Okay. Sie hat davon gesprochen ... Eigentlich hat sie mir *aufgetragen*, dir zu sagen, dass sie glaubt, einer von diesem Magazin könnte darin verwickelt sein.«

»Großartig«, sagte ich begeistert, weil ich verhindern wollte, dass Tyler wieder in Trübsinnigkeit versank. Gleichzeitig dachte ich, dass das ohnehin der erste Ort gewesen wäre, wo ich mich hätte umschauen müssen. »Irgendwelche Namen?«

»Nein. Tut mir Leid.«

»Hat sie dir erzählt, wo sie hingefahren ist?«, fragte ich. Nein, dachte ich. Wenn sie ihm aufgetragen hatte, diese Information weiterzugeben, dann war sie nicht einfach so verschwunden. Sie hatte es ihm ganz bewusst nicht gesagt.

»Nein.«

»Hmm«, sagte ich nachdenklich.

»Doch. Da war eine Sache. Das ist wichtig, hat sie gesagt.« Tyler beugte sich vor und riss verschwörerisch die Augen auf. »Willst du wissen, was?«

»Klar«, sagte ich. Ich spielte das Spiel mit und verkniff mir die Anmerkung »Was glaubst du denn?«

»Okay. Ich fürchte, es ist ein bisschen knifflig«, sagte er und kratzte sich am Kopf. »Sie hat gesagt, dass Peeping Tom es getan hat.«

»Peeping Tom?«, fragte ich. »Ist das so was wie ein Spitzname für irgendjemanden oder irgendwas?«

»Keine Ahnung. Das war alles. Mehr hat sie nicht gesagt.«

»Aber dann hat sie doch sicher ...«

»Was?«

Ich wollte ihm gerade darlegen, dass Jess, wenn sie gewusst hätte, wer der Täter war, doch einfach zur Polizei hätte gehen und denen den Rest überlassen können. Aber ich wusste, dass ihm das nicht schmecken würde. Also sagte ich nur: »Ach nichts.«

Ich war allmählich mit meiner Geduld am Ende, und außerdem traute ich Tyler nicht über den Weg. Das lag nicht nur an seiner Launenhaftigkeit, da war noch etwas, das darunter verborgen lag: Hinter der aufgesetzten, attraktiven Fassade, unter den braunen Haaren und hinter den schuluniformblauen Augen lag irgendwas auf der Lauer.

»Wo bewahrt Jess ihre Unterlagen auf?«, fragte ich.

»Komm mit«, sagte Tyler und stand auf. »Ich zeig's dir.«

Ich folgte ihm aus dem Wohnzimmer. Wir gingen noch mal drei Stufen nach oben und kamen an einem Raum, der nach Badezimmer roch, und einem großen Schlafzimmer mit einem Doppelbett vorbei. Wir bogen noch einmal um eine Ecke und gelangten schließlich am Ende eines kleinen Durchgangs zu einem Zimmer, das mit Sicherheit der abgeschiedenste Ort in der ganzen Wohnung war.

»Das war ihr Arbeitszimmer«, sagte er. Er rang sich ein winziges Lächeln ab, drehte sich um und ließ mich stehen.

Das Zimmer war dunkel und roch leicht muffig. Lediglich ein dünner Lichtstreifen drang durch einen halb zugezogenen, provisorischen Vorhang, der vor einem kleinen Fenster hing. Ich machte Licht, ging hinein und zog die dünne Tür zu. Der voll gestopfte Raum sah aus, als hätte sie darin gewohnt. Links an der Wand türmten sich wahllos durcheinander Bücher und Videos zu etwa zehn Stapeln auf. Obwohl sich rechts an der Wand mehrere Regalbretter befanden, stand dort inmitten von Tand und Nippes nur die kleine Sony-Anlage, die ich noch aus der Studentenbude von John und Jess in Erinnerung hatte.

Außerdem lag neben der Stereoanlage ein ungeordneter Haufen CDs. Die Auswahl reichte von Rock über Soul bis House. Hier und da entlarvten sich all die Widersprüche, die die meisten Leute meines Alters sofort erkennen: The Waterboys (die CD mit »The Whole of the Moon«), The Blow Monkeys, Lloyd Cole, die Smiths und – ganz unten – die Spice Girls.

Einen Extraplatz auf dem Bord nahm eine spezielle und offensichtlich wertvollere CD-Kollektion ein, die aus Werken des Künstlers bestand, der unter dem Namen Prince bekannt war: *The Black Album, Controversy, 1999, Purple Rain, Around the World in a Day* (meine Lieblingsplatte),

For you, Lovesexy, Dirty Mind – sie waren fast alle da. Dass auch die weniger bedeutenden Alben aus den Achtzigern dabei waren, wurde dadurch wettgemacht, dass die schwachen aus den Neunzigern ganz fehlten. Ein echter Fan. Klar, dass Jess nicht der Einzige war. Das Album, das Tyler im Wohnzimmer gerade zu fast voller Lautstärke aufdrehte, erkannte ich jetzt als *Sign of the Times.*

Ganz hinten im Zimmer stand Jess' Schreibtisch. Darüber an der Wand hingen Poster mit den aktuellen Teenie-Idolen aus TV-Serien: einer, dessen Name mir entfallen war, aus einer der australischen Soaps, und – neben anderen – mehrere Mitglieder der Besetzung von *Friends.* Ich schüttelte den Kopf und kicherte leise. Ich erinnerte mich daran, dass wir sie während der Unizeit alle für sarkastisch gehalten hatten, während sie doch in Wahrheit (wie einer unserer Freunde schneidend bemerkt hatte) nur hoffnungslos oberflächlich war. Der Schreibtisch wartete mit weiteren Gegenständen auf, die diese These stützten: einem pinkfarbenen, plüschigen Federetui, einem Fotokalender mit Pferden und Ponys, zwei Ausgaben von *Smash Hits*, dem Schlankheitsmagazin *Hip and Thigh Diet* und einem fast randvollen Teletubbies-Becher mit abgestandenem Tee.

Ich warf einen Blick auf ihren Terminkalender, der auf der rechten Seite des Schreibtischs lag. Es war immer noch die Seite für die letzte Woche aufgeschlagen. Unter dem Datum von Donnerstag, 19. Juni, standen in roter Tinte die Worte *Geschichte für Smile! heute erschienen.* Mich fröstelte. Das war der Tag, an dem die Morde verübt worden waren. Donnerstag, der Tag vor Jess' Anruf. Ich blätterte weiter und schaute mir die nächsten Tage an, wobei mir auffiel, dass sie alles genau aufschrieb. Die kommenden Termine waren fein säuberlich notiert. Den *Lunch mit Mark*, der für morgen eingetragen war, oder die *Party in Nummer 16* heute Abend würde sie wohl verpassen. Ich war überrascht, dass unsere

Verabredung für heute vier Uhr, die ich gestern Nachmittag vom Zug aus festgemacht hatte, nirgendwo zu finden war. Vielleicht war sie gestern so neben der Kappe gewesen, dass sie einfach vergessen hatte, sie aufzuschreiben.

In der Mitte des Schreibtischs stand ein Computer, ein großer, teuer aussehender Mac von Apple (auch der stammte noch aus ihren Studententagen). Das beige Gehäuse war schmutzig und der Bildschirm von einer dünnen Staubschicht überzogen. Ich drückte den Einschaltknopf und zuckte zusammen, weil das charakteristische *Dong* viel zu laut eingestellt war. Schuldbewusst schaute ich mich um und erwartete fast, dass Tyler hereinplatzte. Dann entspannte ich mich wieder. Er hatte nichts gehört, und außerdem, was eher den Kern der Sache traf, hätte das wohl auch keine Rolle gespielt. Schließlich tat ich nur, um was mich seine Freundin gebeten hatte. Wenn auch nicht ganz so, wie ich vorgehabt hatte.

Während ich darauf wartete, dass der Rechner hochfuhr, inspizierte ich den Rest des Schreibtischs. Neben dem muffigen Tee lag ein angebissenes Milky Way und darunter ein Stoß verschiedenfarbiger Aktenordner. Ich schob Tee und Milky Way beiseite und schaute mir den ersten Ordner an – auf dem Titelblatt stand *Rache.* Innen befanden sich mehrere Entwürfe für eine andere Reportage, in der drei Frauen, die diesmal Mary, Jean und Kari hießen, über ihre Erfahrungen zum Thema Rache berichteten. Das Ganze schien dem gleichen Konzept zu folgen wie die Geschichte über die Stalker. Das etwas ramponierte Exemplar von *Smile*!, das ich hinten an den Ordner geheftet fand, bestätigte diese Vermutung. Die Reportage war 1997 in der Märzausgabe erschienen.

Im nächsten Ordner, einem grauen, befanden sich einige Notizen für eine Reportage mit dem Titel *Adoptiert: Es war die Hölle* für das Magazin *Stella.* Laut einem fotokopierten Vermerk war diese Reportage etwa ein Jahr zuvor geschrieben worden, im Mai 1996. Als ich mir die beiden restlichen

Ordner vornahm, erwartete ich, Ähnliches vorzufinden – Recherchenotizen für einen Artikel und den Artikel selbst. Stattdessen hielt ich etwas ganz anderes in Händen.

Der erste Ordner, ein gelber mit der Aufschrift *Eingang*, enthielt zwei Blätter. Auf beiden stand oben das Wort *Auftragsformular*, beide waren unterzeichnet von derselben Frau: Kathi Trimbull von *Smile!* Das erste Blatt skizzierte den Auftrag für die Rache-Geschichte, das zweite den des Stalker-Artikels. Und zwar folgendermaßen:

> Liebe Jess,
> habe mich sehr über deinen Anruf gestern gefreut. Wie ich dir schon gesagt habe, erteilen wir dir gern den Auftrag für die Stalker-Reportage. Sie soll im »Reality«-Teil des Magazins erscheinen.
> Der Stil von »Reality« gleicht ein bisschen dem von Monatsmagazinen – länger und anspruchsvoller als die Standardreportage von *Smile!* Der Ansatz sollte mehr in die Tiefe gehen; wenn du willst, kannst du auch deine eigene Sichtweise einfließen lassen.
> Wir brauchen drei verschiedene, belegbare Fallstudien mit Leuten, die wissen, dass wir ihre Namen nennen und Fotos von ihnen bringen. Falls eine der Frauen als Folge der Torturen abgenommen oder sich ihr Gesundheitszustand sonst wie verschlechtert hat, wäre es gut, wenn wir davon ein paar Fotos hätten. Wir könnten das dann als Vorher/Nachher-Geschichte aufziehen.
> Die beiden Fälle, von denen du gestern gesprochen hast, sind ideal. Die dritte Geschichte könnte vielleicht etwas weniger düster sein – vielleicht findest du eine Frau, die von ihrem Ex-Freund oder so verfolgt worden ist.

Handle die Geschichten der Reihe nach ab, und streu dazwischen Kommentare von Experten ein. Für den Fall, dass du nicht weiterkommst, kann ich dir ein paar Nummern von Spezialisten geben: Madeline Zeger (eine Psychologin aus den USA) hat uns schon öfter geholfen. Setz dich mit Organisationen, die sich mit dem Thema beschäftigen, in Verbindung, und sieh zu, dass du Stellungnahmen von ihnen bekommst.
Vergiss nicht, bei allen vorkommenden Personen Alter und Beruf zu erwähnen, und bring – aber das weißt du ja ohnehin – so viele Einzelheiten wie möglich in Zitaten unter.
Die Länge sollte so zwischen 1500 und 1700 Wörtern liegen. Wenn es ein bisschen mehr wird, auch okay.
Bis dann,
Kathi

Sonst war nichts in dem Ordner (ich nahm an, dass etwaige Auftragsformulare von *Stella* längst irgendwo abgelegt waren).

Der zweite Ordner trug die Aufschrift *Ausgang* und enthielt den Beweis für das, was der Erste schon hatte vermuten lassen. Im Gegensatz zu dem, was Jess mir am Telefon erzählt hatte, schien sie als freie Journalistin alles andere als erfolgreich zu sein. Der Ordner war prall voll mit Kopien von Briefen, in denen sie Magazinen ihre Mitarbeit angedient hatte. An jeden Brief hatte Jess den entsprechenden Ablehnungsbescheid geheftet. Ich blätterte die Briefe durch und stieß auf eine Menge vertrauter Titel: *Cosmopolitan, Elle, Vogue, Independent on Sunday, Minx, Daily Mail, News of the World* und – bizarr, bizarr – *Motorcycle Monthly* und *Christian Week.* Ich legte die Ordner wieder an ihren Platz.

Ich fühlte mich, als hätte ich etwas gefunden, das ich gar nicht hatte sehen wollen. Etwas, das intimer war als schmutzige Unterwäsche oder Staub auf dem Türrahmen. Ich hatte Beweise für Jess' Scheitern gefunden, und das machte mich traurig.

Seufzend und mit dem unbestimmten Gefühl, dass noch irgendwas fehlte, setzte ich mich vor den Computer. Ich trommelte ein paar Sekunden mit den Fingern auf die Schreibtischplatte, bevor mir einfiel, was es war. Natürlich – der Ordner der Stalker-Geschichte. Wenn Jess einen Ordner für die Rache-Geschichte angelegt hatte, dann hatte sie das sicher auch für die nachfolgenden Aufträge getan (auch wenn es davon anscheinend nicht allzu viele gab). Offensichtlich gehörte sie zu der Sorte Mensch, die geradezu mit Inbrunst Ordner anlegte: Das Zimmer sah vielleicht nicht aufgeräumt aus, das hieß aber noch lange nicht, dass darin keine Ordnung herrschte. Die archivierten Prince-CDs, die Ablehnungsbescheide und jetzt – ich hatte auf dem Bildschirm gerade das Festplattensymbol angeklickt – auch noch die anscheinend fein säuberlich aufgelisteten Dateien in ihrem Computer. Wo also versteckte sich das Recherchematerial für die Stalker-Reportage?

Irgendwo hier muss es sein, dachte ich und fing an, Jess' Computerdateien durchzugehen. Ein *Jess* betitelter Ordner öffnete sich zu mehreren Unterordnern: *Persönlich, Ideen für Reportagen, Reportagen, Verwaltung, Finanzen.* Ich klickte *Reportagen* an, woraufhin zwei neue Ordner erschienen: *Rache* und *Stalker.* Ich öffnete den *Stalker*-Ordner, der mir eine Auswahl an Dateien anbot, die ich alle öffnete und las. Jede Datei enthielt einen neuen Entwurf des Artikels, was mir allerdings nicht sonderlich weiterhalf. Worauf ich aus war, waren die Einzelheiten der Recherche: Telefonnummern und Adressen der Frauen und Hintergrundinformationen darüber, warum man gerade sie ausgewählt hatte. Ich fand es interessant, dass diese Sorte Geschichten immer drei Fälle beinhaltete. So als ob man die Erlebnisse von nur einer Person als Einzelfall und die von zweien als zufällige Übereinstimmung abtun könne. Ich dachte über dieses Phänomen nach, während ich weiter erfolglos von Datei zu Datei klickte. Schließlich öffnete ich den *Persönlich*-Ordner und stieß auf einen Unterordner mit dem Titel *Korrespondenz.*

Dort fand ich schließlich alles, wonach ich gesucht hatte. Die Informationen verbargen sich in zahlreichen Briefen und immer häufiger auch in Faxen an Kathi Trimbull, der bei *Smile!* für die Reportagen zuständigen Redakteurin. Ich druckte fast die gesamte Korrespondenz aus. Darunter auch ein Fax mit den Adressen und Telefonnummern von allen drei Frauen. Insgesamt waren es sieben Blätter dünnes Druckerpapier, die ich einmal faltete und dann sorgfältig zwischen den Seiten meines Stadtplans versteckte. Ich wollte nicht, dass Tyler erfuhr, was ich mitnahm.

Als ich wieder ins Wohnzimmer kam, stand Tyler immer noch am Fenster. Anscheinend war das sein Lieblingsplätzchen. Irgendwie machte er jetzt einen schwächeren Eindruck: Er stand nicht mehr aufrecht, sondern leicht gebückt da, und die Arme mit den vorher noch geballten Fäusten hingen schlaff an ihm herunter.

»Irgendwas gefunden?«, fragte er.

»Eigentlich nicht«, sagte ich. »Bloß irgendwelches Zeug.«

Er drehte sich zu mir um. Seine Augen waren gerötet.

»Was ist das bloß für ein Chaos«, sagte er leise.

»Tja.«

»Tu bitte dein Möglichstes, um rauszufinden, was da passiert ist.«

»Natürlich. Tyler?«

»Was?«

»Weißt du wirklich nicht, wo Jess ist?«

»Nein«, sagte er. Es klang aufrichtig. »Ich weiß es wirklich nicht. Sie ist einfach gegangen. Sie hat eine Nachricht hinterlassen, damit ich mir keine Sorgen mache. Dann hat sie angerufen, um mir zu sagen, dass es ihr gut geht.«

»Kann ich die Nachricht mal sehen?«

»Die Nachricht? Klar. Ich hol sie eben.«

Tyler verließ das Zimmer und blieb drei oder vier Minuten weg. Als er zurückkam, hielt er einen kleinen Post-it-Zettel in der Hand. Darauf standen nur fünf Worte: *Bis bald. Komme irgendwann zurück.* Die Nachricht schien eilig hingekritzelt worden zu sein. Jess' normale Handschrift war geschrumpft und schwer zu entziffern.

»Was soll das heißen, *irgendwann*?«, fragte ich.

»Du kennst doch Jess. Sie wartet ab, bis sich alles in Luft auflöst, und dann kommt sie zurück. Sie ist sicher nicht weit weg. Jede Wette.«

»Am Telefon hat sie gesagt, dass alles ihre Schuld sei«, erklärte ich. »Was kann sie damit gemeint haben?«

Tyler schaute auf. Er schien überrascht – mehr als überrascht. Als er anfing zu sprechen, kam nur ein Stammeln heraus. »Sie hat *was* gesagt?«

»Dass alles ihre Schuld war. Was hat sie damit gemeint?«

»Keine Ahnung«, sagte er und bekam sich wieder in den Griff. Mir schoss die Frage durch den Kopf: *Was verheimlichst du mir?* Ich sprach die Frage natürlich nicht aus. Er schaute betont auf seine Uhr, und ich dachte, dass es an der Zeit sei zu gehen. Ich hatte noch jede Menge Fragen, aber ich befürchtete einen weiteren Stimmungsumschwung seinerseits. Ich gab die Sache also auf, steckte den Zettel mit Jess' Abschiedsworten zu den anderen Blättern und ging.

Nachdem ich fünf Minuten die Rainsborough Avenue hinuntergegangen war, erwischte ich ein Taxi und kam um sieben Uhr vor Henris Haus an. Ich schwitzte, die Klamotten klebten mir am Leib, und ich war völlig erledigt.

10

Alles ist falsch

Ich ging ins Haus. Star saß allein am Küchentisch und las die Fernsehseite des *Guardian.* Henri hatte anscheinend noch Patienten.

»Hi«, sagte ich, warf meine Sachen auf den Couchtisch im Wohnzimmer und ging zurück in die Küche. »Was spricht die Zeitung? Irgendwas Neues?«

»Noch mehr Gewalt im Fernsehen – *Teletubbies*«, sagte sie gelangweilt und setzte ein leicht zynisches Lächeln auf. »Hattest du einen angenehmen Tag?«

»Ich bin mir nicht sicher«, erwiderte ich. »Wenn er angenehm war, dann stellt sich das wahrscheinlich erst später raus.«

Star lachte. »Du bist an irgendwas dran, stimmt's?«, sagte sie und ließ die Zeitung sinken. Sie schob den Stuhl zurück, stand langsam auf und ging zum Herd, um Wasser aufzusetzen. »Kaffee?«

»Ja, bitte.«

»Heute Nachmittag hat jemand für dich angerufen«, sagte sie. »Ein Mann mit einer sexy Stimme und einem komischen Namen. Hat mit F angefangen. Ich hab ihm gesagt, dass er es auf dem Handy versuchen soll.«

»Fenn«, sagte ich und legte den Kopf in die Hände. Ich spürte den Hauch eines erregenden Kribbelns, das ich aber unterdrückte. Wenn er nicht in vier Tagen heiraten würde, hätte ich seine Hartnäckigkeit ja liebend gern ertragen.

»Was Ernstes?«, fragte Star.

»Nein«, sagte ich. »Aber nah dran. Einer von uns beiden

hat sich glücklich aus dem Staub gemacht. Ich weiß nur nicht, wer.«

»Hmm?«

»Das ist eine lange Geschichte. Würde dich sicher nur langweilen.«

»Wäre eine nette Abwechslung von meinen Psychopathen«, sagte sie, was sich aus ihrem Mund anhörte (oder bildete ich mir das nur ein?), als seien die ganz niedlich.

Also erzählte ich ihr bei einer ersten und einer zweiten Tasse Kaffee und einer halben Schachtel Zigaretten die ganze Geschichte: Wie ich Fenn in einem Unterrichtsraum der Uni, an der wir beide Literatur unterrichteten, zum ersten Mal getroffen hatte; von seinem jungfräulichen Scharm (»Sehr sexy«, sagte Star) und seinem leicht anarchistischen Humor; von seinen zu langen Haaren und seinen tiefblauen Augen; von seiner Promotion über das Heldentum in der Literatur; von seiner Ausstrahlung und schließlich von unserer erblühenden Romanze, deren Blütezeit exakt am ersten Mai ihr Ende fand, nachdem ich erfahren hatte, dass er unverhofften Vaterfreuden mit dem Kind einer anderen entgegensah.

»Was ist das Problem?«, fragte Star.

»Er heiratet sie«, sagte ich. »Bronwyn – sie ist eine seiner *Studentinnen.* Er glaubt, die Schwangerschaft sei Grund genug, und sie schwört natürlich, dass er der Vater ist. Aber …«

»Du glaubst nicht, dass er der Vater ist.«

»Ich weiß nicht genau. Sie ist nett, aber irgendwie verzweifelt. Ich bin sicher, da steckt irgendeine Geschichte dahinter. Aber keiner weiß, was für eine. Und keiner scheint sich sonderlich dafür zu interessieren. Ich könnte natürlich selbst in Devon rumschnüffeln, aber ich glaube kaum, dass ich viel Beifall dafür bekame. Außerdem will ich nicht, dass man mich für eine verbitterte, eifersüchtige Frau hält, die anderer Leute Ehen zerstört.«

»Kann ich verstehen«, sagte sie und musste gleichzeitig über die Art der Formulierung lächeln. »Lass mich raten: Du bist hier, um dich abzulenken.«

»Ja. Aber erzähl Henri nichts davon.«

Star lächelte komplizenhaft. »Natürlich nicht. Und um das Ablenkungsmanöver etwas zu verschärfen – wie wär's, wenn wir einen preisgekrönten Bordeaux aus Henris Weinkeller aufmachen und uns darüber unterhalten, was mich wirklich interessiert?«

»Und das wäre?«, fragte ich verwirrt.

»Die Sache, an der du gerade dran bist.«

»Ach ja«, sagte ich seufzend, während in meinem Kopf die Geschehnisse des Tages wie im Zeitraffer abliefen. »Allerdings weiß ich auch nicht so genau, was ich dir da erzählen soll.«

Nichtsdestotrotz räkelten wir uns eine halbe Stunde und eine Flasche Wein später zufrieden und umgeben von Papier auf dem Wohnzimmersofa. Ich erzählte von den Ereignissen des Tages, und Star kommentierte diese mit gelegentlichen, leicht irritierten *Ahas.*

»Bitte sag jetzt nicht, dass du schon die Lösung parat hast«, brummte ich gequält, als sich die *Ahas* und *Ich hab's gewusst* häuften.

»Hast du Angst, dass ich mich zum Dupin aufschwinge, und dir bleibt nur noch die Rolle von … Wie hieß der noch mal?«

»Der hatte keinen Namen. War nicht wichtig genug«, sagte ich lächelnd. Sie hatte den Nagel auf den Kopf getroffen. Ich fragte mich, ob sie diesen Gedankenlesetrick auch bei ihren Lieblingspsychopathen anwandte. »Watson schon. Der Watson für den Holmes.«

»Tja, ich schätze, das kann ich wohl ausschließen«, sagte Star kichernd und goss den Rest des Weins in mein Glas. »Das Talent dafür hast ja ganz offensichtlich *du.* Obwohl ich schon zugeben muss, dass mich das Mysteriöse fasziniert. Ich liebe Kriminalromane. Henri denkt, dass ich nicht ganz richtig ticke. Er meint, dass ich bei meiner Arbeit doch schon genug mit solchen Sachen zu tun habe.«

»Kriminalliteratur ist *gefahrlose Gefahr*. Es ist die einzige Art, wie sich die Menschen elektrisieren lassen können, ohne dass sie der Schlag trifft. Wenn du weißt, was ich meine.«

»Das Elektrisierende des Hyper-Realen«, sagte sie. »Du solltest mal Baudrillard lesen. Einer meiner Psychopathen hält ziemlich viel von ihm.«

Ich lachte. »Das werde ich.«

»Findest du es nicht auch interessant«, sagte sie nachdenklich, »dass du deine Leidenschaft für Kriminalliteratur zu einem derart befriedigenden Hobby gemacht hast?«

»Ich glaube kaum, dass meine Mutter das auch so sehen würde«, erwiderte ich. »Als befriedigendes Hobby, meine ich. Sie hält es einfach für schrecklich gefährlich.«

»Hmm«, brummte Star zerstreut. »Kann ich mir denken.«

»Man kann nur hoffen, dass es ausgeht wie im Buch.«

»Ja. Den Fall knacken und sich unversehrt davonmachen.«

»Genau. Das habe ich gemeint, als ich vorhin gesagt habe, dass sich die Bedeutung von all dem erst später herausstellen wird.« Ich deutete auf die Blätter, auf denen wir mit Hilfe des Alkohols komplexe Szenarios – komplett mit Venn-Diagramm – entworfen hatten, die dem, was ich bislang herausgefunden hatte, einen Sinn geben sollten. »Dann, wenn ich im Schlusskapitel das letzte aufregende Mosaiksteinchen in Händen halte.«

»Ja. So scheint das ja immer abzulaufen«, sagte Star. »Zumindest in Büchern.«

»Und da habe ich immer geglaubt, dass das Leben die Kunst nicht imitiert«, sagte ich.

So ging das den ganzen Abend weiter, bis schließlich Henri um zehn Uhr pompös die Szene betrat. Er forderte Wein, Küsse von seinen beiden »Lieblingsfrauen« und etwas zu essen, worauf sich Star in die Küche zurückzog, um etwas für ihn aufzutreiben. Ich schaute eine Zeit lang mit ihm in den Fernseher und blätterte noch die Zeitung durch, bis mir klar wurde, dass das glückliche Paar lieber ungestört sein wollte. Mit einem großen Glas Wasser (für die Eventualität eines Katers) und einem viel versprechenden Thriller, den mir Star geliehen hatte, zog ich mich zurück.

Oben in meinem Zimmer konnte ich mich jedoch kaum auf das Buch konzentrieren. Ständig drängten sich Bilder von Mordszenen in meine Gedanken: ein Messer, von dem frisches Blut tropfte; ein Zug, der den Körper einer jungen Frau überrollte; und dann blutige, verschwitzte Mörderhände, die das Leben aus dem Leib einer dritten Frau pressten. Warum?

Plötzlich fühlte ich mich schuldig, weil ich das alles nur als Spiel betrachtete. Vielleicht hatte ich zu viele Bücher gelesen. In den Romanen machte das alles einen höllischen Spaß – die »schnuckeligen« Morde auf dem Lande waren nichts weiter als Wortspielereien, die man wie Kreuzworträtsel löste. Es war möglich, dass jemand Kriminalromane mochte, ohne konkret über Gewalt nachzudenken: Es starb ja niemand *wirklich*.

Beunruhigt ging ich wieder und wieder die Ereignisse des Tages durch. Wie konnte Jess einfach so verschwinden? Ich konnte mir nicht erklären, was sie vorhatte und was der Grund für ihr Verschwinden war. Doch am meisten fragte ich mich, was die drei Frauen miteinander verband. Hatte ihnen ein und derselbe Mann nachgestellt, oder war es etwas anderes?

Als ich am Dienstagmorgen aufwachte – für meine Verhältnisse früh, so um neun –, sprang ich voller Elan und in Erwartung all dessen, was ich heute auf die Beine stellen würde, aus dem Bett. Ich wusste allerdings noch nicht genau, was die Tagesordnung vorsah. Eine solche zu erstellen, würde meine erste Aufgabe sein. Die Verwirrung der letzten Nacht hatte sich etwas gelegt, und das Durcheinander an Informationen in meinem Kopf begann sich allmählich zu entwirren.

Obwohl mein Gehirn noch nicht ganz erwacht war, rotierte es schon wie ein Tornado und schoss so schnell von einem Gedankenblitz zum Nächsten, dass mein noch schläfriger Körper Schwierigkeiten hatte, das Tempo zu halten. Aber es gab einfach zu viele Fragen. Jetzt, nachdem ich darüber geschlafen hatte, waren es sogar noch mehr geworden. Ich musste herausfinden, wie Jess die drei Opfer kennen gelernt hatte, welche Verbindung zwischen ihnen bestand und was das für »Typen« waren, mit denen Tam sich eingelassen hatte. Dass Jess glaubte, alles sei ihre Schuld, hatte Tyler überrascht. Warum? Und schließlich – wo *war* Jess?

Ich ging in die Küche und stellte einen Topf mit Milch für meine heiße Schokolade auf den Herd. Ich lugte aus dem Fenster und fand bestätigt, was ich schon geahnt hatte: Es würde wieder ein affenheißer Tag werden. Kurz bevor sie zu kochen anfing, goss ich die Milch in eine Tasse. Dazu kam ein großzügiger Esslöffel von Henris Kakao aus biologischem Anbau – mit Abstand der Beste, den ich je probiert hatte. Ich brach ein Stück von dem Baguette von gestern ab und setzte mich an den Tisch, um die Zeitungen nach Neuigkeiten über die Morde zu durchforsten. Ein dünnes Blatt Briefpapier, auf dem mein Name stand, lenkte mich ab. Es war für den unwahrscheinlichen Fall einer frischen Brise unter eine Blumenvase geklemmt.

Ich faltete das Blatt auf. Es war eine Nachricht von Star.

Zwei kleine Tipps:
1. Fang mit den Opfern an.
2. Geh von der Annahme aus, dass alles, was du weißt, falsch ist.
Star

Die Nachricht ließ mein Herz schneller schlagen. Irgendwie schaurig. Als ob sich ein wohlwollender Witzbold von hinten an einen herangeschlichen hätte. Nüchtern betrachtet fand ich die Nachricht dann doch nett: Ich mochte Star sehr, und sie versuchte nur, mir zu helfen.

Sie hatte natürlich Recht damit, mit den Opfern anzufangen – obwohl ich auch der Peeping-Tom-Spur nachgehen musste, von der ich ihr gestern Abend vergessen hatte zu erzählen und aus der ich nicht schlau wurde. Ich wusste, dass es einen Film gab, der *Peeping Tom* hieß, und auch, dass das einer der vielen Filme war, den man damals auf der Uni gesehen haben musste, was aber nicht hieß, dass ich ihn auch gesehen hatte. Ich wusste ebenfalls, dass das eine Umschreibung für Voyeur war, was mir aber auch nicht viel weiterhalf. Der Gedanke an jemanden, der etwas ausspioniert oder jemandem auflauert, führte mich wieder zurück zum Thema Stalker und zu den Theorien, die im Moment die Zeitungen füllten. Der oder die Täter waren also ein oder mehrere Stalker. Ganz was Neues. Wenn es das war, was Jess gemeint hatte, was ich aber bezweifelte.

Ich dachte eine Zeit lang über die Möglichkeit nach, dass alles, was ich wusste, falsch war, und nahm mir vor, Star später zu fragen, was sie damit gemeint hatte. Wusste sie etwas, das ich nicht wusste, oder war das lediglich eine brandneue Deduktionsmethode? Wie auch immer, erste Versuche mit dieser Technik (Ich bin nicht ich usw.) bewiesen, dass philosophische Denkmuster zur Lösung des vorliegenden Problems möglicherweise nicht taugten. Der immer dichter werdende Schleier aus Ideen, Plänen und *Das-muss-ich-unbedingt-als-Erstes-machen*-Vorsätzen führte schließlich zu einer Art geistigem Kurzschluss. Ich beendete das Frühstück, zündete mir eine Zigarette an und ging mit den Zeitungen unterm Arm ins Wohnzimmer, um mir die Nachrichten anzuschauen.

Im Mittelpunkt von *London Today* stand das Verschwinden von Jess. Trotz Tylers Beteuerungen ihrer Unschuld versuchte die Polizei offenbar verbissen, sie ausfindig zu machen. Um sie aus ihrer Liste der zu vernehmenden Personen streichen zu können, wie sie sagten. Die Zeitungen beschrieben genauer, was die Polizei von Jess zu erfahren hoffte: Sie brauchten Informationen über die drei Stalker. Anscheinend kamen sie bei allen dreien nicht weiter, und da sie die drei Hauptverdächtigen waren, waren die Behörden wahrscheinlich ziemlich frustriert. Unterdessen nahmen die Spekulationen über das Magazin kein Ende. Immer noch hatte der Verlag die Ausgabe nicht zurückgezogen. Die Verkaufszahlen waren in die Höhe geschossen, und anscheinend sollte die Kuh bis zum letzten Tropfen gemolken werden.

Peeping Tom. *Peeping Tom hat es getan.* So sehr ich die Richtigkeit dieses Satzes auch bezweifelte, so war es doch an der Zeit, dass ich mir den Film anschaute. Vielleicht enthielt er ein paar relevante Informationen. Ich hatte mir das einfach vorgestellt, gab jedoch nach mindestens zwanzig Telefonaten mit Videotheken in der näheren Umgebung wieder auf. Etwa die Hälfte hatte noch nie von dem Film gehört, fünf behaupteten, er sei nicht mehr im Programm, und vier rieten mir, mich an das British Film Institute zu wenden. Was ich dann auch tat.

Die Frau am anderen Ende der Leitung war sehr hilfsbereit. Sie gab mir die Nummer von mehreren Bibliotheken, was meiner Hoffnung, den Film aufzutreiben, zunächst mächtig Auftrieb gab. Als ich jedoch in der größten Bibliothek jemanden am Telefon hatte, erhielt ich die Information, dass der Film nur auf 16 mm und nicht auf Video vorrätig sei. Ich konnte es nicht fassen. Warum war es so schwierig, an einen derart bekannten Film zu kommen?

Weil ich nicht wusste, wo ich sonst noch hätte nachfragen sollen, ließ ich diesen Zweig der Nachforschungen erst mal ruhen und wandte mich wieder der Frage zu, warum Jess verschwunden war. Tyler war dabei keine große Hilfe gewesen, und andere enge Freunde, die zu befragen sich angeboten hätte, gab es schlicht nicht – sie hatte selbst gesagt, dass sie keine hatte. Ich seufzte. Sie auf eigene Faust zu suchen, war wahrscheinlich reine Zeitverschwendung. Da sie niemandem erzählt hatte, wohin sie sich abgesetzt hatte, war klar, dass sie nicht gefunden werden wollte. Wenn sie jemand finden würde, dann war das die Polizei. Sie verfügte über weitaus ausgefeiltere Methoden als ich, und die Suche nach vermissten Personen war nicht mein Spezialgebiet. Vielleicht kam sie ja auch aus freien Stücken wieder zurück.

Ich brachte die Tasse zurück in die Küche, spülte sie ab und ging wieder ins Wohnzimmer, um eine weitere Nummer im Zentrum von London anzurufen. Ich wollte für einen Besuch bei *Smile!* einen Termin ausmachen. Ich wollte die Leute kennen lernen, mit denen Jess da zu tun hatte, und ich wollte herauskriegen, was sie wussten. Wenn Jess wieder auftauchte, wollte ich ein paar nützliche Informationen für sie parat haben. Außerdem hatte mich die Neugier gepackt.

»Heart und Lomax«, flötete eine Stimme, nachdem es exakt zweimal geklingelt hatte.

»Guten Morgen«, sagte ich unsicher. »Ich wollte eigentlich jemanden vom *Smile!*-Magazin …«

»Redaktion oder Anzeigenabteilung?«

»Hmm … Redaktion.«

Während die Vermittlung mich verband, fragte ich mich,

wer Heart und Lomax sei. Eine mürrische Stimme unterbrach meine Überlegungen. »Redaktion.«

»Guten Morgen«, sagte ich und räusperte mich. »Ich heiße Lily Pascale. Vor ein paar Monaten habe ich mal mit jemandem von Ihrer Zeitschrift gesprochen ... Sie wollten eine Geschichte über mich machen.«

Da *Smile!* damals zu den hartnäckigsten Bittstellern für meine Geschichte gehört hatte, dachte ich mir, dass das der beste Einstieg sei. Sie waren ziemlich fassungslos gewesen, dass ich nicht mit ihnen reden wollte. Beim *Observer* wäre ich williger gewesen.

»Lily *Pascale*?«, sagte die Frau streng. »Ich kann mich nicht erinnern. Was war das für eine Geschichte?«

»Ich hatte den Mord an einem Mädchen aufgeklärt – Stephanie Duncan. In Devon. Das war im April –«

»Ja, richtig«, sagte die Frau. Ihre Stimme klang jetzt freundlicher. »Ich erinnere mich. Sie waren damals ziemlich reserviert. Haben Sie sich doch noch entschlossen, damit an die Öffentlichkeit zu gehen?«

»Eigentlich nicht. Ich wollte mich mit Ihnen über Jess Malone unterhalten.«

»Jess?« Sie schien überrascht. »Schießen Sie los.«

»Jess ist eine alte Freundin aus Studentenzeiten. Letzte Woche hat sie angerufen und mich um Hilfe gebeten. Sie hatte anscheinend ein paar Informationen über diese Morde und brauchte jemanden, der da ein bisschen Ordnung reinbringt. Ich glaube, dass sie sich schuldig gefühlt hat, weil sie den Artikel geschrieben hat. Irgendwie fühlte sie sich verantwortlich.« Ich kam langsam zum Kern der Sache. »Aber ich habe da ein Problem.«

»Sie ist verschwunden«, sagte die Frau theatralisch.

»Ja. Ich bin extra hergekommen. Sie war verschwunden, bevor ich noch mit ihr sprechen konnte. In ihrer Wohnung habe ich ein paar Informationen gefunden und ...«

»Will sie immer noch, dass Sie in der Sache für sie nachforschen?«, fiel sie mir aufgeregt ins Wort und dehnte das Wort *nachforschen* wie einen Kaugummi. »Ich meine, stehen Sie in Verbindung mit ihr?«

»Nein. Ich habe keine Ahnung, wo sie ist. Ich war schon drauf und dran, aufzugeben und wieder nach Hause zu fahren. Aber ihr Freund Tyler hat steif und fest behauptet, dass sie wollte, dass ich weitermache.«

»Weiß *er*, wo sie ist?«

»Nein. Behauptet er zumindest.«

»Hat er mit ihr Kontakt gehabt?«

»Er hat was von einem Anruf erzählt. Aber er hat nicht gesagt, über was sie gesprochen haben.«

»Meine Güte«, sagte die Frau. »Also, wie können wir Ihnen helfen?«

»Ich hätte ein paar Fragen. Jess kann ich nicht fragen, und da hab ich mir gedacht, dass ich mich mit Ihnen in Verbindung setze.«

»Noch mehr Fragen«, stöhnte sie. »Die ganze Woche hatten wir die Polizei im Haus. Na gut, schießen Sie los. Ich habe fünf Minuten Zeit. Was wollen Sie wissen?«

»Oh, alles Mögliche«, sagte ich, obwohl ich eigentlich keine Ahnung hatte, was ich fragen wollte. Ich hatte nicht damit gerechnet, dass das übers Telefon ablaufen würde. »Wie war noch mal Ihr Name?«

»Kathi«, sagte sie. »Kathi Trimbull. Ich bin die Redakteurin für die Reportagen.«

»Ja, richtig«, sagte ich. »Ich habe Ihren Namen gesehen, bei den Unterlagen von Jess. Ich will Ihnen ja nicht auf die Nerven gehen, aber ich habe mich gefragt, ob ich nicht mal bei Ihnen vorbeischauen könnte.«

»Vorbeischauen?«, fragte sie ungläubig. »Sie wollen hierher kommen?«

»Ja. Wenn es Ihnen nichts ausmacht.«

»Nein, nein. Das ist eigentlich kein Problem ... Es ist nur so, dass wir eigentlich alles über Telefon und Fax abwickeln. Ich hatte damit gerechnet, dass Sie Ihre Fragen per Fax schicken.«

»Könnte ich auch machen, wenn Sie wollen«, sagte ich. »Aber ich würde lieber persönlich vorbeikommen.«

»Okay. Ich wüsste nicht, was dagegen spricht. Nur nicht heute, wir haben Redaktionsschluss. Morgen passt auch nicht so gut, da haben wir Redaktionssitzung. Passt Ihnen Donnerstag?« Ich hörte, wie am anderen Ende der Leitung Seiten umgeblättert wurden. Wahrscheinlich ihr Terminkalender. »Okay, sieht so aus, als hätte ich zum Lunch noch nichts vor. Kommen Sie einfach kurz vorher vorbei, ich zeige Ihnen alles, und dann gehen wir irgendwohin. Vielleicht kann ich Sie ja doch noch dazu überreden, dass wir Ihre Geschichte bringen.«

»Ich bin mir nicht sicher, ob Sie da so viel Glück haben werden«, sagte ich lachend. »Aber Donnerstag ist okay.«

»Sehr gut. Also dann bis Donnerstag«, sagte Kathi und legte auf.

Ich war zwar etwas enttäuscht, dass ich bis Donnerstag warten musste, aber ich hatte ja die Adressen. Ich konnte also genauso gut schon heute damit anfangen, ein paar eingehende Nachforschungen über Rebecca und Sasha anzustellen. Ich griff mir Tasche und Zigaretten und verließ unverzüglich das Haus. Da mir die Sonne direkt ins Gesicht knallte, machte ich wieder kehrt, um meine Sonnenbrille zu holen.

Die vibrierende Hitze war zum Schneiden. Weit entfernt waren Stimmen zu hören, in einem Vorgarten ein Stück die Straße hinunter spielten Kinder, und auf Henris Hecke brummte eine fette Hummel. Ich wischte mir die ersten Schweißperlen von der Stirn und machte mich auf den Weg zur U-Bahn.

[Stille. Ächzen. Dann schlurfende Geräusche.]

Setzen Sie sich. Es ist alles in Ordnung. Es kommt niemand.

Entschuldigung.

Okay, gehen wir ein Stückchen zurück. Erzählen Sie mir von Ihrer Kindheit.

Okay.

Ich bin in London geboren und da auch eingeschult worden. In eine Grundschule in der Innenstadt, lausige Gegend. Die Lehrer da waren wirklich schräg, und die Schüler waren noch abgedrehter. Damals war ich der Normale. Egal, als ich sieben war, ist mein Dad – er ist schon tot – plötzlich befördert worden. Ziemlicher Sprung. Ich bin von der Schule abgegangen, und die ganze Familie ist weggezogen. In eine Stadt oben im Norden. Mein Vater hat da in der Entwicklungsabteilung einer Fabrik für Soft Drinks gearbeitet.

Von da an habe ich meinen Dad nicht mehr so oft gesehen. Meine Mutter hat sich alle Mühe gegeben, das auszugleichen, aber eigentlich war mir das sowieso ziemlich egal. Die ganze Zeit habe ich diese neuen Drinks, die sie da produziert haben, getestet: Bananen-Shakes, Fruchtsäfte und so merkwürdige purpurrote und blaue Sachen, die eigentlich nach gar nichts schmeckten. Meine Mutter hat deshalb immer Terror gemacht. »Liebling, gib ihm doch nicht immer dieses künstliche Zeug.« Ich kann mich erinnern, dass sie das dauernd zu ihm gesagt hat. Aber seine Einstellung war: »Wenn es gut genug für alle anderen Kids ist, dann ist es auch gut genug für meinen Jungen.« Ende der Diskussion.

Das müssen diese ganzen Chemikalien gewesen sein, dass ich so ein hyperaktives Kind geworden bin. Denken Sie mal drüber nach. Als ich so achteinhalb war, hatte ich eine komi-

sche Krankheit – ich kann mich nicht mehr dran erinnern, wie der Doktor sie genannt hat. Ich kann mich nur noch dran erinnern, dass ich nicht mehr so viele Süßigkeiten essen und so viel Brause trinken sollte. Die Soft Drinks von Dad hatten aber gar nichts mit Kohlensäure zu tun: Die waren alle still. Also habe ich die auch weiterhin getrunken.

Ich bin auf eine Privatschule gegangen. Zwischen der und meiner alten Schule in London lagen Welten. So mit neun bin ich dann in etwas schrägere Sachen reingeraten. Na ja, was Sie so schräg nennen würden. Ich war mit einem Jungen befreundet, Jonathan, der war ein ziemlicher Rabauke. Er war kurz vor mir an die Schule gekommen, und wir beide haben immer zusammengesteckt. Alle anderen kannten sich schon seit ihrem vierten Lebensjahr, und wir waren da echte Außenseiter.

Ich schätze, weil wir Außenseiter waren, haben wir uns dann auch so aufgeführt. Wir waren beide richtig besessen von Comics. Jeden Samstagmorgen und, wenn wir die Schule geschwänzt haben, regelmäßig auch nachmittags während der Woche haben wir den Laden bei uns nach neuen Heften durchkämmt. Für mich war es leichter zu verduften als für Jonathan: Ich hatte ein Attest von den Ärzten, dass ich aus der Klasse durfte, wann immer ich diese gewalttätigen Anwandlungen hatte. Ach ja – hatte ich das eigentlich erwähnt? Dass meine Hyperaktivität sich in Gewalt äußerte?

Also bin ich, wann immer ich Lust dazu hatte, einfach still und leise aus der Klasse gegangen. Und zwar regelmäßig, wenn mir der Lehrer eine schwierige Frage gestellt hat. Ich bin in die Stadt gegangen, in den Park oder in den Comicladen oder sonst wohin. Manchmal nach der Mittagspause (ich hatte immer ein paar von den Soft Drinks in meiner Lunchbox) hatte ich diesen Drang, den ich vorher noch nie gehabt hatte und auch später nicht mehr hatte. Den Drang, jemanden zu töten und gleichzeitig Sex mit ihm zu haben. Wissen

Sie, was ich meine? Eigentlich stimmt das nicht ganz. Es war mehr so, dass ich bei dem Gedanken daran, jemanden zu töten, jemanden mit bloßen Händen zu würgen, bis er tot war, einen Steifen bekommen habe. Ich kann mich noch erinnern, dass mir das nicht peinlich war, wenn mein Minischwanz unter der Schuluniform gestanden hat wie ein kleiner Baumstumpf. War mir nicht im Geringsten peinlich – ganz im Gegenteil. Ich bin in dem kleinen Städtchen herumspaziert, oder besser herumstolziert, meinen Transformers-Beutel über der Schulter, die Star-Wars-Lunchbox in der Hand, und habe meinen kleinen steifen Stummel vor mir her getragen. Ich bin durch die Straßen gezockelt, habe die Leute angepöbelt, die mir im Weg standen, habe alten Damen Grimassen geschnitten oder sie angespuckt und malte mir aus, was jetzt wohl Judge Dredd oder Captain America als Nächstes tun würden.

Egal. Ich war schon zwei Jahre lang Stammkunde in dem Comicladen gewesen – ich glaube, der hieß Exotique –, da hat mich der Manager, Rick, gefragt, ob er mir nicht mal was anderes zeigen soll, was ganz Spezielles, hat er gesagt. Na ja, eigentlich stimmt das nicht ganz, dass er mich angesprochen hat. Ich hatte ihm schon die ganze Zeit damit in den Ohren gelegen, dass er mir mal welche von diesen gewalttätigen Hardcore-Sachen, von denen ich gelesen hatte, zeigen sollte. Die waren aus Amerika importiert, und ich wusste, dass er sie hatte. Ich konnte es erst nicht glauben, als er mir gesagt hat, dass er mir welche verkaufen würde.

Ich stöhnte unter der immer schlimmer werdenden Spätjunihitze, die mich in Schweiß badete und dafür sorgte, dass ich für den Weg länger als normal brauchte. Da schattige Parkplätze in London Mangelware waren, wäre ich mit dem Auto auch nicht besser dran gewesen. Aber da ich nun mal ein gewohnheitsmäßiger Autofahrer war, schleppte ich immer mehr Zeug mit mir herum als der gestählte Benutzer öffentlicher Verkehrsmittel. Wie mir während der U-Bahnfahrt zur Liverpool Street auffiel, kamen die mit einem einzigen Taschenbuch aus, das sie sich in die Hosentasche steckten. Ich schaute meinen Rucksack an und stöhnte. Er enthielt das große Notizbuch, die umstrittene Ausgabe von *Smile!*, einen Fotoapparat, ein Diktafon, eine Karte vom Südosten Englands, den Stadtplan, die Ausdrucke aus Jess' Computer, das Handy und eine Strickjacke für den Fall, dass es später abkühlte.

Die Wirkung entsprach in etwa meiner Vorstellung von Gewichtheben (da ich allerdings keinerlei »anständiges« Fitnesstraining betrieb, war das nur eine Vermutung). Aber jedes Teil war wichtig – oder hätte es zumindest werden können. Ich wollte einfach kein Risiko eingehen.

In der U-Bahn roch es nach Sardellenpaste und verfaulenden Osterglocken. Als wir im Bahnhof Liverpool Street ankamen, war ich froh, in einen normalen Zug umsteigen zu konnen. Man hatte mehr Platz, und ich konnte die Fenster zur Außenwelt öffnen, um frische Luft hereinzulassen. Ich fragte mich, ob das der Zug war, den *er* benutzt hatte. Mich fröstelte.

Die neuen Comics, die aus der Manga-Gora-Serie, waren besser als meine alten. Von denen hatte ich mit zwölf schon eine ziemlich fette Sammlung. Die Manga-Goras waren aus Japan. Die Hauptfiguren waren junge Frauen mit riesigen Brüsten und kurzen Röcken; ziemlich oft oben ohne und manchmal in ganz schön pornografischen Situationen. Schätze, das war die Zeit, als ich an Pornografie Gefallen gefunden habe. Nachdem Jonathan verschwunden war. Ich hatte jetzt niemanden mehr, mit dem ich Comics tauschen konnte. Ich habe etwas gebraucht, das die Lücke wieder auffüllt. Also habe ich mich darauf gestürzt, meine Sammlung auszubauen, ganz für mich allein.

Ich kann mich erinnern, dass Winter war, als mir Rick endlich die neuen Comics gegeben hat. Es war an einem Montagmorgen – ich hatte nicht mal dran gedacht, zur Schule zu gehen. Das war damals schon ziemlich normal. Mit meinem Vater konnte ich immer weniger anfangen, und meine Mutter, die war inzwischen noch komischer geworden. Dad hat mir immer noch das Zeug aus der Fabrik zum Testen mitgebracht; meistens eine neue Sorte Orangendrink, die gar nicht nach Orangen geschmeckt hat (komisch, habe ich gedacht). Das Zeug sollte als eine Art »Drink für junge Leute« vermarktet werden. Irgendwas Trendiges, was weiß ich. Später habe ich dann erfahren, dass ungefähr um diese Zeit meine Mutter was mit so einem arbeitslosen Typen angefangen hat. Carl. Der hat in einer Siedlung ganz in der Nähe gewohnt. Von da an gab es dauernd Streit. Ich bin dagesessen, habe meinen Orangen-Killer-Drink geschlürft (weil so ein spezieller Zusatzstoff drin war, ist das Zeug später verboten worden; sie mussten noch mal ins Labor, bis es schließlich reif für die Produktion war) und habe mir die Vorwürfe angehört. »Miese Schlampe« oder »Ist wohl größer als meiner?« So was.

Zu der Zeit war ich gerade auf eine neue Schule gewechselt. Ein Gymnasium in der Stadtmitte, der Direktor war ein Freund von meinem Vater. Ich war nicht gerade begeistert. Man hatte mich oft genug darauf hingewiesen, dass das der Grund war, warum man mich überhaupt aufgenommen hatte. Also bin ich einfach nicht mehr hingegangen. Das muss so im November gewesen sein, um meinen zwölften Geburtstag herum. Zu der Zeit, als ich die neuen Comics bekommen habe. Jeden Morgen bin ich aus dem Haus, in Schuluniform und mit Schultasche, habe mich am Ende der Straße am Parkrand in die Büsche geschlagen und mich umgezogen. Dann bin ich quer durch den Park marschiert, ganz aufgeregt, weil ich Geld für neue Comics in der Tasche hatte. Das Geld hatte ich von beiden, von meinem Vater und meiner

Mutter, schätze, weil sie beide Schuldgefühle hatten, dass sie mir nicht genug Liebe gaben. Damit war es ja wirklich nicht weit her zu der Zeit.

Dass Sie mich nicht falsch verstehen: Ich mache meinen Eltern nicht den geringsten Vorwurf. Ich stelle nur fest, dass zu der Zeit, als ich vom Weg abkam, wie das meine Mutter später ausgedrückt hat, beide sehr beschäftigt waren: meine Mutter mit ihrem Liebhaber, mein Vater mit seiner Arbeit. Abends waren sie, wie ich ja schon gesagt habe, mit Streiten beschäftigt. Das war mir nur recht. Andere Eltern haben ihre Kinder aufs Zimmer gescheucht, zum Aufräumen (wir hatten eine Putzfrau) oder zum Schulaufgaben machen. Meine haben sich nur angeschrien. So hatte ich genügend Zeit, um mich meinen beiden Lieblingsbeschäftigungen zu widmen: Comics lesen und masturbieren.

Wenn ich jetzt so zurückblicke, war irgendwas falsch damals. Ich meine, die Comics waren alle voll mit diesen Frauen, von denen ich schon gesprochen habe. Riesentitten, gespreizte Beine und was noch alles. Sie sahen so lebendig aus, so voller Energie und – ehrlich – sie haben drum gejapst (wie diese Tam, genau). Aber das hat mich alles nicht interessiert. Das erregendste Erlebnis, das ich bis dahin jemals gehabt hatte, war durch den Comic The Atomic Warrior *hervorgerufen worden. Das war einer aus der M-G-Serie. Die hatte mir Rick regelmäßig unter der Hand verkauft, nachdem ich ihm versichert hatte, dass ich schon sechzehn bin. Die Nummer, die mich wirklich geschafft hat, war die, die sie später in England und Amerika verboten haben, weil die Geschichte besonders gewalttätig war. Da hat der finstere Goxa (der konnte die Gestalt von jedem Lebewesen annehmen und war der Erzfeind der Atomic Warrior) auf tote oder, was noch verstörender war, fast tote Körper masturbiert. Und auf der vorletzten Seite hat er es dann mit einem getrieben – einem kleinen Jungen.*

Der blonde Junge, glatt rasiert, der leblose Kopf wie in apathischer Ekstase zurückgeworfen, und Goxa, der dauernd seine Identität gewechselt hat und ihn erst als Bauernmädchen, dann als alte Frau, dann als Pferd und schließlich als Schlange gefickt hat. Das Bild hat mich umgehauen. Ich bin da auf dem Klo gesessen, vor mir auf der etwas klammen Badematte das aufgeschlagene Heft mit den dünnen, glänzenden Seiten. Wenn ich mich richtig erinnere, ist es mir in dem Moment gekommen, und ich habe das ganze Bad vollgespritzt.

Bevor Sie was Falsches denken: Ich bin nicht schwul, ich bin auch nicht pervers. Ich bin eigentlich überhaupt nicht mehr an Sex interessiert, zumindest nicht mit wirklichen Menschen. Was mich an dem Bild fasziniert und erregt hat, war der Mangel an Leben. Die Art, wie der kleine, fast tote Junge einfach dagelegen hat, völlig gleichgültig gegenüber dem, was da passiert. Vielleicht überrascht es Sie, dass ich mir in meiner Fantasie gar nicht vorgestellt habe, Goxa zu sein, oder der Atomic Warrior. Von dem Moment an wollte ich dieser kleine Junge sein. Es war fast wie eine Vorahnung: Ich wollte das Opfer sein. Ich wollte gefickt werden.

Rebeccas Wohnung lag in einer schäbigen Siedlung am Rand von Hertford East. In dem Artikel hatte es geheißen, dass sie eine Fotografin sei, die in London arbeitete. Aber die Wohnung, die ich schließlich ausfindig machte, lag über einem heruntergekommenen Waschsalon. Ich fragte mich, was für eine Art Fotografin sie wohl gewesen war.

Anders als vor Tams Haus gab es keinerlei Anzeichen, dass sich die Polizei hier sonderlich intensiv umgeschaut hatte. Wahrscheinlich, dachte ich, weil der Mord nicht hier, sondern auf dem Bahnhof, wo man auch das Foto von ihr gemacht hatte, verübt worden war.

Trotz der Hitze spürte ich ein widerliches Frösteln, als

mir plötzlich eine der naheliegendsten Tatsachen bewusst wurde: Die drei Tatorte waren auch die Orte, an denen die Frauen für das Magazin fotografiert worden waren. Für den Augenblick legte ich diese Information mit all ihren interessanten Perspektiven ab und betrat den Waschsalon.

»Wir schließen bald«, sagte eine dünne, etwas runzlige Frau, die gerade aus einem Kabuff kam, an dem ein Schild mit der Aufschrift *Waschpulver und Wechselgeld* hing. Sie sprach einen ländlichen Dialekt mit gerundeten Vokalen. Das Gesicht machte einen freundlichen, überarbeiteten Eindruck. Wegen der Hitze schnaufte sie genauso schwer wie ich. Ich lächelte sie freundlich an.

»Langen Tag gehabt?«, fragte ich.

Sie rümpfte die Nase. »Kann man wohl sagen. Sind immer zu lang. Nicht so wie früher. Und dabei heißt es, dass die Tage *kürzer* werden, wenn man älter wird.«

»Ja«, sagte ich interessiert. »Das habe ich auch schon gehört. Hängt irgendwie damit zusammen, wie viel Zeit man schon hinter sich hat.« Ich schweifte ab. Ich war nicht hier, um mich über dieses Thema zu unterhalten.

Die Frau nahm einen Besen aus dem Putzschrank und fing an, etwas Staub und Waschpulver aufzuwirbeln.

»Zum Waschen sind Sie wohl nicht hergekommen, oder?«

»Nein«, sagte ich. »Wegen des Mordes.«

»An dem armen Ding von oben?«

»Ja, genau.«

»Sind Sie von der Londoner Polizei? Wie die anderen?«

»Nein.«

Für einen Augenblick standen wir stumm da. Ich wollte mich nicht weiter erklären, und sie wollte keine weiteren Fragen beantworten. Nach einer kurzen Pause fing sie dann aber doch an, die Geschichte zu erzählen, die sie sicher schon tausendmal erzählt hatte.

»Es war letzten Donnerstag«, sagte sie. »Sie ist weggegangen und nicht mehr zurückgekommen. Donnerstags war sie normalerweise schon am Nachmittag wieder da und hat dann ihre Wäsche gemacht. Ich hab immer eine Trommel für sie voll gemacht. Sie wissen schon, war dann billiger.«

»Am Nachmittag?«, sagte ich. »Ich hab gedacht, sie war Fotografin bei irgendeiner Firma?«

»Sie war freischaffend, Liebes. Ist gekommen und gegangen, wie sie wollte. Egal. Ich hab mir auf jeden Fall Sorgen gemacht, als sie nicht gekommen ist. Aber nicht lange. In der nächsten Minute ist nämlich schon die Polizei vor der Tür gestanden und hat die Schlüssel und alles gewollt.«

»Sie hatten die Schlüssel zu ihrer Wohnung?«, fragte ich aufgeregt.

»Klar«, sagte sie. »Ich lass sie also rein, aber sie haben mir kein Wort gesagt. Erst ganz am Schluss dann. Haben nur rumgeflucht, dass nirgendwo Spuren sind. War genau wie im Fernsehen. Egal. Hinterher ist dann einem eingefallen, dass er auch noch mit mir reden kann. Er gibt mir die Schlüssel zurück und sagt: *Tut mir Leid, ein Unglücksfall. Sind Sie Rebecca Marshs Vermieterin?* Ich dachte: *Vermieterin?* und musste lachen bei dem Gedanken, dass mir das Haus gehörte. Hab ich ihm dann auch gesagt, und dann hat der junge Bursche nach dem Namen des Besitzers und Hausverwalters gefragt, und ich hab ihn weiter gelöchert, was da los war. Schließlich hat er mir erzählt, dass sie auf einem Bahnsteig einen Unfall hatte und dass ihnen das verdächtig vorkommt.«

»War das alles?«, fragte ich.

»O nein. Am selben Abend waren wieder welche da – andere. Die haben nach einem Stalker und einem Magazin gefragt.« Mit erschrockenen Augen schaute sie mich an. »Haben Sie es gesehen? Ich meine, das Magazin?«

Ich nickte. Sie erzählte weiter.

»Ich konnte es nicht fassen, dass das alles diesem armen

Ding passiert war. Noch dazu direkt unter meiner Nase. Ich muss an dem Tag eingenickt sein oder so.«

»An welchem Tag?«

»Als dieses Scheusal da war – das aus dem Artikel. Jeder Besucher muss hier durch den Laden.«

»Einen Hintereingang gibt es nicht?«

»Nein, aber ... Da ist noch die Feuerleiter. Da muss er hoch sein.«

»Können Sie mir was von Rebecca erzählen?«, fragte ich. »Hatte Sie oft Männerbesuch oder andere Besucher?«

»Nein«, sagte die Frau. »Überhaupt nicht. Sie war, glaube ich, ziemlich einsam, das arme Ding. Ist von Essex oder so hierher gezogen. Wegen ihrem Freund oder so, aber das ist dann auseinander gegangen. Zumindest ist der oft hier gewesen, aber dann auch nicht mehr.«

»Traurige Geschichte.«

»Ja. Sie war wirklich ein reizendes Mädchen. Hat so eine freundliche Stimme gehabt. Genau wie Sie.«

»Oh«, sagte ich. »Vielen Dank.«

»Egal«, sagte die Frau. »Ich muss jetzt abschließen. Wollten Sie nicht noch einen Blick in die Wohnung werfen?«

»Sicher, gern«, erwiderte ich und folgte ihr durch eine Seitentür nach draußen und dann die Treppe hinauf.

11

Rebecca

In der Wohnung roch es streng nach Vanille. Sie war klein, aber offensichtlich mit viel Liebe eingerichtet worden. Man trat durch die Eingangstür in einen winzigen Flur, in dem ein kleiner Glastisch stand, auf dem um ein altes Telefon im Stil der Sechzigerjahre Art-deco-Drucke und Schwarzweißfotografien gruppiert waren.

»Was passiert jetzt mit ihren Sachen?«, fragte ich die Frau.

»Keine Ahnung«, erwiderte sie. »Der Verwalter will das Zeug sicher schnell raus haben, da bin ich mir sicher. Andererseits bin ich mir nicht sicher, ob er auch so schnell einen neuen Mieter findet. Es ist ein Jammer – sie hat sich so viel Mühe gegeben, die Wohnung schön herzurichten.«

Während ich mich umschaute, dachte ich, dass sie einen ganz ähnlichen Geschmack wie ich hatte. Vor jedem Fenster Musselin-Vorhänge, die scheinbar schwerelos an Gardinenstangen aus Holz hingen. Keine Teppiche, nur flauschige Brücken, die sie über den Kiefernholzboden verteilt hatte: eine dunkelrosa und weiß gestreifte lag vor dem ungemachten Bett, eine in Blau und flammendem Rot im Wohnzimmer. Die Küche war mit schwarzen und weißen Fliesen ausgelegt.

Das Wohnzimmer war offensichtlich der am meisten benutzte Raum. Ein altes rotes Sofa, das weich und bequem aussah, nahm fast die ganze hintere Wand ein. Ich ging darauf zu und sah, dass zwei Bücher auf den Polstern lagen: eins über eine Fotografin, die nur sich selbst fotografierte, und *Misery* von Stephen King.

Auf dem Regal neben dem Sofa standen mindestens zweihundert weitere Bücher – hauptsächlich Sachbücher über Fotografie und Romane – und ein kleiner tragbarer Fernseher, auf dem ein kleiner rosafarbener Sticker mit der Aufschrift *Becky* lag.

Ich inspizierte das Bücherregal nach persönlichen Dingen wie Terminkalendern, Notizbüchern oder Ähnlichem, konnte aber nichts finden. In dem alten, nicht mehr benutzten Kamin an einer der Seitenwände stand eine Vase mit einem Arrangement aus Trockenblumen und auf dem Kaminsims eine lange Reihe Videos: die komplette *Twin-Peaks*-Serie, *Der Unsichtbare Dritte, Psycho, Die Vögel, Wild at Heart, Eraserhead, Blue Velvet, Cinema Paradiso, Die unerträgliche Leichtigkeit des Seins* und *Misery.* Vielleicht hatte sie deshalb das Buch gelesen. Gegenüber dem Kamin führte eine Tür in die Küche, in der Wand gegenüber der Couch befand sich die Tür zum Schlafzimmer. Ich entschloss mich, zuerst die Küche zu inspizieren.

Wieder suchte ich nach persönlichen Dingen, nach Nachrichten oder Merkzetteln, nach allem, was mir einen Hinweis darauf hätte geben können, mit was für Leuten sie Umgang gehabt hatte oder wovor sie Angst gehabt haben könnte. Aber ich fand nichts. Keinen Kalender an der Wand, keine Post-it-Zettel am Kühlschrank, keine Briefe.

Im Kühlschrank befanden sich nur drei Dinge: eine Flasche Evian, Räucherlachs und Clinique-Feuchtigkeitscreme. Ansonsten sah es aus wie in jeder normalen Küche, die etwas aufdringlich roch, weil man vor dem Gehen nicht aufgeräumt hatte. Als ich im Spülbecken die schimmligen Überreste einer Tasse Kaffee und einen kleinen Porzellanteller, an dem noch Toastreste klebten, entdeckte, spürte ich einen Klumpen im Hals.

Als Nächstes nahm ich das Schlafzimmer genauer unter die Lupe. Ich wollte alles über dieses Mädchen erfahren und suchte verzweifelt nach Anhaltspunkten, die mir Zugang zu ihrer Persönlichkeit boten. Doch es war offensichtlich, dass die Polizei, die vor mir da gewesen war und genau gewusst hatte, wonach sie zu suchen hatte, fast keine Spur der privaten Rebecca zurückgelassen hatte. Auf der Suche nach irgendwelchen Gemeinsamkeiten verglichen sie wahrscheinlich ihre Beute mit den persönlichen Dingen der beiden anderen Frauen.

Ich brauchte etwas, um weitermachen zu können. Ich durchsuchte alle Schubladen, den Kleiderschrank, sogar die Schmutzwäsche. Als ich schon aufgeben wollte, stieß ich doch noch auf etwas. Es war eine kleine Handtasche, die offensichtlich unter das Bett gerutscht war. Ich schaute hinein und fand ein Adressbuch und einen Terminkalender. Im Kalender standen im Kästchen für Donnerstag, 19. Juni, die Worte *Shooting, Mark Moss.* Bingo, dachte ich, dahin wollte sie also. Wenn da nicht das Komma gewesen wäre ... Aber offensichtlich hatte sie ein Foto-Shooting gemeint. Jetzt fühlte ich mich schon besser, steckte die beiden Büchlein in die Tasche und suchte weiter.

Die Suche wurde zusätzlich durch die Frau von unten erschwert, die dauernd hinter mir hertrottete, hin und wieder ihre Missbilligung zum Ausdruck brachte und Sätze murmelte wie: »Was für ein Jammer« oder »So ein nettes Mädchen«. Im Flur und im Badezimmer – eine kleine, dunkle Kammer (vermutlich auch die *Dunkelkammer*) mit Dusche, Toilette und Waschbecken – hielt ich mich nicht lange auf.

Als ich schließlich davon überzeugt war, dass es nichts mehr zu sehen gab, bedankte ich mich bei der Frau und ging. Ich schaute auf die Uhr: Es war fast drei. Es war inzwischen noch heißer geworden, und kaum dass ich den Waschsalon verlassen hatte, lief mir auch schon der Schweiß am Körper herunter.

Nicht lange danach sind wir wieder zurück in den Süden gezogen. Der Grund war das Zusammentreffen verschiedener Umstände. Der Erste war, dass Carls Frau bei uns aufkreuzte. Sie hatte herausbekommen, dass ihr Mann meine Mutter bumste, und wollte irgendwas dagegen unternehmen.

Das war an einem Montagmorgen. Ich hatte irgendeine mysteriöse Infektion, gegen die ich große, bittere Pillen schlucken musste, und war deshalb zum ersten Mal ganz korrekt nicht in der Schule. Ich erinnere mich, dass meine Mutter gerade aufgestanden war und mir mit einem Glas Milch – das ist gesünder als der ganze Müll, den dein Vater immer anschleppt, sagte sie – meine Morgendosis verabreicht hat. Wir haben uns ein bisschen unterhalten, über nichts Bestimmtes. Sie hat ganz am Ende vom Bett gesessen und rumgedruckst, weil sie mir irgendwas sagen wollte. Ich habe – wahrscheinlich zum ersten Mal überhaupt – ihre Kleidung angeschaut. Ich habe mich gefragt, warum sie so was anhatte: viel zu hohe Stöckelschuhe, einen langen, eng anliegenden Rock aus dünnem, sehr dünnem Stoff – und dann das Make-up. Als ich noch kleiner war, habe ich diesen Duft gemocht; wenn sie den Kopf an meinen gedrückt hat oder wenn sie mir beim Zudecken einen Gutenachtkuss gegeben hat. Doch da ist es mir wie eine rissige Maske vorgekommen, und ich habe mich gefragt, ob sie darunter schon verschimmelt.

Ich erinnere mich noch, dass ich mich in meinem verschwitzten Pyjama verlegen hin und her gewunden habe, als sie meinen Kopf streicheln wollte. Ich wollte nicht, dass sie mich berührt. Sie hatte gerade angefangen, über die Comics zu reden, als es an der Tür geklingelt hat. Sie war überrascht, aber dann ist sie nach unten, um aufzumachen. Ein paar Sekunden war es ruhig, dann habe ich das Klicken gehört, als sie aufgeschlossen hat, und dann das Quietschen der Tür. Und dann wurde es ziemlich laut. Vom Flur habe ich Stimmen gehört, von Frauen, vielleicht fünf oder so, und dann waren da dumpfe, schlagende Geräusche, und natürlich das Kreischen. Das Kreischen meiner Mutter. Und ich lag da, auf dem Bauch, und wusste nicht, was ich tun sollte. Die Stimmen haben Sachen gesagt wie »Miststück, hast du keinen eigenen Mann?« oder »Hure« oder was mein Vater immer gesagt hat: »Miese Schlampe«.

Als ich wieder im Zug saß und die Strecke zurückfuhr, die ich gestern schon einmal zurückgelegt hatte, war ich niedergeschlagen. Ich hatte nicht gerade viel, woran ich anknüpfen konnte. *Mark Moss.* Wer war das? Irgendeine Kleinigkeit oder einen Hinweis musste ich übersehen haben, als ich in der Wohnung war. Vielleicht konnte mir Mark Moss, falls ich ihn ausfindig machen konnte, etwas über Rebecca erzählen.

Die Unterhaltung gestern Abend mit Star über Edgar Allan Poes Dupin, einem meiner Lieblingsdetektive, war merkwürdig gewesen. Ich spielte zwar seine Rolle, stand jedoch unglücklicherweise vor dem Problem, weder über seine Arroganz noch über die nötigen Beweise zu verfügen, um mit dem großen Knalleffekt aufwarten zu können. Trotzdem war ich immer noch gedämpft zuversichtlich, nicht mehr, aber auch nicht weniger als am Anfang. Ich hatte das Gefühl, dass die ganze Sache entweder sehr viel einfacher oder sehr viel komplizierter werden würde, als alle dachten.

Eine halbe Stunde später saß ich im Taxi nach Camden und hatte praktisch nichts von dem Haus, in dem Sasha wohnte, gesehen. Das Haus selbst war einfach zu finden gewesen, es lag direkt am Park London Fields. Klar, dass sie immer diese Abkürzung genommen hatte. Ich stellte mir vor, wie sie verfolgt wurde, wie sie sich immer wieder umdrehte, niemanden sah und sich schließlich einredete, da sei überhaupt nichts gewesen.

Und dann das.

Grausige Gedanken waren mir durch den Kopf gegangen, als ich mich der großen Haustür genähert hatte. Sie war weiß oder war es zumindest mal gewesen. Der alte, dicke Glanzlack bröckelte ab wie Schorf. Die Klingel hatte nicht funktioniert, also hämmerte ich laut dagegen. Nichts. Ich rief durch den Briefschlitz: Immer noch nichts.

Während ich über eine etwas härtere Gangart nachdachte, kam mir eine verrückte Idee. Zwei Minuten später ging ich eine Seitenstraße hinunter, bog dann noch einmal ab und gelangte zu den Gärten an der Rückseite des Hauses. Aus einem der Gärten drang laute afrikanische Musik, zu deren Klängen sich auf der Veranda eine große Frau im purpurroten Sarong bewegte. Sie schien nichts davon zu merken, dass ich den kurzen Weg entlanghuschte und das hölzerne Gartentor aufmachte.

Das Gras musste dringend mal gemäht werden, doch war Sashas Garten alles andere als verwildert. In den Beeten entlang des Rasens blühten in wohl geordneten Reihen die verschiedensten Blumen. In scharfem Kontrast dazu das Bild, das der Garten nebenan bot. Zwischen zwei alten Kinderwagen, einer Auswahl an Reifen und einer Puppe ohne Kopf stand ein ausgeschlachteter Ford Capri.

Von jenseits des Zauns kamen schnarrende Geräusche, und ich glaubte, flüsternde Stimmen zu hören. Dann war es still. Selbstsicher marschierte ich auf die Hintertür zu und drückte die Klinke. Sie bewegte sich keinen Millimeter. Während ich mich nach einem Gegenstand umschaute, mit dem ich die Tür öffnen könnte, hörte ich wieder das Flüstern. Diesmal lauter. Die Stimmen von Kindern.

»Psst. Das ist die Mörderin.«

»Lass mich auch mal!«

»Aua!«

»Geh runter da.«

»Halt's Maul.«

»Wie sieht sie aus, Peter?«

»Verpiss dich. *Ich* bin Peter.«

Kichern. Dann: »Wenn du brav bist, darfst du Lump sein.«

»Braune Haare. Locken.«

»Große Tasche. Glaubst du, da ist die Tatwaffe drin?«

Wieder das Scharren. Ich lugte über den Zaun. Im Garten standen sieben oder acht Kinder, das Älteste etwa elf, das Jüngste etwa drei Jahre alt. Die Älteren schauten in ein Notizbuch. Der Kleinste hielt eine rosarote Wasserpistole in der Hand und spritzte sich damit auf die Füße.

Ein kleines rothaariges Mädchen schaute zu mir hinauf. Das Sommersprossengesicht war mit Gesichtsfarbe verschmiert.

»Hallo«, sagte ich. »Wie heißt du denn?«

»Scheiße«, sagte ein asiatischer Junge mit Stirnband und abgeschnittenen Jeans. »Ruft die Bullen, verdammt, sonst macht sie uns noch kalt.«

Ich musste lachen. »Was willst du machen?«

»Die Polizei anrufen«, sagte ein kleines Mädchen laut. Sie hatte eine Barbie-Weste und dazu passende Schlüpfer an. »Wir haben gesehen, wie du da einbrechen wolltest.«

»Aber ich bin doch die Polizei«, sagte ich und zog die Augenbrauen zusammen, um sie zu erschrecken.

»Nein, bist du nicht«, sagte ein Junge mit Brille und blauen Flecken an den Beinen.

»Zeig uns deine Marke«, sagte das rothaarige Mädchen.

»Ich hab keine«, sagte ich und fügte in verschwörerischem Flüsterton hinzu: »Ich bin Geheimagentin.«

»Affenscheiße«, sagte der asiatische Junge.

»Halt's Maul, Colin«, sagte das kleine Mädchen.

»Ich bin Jack«, sagte der Junge. Sie fingen an zu streiten, und der Kleine bespritzte alle mit seiner Wasserpistole.

»Und ihr? Wer seid ihr eigentlich?«, fragte ich.

»Die Schwarze Sieben, du Dummkopf«, sagte das rothaarige Mädchen und wich einem Strahl aus der Wasserpistole aus. »Wir suchen den Mörder.«

»Ja«, sagte der Junge. »Der das Mädchen von da drin gekillt hat.«

»Tja, soll ich euch ein Geheimnis verraten?«, sagte ich.

»Was für ein Geheimnis?«

»Ihr müsst mir versprechen, keinem was zu sagen.«

Sie waren jetzt ganz Ohr. »Versprochen«, riefen sie im Chor.

»Es war ein Mann.«

»Was?«

»Der Mörder. Wir haben rausgefunden, dass es ein Mann war.«

»Bist du wirklich von der Polizei?«

»Ja. Es ist ein Mann. Kein Zweifel.«

»Ein Hinweis«, verkündete das rothaarige Mädchen. »Schreib auf!«

Lächelnd ließ ich mich wieder vom Zaun herunter und verschwand auf dem Weg, auf dem ich gekommen war. Den Gedanken an die härtere Gangart ließ ich fallen. War wahrscheinlich nicht die Beste aller Ideen, unter den Augen der Schwarzen Sieben in das Haus des Mordopfers einzubrechen.

Als ich wieder auf der Hauptstraße stand, fiel mir ein, dass ich heute noch gar keine Anrufe gehabt hatte. Ich zog das Handy aus der Tasche und sah, warum: Die Batterie war absolut leer. Ich fluchte leise, zündete mir eine Zigarette an und machte mich auf die Suche nach einer Telefonzelle, um Tyler anzurufen. Vielleicht war Jess ja wieder aufgetaucht. Pech – keine Zelle weit und breit. Das Gleiche mit Taxis. Die Richmond Road schien eine der Straßen zu sein, auf denen außer in der Fantasie von Kindern nicht viel los war. Ich gab auf und ging bis zur Mare Street, wo ich schließlich ein Taxi erwischte.

12

Nichts

Diesmal war Henri schon zu Hause, als ich ankam.

»Meine Lieblingstochter«, verkündete er pompös, fügte jedoch, nachdem er gesehen hatte, in welchem Zustand ich war, sofort hinzu: »Mein Gott.« Mascara und Schweiß liefen mir die Wangen hinunter, das Haar hing wirr herunter, und das Kreuz tat mir weh, weil ich den ganzen Tag die verdammte Tasche mit mir rumgeschleppt hatte.

»Hi, Henri«, sagte ich und musste lächeln, als ich seinen erschrockenen Gesichtsausdruck sah. Ich küsste ihn auf beide Wangen. »Hattest du einen angenehmen Tag?«

»*Oui,* ich schon. Aber was ist denn mit dir passiert?«

»Nichts«, sagte ich und ging in die Küche, um mir einen Kaffee zu machen. Ich fand ein Stück frisches Brot und ein paar Scheiben Salami und machte mir ein einfaches Sandwich zurecht. »Ich hab nur ein paar Leute besucht.«

»Und die waren wahrscheinlich *mausetot*«, sagte er aufgebracht. »Ich weiß, was du vorhast. Ich hoffe nur, dass du vorsichtig bist.«

»Was glaubst du denn?«, sagte ich, biss von meinem Sandwich ab und schenkte uns beiden Kaffee ein. Ich lachte. »Ich glaube kaum, dass man von dem Mörder weiter entfernt sein kann, als ich es im Moment bin. Keine Gefahr also.«

Henri lachte leise. »Kein Glück gehabt?«

»Nein, na ja, vielleicht doch. Ich weiß nicht. Es ist alles ziemlich kompliziert.«

»Sag bloß Star nichts davon«, sagte er. »Sie ist ganz aus dem Häuschen wegen der Sache.«

»Ich hab gedacht, sie hätte bei ihrer Arbeit schon genug mit Mördern und solchen Typen zu tun.«

»Tja, das hab ich auch gedacht. Aber sie ist einfach fasziniert von Nachforschungen. Diese ganzen *romans policiers.* Wie heißen die noch?«

»Kriminalromane.«

»Ja. Sie verschlingt das Zeug stapelweise. Einfach unglaublich.«

»Was anderes«, sagte ich, weil ich keine Lust mehr hatte, mich weiter über die Morde auszulassen. »Hat jemand für mich angerufen?«

»Ja. Vor einer halben Stunde hat deine Mutter angerufen.«

»Sonst niemand?«

»Nein. Wer *sollte* denn noch anrufen? Vielleicht ein junger Mann?«

»Nein, sicher nicht.«

»Was hältst du eigentlich von Cal?«, sagte Henri.

»*Cal?*« Ich war überrascht. »Na ja, ganz nett. Aber ziemlich langweilig.«

»Ja. Hab ich mir schon gedacht. Manchmal mache ich mir wirklich Sorgen, dass du anspruchsvoller bist, als für dich gut ist.«

»Was meinst du? Dass ich nicht gleich mit dem nächstbesten Kerl unter fünfzig ins Bett steige? Ich bin nur *zur Hälfte* Französin, Papa.«

»Du könntest was verpassen«, sagte er geheimnisvoll lächelnd und nahm seine Kaffeetasse.

»Das glaube ich nicht«, sagte ich und folgte Henri ins Wohnzimmer. »Wann kommt eigentlich Star?«

Er schaute auf die Uhr. »So um sieben. Sie müsste spätestens in zehn Minuten da sein.«

»Wohnt sie eigentlich hier, ich meine, *offiziell?*«

»Offiziell nicht. Wir wollen nichts überstürzen.«

»Sicher.«

»Ich muss zugeben, dass du besser aussiehst als damals, als du noch in London gewohnt hast«, sagte Henri. »Trotz deiner momentanen *désordre.*«

»Muss an der Landluft liegen«, erwiderte ich.

»Nein, nein.« Er schüttelte den Kopf. »Es ist mehr als das. So was wie ... *innerer Friede.*«

»Nun ja, ich fühl mich einfach wohl da. Ich meine, eigentlich wollte ich ja bloß eine Zeit lang bleiben, aber inzwischen fühle ich mich, ehrlich gesagt, schon wie ein Tourist, wenn ich nach London komme. Auf einmal kommt mir das alles so unwichtig vor. Fahrkartenpreise, Korruption in der Stadtverwaltung. Die ganzen Sachen, um die ich mich früher gekümmert hab, das scheint alles so weit weg zu sein.«

»Auf jeden Fall tut es dir gut. Wenn es möglich wäre, würde ich selbst wieder zurück aufs Land gehen.«

»Sei nicht albern«, sagte ich zärtlich. »Du hast das Landleben nie ausstehen können. Dass alles so klein und eng war und dass dich wegen deines Akzents jeder für einen Touristen gehalten hat.«

»*Oui.* Na ja ... Vielleicht wenn ich alt bin. Dann brauchst du nicht so weit zu fahren, wenn du dich um deine Mutter und mich kümmern musst.«

»Das würde dir so passen«, sagte ich lachend. Ich wollte mir Mum und Henri nicht als alte Menschen vorstellen. Wie alt wäre ich dann? Schon jetzt kam mir fünfundzwanzig ziemlich alt vor – es war doch gerade mal fünf Minuten her, dass ich zwölf war.

Urplötzlich tauchten vor meinem geistigen Auge Bilder von Rebecca, Tam und Sasha auf. Meine Vorstellungskraft erweckte die Fotos aus dem Magazin zum Leben und verpflanzte die Frauen in ihre Wohnungen. Ich sah Rebecca auf ihrem roten Sofa, sah Tam an dem gelben Tisch, wie sie sich gegen den zudringlichen Dean wehrte, sah Sasha beim Unkrautjäten in ihrem Garten. Warum mussten sie sterben?

Das war alles so *ungerecht.* Ich muss ziemlich weggetreten ausgesehen haben. Henri berührte meinen Arm und holte mich wieder zurück.

»Wie geht es deiner Mutter?«

»Gut.«

»Und Sue?« Als er das Wort *Sue* aussprach, hob er die Augenbrauen.

»Sue? Ach ja, stimmt«, sagte ich. »Du hast sie auf meiner Gartenparty kennen gelernt, oder?«

»Eine sehr gute Wahl«, sagte Henri und verzog das Gesicht.

»Eine gute Wahl?«

»Ist das Wort unpassend. Ich ...«

Das Klingeln des Telefons unterbrach ihn. Es war Cal. Ich war ziemlich überrascht, dass er mich sprechen wollte.

»Was will er?«, zischte ich Henri zu, während er mit dem Hörer wedelte.

»Warum fragst du ihn nicht selbst?«

»Weil ... Gib schon her.« Ich schwitzte, ich war wütend, und ich war verwirrt. Ich nahm Henri den Hörer ab und sagte knapp: »Ja?«

»Lily?« Cals Stimme klang nervös. »Hi, wie geht's?«

»Ich schwitze«, sagte ich. »Und ich bin müde. Wie geht's dir?«

»Gut. Äh ... Ich hab mich gefragt, ob ...«

»Hmm?«

»Na ja, ob wir vielleicht mal zusammen ausgehen könnten?«

Ich zuckte mit den Schultern. »Vielleicht.«

»Heißt vielleicht ja?«

»Wie bitte?«

»Äh ...« Cal kicherte nervös. »Ich bin nicht so gut in solchen Sachen. Ist wohl nicht der richtige Augenblick.«

»Tja, kann man so sagen. Ich bin gerade erst zur Tür rein

und noch ein bisschen durch den Wind. Kann ich dich zurückrufen?«

»Klar«, sagte er und gab mir seine Nummer.

Als ich auflegte, kam Henri, der sich an den Bücherregalen herumgedrückt hatte, zu mir.

»Und?«, fragte er.

»Und was?«

»Gehst du mit ihm aus?«

»Eher unwahrscheinlich«, erwiderte ich. »Ist nicht gerade mein Typ.«

»Du könntest ihm eine Chance geben.«

»Würd ich ja, aber ...«

»Aber was?«

»Ich glaube, ich bin in jemand anderen verliebt.«

Die Worte waren aus dem Nichts gekommen. Ich war wie betäubt. Liebte ich Fenn wirklich? Ich spürte, wie ich errötete, und wandte mich ab, um aus dem Zimmer zu gehen. Henri schaute völlig verdutzt – er ahnte natürlich nichts von den Verwicklungen, die meine Feststellung hervorrufen könnte. Ich war nicht in einen verheirateten Mann verliebt, sondern in einen, den man mir in Kürze wegheiraten würde. O Gott.

Ich zog mich zu einem ausgedehnten, lauwarmen Bad zurück und hielt mir selbst eine ernste Standpauke in Sachen Fenn. Er würde heiraten: Da konnte einfach nichts laufen. Wahrscheinlich war es ganz gut, dass ich jetzt hier war, weit weg von Fenn. Dieses Gerede über Liebe war gefährlich.

Während ich im Wasser lag, dachte ich darüber nach, ob ich Fenn *liebte*. Er war mein bester Freund, das schon. Aber Liebe? Wie konnte ich jemanden lieben, auf den ich so sauer war? Okay: Er glaubte also, dass Bronwyn von ihm schwanger war. Aber bevor sie es ihm erzählt hatte, waren sie sich völlig fremd (ein bedeutungsloser One-Night-Stand) und ich war eine gute Freundin gewesen. Und wie behandelte er mich jetzt?

Indem ich mir immer wieder die Worte »verbohrt« und »verrannt« vorsagte, verscheuchte ich Fenn nach und nach aus meinen Gedanken. Stattdessen kehrten die Gedanken an die Morde zurück. Anhand der Hinweise, die ich bis jetzt hatte, erstellte ich eine Liste möglicher Verdächtiger: die Stalker aus dem Artikel, jeder Angestellte des Magazins, Tyler, Jess, Dean und die Frau aus dem Waschsalon (undenkbar, aber ich wollte wissenschaftlich vorgehen). Außerdem fügte ich noch den sonderbaren Mark Moss hinzu. Er hatte nämlich den gleichen Nachnamen wie Tyler. Interessant.

Eins war klar: Es musste jemand sein, der den Artikel kannte, bevor er erschienen war. Und noch etwas nervte mich: Die Morde imitierten fast exakt die Schilderungen aus der Reportage. Sasha war am frühen Donnerstagmorgen auf dem Weg zur Arbeit ermordet worden, Rebecca *ganz kurz* danach. Das perfekte Timing war vermutlich das Ergebnis von aufwändigen Nachforschungen und Vorbereitungen: Er hatte herausfinden müssen, wer sich zu welcher Zeit an welchem Ort aufhalten würde. Die Tatorte waren die Orte, an denen die Fotos gemacht worden waren. Wer immer die Morde begangen hatte, hatte die Reportage schon lange vorher gekannt – oder daran *mitgearbeitet.* Ich konnte es gar nicht erwarten, dass ich die Büroräume von *Smile!* zu sehen bekam, um diesem Aspekt auf den Grund zu gehen.

Und dann gab es noch all die anderen Verbindungen, über die ich nichts wusste. Ich hatte Rebeccas Adressbuch und Terminkalender durchgesehen. Jess' Name tauchte darin nicht auf, und auch Mark Moss wurde nirgends erwähnt. Ich hatte unter ihren Anfangsbuchstaben nachgesehen: nichts von Sasha oder Tam. Na Klasse. Alle Leute, die ich bis jetzt mit dem Mord an Rebecca in Verbindung gebracht hatte, hatte sie nicht gekannt oder zumindest nicht so gut, dass sie sich ihre Telefonnummern notiert hatte.

Als ich mein langes, lockiges, von der Hitze ohnehin schon fast aufgeweichtes Haar ins Badewasser tauchte, ging mir wieder die Frage durch den Kopf, was nur mit Jess los war. Sie hatte sich aus dem Staub gemacht, weil ihr alles zu viel geworden war. Okay. Außer: Warum hatte sie mich dann überhaupt gebeten, nach London zu kommen? Wahrscheinlich wusste sie nicht nur, dass alles anders war, als es den Anschein hatte, sondern vielleicht sogar, warum. Warum also war sie nicht zur Polizei gegangen? Es gab nur eine Erklärung: Sie hatte etwas zu verbergen. Aber was? Und wo war der Ordner mit dem Stalker-Artikel?

Nach dem Bad legte ich mich in meinem Zimmer aufs Bett und lauschte zufrieden den vorbeifahrenden Autos und den Stimmen auf der Straße. Nach meiner Erfahrung war das das Äußerste an Stille, was man von London erwarten durfte. Wenigstens kamen jetzt meine Gedanken dazu, sich etwas zu entwirren. Ich hatte mich heute ziemlich abgeplagt und war bei der Hitze von Ort zu Ort gehetzt. Dass ich alle Wege in öffentlichen Verkehrsmitteln zurückgelegt hatte, kam noch erschwerend hinzu. Außerdem war es ein komisches Gefühl, dass sich die gewohnten Abläufe des Semesters aufgelöst hatten und ich mich in ungewohnter Umgebung befand. Als Gast empfand man alles als Ereignis: die Mahlzeiten, die Unterhaltungen, jeden Schritt außerhalb des Hauses. Selbst wenn man allein unterwegs war, wollte jeder wissen, was man getan hatte, was man als Nächstes tun wollte und so weiter.

Da ich nicht wollte, dass mich die Müdigkeit übermannte, las ich ein paar Seiten in dem Thriller, den Star mir gegeben hatte. Kurz nachdem ich gehört hatte, wie sie mit ihrem Schlüssel (*ihrem* Schlüssel?) die Haustür geöffnet hatte, ging ich nach unten. Sie war doch noch gar nicht eingezogen. Ich fragte mich, ob Henri das auch Star gesagt hatte.

Es folgte ein angenehmer Abend mit einem gemütlichen Essen – frische Pasta mit Knoblauch und Parmesan – und anschließender Entspannung vor dem Fernseher. Star hatte kaum noch Fragen; sie schien noch einen Haufen Papierkram zu erledigen zu haben. Henri zappte mit der Fernbedienung von einem Sender zum andern und blieb schließlich bei der Wiederholung einer Folge von *Morse* hängen, die er schon einmal gesehen hatte. Die ganze Zeit versuchte er – laut – sich daran zu erinnern, wer der Bösewicht gewesen war, was das Vergnügen meinerseits etwas beeinträchtigte. Als ich ihm sagte, ich könne kaum glauben, dass er sich so was überhaupt anschaue, behauptete er steif und fest, er sei schon immer ein Fan davon gewesen, und überhaupt sei das – abgesehen von *Newsnight* – die einzig anständige Sendung, die man im Fernsehen zu sehen bekomme. Star lachte und ergänzte seine Liste für guten Geschmack durch *Masterchef*, *Home and Away*, *Top of the Pops* und *Peak Practice*. Henri war peinlich berührt, dass sie die Luft aus seinem Ballon der kultivierten Lebensart ließ.

Kurz bevor ich zu Bett ging, fiel mir etwas ein, um das ich mich morgen unbedingt kümmern musste: Tams sonderbare Freunde und ihre Verbindung zur Kunstszene. Wenn da diese eine Sache nicht gewesen wäre, wäre ich fast zufrieden schlafen gegangen. In drei Tagen würde Fenn heiraten, und ich war mir immer noch nicht über meine Gefühle im Klaren.

13

Tam

Excitement geht zu weit

Im Rahmen der umstrittenen *Excitement*-Ausstellung in der Londoner Heath Gallery wurde heute ein neues Exponat enthüllt, das sofort für Wirbel sorgte.

Während die ungelösten *Magazine Murders* überall im Land noch immer Gesprächsthema Nummer eins sind, hat sich der ehemalige Kunststudent Dominic Carson entschlossen, seine sechsmonatige Beziehung mit einem der Opfer, Tamara Hunter, in klingende Münze zu verwandeln. Carson wird auf einem Melkschemel in seiner Installation sitzen und – live – aus ihrem gemeinsamen Leben erzählen.

»Ich betrachte mich selbst nicht als Exponat«, sagte Carson gestern auf einer Pressekonferenz. »Ich bin lediglich ein Vehikel im Rahmen der Installation, die das Leben nach dem Tode thematisiert. Auf diese Weise kann Tam in unserer Erinnerung weiterleben. Es ist eine Art mündliche Überlieferung von Geschichte; ein lebendiges, atmendes Denkmal für Tam und für alles, was sie verkörpert hat.«

Einem breiteren Publikum dürfte der Name Dominic Carson kaum geläufig sein, doch ist er innerhalb der Kunstszene mit seiner umstrittenen Arbeit im Rahmen dessen, was man »Fesselungskunst« nennt, durchaus ein Begriff. Eine seiner früheren Installationen, in der er eine junge Frau an einen Eisenpfahl gefesselt hatte, wurde vom Gesundheitsamt als gesundheitsgefährdend und feuergefährlich eingestuft. Diverse Kritiker erregten sich, weil der Oberkörper des Mädchens – ein bei einer Agentur angemietetes Model – nackt war und es während der Öffnungszeiten der Galerie keine Nahrung zu sich nehmen und lediglich Wasser aus einem Hundenapf trinken durfte. Feministische Initiativen und Menschenrechtsgruppen nannten die Installation »schockierend« und begrüßten deren Verbot durch das Gesundheitsamt.

Damals sagte Carson über seine Arbeit und den Teil der Installation, den er *Bravado* getauft hatte. »Alle großen Künstler sind anfangs verkannt worden, ihre Arbeit ist immer als gefährlich gebrandmarkt worden. Ich betrachte das Verbot als Ausdruck größter Wertschätzung.«

Carsons aus fünf Teilen bestehende Installation konnte weiter ausgestellt werden, nachdem er *Bravado* durch ein Exponat mit dem Titel *Shame* ersetzt hatte. Dieses bestand lediglich aus dem Brief des Gesundheitsamts, den er auf eine blutrote Leinwand geklebt hatte.

Bislang wurden keine Schritte unternommen, seine jüngste Installation, die einfach *Tam* heißt, zu verbieten. Sie wird nur zwei Exponate entfernt von der heftig kritisierten *Scene*-Serie stehen, in der Originalfotos von Mordschauplätzen zu sehen sind. Ein Sprecher der Metropolitan Police sagte, dass sie sich wegen Carsons Werk keine Sorgen machten, aber wahrscheinlich einen Beamten schicken würden, der sich Carsons Auslassungen notierte.

Am nächsten Tag kurz nach Mittag ging ich in die Heath Gallery. Ich hatte rein zufällig den Artikel in der Zeitung gelesen. Weil er viel zu groß ist und ich es hasste, dafür den ganzen Tisch abräumen zu müssen, las ich normalerweise nie den Nachrichtenteil des *Guardian*. Ich las immer nur die Beilage, für die ich diesmal bloß etwa zehn Minuten brauchte, da außer einem Artikel über Magersucht auf der Frauenseite nichts Interessantes drinstand. Ich war allerdings schon immer ein großer Fan von Horoskopen gewesen (natürlich ausschließlich im stillen Kämmerlein), und zwar besonders von denen im *Evening Standard.* Ich hatte also die Gelegenheit meines Londonaufenthalts genutzt und mir etwa um elf in einem Laden ganz in der Nähe den *Evening Standard*, eine Tafel Schokolade und eine Dose Cola besorgt. Der Artikel über die *Excitement*-Ausstellung und die *schockierend aufregenden* Neuigkeiten über Tams Ex-Freund hatten auf Seite elf gestanden und waren, da ich an diesem Morgen bislang nur Nieten gezogen hatte, eine überaus willkommene Überraschung gewesen.

Ich hatte mit dem geheimnisvollen Mark Moss begonnen, aber absolut nichts herausbekommen. Er stand nicht im Telefonbuch und war auch nicht Mitglied in einem der Fotografenverbände, die ich angerufen hatte. Dann kam ich auf die schlaue Idee, alle Nummern von Rebeccas Adressbuch anzurufen. Keiner hatte je von Mark Moss gehört, und auch über Rebecca wusste niemand mehr, als dass sie eine exzellente Fotografin gewesen war. Sie hatte sich hundertprozentig für ihre Arbeit engagiert: Das war alles, was ich herausfand.

Es hatte sich als unmöglich herausgestellt, Informationen über Tam zu bekommen; weder von ihren Freunden vom Goldsmith's College noch von Dean, der mir nur sagte, ich solle mich verpissen, als ich mich am Telefon als Reporterin gemeldet hatte. Ich wollte mich gerade auf den Weg zur Studentenbar im Goldsmith's College machen, um mich da ein bisschen umzuhören, als mir die reizvolle Idee mit dem Horoskop gekommen war. Und dann hatte ich sie: meine möglicherweise entscheidende Spur.

Die graue und schäbige Heath Gallery lag in einer üblen Gegend (auf der falschen Seite der South Bank). Trotzdem hatte sich schon eine lange Schlange gebildet. Anscheinend hatte die Galerie ihr Image in letzter Zeit nach und nach aufgemöbelt. Ich erinnerte mich an eine Ausstellung mit dem Titel *Smut*, die im letzten Jahr, als ich noch in London wohnte, stattgefunden hatte. Da war es um Pornografie und Sexualität gegangen, und unglücklicherweise hatten sie auch Exponate zum Thema Pädophilie und Sodomie aufgenommen. Es war erstaunlich, dachte ich, dass sich die Welt der Kunst zur Brutstätte – oder eigentlich zum sicheren Zufluchtsort – von Obszönitäten entwickelt hatte. Es amüsierte mich immer wieder, das es nur ernster Kunst und ernsten Büchern gestattet war, Szenen darzustellen, für die jeder normale Kinofilm fast augenblicklich auf dem Index landen würde.

Für mich lag die Ironie darin, dass man gerade Filme für moralisch hohl und wertlos hielt, während alles, was in Büchern oder auf Gemälden erschien, als kulturell bedeutend angesehen wurde. Ich erinnerte mich an eine Kampagne vom letzten Jahr, deren Ziel es gewesen war, junge Leute und Kinder zum Lesen zu animieren: Warum hatte man ihnen nicht einfach gesagt, dass sich das Schmutzige und Gewalttätige in Büchern immer viel plastischer darstellte als in Filmen?

Während ich in der Schlange wartete, hielt ich mich an derartigen Gedanken und einer Zigarette fest. Schließlich konnte ich hinein. Ich war schon ziemlich lange in keiner Kunstgalerie mehr gewesen; ich war eher der Typ, der immer nur gehen *wollte*, der in der Hobbyrubrik auf Fragebögen immer »Galeriebesuche« eintrug, dessen tatsächliche Galeriebesuche man aber an den Fingern einer Hand abzählen konnte.

Als ich neunzehn war, starb meine beste Freundin Eugénie. Ich stand kurz davor, mein Studium aufzunehmen und zum ersten Mal in meinem Leben nach London zu fahren. Natürlich fand ich schnell heraus, dass keiner der Menschen, die ich dort traf, ihren Platz einnehmen konnte. Ich wurde immer introvertierter. Damals schwelgte ich geradezu in der Flut von Galerien. In der brodelnden Metropole erschienen mir Kunstgalerien wie Oasen der Ruhe; seltsamerweise waren sie die einzigen Orte, die mich an das Leben auf dem Land erinnerten. Ich konnte dort ungestört meinen Gedanken nachhängen.

Das hier hatte mit jenen Erlebnissen leider überhaupt nichts zu tun. Die Menge im Foyer war laut. Auf der linken Seite vor der Tür des Galerieshops debattierte eine Gruppe Mittzwanziger lautstark über die Qualität der Ansichtskarten, rechts von mir wurden ein paar Demonstranten höflich, aber bestimmt aus dem Hauptausstellungsraum geleitet und durch die Tür auf die Straße geschoben. Ich blieb einen Moment regungslos stehen und hörte mir in Stereo die Pros und Contras an: *Diese Carson-Installation, die war einfach atemberaubend, findest du nicht auch? Sofort verbieten. Schau dir das an, das ist doch der Tatort von den House-of-Horror-Morden, als sie das Mädchen im Garten verbuddelt haben. Eine Schande! Sind die echt, was glaubst du? Alles Steuergelder. Künstlerstipendien. Müll. Brillant!*

Um mich auf die Stimmen konzentrieren zu können, schaute ich darauf zur Decke, die wie der Rest des Foyers aus Glas bestand. Ich fragte mich, ob diese minimalistischen Glasfans die Ironie des Ganzen erkannten; wie durchsichtig der erzielte Effekt war. Ein paar betrunkene Kritiker, die hinter mir ins Foyer drängten, rempelten mich grob an. Ich setzte mich also in Bewegung, ging durch die Glastüren in den Glasraum und betrachtete die ersten Ausstellungsobjekte.

Als mein Vater nach Hause gekommen ist, hat er uns genau so vorgefunden: mich zitternd im Bett, unfähig aufzustehen; und meine Mutter in einer Blutlache direkt hinter der Haustür. Auf ihrem Kopf hat ein aufgeweichter Brief gelegen, der mit der zweiten Post gekommen war. Er war von meiner Schule, die sich höchst beunruhigt wegen meiner Fehlstunden zeigte.

Mein Vater ist ausgerastet. Später habe ich erfahren, dass sie ihn am selben Tag entlassen hatten. Der Soft Drink fiel bei den Tests immer noch durch, und das Management hatte offensichtlich die Schnauze voll von seiner »Rumwerkelei«. Drei Sachen. Immer drei Sachen. Wenn es dick kommt, kommen immer drei Sachen auf einmal.

Also hat er beschlossen wegzuziehen. Meine Mutter musste genäht werden und ein paar Tage im Krankenhaus bleiben, aber sie hat sich wieder erholt. Danach hat sie eine Therapie gemacht, um ihre Vorliebe, sich von solchen Arbeitertypen bumsen zu lassen, und ein paar andere alte Geschichten in den Griff zu kriegen. Während der Zeit habe ich bei einer Tante gewohnt, und als ich dann zurückgekommen bin, war das ganze Haus auf den Kopf gestellt. Alles war in Kisten verpackt, auch die Sachen aus meinem Zimmer. Ich kann mich noch erinnern, wie ich zur Haustür reinmarschiert bin und sich mir bei den Gedanken an die inzwischen harten Papiertaschentücher, die ich immer in den Spalt zwischen Bett und Wand gestopft hatte, fast der Magen umgedreht hat. Mir war speiübel, ein grauenhaftes Gefühl. Die verbotenen Comics hatte ich zwischen meinen Klamotten im Kleiderschrank versteckt.

Sie hat mich so komisch angeschaut, als ich reingekommen bin. Meine Mum! Ich glaube, sie ist rot geworden. Ich habe sofort gewusst, das sie in meinen Sachen rumgestöbert hat. Ich habe sie gefragt, wo die Kiste mit dem Zeug aus meinem Zimmer ist. Sie hat mit ihrer Klaue die Treppe hoch gezeigt, ich habe mich umgedreht und bin die Treppe raufgegangen. Ganz ruhig, sie sollte nicht merken, wie wichtig das Zeug für mich war. Ganz langsam bin ich die Treppe rauf, ein Außenstehender hätte wohl gesagt: »Versunken in trübsinnige Gedanken.«

Sie waren natürlich weg. [Seufzt und hustet.] Ich erinnere mich noch, wie mein Vater hinter mir hergekommen ist und was davon gesagt hat, dass man mir auch irgendwie »helfen«

müsste. Er hat sich die Hände an den Kopf gepresst und gesagt: »Was ist bloß aus meiner Familie geworden?«

Ich glaube, ich habe mit der Faust gegen die Wand geschlagen und bin dann nach draußen gegangen. Aber genau weiß ich das nicht mehr. Woran ich mich noch genau erinnern kann, war der Umzugswagen und dann das neue Haus unten im Süden. Von da an war alles anders: Es war der Beginn einer neuen Ära.

Die Serie von Ausstellungsstücken hieß still *Life in the Nineties*. Der Titel sollte wohl eine Art künstlerisches Wortspiel mit einem gedachten *Gähn!* am Ende sein. *Stilles* Leben in den Neunzigern. Na ja. Die Exponate offenbarten sich ziemlich offensichtlich und meiner Meinung nach auch ziemlich nichts sagend als Ausrede dafür, wie man fahrlässig mit Worten herumspielte. Das erste Stück war eine Baked-Beans-Büchse. Eine Hommage – so interpretierte ich es zumindest – an Andy Warhols Suppendosen. Unglücklicherweise verfügten die Dosen der ausgewählten Supermarktmarke nicht über die Design-Qualitäten der Campbell's-Soup-Dose. Das, so folgerte ich, sollte wohl der springende Punkt sein. Das nächste Stück war genauso langweilig und unscheinbar wie das Erste: ein Manchester-United-Trikot in Kindergröße, das zerknüllt neben einem Karton Soft Drinks lag. Die Marke war eine von denen, die mit E-Nummern voll gepflastert sind und bei Kids reißenden Absatz finden. Nur so zum Spaß überlegte ich mir einen eigenen Titel für das Stück. Nachdem ich mich für *After The Match* entschieden hatte, schaute ich auf das Schild. Es hieß *Childhood.* Kindheit – eine etwas pompöse, aber doch ganz interessante Konzeption. Allmählich fand ich Gefallen an der Sammlung.

Als ich beim dritten Künstler anlangte, machte mir die Ausstellung schon richtig Spaß. Trotz meiner anfänglichen Voreingenommenheit fand ich ein paar Stücke doch ziemlich interessant. Ich hatte nur einen Kritikpunkt: Obwohl mir klar war, dass sie sich die wirklich sensationellen Stücke bis zum Schluss aufheben würden, war bis jetzt doch alles ziemlich zahm. Als ich dann zur Carson-Installation kam, war ich so eingelullt, dass ich ziemlich überrascht war: Ich hatte fast vergessen, dass ich nur deshalb gekommen war. Allerdings war die Installation kaum zu übersehen.

Als ich mich durch den kleinen Menschenauflauf bis nach vorn gedrängelt hatte, war ich überrascht, dass – wie in dem Zeitungsartikel angekündigt – ein Zivilbeamter der Polizei davorstand und sich Notizen machte.

»Schätze, man könnte sagen, dass er jetzt Teil der Installation ist«, sagte der Mann neben mir und nickte in Richtung des Polizisten.

»Bitte?«

»Der Bulle. Er ist Teil des Ganzen, ich meine, das ist wirklich *Living Art.* Er ist Teil des Kunstwerks, ein zusätzlicher Kommentar zu dem, was Tam war – zu dem, was aus ihrem Leben geworden ist.«

»Tja, scheint so«, sagte ich unsicher und ließ mir den Gedanken inklusive seiner problematischen Konsequenz durch den Kopf gehen: Das hieße, dass auch der Mord Teil des Kunstwerks war.

Der Mann ging kurz darauf weiter. Als der Künstler eine Pause einlegte, um aus der Flasche, die unter dem Melkschemel stand, einen Schluck Bier zu trinken, zerstreuten sich auch die anderen Zuhörer. Die Installation war in einem kleinen Alkoven aufgebaut, der sich zwischen den beiden Hauptausstellungsräumen befand. Für ein paar Minuten war ich mit dem Künstler, dem Polizisten und einem ziemlich bulligen Mann, der aussah wie die Kreuzung aus einem Irrenhauspfleger und einem Sicherheitsbeamten, allein.

»Was macht der hier?«, fragte ich den Polizisten und deutete auf den Wachmann.

»Die bewachen alle umstrittenen Kunstwerke«, sagte er glucksend. »Die finden es gar nicht lustig, wenn sich jemand aus dem Volke dazugesellt. Wenn Sie wissen, was ich meine.«

»Was? Dass einer es zerstört?«

»Ja. Oder in dem Fall hier, dass sich einer auf ihn stürzt.«

»Wirklich?«

»Ja, klar.«

Wir standen ein paar Minuten stumm da. Dann wandte ich mich Dominic Carson zu, was mir einen funkelnden Seitenblick des Wachmanns und ein Mich-kann-nichts-mehr-überraschen-Lächeln des Polizisten einbrachte.

Im beiläufigen Plauderton sagte ich: »Was hat Sie dazu gebracht ...«

»Es ist untersagt, mit dem Kunstwerk zu sprechen«, unterbrach mich der Wachmann ernst und ohne mit der Wimper zu zucken.

»Was?«, sagte ich ungläubig.

»Sie hätten sagen sollen, dass Sie von der Presse sind«, sagte der Polizist. »Er hat vorhin eine Pressekonferenz abgehalten.«

»Ja, ich weiß«, sagte ich. »Aber ich bin nicht von der Presse.«

»Oh«, sagte der Polizist.

»Warum kann ich nicht mit ihm reden?«, fragte ich den Wachmann.

»Weil er Teil der Installation ist«, sagte er aufgebracht. »Es ist einfach nicht erlaubt, mit Kunstwerken zu *reden*. Okay?«

»Okay. Klar. Mit einem *Gemälde,* darf ich mit dem reden?«

»Klar«, sagte der Wachmann. »Bis wir Sie zur Tür rausschaffen.«

Der Polizist lachte. »Hat was von einem Polizeistaat, diese Welt der Kunst, was? Tja, so ändern sich die Zeiten.«

»Wie bitte?«, sagten der Wachmann und ich unisono.

»Nun ja«, sagte der Polizist. »Ich kann mich noch gut an

die Zeit erinnern, als die Kunst noch radikal war – *für die jungen Leute*. Macht kaputt, was euch kaputt macht, so was. Die Stimme der Jugend, was weiß ich. Und jetzt, alles Scheißfaschisten, diese Künstler.«

Während der Wachmann aufstöhnte und nervös mit dem Fuß zu tippen begann, musste ich lachen. Um nicht in noch größere Schwierigkeiten zu geraten, hielt ich mir vorsichtshalber den Mund zu. Inzwischen richtete sich Dominic Carson, der unseren Gedankenaustausch teilnahmslos und ohne sich zu rühren mitverfolgt hatte, auf seinem Melkschemel auf.

»Es geht wieder los«, sagte der Wachmann zu mir und deutete auf den Polizisten. »*Ihn* kann ich ja nicht rausschmeißen, leider Gottes, aber wenn *Sie* noch einen Muckser ...«

»Keine Angst«, sagte ich. »Ich will ja hören, was er zu sagen hat.«

Dominics Vortrag – Tirade wäre vielleicht der passendere Ausdruck – entsprach nicht annähernd dem, was ich erwartet hatte. Ich wunderte mich, dass die Presse nichts von dem hauptsächlich sexuellen Inhalt seiner verbalen Ergüsse erwähnt hatte. Er habe Tam auf einer Semesterabschlussparty im Goldsmith's College kennen gelernt. Kurz danach habe sie das College verlassen und sei zu ihm und seinem Mitbewohner gezogen. Als er die verschiedenen Spielarten von Fesselungs- und Erstickungspraktiken schilderte, verzog der Polizist das Gesicht, und mir schoss das Blut ins Gesicht. Nach weiteren fünf Minuten kam er schließlich zu den letzten Wochen und zu Tams Tod.

»Sie war einzigartig«, sagte er. »Niemand hat verstanden, was wirklich in ihr vorgegangen ist. Irgendwie ist sie immer anspruchsvoller geworden. Sie wollte mehr. Zeug, das ich ihr nicht geben konnte – oder von dem ich glaubte, dass ich es ihr nicht geben konnte. Sie stand kurz vor dem Rauswurf, weil sie die Miete nicht mehr bezahlt hat. Um an Geld zu kommen, hat sie dann auf diese Tour angefangen. Das war ihr Ende. Unser Ende. Sie hat es vielen Männern besorgt. Für Geld. Dann hat sie sogar ihre Geheimnisse verkauft. Wir haben uns getrennt. Zu der Zeit schien das einfach das Beste. Ich kann immer noch nicht glauben, dass sie jemand anderem erlaubt hat, sie ... Und so vielen anderen. Aber besonders diesem einen, diesem letzten Typen ...«

Irgendwas an dem, was er sagte, stimmte nicht. Ich war mir nicht sicher, warum ich das glaubte. Es schien exakt zu dem zu passen, was Dean gesagt hatte. Andererseits hatte sich auch Dean mehr als geheimnisvoll ausgedrückt, was die Einzelheiten betraf. Ich wünschte, ich wüsste, was da vor sich ging. Dann machte Dominic wieder eine Pause, und ich schlängelte mich zu dem Polizisten durch.

»Was hat er damit gemeint? *Dass sie jemand anderem erlaubt hat, sie ... Und so vielen anderen?*«, fragte ich. »Was hat sie ihnen erlaubt?«

»Sie zu töten«, sagte der Polizist. »So weit ich das bis jetzt überblicken kann, glaubt er, dass sie sich, nachdem sie mit ihm Schluss gemacht hatte, mit einem Haufen anderer Leute eingelassen und mit denen ebenfalls diese Erstickungsscheiße veranstaltet hat. Wer dieser letzte Typ war, konnten wir noch nicht aus ihm rauskriegen. Er kann sich nicht an den Namen erinnern. Wir machen jetzt erst mal die DNS-Tests von ihrer kompletten Garderobe. Was Carson angeht, der glaubt, sie sei bei ihren Sexspielchen erdrosselt worden. Ein Unfall. Anscheinend hat er noch keine Zeitung gelesen.«

»Warum?«

»Wir haben in Tamara Hunters Zimmer das Messer gefunden, mit dem Sasha Brookes ermordet worden ist.«

»Ach ja, richtig«, sagte ich und erinnerte mich an den Bericht im Fernsehen. »Klar.«

»Aber was macht ein so nettes Mädchen wie Sie hier? Sie

haben doch sicher Besseres zu tun, als sich hier so ein Zeug anzuhören?« Er beugte sein mageres Gesicht zu mir herunter und flüsterte verschwörerisch: »Außerdem – besonders gut ist er ja nun wirklich nicht.«

»Tja, das kann man wohl sagen«, stimmte ich zu. »Ich bin aus dem gleichen Grund hier wie Sie. Ich bin eine Freundin von Jess Malone.« Als ich seinen Gesichtsausdruck sah, hob ich sofort die Hände. »Bevor Sie fragen«, fügte ich schnell hinzu, »ich weiß nicht, wo sie ist, und ich habe sie auch nicht gesehen, bevor sie verschwunden ist.«

»Okay«, sagte er lächelnd. »Ich glaube Ihnen. Aber irgendwie kommen Sie mir bekannt vor.«

»Ach ja?«

»Sie sagen, Sie sind eine Freundin von Jess Malone?«

»Ja.«

»Leben Sie in London?«

»Nicht mehr. Ich bin nach Devon gezogen.«

Verlegen trippelte ich von einem Fuß auf den anderen. *Ich wusste, woher er mich kannte* – aus einem Artikel im *Police Monthly*, der hauptsächlich deshalb erschienen war, um den Chief Superintendent unserer städtischen Polizeibehörden ins rechte Licht zu rücken, während er mir meine Belohnung überreichte. Vielleicht war ich einfach schüchtern, und vielleicht wollte ich auch einfach keinen Ärger haben – was ich aber ganz sicher nicht wollte, war, ihm auf die Sprünge zu helfen.

Er verengte die Augen und schaute mich durchdringend an. »Sie haben den Fall Stephanie Duncan gelöst.«

»Hmm.«

»Klar, das waren Sie. Sie haben so komische Augen.« Er lächelte. »Augen erkenne ich immer wieder. Mein Großvater hatte die gleichen, ein grünes und ein blaues. Ich kann mich noch genau erinnern. Als ich damals das Foto gesehen hab, hab ich das mit Ihren Augen rumerzählt.«

»Okay, okay«, sagte ich lächelnd. »Sie haben Recht. Wäre aber nett von Ihnen, wenn Sie die Information nicht weitergeben würden.«

»Schon lustig, dass Sie hier auftauchen. Sie wollen wohl auch diese Morde aufklären, stimmt's? Wollen uns mal wieder blamieren, was?«

»Ich habe einen winzigen Anhaltspunkt«, sagte ich. »Aber das ist auch schon alles.«

Er schaute auf die Uhr und sagte: »Wie wär's, haben Sie Lust auf einen Kaffee? Ich habe genug von der Rumsteherei.«

»Okay«, sagte ich.

Bei einem dünnen Espresso und einem trockenen Stück Kuchen stellte sich heraus, dass sich Inspector Thompson freiwillig für den Job gemeldet hatte. Das sei – wie er sich ausdrückte – immer noch besser, als an Türen zu klopfen. Da er Sammler war, hatte er auch ein ganz persönliches Interesse an der Welt der Kunst.

»Wie weit sind Sie mit Ihren Ermittlungen?«, fragte ich ihn schließlich.

»Mit der Morduntersuchung? Nicht sonderlich weit, fürchte ich. Wir bekommen im Sonderdezernat zwar jede Menge Anrufe, aber die meisten bringen uns nicht weiter.«

»Ist das eigentlich immer so?«

»Ja, meistens schon. Aber eigentlich hatten wir doch mit etwas Handfesterem gerechnet. Um ehrlich zu sein, am meisten hapert es an konkreten Informationen über die drei Frauen. Ich weiß nicht, ob das Zufall ist, aber keine der drei scheint noch enge Verwandte zu haben. Keine Eltern, bei keiner. Wenn ich mich richtig erinnere, ist Sasha von einer Arbeitskollegin identifiziert worden, Rebecca von einem Onkel, der so voll war, dass er nicht mal wusste, welchen Tag wir hatten, und Tam von irgendeinem Witzbold aus dem Haus.«

»Nicht von Dean?«

»Ach?«, sagte Inspector Thompson und schaute mich überrascht an. »Sie haben Mr. Charisma schon kennen gelernt?«

»Ich hatte das Vergnügen, ja.« Ich lachte kurz und wurde dann wieder ernst. Ein paar von den Sachen, die Dominic Carson erzählt hatte, gaben mir zu denken. »Sind Sie absolut sicher, das ein und derselbe Kerl alle drei Morde begangen hat?«

»Ja. Das Messer ist die Verbindung zwischen Sasha und Tam, und natürlich ist da auch noch die Geschichte aus dem Magazin. Wir müssen davon ausgehen, dass die Geschichte der Anlass für die Morde war. Anscheinend gibt es sonst keinerlei Verbindung zwischen den dreien. Außerdem hat die Spurensicherung Partikel desselben Stoffs an jedem der drei Tatorte sichergestellt – wahrscheinlich von einer Tasche oder von einem Kleidungsstück des Mörders.«

»Was für ein Stoff war das?«

»Jeansstoff. Hilft uns mächtig weiter.«

»Aber wenn es nun doch keine Verbindung zwischen ihnen gibt, und das Messer lag aus einem ganz anderen Grund da? Vielleicht hat Dominic ja Recht, vielleicht ist sie bei einem von diesem Sexspielen gestorben.«

»Weiter. Erzählen Sie nur weiter.«

»Ist Dean kein Verdächtiger, der sich anbietet? Was, wenn das Messer deshalb im Haus war, weil *er* damit Sasha getötet hat?«

»Interessante Theorie«, sagte Inspector Thompson. »Allerdings – und das ist absolut vertraulich – hat der junge Mann ein Alibi, das so hart ist wie eine Backsteinmauer.«

»Was für eins?«

»Das kann ich Ihnen wirklich nicht sagen.«

»Warum nicht? Ich bräuchte ihn bloß selbst zu fragen. Als ich mich mit ihm unterhalten hab, war er sehr hilfreich«, log ich.

»Also gut. Es genügt wohl, wenn ich sage, dass seine arme

kranke Mutter, eine Sterbeklinik und etwa zehn Zeuginnen – alles Krankenschwestern – dabei eine Rolle spielen. Alle können bezeugen, wo er sich an diesem Morgen aufgehalten hat.«

»O Mann. Ich schätze, das Problem mit dem Motiv wäre genauso ein Hammer.«

»Ja.«

Ich seufzte. »Nichts für ungut. Also wieder von vorn.«

»Machen Sie sich nichts draus. Zuerst ist mir diese Theorie auch lange im Kopf herumgeschwirrt. Ganz schön frustrierend, was?«

»Ja«, sagte ich. »Aber ich komm schon noch drauf.«

»Ich hoffe nicht, dass Sie sich dabei unnötig in Gefahr begeben.«

»Kann man nie wissen«, sagte ich lächelnd. »Versprechen kann ich nichts. Apropos, wie sieht es eigentlich bei den anderen sich anbietenden Kandidaten aus? Wer von denen hat ein Alibi?«

»Sich anbietende Kandidaten?« Der Inspector gluckste. »So wie ich das sehe, bietet sich da gar nichts mehr an. Allerdings ... also nur unter uns. Ich sollte Ihnen das ja eigentlich nicht sagen, aber da wäre noch ... Jess Malone. Sie könnte was damit zu tun haben. Wir wissen nicht, ob sie ein Alibi hat. Bis jetzt konnten wir uns ja noch nicht eingehend mit ihr unterhalten. Ihr Freund, wie heißt der noch mal?«

»Tyler.«

»Richtig. Tyler war beim Fitnesstraining. Macht er jeden Morgen zur gleichen Zeit. Jede Menge Leute, die das bezeugen können.«

»Was ist mit dem Künstler?«

»Carson?«

»Ja.«

»Kein Alibi. Allerdings schwört er, dass er nichts damit zu tun hat. So wie es aussieht, hätte der nicht mal genug Geld für Benzin oder ein Bahnticket auftreiben können, um von London nach Hertfordshire und wieder zurück zu kommen. Ich muss zugeben, dass das schon alles ist, was bei seiner Befragung rausgekommen ist. Das ist auch einer der Gründe, warum ich heute hier bin.«

»Was ist mit dem Magazin, mit *Smile!*? Passt einer von denen ins Raster?«

»Bis wir sie nicht aussortiert haben, alle. Die waren nicht gerade hilfsbereit, um ehrlich zu sein. Ich kann es gar nicht erwarten, bis ich ein paar Tests starten kann, um rauszukriegen, wer dieser mysteriöse Typ war, mit dem Tam rumgevögelt hat.«

»Irgendwas über die Stalker?«

»Nichts. Das ist das Frustrierendste an der ganzen Sache. Die Telefongesellschaft hat keine Aufzeichnungen von diesen belästigenden Anrufen mehr, die Sasha bekommen hat. Sie sagen, das sei schon zu lange her. Und da sich Sasha bei uns damals nicht gemeldet hat, haben wir keine Möglichkeit, dem nachzugehen. Wir haben mit allen Pendlern gesprochen, die Rebeccas Zug benutzten, aber keiner kann sich an einen Mann erinnern, der ihr zugelächelt hat. Und wohlgemerkt, auch an sie kann sich keiner erinnern. Sieht ganz so aus, als hätten wir da nicht die geringste Chance. Wir haben uns mit allen Psychologen in ihrer Gegend in Verbindung gesetzt. Nichts. Tam Hunters Fall ist der merkwürdigste. Der ganze Kram in dem Artikel, darüber, dass sie ihren Namen geändert hat und so. Wir haben keinerlei Hinweis dafür gefunden, dass sie früher einen anderen Namen hatte. Die Kraftfahrzeugbehörde hat überhaupt keine Unterlagen über sie. Das hieße, dass sie nie einen Führerschein hatte, in dem Artikel stand aber, dass sie sogar zwei hatte.«

»Vielleicht hatte sie sich gefälschte besorgt«, sagte ich.

»Das ist auch unsere Vermutung. Wenn ich mir ihre Mitbewohner so anschaue, dürfte es nicht allzu schwierig sein, an so was ranzukommen. Wie auch immer, über Stuart, den Ex-Freund, der sie verfolgt hat, haben wir überhaupt nichts. Dieser Carson scheint nichts über ihn zu wissen. Dean auch nicht.«

»Ja. Das hat er mir auch gesagt.«

Der Inspector trank seinen Kaffee aus und schaute auf die Uhr.

»Ich bin sicher, sie finden schon bald was«, sagte ich.

Er stand auf, um sich zu verabschieden. »Ich weiß, dass es ohnehin nichts bringen würde, Ihnen zu raten, die Finger von der Sache zu lassen. Aber rufen Sie mich wenigstens an, wenn Sie was erfahren. Okay?« Er gab mir seine Karte. »Und bringen Sie sich nicht selbst in Gefahr. Glauben Sie mir, das ist Polizeiarbeit.«

Wie ist Ihr Vater gestorben?

Ich glaube, bei einem Unfall.

Ich schlenderte noch etwa eine Stunde in der Ausstellung herum, wobei ich die Atmosphäre mehr und mehr genoss. Die *Scene*-Serie fand ich weniger schockierend, als ich gedacht hatte. Wenn auch auf ziemlich makabre Art, so waren die Fotos von den Verbrechensschauplätzen doch interessant. Das Spannende daran war die Komposition: Der Fotograf hatte jedes Bild so komponiert, dass sich im Zentrum nicht die Leiche, sondern ein anderer Gegenstand vom Tatort befand. Mir schien, dass der Künstler, der die Serie zusammengestellt hatte, ein bisschen zu viel Anerkennung dafür einheimste – der skrupellose, aber unbestreitbar talentierte Fotograf verdiente zweifellos auch seinen Anteil am Ruhm.

Dem moralischen Aspekt war allerdings schwieriger beizukommen. Ich war überrascht, dass niemand aus der kleinen wohlwollenden Betrachtergruppe die Frage stellte, was wohl die Verwandten der Opfer davon hielten, dass die letzten Momente im Leben ihrer Lieben so zur Schau gestellt wurden.

Hinter der Fotoserie wurde immer wieder ein Video abgespielt, in dem sich der »Künstler« mit ebendieser Frage beschäftigte. Er war jung und sehr attraktiv. Während ich mir das Video anschaute, klopfte mir jemand auf die Schulter und schreckte mich auf.

»Hallo, Lily«, sagte Cal, als ich mich umdrehte. Ich muss einen ziemlich abgedrehten Eindruck gemacht haben. Der Mann neben ihm war der Mann aus dem Video, der jetzt etwas ungepflegter aussah, aber bis über beide Ohren grinste.

»Um die Frage gleich zu beantworten«, sagte er. »Es geht mir nur ums Geld.«

»Ich nehme an, Sie sind der Künstler«, sagte ich. »Hi, Cal.«

»Hi«, sagte er. »Das ist Jon, mein Partner.«

»Bei ihm klingt das immer so schwul«, sagte Jon. »Ich glaube, er meint, *kreativer* Partner. Ich bin sein Künstler, oder er ist mein Schreiber. Hängt davon ab, von welcher Seite Sie es betrachten.«

»Und Sie treiben sich hier rum, um die Reaktionen auf Ihre Sammlung zu studieren?«

»Ich scheiß auf die Reaktionen, egal von wem«, sagte er. »Ich bin bloß hier, um Miezen abzuschleppen.«

Jon war größer als Cal und sah bei weitem interessanter aus. Das schwarze, leicht verfilzte Haar stand in Büscheln von seinem Kopf ab, und die fast türkisblauen Augen blickten aus einem sonnengebräunten Gesicht, das allem Anschein nach schon seit einigen Tagen auf eine Rasur wartete. Er trug ein verwaschenes T-Shirt, aus dem zwei braune Arme herausschauten, auf denen ein Schlangen-Tattoo und eine lange Narbe prangten.

Als hätte ich ihn irgendwo schon einmal gesehen und versuchte nun, ihn einzuordnen, schaute ich ihn mir ein paar Sekunden an. Irgendwas an ihm war mehr als nur grobschlächtig. Er wirkte richtig gefährlich. Ich seufzte und schaute auf den Boden.

»Ist alles in Ordnung?«, fragte Cal.

»Was? Ja, sicher. Alles klar.« Ich blickte auf und tauchte aus meinem Tagtraum auf. Ich deutete auf Jon. »Was macht er?«

Jon war hinüber zu der Fotoserie gegangen und hatte mit einer Frau mittleren Alters, die sich über irgendwas aufzuregen schien, ein Gespräch angefangen. Cal gluckste.

»Ziemlich wilder Bursche«, sagte er, wobei ich mich unwillkürlich etwas duckte. »Hat einen schlechten Einfluss auf mich.«

»Schon gut, aber was macht er?«

»Stimmt ja«, sagte Cal theatralisch. »Du bist der große Detektiv. Okay, ich geb dir einen Tipp; mal sehen, ob du draufkommst.«

»Einverstanden.«

Cal stand nur da und schaute mindestens eine Minute lang hinauf zur Decke. Bis es mir zu dumm wurde.

»Was ist jetzt? Wo bleibt der Tipp?«, fragte ich ungeduldig.

»Was? Der Tipp ist – *schau nach oben!*«

Ich schaute nach oben, sah aber nichts. Da war die Wand, ein kleiner Alkoven und die Decke. Als ich meinen Blick zum dritten Mal gesenkt und dann wieder nach oben gerichtet hatte, fiel es mir auf: nicht nur das rote Lämpchen, sondern auch Licht, das sich in Glas spiegelte. Das Objektiv einer Kamera. Und wenn da oben eine Kamera mit einem roten Lämpchen – eine Videokamera – war, dann brauchte man kein Genie zu sein, um sich auszurechnen, wer dahinter steckte.

»Wahrscheinlich Jon, der die Reaktion der Leute aufzeichnet«, sagte ich. »Zweifellos für irgendein abgefeimtes Kunstvideo.«

»Mann, du bist ja wirklich nicht schlecht«, sagte Cal, der sichtlich beeindruckt war. »Hey, Jon!«

»Was ist?«, fragte John und schlenderte herüber.

»Sie hat's raus.«

»Bin ich jetzt endgültig aufgeflogen? Was soll's.«

»Schätze, du erzählst mir jetzt, dass die Reaktionen erst das wirkliche Kunstwerk sind«, sagte ich.

»Volltreffer, Baby«, erwiderte Jon und wandte sich an Cal. »Wo hast du denn die aufgegabelt?«

»Sie ist Henri Pascales Tochter«, sagte er.

»Cool«, sagte Jon und musterte mich von Kopf bis Fuß.

»Also dann«, sagte ich. »Ich glaube, ich muss jetzt wirklich ...«

»Es war nett, Sie kennen zu lernen«, sagte Jon und stieß Cal den Ellbogen in die Rippen.

»Au«, sagte Cal. *»Was ist denn?«*

»Frag sie, ob sie morgen Abend mit uns mitkommen will«, zischte Jon.

»Hab ich schon, aber sie will nicht ...«

»Sehr gern«, unterbrach ich. »Sie sagten *uns,* oder?«

»Richtig«, erwiderte Jon. »Ich, Cal und ein paar Kumpels.«

»Schön«, sagte ich.

»Okay. Cal holt Sie dann morgen so um sieben ab. Meistens trinken wir nur irgendwo einen Schluck und ziehen dann los, in die Wohnung von einem unserer Kumpels oder in einen Club oder sonst wohin.«

»Hört sich gut an«, sagte ich.

Den Rest des Nachmittags saß ich im Garten, trank Pimm's mit Zitronenlimonade, hörte mir auf Radio Four *Kaleidoscope* an und las ein wenig in Stars Buch. Eine sanfte, kühle

Brise spielte in meinem Haar, und ich fühlte mich so ruhig und entspannt wie die ganze Woche noch nicht. Schließlich döste ich nur noch vor mich hin und lauschte dem Gezwitscher eines Vogels im Geäst über mir.

14

Die ganze Wahrheit

Die Büros des *Smile!*-Magazins lagen im weniger ansehnlichen Teil von Islington – nicht weit entfernt von Henris Haus und meiner alten Wohnung. Ich hatte etwas erwartet, das irgendwie mehr *très chic* aussah, doch mein erster Eindruck des Gebäudes – schmutzig, grau und heruntergekommen – entsprach ungefähr dem, was ich dann im Inneren vorfand.

An einem halbkreisförmigen Tisch, dessen Farbe weder grau noch beige war, sondern irgendwo dazwischen lag, saßen zwei Empfangsdamen, die alles andere als ein harmonisches Bild abgaben. Allerdings waren beide blond: die eine dunkler, die andere etwas heller mit Silbersträhnen. Die Jüngere, die mit dem dunkleren Blondhaar, trug Kirschrot und Schwarz, die Ältere Limettengrün und Purpur. Beide hatten zu viel Make-up aufgelegt, und die langen, grell lackierten Fingernägel bedurften dringend eines Doppeltermins bei der Maniküre.

Die Ältere nahm meinen Namen und die Einzelheiten meiner Terminvereinbarung auf und sagte, ich solle es mir bequem machen. Der »bequeme« Stuhl, auf dem ich mich niederließ, war aus einem Kunststoff, den ich schon mal in Bussen gesehen hatte, und seine Farbe war ähnlich undefinierbar stumpf wie die des Tisches der beiden Damen. Jetzt wusste ich, warum Kathi nicht sonderlich erpicht darauf gewesen war, mich hier zu empfangen, und ich fragte mich, wie viele Besucher hier überhaupt je auftauchten.

Etwa fünf Minuten später hastete Kathi, eine leicht übergewichtige, freundlich aussehende Person, in die Empfangshalle und schüttelte mir die Hand. Nachdem wir uns vorgestellt hatten, gingen wir den Gang hinunter.

»Eine ganz furchtbare Sache«, sagte sie.

»Ja.«

»Und die arme Jess. Rennt einfach so weg. Das muss alles schrecklich für sie sein.«

»Wie war Jess so?«, fragte ich. »Ich meine als Mitarbeiterin.«

»Jess? Sie war angenehm. Freundlich, effizient. Ich wünschte, unsere Freien wären alle so.«

»Ich kenne sie von der Uni«, sagte ich im Plauderton. »Sie war eine Schönheit.«

»Eine Schönheit?«, Kathi schien etwas irritiert. Inzwischen waren wir bei den Büroräumen angekommen. Neben der Tür hing ein Schild mit der Aufschrift *Smile! Magazine*. Sie öffnete die Tür und ließ mir den Vortritt. Der Raum sah aus, wie ich es erwartet hatte: ein Großraumbüro mit Trauben von Computertischen, an denen die Angestellten in Gruppen zusammenarbeiteten. Im hinteren Teil stand ein größerer, aufgeräumterer Schreibtisch, der zu keiner der Trauben, sondern zu einem Viereck gehörte. Dahinter saß eine große dunkelhaarige Frau, die ganz in Schwarz gekleidet war. Links davon stand im rechten Winkel ein weiterer Schreibtisch.

»Das ist mein Reich«, sagte Kathi, während sie auf den Schreibtisch zeigte. »Setzen Sie sich.«

»Danke«, sagte ich und lächelte der dunkelhaarigen Frau zu. Sie antwortete mit einem falschen Lächeln, stand auf und ging zur Kaffeemaschine. Kathis Finger spielten nervös mit einer Büroklammer. Die Farbe ihres Nagellacks glich der von *Blut.* Sie war nicht »blutrot« (Blut sah nicht annähernd so aus), sondern nur um Nuancen heller als schwarz. Jetzt sahen sie braun aus, dann, während sie das kleine Metallstück langsam in den Fingern hin und her bewegte, dunkelrot und dann wieder, im Schatten, *schwarz.*

»Offen gesagt ...«, begann Kathi und riss mich aus meinen Gedanken. »Ich weiß, dass Ihnen das verrückt vorkommen muss, und auch die von der Polizei wollten das erst nicht glauben, aber persönlich hab ich Jess nicht gekannt.«

»Sie haben sie nie getroffen?«

»Nein. Mit den Freien spreche ich fast nie persönlich. Hin und wieder, ja, wenn sie regelmäßig für uns arbeiten. Aber sonst nie. Wir wickeln das alles per Telefon und Fax ab.«

»Wie ist sie zu *Smile!* gekommen?«

»Sie war mit einem von unseren Fotografen befreundet, Mark, obwohl das eigentlich keine Rolle gespielt hat. Mir haben ihre Ideen gefallen. In letzter Zeit wird es ein bisschen eng für uns. Der Markt ist im Moment überschwemmt mit Blättern, die alle um die gleiche Art von Storys kämpfen. Es gibt nun mal nur eine bestimmte Anzahl von Menschen, die bereit sind, sich mit Foto und richtigem Namen in einem Blatt wie unserem zu präsentieren.«

»Das ist mir auch schon aufgefallen«, sagte ich. »Sie verwenden die richtigen Namen.« Ich ließ jedoch unerwähnt, dass ich das Konzept für den Stalker-Artikel gelesen hatte. »Warum eigentlich?«

»Unsere Leserinnen wollen das so«, sagte Kathi, nahm einen Kaugummi aus einem Päckchen und steckte ihn sich in den Mund. »Sie wollen echte Namen, echte Fotos. Also müssen wir liefern.«

»Aber warum?«, fragte ich. »Warum ist das so wichtig?«

»Also, das läuft so«, sagte Kathi und beugte sich vor. »Nehmen wir an, ich habe eine Frau bei der Hand, die behauptet, dass sie in zehn Jahren fünfzehn Kinder geboren hat. Wenn Sie die Leserin wären, was wollen Sie dann sehen?«

»Ich weiß nicht. Vielleicht die Schwangerschaftsstreifen?«

»Sie wollen die Babys sehen, oder? Als Beweis, dass die

Frau nicht lügt. Ich meine, sagen kann jeder, dass er fünfzehn Kinder bekommen hat. Ich könnte Ihnen das hier und jetzt auftischen, aber Sie wollen den Beweis *sehen.*«

»Hmm«, sagte ich. »Leuchtet ein.«

»Unsere Leserinnen legen großen Wert auf Authentizität. Sie wollen es authentisch und intim. Also erzählen wir ihnen die Geschichte und zeigen ihnen die Bilder. Das ist so was wie eine institutionalisierte Tratschecke.«

»Verstehe. Haben Sie was dagegen, wenn ich frage, wie viel Sie den Leuten dafür bezahlen?«

»Wem? Den Journalisten?«

»Nein. Das wüsste ich zwar auch ganz gern, aber ich meine, den Leuten in den Geschichten.«

»Unterschiedlich. Wir haben schon mal zwei- oder dreitausend für eine Story bezahlt. Normalerweise ab zweihundert Pfund aufwärts pro Story. Beinhaltet eine Geschichte mehr als einen Fall, wird entsprechend aufgeteilt.«

»Und die Frauen in Jess' Geschichte, wie viel haben die bekommen?«

»Ich glaube, hundert pro Nase«, sagte sie und runzelte nachdenklich die Stirn. »Aber natürlich war das Geld noch nicht ausgezahlt.

Wir überweisen die Honorare bis spätestens sechs Wochen nach Veröffentlichung. Das hat mit der Arbeitsweise der Buchhaltung zu tun.«

»Verstehe.«

»Also dann«, sagte Kathi munter. »Ich zeige Ihnen jetzt alles, und dann gehen wir zum Lunch. Ich bin zwar auf Diät seit heute Morgen – aber scheiß drauf. Ich hab einen Bärenhunger!«

Schon bald konnte ich mir die Namen nicht mehr merken. Da waren Kathis Stellvertreterin Mandy und deren Assistentin Rachel. Oder war Rachel eigentlich Kathis Assistentin? Ich hatte es schon wieder vergessen. Eine Redakteurin hieß Tordy, ihre Assistentin Helen. Ich gab auf. Da waren ein paar Reporter und natürlich die Leute vom Layout. Ich bat Kathi, mir den Fotografen zu zeigen, der mit Jess befreundet war, aber keiner der Fotografen war im Haus. Sie waren alle ausgerückt, um eine verpatzte Fotoserie noch einmal zu schießen, und wurden nicht vor dem späten Nachmittag zurückerwartet. Ein Jammer. Ich wollte mit den Fotografen sprechen, der die Stalker-Geschichte gemacht hatte. Ich war sicher, dass er oder sie ein paar interessante Informationen für mich hatte.

»Wann genau kommen die Fotografen zurück?«, fragte ich.

»Keine Ahnung. Schwer zu sagen.«

»Arbeiten die mit den Reportern zusammen, oder gehen sie auf eigene Faust raus?«

»Unterschiedlich. Für die ›Wahre-Geschichte‹-Serie gehen sie normalerweise auf eigene Faust raus.«

»Wirklich?« Das war interessant.

»Klar.«

»Und wer hat die Stalker-Sache gemacht?«

»Mark.«

»Mark?«

»Ja. Mark Savage. Jess' Freund.«

»Oh.« Für einen Moment hatte ich den Atem angehalten in der Hoffnung, dass sich Mark vielleicht als Mark Moss entpuppte und ich endlich einen Anknüpfungspunkt hätte. Aber wie in allen anderen Dingen war mir auch in diesem Fall die einfache Tour nicht vergönnt.

»Abgesehen von den Fotografen«, sprach ich langsam weiter, »wer sonst hätte das Magazin vor seinem Erscheinungstag sehen können?«

»Sie meinen, wer gewusst haben könnte, was auf den Fotos war?«

»Ja.«

»Ach Gott. Praktisch jeder. Jeder in der Redaktion kann

sich auf den Computern den Umbruch anschauen. Außerdem können jede Menge Leute gewusst haben, wo Mark die Fotos aufgenommen hat. Es hätte ihm bloß jemand zu folgen brauchen. Die ganze Chose hat sich um Stalker gedreht. Wenn sich einer an die Fersen des Fotografen geheftet hat, dann hat er genauso viel über die Fotos gewusst wie jeder von uns. Das haben wir ja auch der Polizei zu erklären versucht. Alle scheinen zu glauben, dass der arme Mark das entscheidende Glied in der Kette ist. Aber in Wahrheit kann das praktisch jeder sein. Die sind davon ausgegangen, dass nur der Fotograf und Jess Namen und Adressen der drei Frauen kennen konnten. Wenn aber ein Stalker Jess oder Mark verfolgt hat, dann hat der Bescheid gewusst. Wenn Jess oder Mark jemandem davon erzählt hat, dann hat der Bescheid gewusst. Wenn jemand Zugang zu ihren Computern, Unterlagen oder Terminkalendern gehabt hat, dann hat auch der Bescheid gewusst. Herrgott noch mal, ich hab ihr den Auftrag gegeben, und natürlich weiß auch ich Bescheid.«

Das klang logisch. Als wir das Gebäude verließen, dachte ich darüber nach, was Kathi gerade gesagt hatte. Natürlich war der Fotograf ein Tatverdächtiger, ein dringender dazu. Aber dicht hinter ihm drängelten sich hundert andere. Nicht nur die Leute von *Smile!*, sondern auch Passanten, die zufällig gesehen hatten, wie die Frauen fotografiert wurden, Freundinnen der Frauen, die sie vielleicht begleitet hatten, um moralischen Beistand zu leisten, und weiß der Himmel wer noch alles. Eins allerdings schien mir plötzlich völlig klar zu sein. Wenn es dieser Fotograf war, dieser Mark, dann hatte er sich der Polizei auf dem Präsentierteller dargeboten. Wenn er nicht auf irgendeiner bizarren Doppelbluff-Basis operierte, sprach das eher für seine Unschuld. Und wenn er so dumm war, sich derart offensichtlich als Täter aufzudrängen, und der Mörder war, warum hatte ihn die Polizei dann noch nicht verhaftet? Die Polizei wusste auf jeden Fall mehr als ich und hatte ihn aus irgendeinem Grund von ihrer Liste gestrichen.

Wir gingen in ein kleines Restaurant ganz in der Nähe. Kathi verkündete, dass sie nur eine Vorspeise essen würde und orderte lautstark einen Salat. Als wir die Vorspeisen gegessen hatten, brachte sie die Kellnerin allerdings mit der Bestellung eines umfangreichen Tagliatelle-Hauptgerichts ziemlich aus dem Gleichgewicht. Ich hatte schon vorher zwei Gänge bestellt und dachte über einen dritten nach. Schon bald ging der Small Talk in eine Art Interview über. Kathi wollte alles über meine Person und mein Leben wissen und löcherte mich schließlich mit Fragen über den Mord, den ich aufgeklärt hatte.

»Das wäre eine fantastische Story«, sagte sie, nachdem ich ihr grob die Fakten erzählt hatten. »Sie sollten damit wirklich an die Öffentlichkeit gehen.«

»Wie würden Sie das anpacken? Noch zwei andere Amateurdetektive auftreiben, damit die Zahl stimmt?«, frotzelte ich. Kathi schaute mich ernst an.

»Gott, nein. Natürlich nicht. Nur diese eine Story ist schon stark genug.«

»Warum kommen diese Artikel dann immer mit drei Fällen daher?«, fragte ich. »Mir ist das auch schon in anderen Zeitschriften aufgefallen. Als ob ein einziges Beispiel nicht überzeugend genug wäre.«

»Das ist auch ein Grund«, sagte Kathi. »Aber hauptsächlich macht man das, um eine gewisse Vielfalt herzustellen. Bei dem Stalker-Artikel zum Beispiel waren nicht so sehr die drei Frauen das Thema, sondern das *Phänomen* des Stalkers an sich: Wer ist besonders gefährdet, wie soll man sich im Falle eines Falles verhalten und so weiter.«

»Sie machen also eine sehr ernste Geschichte, eine eher heitere und eine irgendwo dazwischen?«

»So in der Richtung. Sehr wichtig ist, die Balance zu halten. Wir wollen unseren Leserinnen keine Angst einjagen, aber wir wollen auch nicht, dass sie das Thema auf die leichte Schulter nehmen.«

»Verstehe.« Während sich Kathi Wein nachschenkte, pickte ich die letzten Nudeln von meinem Teller und zündete mir dann eine Zigarette an. Anscheinend hatte sie es nicht besonders eilig, zurück ins Büro zu kommen. Ein Job in der Medienbranche war wohl gleichbedeutend mit der Freiheit, seinen Lunch nach Belieben ausdehnen zu können.

»Man beleuchtet alle möglichen Aspekte eines Themas. Haben Sie den Rache-Artikel gelesen, den wir vor ein paar Monaten im Blatt hatten?«

»Nein. Hat den auch Jess gemacht?«

»Ja. Er zeigt, was alles passieren kann, wenn man es mit der Rache zu weit treibt. In der ersten Geschichte hat ein Mädchen die Ex-Freundin ihres Geliebten angegriffen, in der Zweiten hat jemand die Karriere eines anderen ruiniert. Die dritte war allerdings ziemlich lustig – Tiramisu auf dem Teppich und Garnelen in den Gardinen, solche Sachen. Das Paar hat sich dann auch wieder zusammengerauft.«

»Das klassische Happy End«, bemerkte ich trocken.

»Klar. Das ist enorm wichtig. Wenn man drei Geschichten hat, muss mindestens eine davon ein Happy End haben. Wenn der Artikel nicht auf Fallstudien basiert, sondern einfach eine Reportage über eine oder mehrere Personen ist, dann ist das Happy End ein absolutes Muss.«

»Konflikt und Auflösung«, sagte ich nachdenklich.

»Genau. Und der Schwerpunkt liegt auf der Lösung.«

»Natürlich«, sagte ich. »Und ich habe immer gedacht, dass man diese Theorie aus der Literatur nicht auf das wirkliche Leben übertragen kann.«

»Das sind alles klassische Geschichten«, sagte Kathi. »Erzählt im klassischen Sinn.«

»Und das ist das, was die Leserin verlangt?«

»Absolut. Sie will lesen, dass man aus einer üblen Situation auch noch was richtiges Gutes rausholen kann. Weil nämlich die meisten aus dieser üblen Lage nie rauskommen werden. Sie brauchen die Hoffnung, dass das machbar ist. Viele unserer Leserinnen sind seit Jahren verheiratet, mit saufenden Ehemännern, die ihr ganzes Leben am Arbeitsplatz und im Pub verbringen. Das sind in der Regel egoistische und unromantische Arschlöcher.«

»Kann ich mir vorstellen.«

»Deshalb bringen wir jede Menge Geschichten, die wir *Erweckungsgeschichten* nennen. So nach dem Motto: ›Nachdem mein Mann seinen Job verloren hatte, mussten wir uns auf das Nötigste beschränken und haben so unser Glück wieder gefunden‹ oder ›Die Affäre meines Manns hat unsere Ehe gerettet‹. In jeder von diesen Geschichten erkennt der Ehemann plötzlich: ›Mein Gott, wie konnte ich nur die ganze Zeit so rücksichtslos sein.‹ Dann rennt er los und kauft Blumen oder lernt kochen oder sonst was.«

»Dann sind das alles Fantasiegebilde?«

»In gewisser Weise, ja. Fantasiegebilde für Frauen, deren Männer sich nie ändern werden. Aber den Frauen in den Geschichten ist das wirklich passiert.«

»Jetzt verstehe ich auch, warum es so wichtig ist, dass das Frauen aus dem wirklichen Leben sind«, sagte ich. »Ich verstehe nur nicht, wo die ganzen Geschichten herkommen. Ich meine, wir finden Sie die Leute?«

»Wir haben haufenweise Freie, die immer wieder für uns arbeiten. Die leben davon. Die tun die ganze Zeit nichts anderes, als solche Geschichten aufzustöbern. Dauernd laufen Faxe mit Ideen für Geschichten ein. Wir brauchen uns nur noch die Besten rauszupicken. Wenn sich der Redakteur für ein spezielles Thema entschieden hat, dann vergeben wir den Auftrag an jemanden, skizzieren kurz, wie wir uns das vorstellen, und dann kann es losgehen.«

»Verstehe.«

»Leute von der Straße rufen an. Oder Möchtegernschreiberlinge, die sich ohne jede Idee für eine Geschichte einfach auf gut Glück melden, weil unsere Nummer im *Writers' Handbook* steht.«

»Ist das nicht nervig?«

»Manche sind ganz nett. Aber denen können wir auch nur sagen, dass sie sich wieder melden sollen, wenn sie was haben. Irgendeine interessante, wahre Geschichte. Und dann rufen sie zurück – wenn überhaupt – und haben grottenschlechte Geschichten oder solche, bei denen die Leute ihre wahre Identität nicht preisgeben wollen. Der Idealfall ist, wenn Leute anrufen und uns ihre eigene Geschichte verkaufen wollen.«

»Richtig, ich habe die Anzeige in Ihrem Magazin gesehen. Zweihundert Pfund für eine Geschichte.«

»Genau. Natürlich kriegt man da auch völlig ungeeignete Sachen angeboten.«

»Zum Beispiel?«, fragte ich gespannt. »Was waren die Übelsten, die man Ihnen angeboten hat?«

»Hmm ... Da hat mal eine Frau aus einem Kloster angerufen, die hat uns erzählt, dass sie per Zufall ihre ganze Familie gekillt hat, weil sie mal für einen Moment die Fritteuse aus den Augen gelassen hat.«

»Kein klassisches Happy End, nehme ich an.«

»Sicher nicht. Deshalb ist sie auch im Kloster gelandet«, kicherte Kathi. »Ist ja eigentlich nicht zum Lachen, aber ich konnte es einfach nicht fassen. Tragödien sind nicht unser Ding – es sei denn, sie können mit einer schönen Lösung aufwarten.«

»Klar«, sagte ich und zündete mir noch eine Zigarette an.

»Da fällt mir gerade noch eine ein. Wie war das noch mal genau? Ach, ja. *Der schwule Mann meiner Mutter war der*

Lover meines Freundes. Eins ist mal sicher: Solche Geschichten sind nun definitiv nichts für uns.«

»Hört sich mehr nach *Ricki Lake* als nach *Smile!* an«, sagte ich.

»Exakt.«

»Und wie ist Jess an ihre Leute gekommen?«

»Ich hab wirklich keine Ahnung«, sagte Kathi. »Jeder hat da seine eigene Methode. Einer hat zum Beispiel in mehreren Zeitungen eine Daueranzeige geschaltet. Andere geben Anzeigen auf, wenn sie den Auftrag in der Tasche haben. Viele, vor allem die, die solche Sachen nicht regelmäßig machen, hängen sich an Gerüchte. Eine Frau, die für uns arbeitet, sitzt in Pubs rum und belauscht die Gespräche an den Tischen.«

»Meine Güte.«

»Sie betreibt das ziemlich ernsthaft.«

»Wie macht sie das? Geht sie einfach an einen Tisch und sagt: ›He, ich hab da grad zufällig mitgekriegt ...‹?«

»Nein, nein. Das ist ja das Beste an der Sache. Wenn Sie von etwas Wind bekommen hat, verschwindet sie einfach aus dem Laden, ruft die betreffende Person am nächsten Tag an und erzählt ihr, dass einer ihrer Nachbarn die Geschichte verkaufen will und ob sie das Geschäft nicht selbst machen möchte.«

»Nicht gerade die feine Art«, sagte ich.

»Ich weiß«, erwiderte Kathi. »Aber ist doch toll, die Idee.«

Ich lachte und trank den letzten Schluck Wein aus, während Kathi die Rechnung verlangte. Kaum zu glauben, dass das die wirkliche Welt des Zeitschriftenjournalismus sein sollte. Ich hatte mir vorgestellt, dass die Wirklichkeit weniger dramatisch sei, als sie einem immer dargestellt wurde. Stattdessen war sie schlimmer. Andererseits war leicht zu verstehen, warum das so war. Noch vor wenigen Jahren standen lediglich *Woman, Woman's Own* und noch ein paar andere Blätter im Wettbewerb um derartige Geschichten, aber jetzt ... Ich rechnete das im Kopf kurz durch: Inzwischen gab es mindestens fünfzehn Frauenzeitschriften, die jede Woche mit jeweils mindestens fünf solcher wahren Geschichten in den Verkauf kamen. Das hieß, der Markt für solche Geschichten umfasste fünfundsiebzig pro Woche, fast viertausend pro Jahr. Wow. Vielleicht hatte ich den falschen Beruf, dachte ich. Was mich an etwas erinnerte.

»Was ich noch fragen wollte«, sagte ich. »Wie viel hat Jess für den Artikel bekommen?«

»Etwa sechshundertfünfzig, schätze ich«, sagte Kathi. »Wir zahlen sechshundertfünfzig für die Doppelseite und fünfhundert für eine einzelne.«

»Meine Güte«, sagte ich. Ich hatte wirklich den falschen Beruf.

»Natürlich hätte sie, anstatt sich zu verdrücken, einen Haufen mehr machen können, wenn sie ihre eigene Geschichte, so lange sie noch heiß war, an die Revolverblätter verkauft hätte«, sagte sie nachdenklich. »Ich möchte wirklich wissen, wo sie ist und ob sie nicht tatsächlich was zu verbergen hat.«

»Ich schätze, dass ihr das alles über den Kopf gewachsen ist«, sagte ich. »Vielleicht wollte sie sich nicht zumuten, all die schrecklichen Einzelheiten noch mal zu erzählen. Und das auch noch einem von diesen grässlichen Revolverblättern.«

»Sie machen Witze, oder?«, sagte Kathi, nachdem sie aufgehört hatte zu lachen. »Wann haben Sie Jess das letzte Mal gesehen? Auch wenn ich sie nie persönlich kennen gelernt habe, eins ist ganz sicher: Das Mädchen kennt definitiv keine Skrupel. Ich bin sicher, sie landet eines Tages selbst bei einem von diesen Revolverblättern.«

»Oh«, sagte ich verwirrt. »Das habe ich nicht gewusst.«

»Ich meine es ernst«, sagte sie, schüttelte den Kopf und trank ihr Glas aus. »Sie hat einen Schlag. Ich habe eigentlich zu kaum einem von unseren Freien ein freundschaftliches Verhältnis, aber eines Tages habe ich mit Jess telefoniert, kurz nachdem ich mir die Augen ausgeheult hatte. Mein Freund, mit dem ich ziemlich lange zusammen gewesen war, hatte mich sitzen lassen. Sie hat an meiner Stimme gehört, dass ich ganz durcheinander war, und hat mich gefragt, was los ist. Ich hab ihr alles erzählt. Damals arbeitete sie gerade an dieser Rache-Geschichte, und nur so zum Spaß hab ich gefragt, wie man das anstellt, dass man dem Kerl ein paar Garnelen in seine Scheißgardinen hängt.«

Kathi machte eine Pause. Sie schien leicht beunruhigt. »Ich hatte das schon ganz vergessen, aber jetzt kommt alles wieder hoch. Ihre Reaktion war echt schräg. Sie ist ganz ernst geworden und hat mich gefragt, ob ich mich wirklich an dem Typen rächen will. Dann fing sie an, mir was von der Theorie des Atomkriegs zu erzählen. Der Erstschlag, hat sie gesagt, muss so verheerend sein, dass er überhaupt keine Chance mehr hat, zu dir zurückzukommen.«

»Das ist ja schaurig. Was hat sie vorgeschlagen?«

»Ich sollte in der Bar auftauchen, wo er am Wochenende immer hingeht, und einen Riesenkrach veranstalten, mit haufenweise Zeugen. Später sollte ich zu seiner Wohnung gehen, mich entschuldigen und ihn dazu bringen, dass er noch ein letztes Mal mit mir schläft. Wenn wir Sex hätten, sollte ich noch mal was tun, was ihn auf die Palme bringt, den Namen seines besten Freundes schreien oder so was. Dann sollte ich mir selbst ein blaues Auge verpassen, zur Polizei gehen und sagen, dass er mich vergewaltigt hätte.«

»Großer Gott.«

»Genau das hab ich auch gedacht. Es hat sich angehört, als hätte sie sich diesen völlig durchgeknallten Plan gerade erst ausgedacht. Herrgott noch mal, der Kerl hatte sich von mir getrennt, das war alles. Eins sage ich Ihnen: Jeden, der sie auf dem falschen Fuß erwischt, kann ich nur bedauern.«

»Hört sich ganz so an.«

Vor dem Restaurant verabschiedeten wir uns voneinander. Der Wein hatte Kathi sichtlich mitgenommen, und mir ging die Frage durch den Kopf, ob ich überhaupt irgendwas von Jess wusste. Als schließlich ein Taxi auftauchte, winkte ich es heran, stieg ein und verschwand in den kohlenschwarzen Nachmittag. Während der Fahrt sah ich, wie erste zuckende Blitze einen Sturmangriff auf London vorbereiteten. Den ganzen Tag schon hatte ich ein so komisches Gefühl – als ob mich jemand beobachtete. Ich hakte es als Paranoia ab.

Als ich vor Henris Haus ankam, war es noch nicht vier. Nach dem Gewitter waren die Straßen von Camden zwar schwarz und nass, doch lugte die Sonne schon wieder zwischen den Wolken hervor, und es war genauso heiß wie schon den ganzen Tag über. Ich setzte mich eine Weile in den Garten, trank eine Tasse schwarzen Kaffee und genoss die sich vermischenden, vom nassen Rasen aufsteigenden Gerüche von Gras, feuchter Erde und Blumen.

Noch nie hatte London so frisch gerochen. Ich schloss die Augen und nickte schließlich ein. Ich träumte, dass ich aufs Land zurückgekehrt war und Fenn mir mit ein paar frisch gepflückten Blumen über meinen Nacken strich. Der Traum wurde düsterer, als sich die Blumen in Rosen verwandelten und aus den Stängeln Dornen sprossen. Schon bald lief mir das Blut den Hals hinunter und zwischen die Brüste. Zitternd, mit einem Schrei auf den Lippen, wachte ich auf und erkannte, dass alles in Ordnung war: Ich war hier, es gab keine Dornen, und das Blut war nichts weiter als der Schweiß, der mir in der unerträglichen Hitze aus allen Poren drang.

15

Auf der Suche nach dem Kick

Wie ausgemacht kam Cal um Punkt sieben. Da Star und ich in eine Diskussion über Psychopathen vertieft waren, hatte keiner von uns gehört, wie das Auto in die Auffahrt eingebogen war. Sie war zu sehr damit beschäftigt, mir zu erklären, wie man in der Praxis Täterprofile erstellte, und ich spielte mit Gedanken wie diesem herum: Wenn alle Sextäter erstgeborene Söhne sind, ist dann der Umkehrschluss zulässig, dass alle erstgeborenen Söhne potenzielle Sextäter sind? Mich interessierte der Prozess, der vom Täterprofil bis zur entsprechenden Schlussfolgerung führte: Wenn man nachweisen konnte, dass ein bestimmter »Typ« eine bestimmte Art von Verbrechen beging, dann musste das Rückschlüsse auf alle anderen Menschen dieses »Typs« zulassen.

»Das ist genau der Punkt, den ich einigen meiner Kollegen klar machen will«, sagte Star. »Wir müssen über die statistische Analyse hinausgehen.«

»Statistische Analyse?«

»Ja. Daraus wurde ein Großteil der aktuellen Methoden, wie man solche Profile erstellt, entwickelt. Ein Beispiel. Nehmen wir an, dass achtzig Prozent aller Serienmörder, die junge Hausfrauen auf Supermarktparkplätzen überfallen, männliche Weiße im Alter zwischen zwanzig und fünfunddreißig sind, bei ihren Eltern leben und einen Ford Escort fahren. Wenn man dir einen Täter präsentieren würde, der vier Hausfrauen auf vier verschiedenen Supermarktparkplätzen überfallen hat, was kannst du daraus schließen?«

»Hmm, dass er nicht ganz dicht ist?«

»Ja«, sagte Star lachend. »Aber was noch?«

»Ich glaube, ich weiß, worauf du hinauswillst«, sagte ich. »Das würde bedeuten, dass er zwischen zwanzig und fünfunddreißig ist, bei seinen Eltern lebt und einen Ford Escort fährt.«

»Genau.«

»Kommt mir ziemlich gewagt vor. Ich möchte wetten, dass ein hoher Prozentsatz von ganz normalen Typen in dem Alter zu Hause lebt und einen Ford Escort fährt. Man könnte daraus auch ableiten, dass diese Datensammlung aus einer ganzen Serie von Verbrechen zusammengestellt wurde, die aber alle von nur einer Person verübt wurden. Wenn zum Beispiel von einhundert Verbrechen achtzig von einer einzigen Person begangen wurden, dann würde man die Merkmale dieser einen Person benutzen, um sich einen ›Typ‹ zu basteln, der nach dieser Methode vorgeht.«

»Das ist genau das, was ich meine«, sagte Star. »Ich bin froh, dass mir endlich doch noch jemand zustimmt. Deshalb versuche ich auch, mehr Geld loszueisen, damit wir qualitative Methoden zur Erstellung von Täterprofilen entwickeln können.«

»Qualität statt Quantität, richtig?«

»Genau.«

»Und das ist zur Zeit Teil deiner Arbeit?«

»Ja. Aber obwohl es noch so viel zu tun gäbe, läuft das Projekt bald aus.«

»Aber geht es bei deiner Arbeit nicht um die *Behandlung* von Psychopathen?«

»Ja, vordergründig schon«, sagte Star mit einem Augenzwinkern. »Aber das hat alles mit ein und derselben Sache zu tun. Wenn man sie versteht, kann man sie besser behandeln. Und jedes bessere Verständnis hilft uns bei der Erstellung der Täterprofile. Darum geht es letztlich, zumindest für mich. Das muss den Schwerpunkt bilden: sie zu *verstehen*.«

»Wichtig ist sozusagen nicht nur, was für ein Auto sie fahren, sondern warum sie es fahren.«

»Genau. Wenn ich wüsste, dass achtzig Prozent einer bestimmten Sorte von Serienmördern einen Ford Escort fahren, und ich müsste ein ähnliches Verbrechen untersuchen, dann würde ich nicht notwendigerweise nach jemandem suchen, der auch einen Escort fährt.«

»Sondern?«

»Als Erstes würde ich mir die anderen zwanzig Prozent vornehmen, die, die von der Norm abweichen und die jeder übersieht. Ich würde mir anschauen, was die für Autos fahren. Du kannst drauf wetten, dass bei achtzig Prozent Escorts der Rest aus der gleichen Kategorie wahrscheinlich ähnliche Autos fährt; was Kosten, Status und Leistung anbelangt. Voraussetzung ist die Annahme, von der man bei Täterprofilen immer ausgeht: Personen mit ähnlicher Vorgeschichte in ähnlichen Lebensumständen begehen ähnliche Verbrechen. Ich würde mir also anschauen, wie alt die Autos sind, welche Farbe sie haben und so weiter. Als Erstes würde ich nicht fragen, welches Auto diese Person wahrscheinlich fahren würde, sondern warum sie es wahrscheinlich fahren würde. Genau wie du gesagt hast.«

»Hört sich alles sehr spannend an.«

»Das ist es auch. Nehmen wir ein Beispiel, bei dem das traditionelle System der Täterprofile nicht funktioniert. Angenommen, wir haben einen sexuellen Angriff, der sich auf dem Parkplatz eines gut besuchten, aber abgelegenen Pubs auf dem Land ereignet. Der Pub wird von einem Mann und seiner Frau betrieben. Sie haben zwei erwachsene Kinder, einen Jungen und ein Mädchen, die manchmal an der Bar aushelfen. Wegen eines Poolbillard-Turniers ist der Pub proppenvoll. An dem fraglichen Abend arbeiten der Besitzer und seine Frau. Sie sagen später aus, dass sie zwischen halb zehn und viertel nach zehn – das Finale des Billardturniers läuft gerade – niemanden gesehen hätten, der das Lokal betreten oder verlassen habe.«

»Okay«, sagte ich und merkte mir die Fakten.

»Das Opfer überlebt und erzählt der Polizei, dass der Angreifer sauber gerochen habe.«

»Okay.«

»Er hat Jeans mit Knopfleiste und M&S-Boxershorts an.«

»Welche Jeans-Marke?«

»Weiß man nicht. Das Opfer konnte das nicht erkennen.«

»Weiter.«

»Er hat keine Tasche oder so was dabei gehabt, die Hosentaschen waren leer.«

»Okay. War es ein Serienvergewaltiger oder ein Einmaltäter?«

»In der Gegend hatten sich schon fünf andere Opfer gemeldet, die Kleidung und Hergang gleichlautend beschrieben hatten.«

»Wie ist sie vergewaltigt worden?«

»Erzwungener Oralverkehr«, sagte Star und verzog das Gesicht.«

»Nett.«

»Der Angreifer soll mit einheimischem Akzent gesprochen und sich in der Gegend gut ausgekannt haben. Hinterher lässt er sich von dem Opfer eine Zigarette anzünden und befiehlt ihm, sich auszuziehen. Er wirft die Klamotten auf einen Acker ganz in der Nähe und verschwindet.«

»Armes Mädchen«, sagte ich. Das fiktive Opfer tat mir leid.

»Es geht ihr gut«, sagte Star. »Also, hier ist das Profil. Siebzig Prozent aller Serienvergewaltiger, die Frauen unter zwanzig auf öffentlichen Plätzen überfallen, sind Anfang bis Mitte dreißig und leben in einer festen Beziehung. Sie fahren kein Auto, aber ihre Frauen beziehungsweise Freundinnen; in der Regel einen Fiesta oder einen vergleichbaren Kleinwagen. Meistens sind sie starke Trinker, betrügen ihre Partnerinnen und sind arbeitslos, während die Partnerinnen normalerweise einen Job haben.«

»Was ist mit den anderen dreißig Prozent?«, fragte ich.

»Fast das Gleiche. Bis auf einen Aspekt, der bei jedem anders ist«, sagte sie. »Sie waren nicht alle arbeitslos. Manche hatten hin und wieder einen Job. Außerdem war ein Paar dabei, das noch unter dreißig war, und eins, das schon knapp vierzig war.«

»Ich hab noch ein paar Fragen.«

»Schieß los.«

»Wann war noch mal die Tatzeit?«

»Ungefähr um zehn Uhr abends.«

»In einer abgelegenen Gegend.«

»Richtig.«

»Hat er nach Alkohol gerochen?«

»Nein.«

»Okay«, sagte ich. »Jetzt hab ich alles.«

»Was sagt dir die Statistik?«

»Nichts. Ist doch ziemlich offensichtlich, dass es der Sohn des Besitzers war.«

»Wie zum Teufel bist du darauf gekommen?«, fragte Star erstaunt. »Hast du was darüber in der Zeitung gelesen oder so?«

»Nein, ich glaube nicht. Warum? War das ein echter Fall?«

»Ja.« Sie war völlig perplex. »Das ist unglaublich.«

»Im Ernst?«, fragte ich. »Ist er es tatsächlich gewesen?«

»Ja«, sagte sie lächelnd und schüttelte ungläubig den Kopf.

»Meine Güte«, sagte ich. Ich war ein bisschen erschrocken, aber gleichzeitig auch sehr zufrieden mit mir. »Das ist wirklich unglaublich. Vielleicht habe ich es ja doch irgendwo gelesen und dann wieder vergessen.«

»Hör schon auf mit der Tiefstapelei«, sagte Star. »Wie bist du darauf gekommen?«

»Um ehrlich zu sein, an die Statistik habe ich gar nicht gedacht. Schien einfach logisch. Es musste jemand sein, der in der Nähe des Pubs oder im Pub lebte. Schließlich war die Gegend ziemlich weit ab vom Schuss. Der Besitzer konnte es nicht gewesen sein, weil du gesagt hast, dass er und seine Frau an dem Abend gearbeitet haben. Wenn er rausgegangen wäre, wäre das jemandem aufgefallen. Aber der Sohn hat nicht gearbeitet, der könnte in frischen Klamotten gesteckt und sauber gerochen haben. Weil er einfach die Treppe runtergekommen ist, hat er auch keinen Geldbeutel oder so was dabeigehabt. Er hat die Tat begangen und ist wieder zurück ins Haus. Sein Alter würde ich so auf achtzehn, neunzehn schätzen.«

»Achtzehn.«

»Wenn er oben über dem Pub war, um nicht gesehen zu werden, ist es unwahrscheinlich, dass er was getrunken hatte«, fuhr ich fort. »Und dann scheiden ja alle deine Kunden von vornherein aus.«

»Genau.«

»Und wenn er ein Serienvergewaltiger ist, dann könnte er sich ja erst später zu einem von diesen Typen entwickeln, von denen du gesprochen hast. Fängt an zu saufen, lacht sich eine Freundin mit Auto an, die ihn rumkutschiert. Aber das heißt noch lange nicht, dass er auch heute schon so ist. Irgendwann sind alle Verbrecher mal Teenager gewesen.«

»Exzellent«, sagt Star. »Wie ich gesagt habe, du bist ein Genie.«

»Quatsch«, erwiderte ich und errötete leicht.

»Aber du siehst, was es mit diesen Täterprofilen auf sich hat.«

»Ja«, sagte ich. »Man kann ganz leicht in die falsche Richtung steuern. Du hast Recht, man muss über die Statistik hinausgehen. Der Sohnemann hat nirgendwo in das Raster gepasst.«

»Genau«, sagte Star. »Und einiges davon steckt schon im Titel meines Abschlussberichts: *Die vergessenen zwanzig Prozent – Was versteckt sich hinter der Statistik?*«

»Da würde ich ganz gern mal einen Blick reinwerfen«, sagte ich. »Ich verstehe einfach nicht, dass man so viel Wirbel um Statistiken macht, wenn man nur ein bisschen gesunden Menschenverstand und Fantasie braucht.«

»Ich schon«, erwiderte Star. »Es ist billig. Nur dass man eine Maschine nicht darauf abrichten kann, qualitative Analysen zu erstellen. Dafür braucht man Menschen. Mit den statistischen Methoden könnte man – in der Theorie – ein Computerprogramm schreiben, das zum Beispiel den Ford-Escort-Besitzer trennt und dann das Ergebnis mit den Daten eines Zentralcomputers abgleicht, in dem jeder Mensch – sein Name, seine Automarke, sein Lebenspartner und so weiter – verzeichnet ist.«

»Der Polizeistaat lässt grüßen«, sagte ich.

»Das ist so was wie eine Schwerpunktfahndung nach einem bestimmten Raster«, erklärte Star. »Sie bräuchten ein paar Jahre für die Einspeicherung sämtlicher Daten über jede Art von Verbrechen und hätten dann die Täterprofile parat. Wenn dann ein Verbrechen von einem bestimmten Tätertyp verübt wird, spucken sie das Profil aus und checken alle zum Profil passenden Personen, die zur fraglichen Zeit am fraglichen Ort gewesen sein könnten.«

»Ich wette, die würden sofort die Ausgaben für die Polizistenausbildung zusammenstreichen«, sagte ich.

»Tja, und am Ende können die Computer dann die ganze Arbeit allein erledigen«, prophezeite Star düster, während es im selben Moment an der Tür klingelte. »Das muss man sich mal vorstellen.«

Ich erhob mich vom Küchentisch und ging zur Haustür. Draußen stand Cal, der sich im Spiegelbild des Türfensters die Haare glatt strich.

Als ich die Tür öffnete, haute mich sein begeistertes Strahlen fast um. »Hi, komm rein.«

»Ich stehe im absoluten Halteverbot«, sagte er fast stolz.

»Ich bin noch nicht ganz so weit. Ich brauche noch ein paar Minuten.«

»Schätze, das Risiko kann ich eingehen«, sagte er tapfer.

»Hallo«, sagte Star, als Cal und ich in die Küche kamen. »Ich glaube, es ist meine Schuld, dass Lilys Zeitplan etwas durcheinander geraten ist.«

»Ach ja?«, sagte Cal.

»Macht nichts«, sagte ich lächelnd in Richtung Star. »Es war sehr interessant.«

»Das Vergnügen war ganz auf meiner Seite«, erwiderte sie.

»Vielleicht kannst du mir ja mal dabei helfen, ein Täterprofil zu erstellen – du weißt schon, von wem.«

»Ja«, sagte Star. »In deinem Fall wäre ›Du weißt eben nicht, von wem‹ wohl passender.«

Wir mussten beide lachen. »Ist nur eine Frage der Zeit, ganz sicher«, sagte ich ironisch.

»Worüber redet ihr eigentlich?«, fragte Cal.

»Ach, nur über Mord«, frotzelte Star.

»Und über Verstümmelungen«, sagte ich. Wir steigerten uns in einen wohl etwas unpassenden Kicheranfall hinein. Als ich mich wieder in der Gewalt hatte, sagte ich: »Also dann. Gib mir zwei Minuten.«

Ich lief die Treppe hinauf. Die Unterhaltung mit Star hatte meinen Enthusiasmus neu entfacht. Im Gegensatz zu dem, was ich vorhin gesagt hatte, hatte ich wirklich nie von dem Fall gehört. Und doch hatte ich ihn mit Hilfe der wenigen Fakten gelöst. Obwohl ich tief in meinem Innern wusste, dass ich einfach Dusel gehabt hatte, war ich doch sehr zufrieden mit mir.

Das Bild in dem mannshohen Spiegel in Henris Badezimmer schmeichelte mir. Die Jeans und das T-Shirt passten genau zu dem heutigen Abend. Um meine Haare nicht noch krauser zu machen, als sie ohnehin schon waren, verzichtete ich auf Bürste und Kamm und fuhr mir nur mit den Fingern durchs Haar. Mit einem Klecks Gel bekam ich es so glatt und glänzend wie irgend möglich. Ich legte noch etwas Mascara und roten Lippenstift auf und steckte dann mein Haar zu einem hohen Pferdeschwanz auf. Es war immer noch heiß, und ich wollte nicht, dass mir die Haare im Nacken klebten, wenn wir später, wovon ich ausging, in einem stickigen Club oder Pub landeten. Nachdem ich mich noch mit einem kräftigen Spritzer Givenchy III, dem einzigen Parfüm, das ich überhaupt benutzte, erfrischt hatte, war ich fertig.

Wir wollten uns in einer In-Bar (O-Ton Cal) in Clapham treffen, was bedeutete, dass es eine ziemlich lange Fahrt werden würde. Ich fuhr gern durchs nächtliche London: Die Straßen waren nicht so verstopft, und die Embankment, meine Lieblingsstraße in London, war dann oft wie ausgestorben. Allerdings saß ich nicht am Steuer; Cal fuhr, und zwar ziemlich defensiv. Im Schneckentempo kroch er vorwärts, und jedes Mal, wenn ihn jemand schnitt oder überholte, fluchte und bremste er, und an fast jeder Ampel würgte er den Motor ab.

»Ich hasse es, in London Auto zu fahren«, gestand er schließlich ein.

»Warum?«

»Weiß nicht.« Er schüttelte den Kopf. »Ist zu schnell für mich. Ich wünschte, die würden sich alle ein bisschen abregen.«

»Soll ich fahren?«

»Ich hab nicht gewusst, dass du einen Führerschein hast.«

»Klar. Ich wäre ja mit dem Wagen nach London gekommen, wenn ich ihn nicht an einen Baum gesetzt hätte, als ich hinter einem Mörder her war.«

Cal lachte. »Ja, ja.«

»Ehrlich.«

»Ach was, du verarscht mich doch bloß.«

»Wenn du meinst«, sagte ich. »Was ist jetzt? Soll ich nun fahren oder soll ich nicht?«

»Hmm, besser nicht«, sagte er mit nervösem Augenflattern, während er mit dem Audi, der in seiner Hand die Ausmaße eines Dreißigtonners zu haben schien, ein geparktes Auto umkurvte. »Du bist nicht versichert.«

Ich runzelte die Stirn, als Cal bei der nächsten Abzweigung auf die Battersea Bridge einbog. »Wohin, hast du gesagt, fahren wir?«

»Nach Clapham.«

»Bist du sicher, dass wir hier richtig sind?«

»Wir kommen schon hin«, sagte er. »Ich fahr immer so.«

»Da bin ich ganz sicher.«

»Warst du wirklich hinter einem Mörder her?«

»Hmm«, sagte ich zerstreut, während ich mir eine Zigarette anzündete und einem attraktiven Double von Fenn hinterherschaute, das gerade über die Brücke ging.

»Du bist verrückt.«

Da der Kreisverkehr, dem wir uns näherten, Cal anscheinend etwas durcheinander brachte, hielt ich den Mund. Zaghaft navigierte er den Wagen hinein, verpasste dann aber trotzdem die richtige Abfahrt und musste noch eine Runde drehen.

»Jetzt erzähl mal«, sagte ich, nachdem wir wieder auf gerader Strecke waren. »Wer sind diese geheimnisvollen Leute, mit denen wir ausgehen?«

»Also«, sagte er. »Das ist erst mal Jon, den kennst du ja schon …«

»Der Künstler.«

»Richtig.«

»Weiter.«

»Dann ist da Nick. Der ist gerade von Cambridge hergezogen und arbeitet in einem Buchladen. Dann Sarah, Nicks Schwester. Die wohnt in Brixton. Dann noch Kirsty und Jules. Mit denen bin ich auf der Uni gewesen. Filmemacher.«

»Was hast du studiert?«

»Film. Auf dem Goldsmith's College.«

»Film«, wiederholte ich und dachte: *auf dem Goldsmith's College.* Wo auch Tam gewesen war. »Was ist mit Jon?«

»Kunstakademie.« Er hielt an einer Ampel. »Ich will ernsthafter Schriftsteller werden«, sagte er und schaute mich scharf an. »Romancier. Werbetexter ist als Einstieg so gut wie jeder andere.«

»Bei Salman Rushdie hat es funktioniert.«

»Genau. Jon will auch wieder zurück zur Bildenden Kunst. Allerdings glaube ich, dass er ein bisschen spinnt. Er hat zwar sehr viel Talent, aber richtig interessieren tut es ihn nicht, was er da macht. Er will Millionär werden und glaubt, dass er bloß irgendwie bei Saatchi oder so reinkommen muss. Deshalb hat er auch diese *Scene*-Serie gemacht – um auf sich aufmerksam zu machen.«

Es wurde grün, und wir fuhren weiter.

»Wie hast du Jon kennen gelernt?«, fragte ich.

»Jon scheint dich ja mächtig zu interessieren«, sagte er mit leicht argwöhnischem Unterton in der Stimme.

»Ganz und gar nicht«, sagte ich abwehrend. In meinem Kopf tauchte Fenns Bild auf und zerplatzte dann wieder, als sich der bedrohliche Gedanke an seine Hochzeit breit machte (noch ein Tag, wenn man heute und Samstag nicht mitzählte).

»Gut«, sagte er. Es klang irgendwie eifersüchtig. Ein grässliches Bild ging mir in diesem Augenblick durch den Kopf: Cal und Jon, die sich über mich unterhalten. In der Galerie, vielleicht auch hinterher. *Lass die Finger von ihr, sie gehört mir*, sagte Cal zu Jon. Er hörte sich genauso an wie eben. *Finger weg, Kumpel.* Ich erschauderte.

»... sie hat den Kontakt hergestellt ...«

»Was?«, sagte ich und unterbrach Cals Redefluss. Ich hatte nichts von dem mitbekommen, was er gerade erzählte.

»Die Karrierefrau«, wiederholte Cal. »Sie hat Jon und mich zusammengebracht. Sie hat ihm meine Nummer gegeben, aber er hat sich nie gemeldet. Kennen gelernt haben wir uns erst auf der Abschlussfeier. Wir waren total besoffen und haben uns von der ersten Sekunde an fantastisch verstanden.«

»Warum hat er dich damals nicht angerufen?«

»Eigentlich wollte er gar nicht in der Werbung arbeiten. Ich habe ihn dann überredet.«

»Warum wollte er nicht? Weil er nur Künstler sein wollte?«

»Nein.«

»Was wollte er denn werden?«

»Postbote, hat er sich eingebildet. Wie in *Der Postmann*, diesem italienischen Film.«

Die Bar war ohne Frage in, und zwar so, dass es schmerzte. Drum and Bass – schneller als der menschliche Herzschlag, unmelodisch, hypnotisch – dröhnte aus den Lautsprechern. Wir mussten uns durch Massen von spärlich gekleideten Menschen in den Zwanzigern quetschen, um zu dem quadratischen Tisch im hintersten Eck zu gelangen, an dem Cals Freunde saßen. Jon war nicht da.

»Calvin.« Der Mann, dem das mausgraue Haar bis auf die Schultern fiel, sprach mit schleppender, tiefer Stimme. »Schön, dich zu sehen.«

Der Mann stand auf und klopfte dem lächelnden Cal auf die Schulter. Er schaute mich an.

»Was willst du trinken?«, fragte Cal.

»Ein Bier, bitte«, sagte ich. Er ging weg.

Einigermaßen selbstsicher setzte ich mich zu den fremden Leuten an den Tisch. Die Frau neben mir hatte kurzes, dunkles Haar, trug einen knappen, roten Rock und unter einer durchsichtigen Bluse einen knallroten BH. Neben ihr saß Mister Mausgrau; die beiden Personen zu seiner Linken waren offensichtlich ein Paar – sie saß auf seinem Schoß. Das mussten Kirsty und Jules sein, was hieß, dass der Mausgraue Nick war und die Durchsichtige Sarah. Das hatte mir zwar keine atemberaubende Leistung in deduktivem Denken abverlangt, aber dennoch wäre es mir lieber gewesen, wenn Cal mich vorgestellt hätte.

Ich fühlte mich irgendwie unwohl und lehnte mich zurück, um eine Zeit lang die Lässige zu spielen. Als ob es da etwas Faszinierendes zu beobachten gäbe, starrte ich auf einen imaginären Punkt am anderen Ende der Bar. Keiner nahm Notiz davon; sie waren zu sehr damit beschäftigt, sich über alte Freunde auszutauschen, von denen ich natürlich keinen kannte. Ich zündete mir eine Zigarette an und wartete darauf, dass Cal wieder auftauchte.

Schließlich kam er mit zwei Flaschen Budweiser zurück, in seinem Schlepptau Jon, in dessen Mundwinkel eine Zigarette hing und der einen leicht benebelten Eindruck machte.

»Ja, wen haben wir denn da?«, sagte Sarah zu den anderen.

Jon strahlte etwas aus, das die Atmosphäre schlagartig veränderte. Alle lächelten, alle freuten sich, ihn zu sehen.

»Scheiße, Mann«, sagte Jules, schubste Kirsty von seinem Schoß und stand auf. »Lange nicht gesehen, Kumpel.«

»Stimmt«, sagte Nick. »Wo hast du dich rumgetrieben?«

»Wo schon«, witzelte Jon. »Kurz abgetaucht und dann versackt.«

»Ach, übrigens«, sagte Cal laut. »Darf ich vorstellen, das ist Lily.«

»*Ich* weiß schon, wer du bist, Baby«, flüsterte mir Jon ins

Ohr, als er sich an mir vorbeidrückte. Als ich ihn anschaute, grinste er und war auch schon weg.

»Aha«, sagte Sarah. »Das Geheimnis der mysteriösen Frau ist gelüftet. Hi, Lily. Ich bin Sarah.«

Reihum begrüßte ich jeden und stellte fest, dass ich alle Namen richtig getippt hatte. Während der Vorstellungszeremonie wurden Stühle gerückt und Plätze gewechselt, um die Neuankömmlinge in die Runde aufnehmen zu können. Ich saß schließlich eingeklemmt zwischen Sarah und Cal, während Jon am anderen Eck des Tisches neben Kirsty und Jules landete, die er sofort in eine angeregte Unterhaltung verwickelte.

»Woher kennt ihr euch alle?«, fragte ich schnell, als das Gespräch zwischen Cal, Sarah und Nick kurz stockte. »Seid ihr zusammen auf der Uni gewesen?«

»Nick war mit Jon im selben Jahrgang«, sagte Cal. »Außer Sarah waren wir alle auf dem Goldsmith's College.«

»Kannte einer von euch das Mädchen, das man ermordet hat?«, fragte ich und spielte die Ahnungslose. »War die nicht auch auf dem Goldsmith's College?«

»Ja«, sagte Cal. »Aber sie war ein paar Jahrgänge unter uns. Ich glaube, ich hab sie mal in der Bar gesehen.«

»Wie hat die geheißen?«, fragte Nick.

»Tam«, sagte Sarah. »Tam Hunter.«

»Hast du sie gekannt?«, fragte ich.

Sie schüttelte den Kopf. »Nein. Aber ich hab die Geschichte als Erste gehabt.«

»Wirklich? Was bist du von Beruf?«

»Reporterin.«

»Reporterin? *Mieser Lohnschreiberling*«, rief Jon über den Tisch. »Londoner Neueste Ficknachrichten.«

»Hör gar nicht hin«, sagte Sarah. »Er glaubt, dass es eine Schande ist, wenn man für die auflagenstärkste Zeitung Englands arbeitet.«

»Diese Morde, das ist wirklich unheimlich, oder?«, sagte Cal.

»Inwiefern?«, fragte Nick.

»Drei Frauen, keine kennt die andere, und alle waren in demselben Zeitschriftenartikel. Das ist einfach merkwürdig.« Er trank einen Schluck Bier und schaute für einen Moment nachdenklich ins Leere. »Ich schätze, es war ein und derselbe Stalker.«

»Glaubst du?«, sagte ich und rümpfte die Nase. »Das wäre aber ein ziemlich großer Zufall.«

»Sicher«, erwiderte er. »Aber die ganze Geschichte ist doch ein Riesenzufall, oder etwa nicht?«

»Wirklich?«, sagte ich zweifelnd.

»Wie läuft eigentlich diese Galerie-Geschichte von unserem alten Freund Dominic Carson?«, fragte Sarah. »Hat sich das schon einer angeschaut?«

»Ja. Ist gleich neben der Foto-Serie von Jon«, sagte Cal. »Das ist echt ein Spinner. Stimmt's, Jon?«

Jon schaute her. »Was?«

»Carson. Der hat sie doch nicht mehr alle, oder?«

»Der Arsch ist wirklich völlig durchgeknallt«, sagte Jon und wandte sich wieder Jules zu.

»Glaubst du, er weiß, wer der Täter ist?«, fragte ich.

»Wer? Carson?«, schnaubte Sarah. »Der macht das doch bloß, weil er damit Geld für seine Drogen einsacken kann. Wenn du mich fragst, ist der Einzige, der weiß, wer die Frauen umgebracht hat, der Mörder selbst.«

»Warum glaubst du das?«

»Tja, es gibt nicht gerade viele brauchbare Spuren, oder? Diese Reporterin ist mit was für Informationen auch immer verschwunden, und außerdem … Es gibt praktisch nichts, worüber man schreiben könnte. Und wenn die Polizei doch was weiß, dann rückt sie nicht damit raus. Ich meine, etwas Stoff haben wir in diesem Stadium normalerweise immer.

Niemand scheint diese Stalker zu kennen. Und auch über die Frauen scheint niemand viel zu wissen. Und was diese Reporterin angeht, wenn wir ein bisschen mehr über sie wüssten, ließe sich da wahrscheinlich was machen. Ich muss jemanden finden, der sie von der Uni her kennt oder so. Das wäre ideal.«

»Ich dachte, du erfindest das ganze Zeug immer«, sagte Cal. Ich hielt meinen Mund.

»Ja, ja, wirklich sehr lustig«, sagte Sarah. »Wenigstens hat uns Carson ein paar neue Anhaltspunkte geliefert. Aber wo wir da ansetzen sollen – keine Ahnung.«

»Das ist doch Voyeurismus, glaubst du nicht?«, sagte Cal ernst.

»Was? Was Dominic Carson macht?«, fragte sie.

»Ja. Das kommt mir alles so krank vor.«

»Du bist der Richtige. Was ist denn mit deinem kreativen Partner, der die gleichen Wände mit Fotoserien von Mordschauplätzen voll pflastert?«, sagte Nick. »Wenn das kein Voyeurismus ist.«

»Das glaube ich wieder nicht«, sagte Kirsty, die sich über den Tisch beugte und nach dem Aschenbecher griff. »Ich meine, es ist ja nicht so, dass die Leute Vergnügen dabei empfinden, wenn sie sich diese Fotos anschauen.«

»Stimmt«, sagte Sarah. »Die sind ganz schön hart.«

»Redet ihr über Jons Bilder?«, fragte Jules. Jon schaute auf, zündete sich eine Zigarette an und grinste mir zu. Sein Gebiss sah aus wie ein Steinbruch: braun, zerklüftet und mit aufblitzenden Goldfüllungen, wenn er lächelte. Aus irgendeinem Grund fand ich sein Aussehen unwiderstehlich. Ich musste ihn einfach anschauen.

»Aber darum geht es bei Voyeurismus auch gar nicht«, verteidigte Kirsty ihren Standpunkt.

»Was meinst du?«, fragte Cal.

»Bei Voyeurismus geht es nicht darum, dass man Vergnügen an dem Objekt, das man betrachtet, empfindet«, sagte sie. »Es geht um das Vergnügen am Betrachten *an sich.«*

»Richtig«, murmelte Nick, trank sein Bierglas aus und stand auf. »Wer will noch eins?«

Als wir uns schließlich entschlossen, noch irgendwo einen Happen zu essen, war die Bar gerammelt voll. Allerdings bezweifelte ich, dass auch nur einer der neuen Gäste so betrunken war wie wir – ausgenommen Jon, der den ganzen Abend sehr reserviert gewesen war, und Cal, der, wie er immer wieder betonte, fahren musste. Ich war zwar nah dran, aber doch nicht annähernd so rattendicht (Nicks Ausdruck »Ich bin so scheißrattendicht« war sein Standardkommentar) wie die anderen. Allen voran Jules und Kirsty, die umso aufgekratzter wurde, je mehr sie trank. Nachdem das Thema Mord abgehandelt war, wandte sich die Unterhaltung der Sexualität zu, bevor sie sich wieder des Todes annahm (wie erzeugte man in Filmen realistische Effekte?). Nachdem wir uns auf das kleine, neue Restaurant am Ende der Straße geeinigt hatten, marschierten wir fröhlich von dannen. Kirsty hatte hin und wieder Probleme mit dem Gleichgewicht, die jedoch von Jules jedes Mal behutsam gelöst wurden.

Ich ging neben Kirsty und Jules.

»Ihr seid also Filmemacher«, sagte ich.

»Tja, das ist die Strafe für unsere Sünden«, sagte Jules. »Und was machst du?«

»Dozentin für englische Literatur«, sagte ich.

»Interessant. Red mal mit Nick, der kennt sich da aus.«

»Ja, mach ich. Nicht, dass ihr mich für völlig verblödet haltet, aber kennt ihr den Film *Peeping Tom?«*

»Klassiker«, brummte Kirsty.

»Klar«, sagte Jules. »Wie sie schon sagt, absoluter Klassiker. Fantastischer Film.«

»Worum geht es da?«

»Um alles Mögliche. Psychoanalyse, Kindesmissbrauch,

Mord. Dieser Psycho läuft in der Gegend rum und killt Frauen, und es geht die ganze Zeit darum, wie sie versuchen, ihn zu schnappen.«

»Alles aus der Perspektive des Mörders«, nuschelte Kirsty. »Jagt einem wirklich Angst ein.«

»Kennt ihr jemanden, der ein Video davon hat«, fragte ich und dachte: *Ich muss den Film unbedingt sehen.*

»Ich nicht«, sagte Jules. »Du, Kirsty?«

»Nein«, sagte sie. »Kriegt man nur noch selten. Ich hatte ihn mal auf Video. Vom Fernsehen aufgenommen. Hab ich aber versehentlich überspielt.«

Wir standen jetzt vor dem Restaurant: ein einziger Raum mit einer Glasfront, in dem wahllos durcheinander Tische und Stühle herumstanden. Ich wollte mich unbedingt mit Jon unterhalten, landete aber unglücklicherweise wieder auf einem Platz neben Cal. Immerhin saß er mir diesmal fast gegenüber und zwinkerte mir zu, als ich mich setzte. Unter der Leitung von Cal und Jules war die Runde bald in eine Diskussion über die Werbebranche vertieft. Jon sagte nicht viel. Abgesehen von dem Zwinkern in meine Richtung machte er einen ziemlich mürrischen Eindruck. Also: Was hatte das nun zu bedeuten?

Mit der Entschuldigung, er müsse noch den Wagen zurückbringen, brach Cal nach dem Essen auf. Er bot mir an, mich nach Hause zu fahren, was ich dankbar annahm. Als ich gerade nach der Jacke griff, beugte sich Jon zu mir vor und flüsterte: »Bleib noch.«

Also blieb ich. Wir gingen dann ins Grand, ein altes Kino, das – wie es gerade Mode war – in einen Club umgebaut worden war und wo sie an diesem Abend nonstop Hits aus den Achtzigern spielten: Soft Cell, Simple Minds, Duran Duran und Human League. Nick, Sarah, Kirsty und Jules stürmten sofort die Tanzfläche, während ich an die Bar ging, mich auf einen Hocker setzte und auf den Barkeeper wartete.

»Besorg uns ein Red Stripe, Baby«, sagte hinter mir eine Stimme. Ich lächelte. Jon setzte sich ganz dicht neben mich; fast berührte er mein Bein. Ich versuchte meine Erregung zu unterdrücken. Er hatte den ganzen Abend kaum ein Wort mit mir gesprochen, er hatte schlechte Zähne, und er war irgendwie gefährlich: Einwände, die ich im Geist gegen ihn vorbrachte. Doch mein Geist hatte anderes vor. Sein Körper, der dünn, aber drahtig war, und dessen kräftige Armmuskeln sich unter dem Hemd spannten. Auch die Jeans saß an den entscheidenden Stellen knackig knapp. Als er meine Blicke bemerkte, spürte ich, wie mir das Blut ins Gesicht schoss.

»Taxierst du mich?«, fragte er.

»Nein«, sagte ich bestimmt. »Sicher nicht …

»Ich sag es Cal«, frotzelte er.

»Warum? Was hat denn Cal damit zu tun?«

»Ich dachte, da läuft was.«

»Nein.« Ich schüttelte den Kopf. »Definitiv nicht.«

»Keine Verabredung oder so was?«

»Nein. Er ist nicht mein Typ. Warum?«

»Pure Neugier.« Jon schüttete die Hälfte seines Red Stripe hinunter und nahm eine Zigarette aus meinem Päckchen. »Was ist mit Nick? Ist er dein Typ?«

»Nick?«

»Ja. Du hast den ganzen Abend mit ihm geredet.«

»Tatsächlich? Kann mich nicht erinnern. Warum interessiert dich das überhaupt?«

»Mich? Nicht die Bohne. Du schaust dir doch nur dein eigenes Spiegelbild an, Baby.«

»Ja, stimmt.«

Er lachte, und dabei drückte er sein Bein gegen meins. Ich bewegte mich nicht, und auch er zog sein Bein nicht weg. Wir tranken schnell unser Bier aus. Jon bestellte noch zwei Red Stripe und öffnete ein frisches Päckchen Embassy Number

One. Er bot mir eine an, und ich nahm sie, weil ich inzwischen viel zu betrunken war, um mir noch Gedanken darüber zu machen, was ich rauchte. Ohne richtig wahrzunehmen, was ich da tat, presste ich mein Bein härter gegen seins.

Wir sprachen nicht viel. Jon nickte mit dem Kopf im Rhythmus der lauten Musik, und ich wippte leicht mit dem Oberkörper. Mein Kopf war mir noch nie so leicht vorgekommen. Bevor ich nicht ein bisschen ausnüchterte, würde ich nicht mal aufs Klo gehen können. Es war absolut unmöglich, dass ich überhaupt irgendwohin stolperte. Selbst wenn ich gewollt hätte, wäre ich nicht in der Lage gewesen, mich zu rühren. Das passte gar nicht zu mir. One-Night-Stands waren einfach nicht mein Ding – und bei Jon war ich mir nicht mal sicher, ob überhaupt ein Angebot vorlag. Genau genommen hatte er mich gar nicht angemacht. *Du schaust dir doch nur dein eigenes Spiegelbild an, Baby,* hatte er gesagt. *Wir werden ja sehen,* dachte ich.

»Wie waren denn nun die Reaktionen?«, sagte ich aufgeräumt. »Auf deine *Scene*-Serie, meine ich.«

»Ganz okay. Eine alte Tussi war ein bisschen geschockt. Aber für die meisten lief das unter dem Motto *Alles schon mal da gewesen.*«

»Wo hast du die Fotos von den Mordschauplätzen her?«, fragte ich, bereute die Frage aber sofort, als ich sah, wie seine Gesichtszüge hart wurden und die Augen zu funkeln begannen.

»Ähm …«

»Schon gut«, sagte ich schnell. »War eine dumme Frage. Ich hätte nicht …«

»Nein, nein, macht ja nichts. Ich habe nur versprochen, dass ich …«

»Ist ja auch egal.«

»Es ist nur, na ja, es war nicht ganz legal.«

»Hab ich schon kapiert.« Ich trank einen Schluck Bier.

»Das Ganze macht mir allmählich ein bisschen Kummer. Die Bullen wollen auch wissen, wo ich sie herhabe.«

»Wirklich?«

Er grinste wie ein altkluges Kind. »Ja.«

»Aber das dürfte doch kein Problem sein, oder?«

»Ich bin Künstler, Baby. Die können mir gar nichts.«

»Dann ist es wohl keine große Sache?«

»Ach was.«

»Was wäre, wenn ich solche Fotos haben wollte? Könntest du mir welche besorgen?«

Jon lachte. »Was zum Teufel willst du mit Fotos von Mordschauplätzen anfangen?«

»Nur so«, sagte ich ausweichend. »Rein hypothetische Frage.«

»Leute wie du stellen keine hypothetischen Fragen.«

»Ist doch egal«, sagte ich. »Könntest du?«

»Einige sind ganz und gar nicht appetitlich.«

»Ich hab auch schon Sachen gesehen, die ganz und gar nicht appetitlich waren.«

»Stimmt. Cal hat mir erzählt, dass du hinter Mördern herrennst.«

»Also?«

»Tja, ich schätze, ich könnte dir welche besorgen. Willst du was ganz Bestimmtes, oder tun es auch irgendwelche?«

»Die von den *Magazine Murders*«, sagte ich. »Nur die.«

»Du bist eine gefährliche Frau«, sagte Jon. Er schaute mich merkwürdig an, so als hätte ich etwas getan, das ihn überrascht oder sogar beeindruckt hätte. »Mal sehen, was ich für dich auftreiben kann.«

Wir saßen eine Zeit lang da und beobachteten, wie die Tänzer das Tempo wechselten, als »Karma Chameleon« in »Careless Whisper« überging, und wie die Leute – inklusive uns beiden – immer betrunkener wurden.

»Schuldiscos«, sagte ich lallend. »Auf unseren Schuldiscos hab ich dazu immer getanzt.«

»Das war schon out, als ich auf der Uni war«, sagte er lachend. »Frischt aber alte Erinnerungen auf, was?«

»Und wie.«

»Mann, war das erste Semester hart. Was haben wir geschuftet.«

Wir lachten.

»Deine moralischen Standards sind auch nicht gerade die Besten«, sagte ich, als Jon anfing, mein Bein zu streicheln.

»Stimmt nicht«, flüsterte er. »Man versteht mich bloß nicht.«

»Ja, sicher. Aber erwarte nicht von *mir*, dass ich dich verstehe«, sagte ich und schaute ihm kurz in die leeren blauen Augen, bevor er mich küsste.

Der Kuss war sanfter und zugleich ungestümer, als ich erwartet hatte. Er schmeckte nach Bier und Rauch und war trotzdem süß; süß, aber nicht süßlich, wie edle Schokolade. Während wir uns küssten, strich er mir übers Haar und zog mich grob zu sich heran. Der Alkohol und die Überraschung machten mich ganz schwindlig, und ich fing auf meinem Barhocker leicht an zu schwanken. Das war der Punkt, an dem ich ihn zurückschob und mein Haar glatt strich.

»Tut mir Leid«, murmelte er und schaute zur Seite.

»Es braucht dir nicht ...» Doch es war schon zu spät. Er rutschte vom Barhocker, kippte den Rest seines Biers hinunter und ging zur Tanzfläche, von wo er mir noch einen kurzen Blick zuwarf und dann wild mit Sarah zu tanzen begann. Ich drehte mich wieder zur Bar um. Wollte er mich eifersüchtig machen? Ich war unschlüssig, ob ich ihm auf die Tanzfläche folgen (in wilder Verzweiflung oder ganz artig?) oder sitzen bleiben sollte (cool und unnahbar). Ich zündete mir eine Zigarette an. Mein Herzschlag raste zu den Klängen von »Save A Prayer« von Duran Duran.

Vor mir und auf der Tanzfläche wogte die Menschenmenge im Zeitlupentempo. Es kam mir vor, als beobachtete ich die Szenerie aus einer Million Meilen Entfernung, als würden die Musik und das Gelächter durch die Entfernung verzerrt. Meine Gedanken kreisten immer wieder um die eine Frage: *Was zum Teufel mache ich hier?* Als die Umrisse wieder schärfer wurden und die Bewegungen wieder in normaler Geschwindigkeit abliefen, schaute ich hinüber zu Jon. Er stand mit einer Zigarette in der Hand missmutig am Rand der Tanzfläche und starrte mich an. Mit den Lippen formte er stumm drei Worte. Ich hätte schwören können, dass es die Worte *Ich will dich* waren.

Erregt und erschrocken drehte ich mich weg. Und Fenn? Ich schaute auf die Uhr: Es war nach Mitternacht. Morgen würde er heiraten. Und was war mit mir? Sollte ich den Rest meines Lebens im Zölibat verbringen? »Save a prayer till the morning after«, klang es traurig aus den Lautsprechern. Das Lied verklang, und die Lichter flammten auf. Zehn Minuten später ging ich. Ich fühlte mich schuldig, und ich war nicht allein.

16

In die Enge getrieben

Jons Wohnung war irgendwo im Osten Londons. Während der ganzen Taxifahrt sagte keiner ein Wort. Nur einmal machte ich eine Bemerkung über das hyperreale Orange des Rotherhithe Tunnel. Es erinnerte mich an einen Ort, an dem ich erst kürzlich gewesen war. Mein vom Alkohol aufgeweichtes Gehirn glich jedoch eher einem Schwamm und war nicht in der Laune, sich zu erinnern. Es wandte sich anderen Dingen zu.

Bereute Jon das Ganze genauso wie ich? Ich wusste es nicht. Gerade als ich überlegte, ob ich mich nicht nach Camden fahren lassen sollte, nahm Jon sanft meine Hand. Es war ein angenehmes Gefühl, seine rauen Hände auf meiner weichen Haut zu spüren. Im Geiste versuchte ich mir das gemeinsame Erwachen am Morgen vorzustellen: erstens, um auf die Situation vorbereitet zu sein, und zweitens, um mich in ihr wohl zu fühlen. Weil ich alles andere als ein Experte in Sachen One-Night-Stands war, war mir das immer schwer gefallen. Bei Anthony, meiner einzigen dauerhafteren Beziehung, war es leicht gewesen. Wir wussten beide, was passieren würde; ganz unromantisch ging es gleich zur Sache. Ich zog mich in seinem winzigen Bad aus und ging ins schon dunkle Schlafzimmer, wo er im Bett auf mich wartete.

Die letzte Person, die ich für einen One-Night-Stand in Betracht gezogen hatte, war natürlich Fenn gewesen. Das hatte jede Menge Vorbereitungen – das richtige Parfüm, seidene Unterwäsche etc. – erfordert. Und die unbedingte Bereitschaft (oder war es Torschlusspanik?), es durchzuziehen.

Natürlich war es nie dazu gekommen, denn exakt an jenem Abend hatte ihn Bronwyn angerufen, um ihm mitzuteilen, dass sie schwanger sei

Für meine Verhältnisse war das hier also ziemlich spontan. Ich hatte jemanden getroffen, hatte Gefallen an ihm gefunden und war jetzt auf dem Weg zu seiner Wohnung, um mit ihm ins Bett zu steigen. Bei dem Gedanken musste ich schlucken. Das Taxi hielt in einer Seitenstraße der East India Dock Road waren wir wirklich schon da? Mir fielen all die Artikel ein, die ich in Frauenzeitschriften gelesen hatte, und sagte mir, dass das schließlich jeden Tag passierte. Wo war das Problem? Jon bezahlte, und wir stiegen aus und stolperten in die Nacht.

Die große Wohnung nahm die gesamte Fläche des obersten Stockwerks eines Gebäudes aus der Vorkriegszeit ein. Das Chaos aus Bierdosen und Pizzaschachteln sprach eine deutliche Sprache – *Junggesellenbude.*

»Entschuldige die Unordnung«, sagte er. »Ich hab nicht damit gerechnet, dass …«

»Ist schon gut.«

»Kaffee?«

»Gern, das wäre fantastisch«, flötete ich. *Das wäre fantastisch.* Ich hörte mich an wie eine Tussi aus einem Werbespot. *Das wäre fantastisch.* O ja, *liebend gern.* Ich hoffte, dass ich mich nicht zu betrunken anhörte.

Jon hob einen Großteil der Dosen und Schachteln vom Boden auf und trug ihn in die Küche. Wenn schon nicht aufgeräumt, so war das Zimmer wenigstens sauber. Es enthielt einige Gegenstände, die nach meiner Erfahrung nur ein allein stehender Mann besitzen konnte: schwarze Ledersofas (zwei), einen Couchtisch aus Glas und eine PlayStation. Seufzend setzte ich mich auf die Kante eines der Sofas. Ich fühlte mich unwohl und stand fast im gleichen Moment wieder auf, um Jons Bücherregal, das an der gegenüberliegenden

Wand stand, genauer unter die Lupe zu nehmen. Auf den drei dünnen Borden standen mehrere moderne Romane, die gerade sehr angesagt waren, und ansonsten nur Kunstbücher. Bis auf eins, das Großformatigste: eine Filmografie von Pedro Almodovar. Die Zeit, in der ich lustlos darin herumblätterte und die vor meinen betrunkenen Augen verschwimmenden Bilder anschaute, kam mir wie eine Ewigkeit vor.

»Voilà, der Kaffee«, sagte Jon und schreckte mich auf.

»Wunderbar«, sagte ich und setzte mich wieder auf das schwarzglänzende Sofa.

»Ich dreh eben noch das Licht runter«, sagte Jon, der am Dimmer rumfummelte. Das Licht war jetzt zwar weicher, konnte aber meine angespannten Nerven auch nicht beruhigen.

Er ging quer durch den Raum, und ich war gespannt, ob er sich neben mich setzen würde. Er setzte sich auf das andere Sofa.

»Wie lange arbeitest du jetzt schon mit Cal zusammen?«, fragte ich.

»So ungefähr sechs Jahre«, sagte Jon. »Ja, sechs Jahre.«

»Hmm.«

»Und was machst du?«

»Ich bin Dozentin. Im Moment, früher war ich Schauspielerin.«

»Wow. Viel beschäftigte Frau. Du bist noch ziemlich jung, oder?«

»So jung nun auch wieder nicht«, sagte ich abwehrend. Ich kam mir vor wie im Kindergarten. »Fünfundzwanzig«, sagte ich und nippte an meinem Kaffee.

Er war ganz zappelig und stand wieder auf. Kam jetzt der entscheidende Vorstoß? Nein. Er ging zur Stereoanlage, legte eine CD ein und drehte die Lautstärke herunter.

»Und nebenher bist du noch so eine Art Sherlock Holmes, oder?«, sagte er.

»Ja, scheint so.«

»Mal im Ernst. Was war das für eine Geschichte, als du dieses Verbrechen aufgeklärt hast?«

Ich erzählte sie ihm. Anfangs schien er gelangweilt, dann war er aber doch ziemlich beeindruckt. Vor allem, als er den Schluss der Geschichte hörte.

»Heilige Scheiße. Du bist ja echt ein Teufelsweib.«

»Na ja, da bin ich mir nicht so sicher.«

»Nicht meine Welt«, murmelte er und fuhr sich durch das dichte schwarze Haar, das immer noch in Büscheln vom Kopf abstand.

»Wie bitte?«

»Ach, nichts.«

Ich hatte einen trockenen Mund, und in meinem Kopf hämmerte es. Das leidenschaftliche Verlangen, das ich im Club verspürt hatte, als Jon diese drei stummen Worte geformt hatte, war verflogen und hatte einem anderen Verlangen Platz gemacht: dem, zu Hause in meinem eigenen Bett zu liegen. Noch ein Grund, warum One-Night-Stands nicht zu meinen Spezialitäten gehörten: Normalerweise ging ich nämlich jetzt nach Hause. Ich kannte die Spielregeln nicht, wusste nicht, welches Tempo anzuschlagen war. Diesmal hatte ich jedoch das Gefühl, dass ich irgendwas beweisen müsse. Ich nahm all meinen Mut zusammen, stand auf und ging auf wackligen Beinen hinüber zu Jon, der in der Mitte seines Sofas saß und mich misstrauisch beäugte.

»Stört es dich, wenn ich mich zu dir setze?«, fragte ich mit leicht zittriger Stimme. »Mir ist ein bisschen kalt.«

»Natürlich nicht … komm nur.« Er rutschte etwas zur Seite, und ich setzte mich dicht neben ihn. Ich wurde immer nervöser, und er tat nichts, um mich zu beruhigen. Keine Hand auf meinem Bein, keine stürmischen Küsse.

Die Luft zwischen unseren Körpern sprühte und zischte wie ein elektromagnetisches Kraftfeld in einem drittklassigen Spielfilm. Er blieb auf seiner Seite, und ich blieb auf meiner. *Scheiß drauf*, dachte ich, *ich hab meinen Teil erledigt.* Seltsamerweise fand ich diese Nicht-Reaktion unwiderstehlich. Er machte einen auf unnahbar, und es funktionierte. Wie schwer würde es mir wohl fallen, einfach die Hand auszustrecken und sein Gesicht zu berühren? Zu schwer. Mir wurde ganz kalt bei dem Gedanken. Was, wenn er mich zurückwies? Dann, als ich mir vorstellte, wie seine Hand mich berührte, wurde mir wieder warm – wie eine Blume, die sich zur Sonne dreht, wandte sich jedes Härchen auf meinen Armen und jede Zelle meiner Haut vorwurfsvoll in seine Richtung; zu winzig und zu subtil, um vom menschlichen Auge bemerkt zu werden, und doch ... Er musste etwas gesehen haben, denn im gleichen Augenblick schaute er mich an und sagte: »Gehen wir ins Bett?«

Was?

»Äh ... okay«, sagte ich und war gleichzeitig erregt und ängstlich. Vorher kein Geknutsche auf dem Sofa? Irgendwas lief hier falsch. Was, darüber war ich mir nicht im Klaren, ich war noch zu betrunken. In Schlangenlinien folgte ich Jon ins Schlafzimmer, das am Ende des Flurs lag. In Erwartung irgendeines Vorspiels setzte ich mich auf das ungemachte Bett, doch als ich mich umdrehte, um seine Hand (oder was auch immer) zu berühren, war er verschwunden.

Ich saß eine Zeit lang da und fragte mich, ob er mich wohl für vorwitzig halten würde, wenn ich mich schon auszog und unter die Bettdecke schlüpfte. Was, wenn ich einen fürchterlichen Fehler gemacht hatte und er gar nicht wollte, dass ich hier schlief? Als eine Art Mittelweg zog ich mir erst mal die Schuhe aus; dann nahm ich mir eine Zigarette aus dem Päckchen, das auf der Fensterbank neben dem Bett lag, und zündete sie an. Von der Dreierpackung Kondome, die ebenfalls am Fenster lag, war noch eins übrig. War das ein gutes oder ein schlechtes Zeichen? Ich war mir nicht sicher.

Ich lächelte betrunken vor mich hin, erstarrte jedoch, als Jon, nur in Boxershorts, ins Schlafzimmer kam und direkt ins Bett hüpfte.

»Kommst du nicht ins Bett?«, fragte er.

»Doch. Ich wollte nur ...« Was wollte ich eigentlich? »Ich wollte nur noch eben eine Zigarette rauchen«, sagte ich und deutete auf die glimmende Embassy Number One zwischen meinen Fingern.

»Dann man los, Baby«, sagte er selbstsicher.

Immer noch auf der Bettkante sitzend, zog ich mich bis auf meinen Slip aus. Um nicht als unromantisch dazustehen, verkniff ich mir die Bitte, das Licht auszumachen. Dennoch empfand ich die ganze Situation als unangenehm. Hätte er mich nicht auf dem Weg ins Schlafzimmer nach und nach entblättern, meine Kleidung über den ganzen Flur verstreuen und so wie in einer Art pornografischem »Hänsel kommt zu Gretel« eine verräterische Spur legen müssen (sodass ich am nächsten Morgen den Weg nach draußen finden würde)? Ich hoffte, dass sich das alles lohnen würde. Das war der erste echte One-Night-Stand meines Lebens, und es wäre typisch für mich, wenn er sich als pure Zeitverschwendung herausstellen sollte.

Doch als ich schließlich im Bett war, lösten sich all diese Bedenken und Gedanken in Luft auf. Er roch modrig und doch sauber, seine Haut war weich, und die Arme und Beine waren kräftig. Er drückte mich in die Kissen, und wir küssten uns wild. Jetzt wollte ich ihn. Wir kämpften wie Teenager miteinander, und es kam mir vor wie eine Ewigkeit. Er liebte eindeutig die Rolle des Dominanten. Jedes Mal, wenn ich mich auf ihn setzte, stieß er mich wieder herunter und drückte mich auf den Rücken; nicht sanft, sondern grob, wobei er meine Handgelenke umklammerte oder sich in meinen Haaren festkrallte. Schließlich hielt er es nicht mehr aus. Er grinste mich an, als ich mir meinen Slip und ihm die

Shorts herunterzog. Der Sex war härter, als ich es gewohnt war, und doch fand ich es erregend.

Er schlief noch, als ich am nächsten Morgen aufwachte. Ich fühlte mich schuldig, doch seltsamerweise fühlte ich auch so etwas wie Stolz. Ich zog mich schnell an, verließ das Haus, schnappte mir ein Taxi und war in Rekordzeit wieder zu Hause bei Henri.

Sprechen wir noch mal über die Ereignisse nach den Morden. Sie sagen, dass eine Frau Nachforschungen angestellt hat?

Ja. Diese Schlampe Lily Pascale.

Am Anfang habe ich gedacht, das ist ein großer Spaß, hab gedacht, ich könnte ein bisschen mit ihr rumspielen. Ihr ist gar nicht aufgefallen, dass ich ihr auf Schritt und Tritt gefolgt bin: Als ich in Deptford in dem Wohnblock hinter ihr die Treppe runter bin (ja, ja – ich war da!) und dann hinter ihrem Taxi her, den ganzen Weg bis zu ihr nach Hause, weil ich wissen wollte, wo sie wohnt. Sie hat nichts gemerkt, als ich ihr dabei zugeschaut habe, wie sie sich ausgezogen hat; sie hat auch nichts davon gemerkt, dass ich zwischen den Büschen gehockt und gesehen habe, wie sie im Garten in der Sonne gesessen hat. Sie hatte einen Albtraum, weil ich da war. Ach, das war herrlich, der Schweiß auf ihrer Stirn und das angstverzerrte Gesicht. In dem Moment, als sie aufgewacht ist, hat sie laut gestöhnt.

Sie hat nicht viel rausbekommen, das habe ich gemerkt. Sie hat die ganze Affenscheiße geglaubt, die ich ihr erzählt habe. Keiner hat mich verdächtigt. Nicht mal sie, diese scheißschlaue Superschnüfflerin. Diese Superschlampe.

»Da bist du ja endlich«, sagte Henri, als ich zur Tür hereinkam.

»Ja«, sagte ich, und im selben Moment wurde mir bewusst, dass ich ganz schön zerzaust aussehen musste. »Keine Patienten heute?«

»Doch, natürlich. Aber ich habe alle Termine abgesagt.«

»Warum?«

»*Warum?*«

»Ja, warum? Ist irgendwas passiert?« Ich zog meine Schuhe aus und ging zum Sofa. Es herrschte eine Atmosphäre, die ich draußen im Flur nur andeutungsweise gespürt hatte, eine Atmosphäre wie zähflüssiger Sirup.

»Na ja, nein, offensichtlich nicht. Aber das konnten wir ja heute Morgen noch nicht wissen. Wir haben geglaubt, du wärst tot.«

»Wer hat geglaubt, dass ich tot bin? Und warum?«

»Ich, Star, deine Mutter. Du bist nicht nach Hause gekommen! Ein kleiner Anruf ist wohl zu viel der Mühe?«

»Äh …« Ich war platt. Damit hatte ich nun wirklich nicht gerechnet. Eigentlich hatte ich mit überhaupt nichts gerechnet. Wie ich mir schon gestern Abend pausenlos versucht hatte einzureden: Was ich getan hatte, taten Frauen doch die ganze Zeit.

»Du hast ein Handy«, fuhr Henri fort. »O ja, so ein scheiß Handy hast du – die halbe Nacht hat es geklingelt. Wär wohl zu viel verlangt, wenn du es auch noch mit dir rumtragen müsstest.«

»Mein Gott, es ist Sommer«, sagte ich. »Bei der Hitze habe ich keine Jacke oder Tasche dabei. Du hast doch gewusst, wo ich bin; außerdem hast du die Sache selbst angeleiert.«

»Ich? Was hab ich angeleiert?«

»*Cal.* Warum hast du nicht Star gefragt? Sie hat uns weggehen sehen.«

»Ja, ich weiß. Als ich Cal heute Morgen angerufen hab, hat er gesagt, dass er dich gestern Abend um elf das letzte Mal gesehen hat.«

»Er ist früh nach Hause, und ich bin noch geblieben.« Ich zuckte mit den Schultern, ging in die Küche und trank auf die Schnelle ein Glas Evian. Henris Gesicht war zwar immer noch rot, aber inzwischen schon deutlich entspannter. Sein Zorn war bereits fast verraucht. »Ich bin fünfundzwanzig Jahre alt«, sagte ich. »Ich hätte nie gedacht, dass ihr euch solche Sorgen macht.«

»Haben wir aber«, sagte er jetzt schon leiser.

»Tut mir Leid«, sagte ich.

Bei dem Gedanken, dass mein eigener Vater wüsste, was ich gestern Abend getan hatte, wand ich mich innerlich vor Verlegenheit. Weil sich er und meine Mutter getrennt hatten, noch bevor ich das reifere Teenageralter erreicht hatte, hatten wir nie die Chance gehabt, eine lockere Vater-Tochter-Beziehung aufzubauen, die ihn daran gewöhnt hätte, dass seine Tochter ausgehen, über Nacht wegbleiben und gelegentlich auch mit jemandem schlafen würde. Was meinen Vater betraf, stand ich ungefähr auf der Entwicklungsstufe einer Vierzehnjährigen, und egal, was ich auch sagen würde, nichts würde das ändern können. Ihm würde nichts übrig bleiben, als das noch zu seinen Lebzeiten akzeptieren zu lernen.

Ich küsste ihn auf die Wange und überzeugte ihn davon, dass es das Beste sei, wenn er sich umgehend wieder seinen Patienten widmete. Das tat er dann auch, und ich blieb allein im Haus zurück. Eigentlich hatte ich vorgehabt, mich zu entspannen, ein bisschen fernzusehen und mir Gedanken über die Mordfälle zu machen. Bevor mein Vater das Haus verlassen hatte, hatte er allerdings noch etwas gesagt, das mir die Vorfreude auf einen ruhigen Tag verdorben hatte.

»Ich habe den scheiß Anruf schließlich doch angenommen«, rief er mir von der Haustür zu.

»Welchen scheiß Anruf?«

»Den auf deinem nutzlosen Handy.«

»Ja, und?« Mein erster Gedanke war gewesen: Fenn hatte wieder angerufen, und es war an der Zeit, mit ihm zu reden. In der Pause zwischen meiner Frage und Henris Antwort beschloss ich, dass heute der richtige Tag sei, um ihn anzurufen. Nach der letzten Nacht fühlte ich mich selbstsicher und begehrenswert und hatte zudem das Gefühl, dass ich Fenn – selbst für meine Verhältnisse – lange genug hatte zappeln lassen.

»Es war eine Frau«, rief Henri. »Oder ein Mädchen. Hat mir alles Mögliche ins Ohr geplärrt. Der Name war Bronwyn, und sie hat gesagt, dass du ihr den Freund ausgespannt hast.«

»Oh.« Das war alles, was mir dazu einfiel. Dann hörte ich, wie die Tür ins Schloss fiel.

War mein Leben jetzt endgültig zu einer Soap Opera verkommen? Klasse. Da stand ich also und dachte, dass es nun ja keinen Grund mehr für mich und mein angeblich so messerscharfes Gehirn gab, mich in diese ganze Geschichte verwickeln zu lassen. Aber was hatte Bronwyn eigentlich damit gemeint? Dieses Gerede, dass ich ihr den Freund (oder besser ihren Verlobten) ausgespannt hätte, war im besten Fall zum Lachen. Schließlich war es genau anders herum gelaufen. Es war ja nur zu offensichtlich gewesen, dass sich zwischen Fenn und mir gerade etwas angebahnt hatte, als sie auf der Bildfläche erschienen – oder wieder erschienen – war. Ich konnte nicht mehr klar denken, mein Bedarf an theatralischen Szenen war für diesen Morgen gedeckt. Ich ging in die Küche und machte mir einen Kaffee.

Während ich mich durch die Kanäle zappte, merkte ich schnell, dass es nichts Anständiges zu sehen gab. Normalerweise hielt mich das nicht davon ab, trotzdem in die Glotze zu starren. Diesmal schaltete ich den Apparat aus, blieb auf dem Sofa sitzen und tagträumte von Jon: von seiner Kraft, seiner Ausstrahlung und seiner unwiderstehlichen Verwegenheit. Er war nicht der Typ, der »Danke« sagte, und genau das gefiel mir. Ich konnte ihn immer noch auf meiner Haut riechen: diesen warmen, salzigen Moschusduft von frischem, erregend männlichem Schweiß. Trotz all meiner sonstigen Probleme – die Hochzeit und besonders das ungelöste Rätsel der Morde – fühlte ich mich, als hätte ich einen Bann gebrochen. Ich konnte es nicht fassen, dass ich mich durch einen One-Night-Stand befreit hatte. *Smile!* wäre stolz auf mich.

Ich trank meinen Kaffee aus und ging nach oben, um eine Dusche zu nehmen. Ich fühlte mich großartig; nur drei Dinge störten mich: Mir war zu heiß, das Bronwyn-Problem würde sich nur dann lösen, wenn ich mich darum kümmerte; und ich hatte immer noch das unangenehme Gefühl, dass man mich beobachtete. Ich versuchte mir meine Sorgen aus dem Kopf zu schlagen, doch die Schatten, die ich hinter dem Vorhang zu sehen glaubte, verdarben mir den Spaß an der Dusche gründlich. Dauernd musste ich mich kneifen, um mir klar zu machen, dass die Schatten lediglich in meiner Einbildung existierten. Schließlich stieg ich aus der Dusche, noch bevor ich mir das Shampoo richtig aus den Haaren gespült hatte. Als ich in mein Zimmer ging, klingelte das Handy, das zum Aufladen auf dem Bett lag, und ich erschrak so, dass mir das Badetuch, das ich mir um den Körper geschlungen hatte, aus den Händen glitt und auf den Boden fiel.

»Scheiße«, sagte ich, hob das Badetuch auf und griff nach dem Telefon. »Ja?«

»Sie haben sechzehn neue Nachrichten«, sagte die weibliche Stimme meines Anrufbeantworters, der mich immer in den ungelegensten Momenten zurückrief.

»Meine Güte«, murmelte ich, Henri hatte wirklich nicht übertrieben.

Piep: »Hi, Lily, hier ist deine Mutter. Ich wollte nur hören, wie es dir geht. Hier haben sich ein paar Sachen ergeben, die dich vielleicht interessieren.«

Piep: »Lily, hier ist Fenn. Wie lange soll das noch so weitergehen?«

Piep: (Bronwyns Stimme) »Schlampe.«

Piep: (Fenns Stimme) »Lily?«

Piep: »Kannst du mir erklären, warum das Telefon immer deine Nummer anruft, wenn ich auf Wahlwiederholung drücke? Hast du etwa eine Affäre mit Fenn? Bronwyn hier, ich glaube, wir müssen uns mal unterhalten.«

Piep: »Lily, Beth am Apparat. Wir machen uns alle Sorgen um dich. Bronwyn sagt, dass du dauernd Fenn anrufst. Glaubst du wirklich, dass das okay ist?«

Piep: »Hier Nat. Was ist da eigentlich los bei dir?«

Piep: »Lily, hier Fenn. Ich muss dich unbedingt sprechen. Ich fürchte, es ist was ziemlich Unangenehmes passiert. Ruf auf jeden Fall zurück, und wenn es nur noch dieses eine Mal ist.«

Piep: »Hier ist Bronwyn. Warum zum Teufel gehst du nicht ans Telefon, du feige Zicke!«

Und so weiter und so weiter. Ich war schockiert: Vielleicht musste ich deshalb so hemmungslos lachen. Als ich mich wieder gefangen hatte, saß ich erschöpft auf der Bettkante und fragte mich, was zum Teufel passiert war, dass sich alle so furchtbar aufregten. Die waren alle so außer sich, dass ich mich direkt davor fürchtete, mir auszumalen, was da passiert sein musste, während ich meinen vergleichsweise harmlosen One-Night-Stand mit dem wunderbar unkomplizierten Jon genossen hatte. Wer hatte wem was erzählt? Ich hatte sicher nichts gesagt oder getan. Ich hörte noch mal den Anrufbeantworter ab. Klar war, dass Bronwyn einen Riesenwirbel veranstaltet hatte, indem sie jedem erzählt hatte, dass ich hinter Fenn her sei. Wie konnte man nur so dumm sein?

Bronwyn konnte warten. Ich zog mich an und ging nach

unten, um mir eine Tasse Kaffee zu machen. Ich hatte noch nicht das Wasser aufgesetzt, da klingelte schon wieder das Handy. Ich ging langsam nach oben und schaute, gerade als es das zweite Mal klingelte, auf das Display. Eine Nummer aus Torbay, die ich nicht kannte. Das musste sie sein.

»Was willst du?«, fragte ich genervt, nachdem Bronwyn ihr *Hallo* gebellt hatte.

»Ich habe die ganze Nacht versucht, dich zu erreichen«, sagte sie.

»Das tut mir jetzt wirklich Leid, aber ich war nicht zu Hause. Was kann ich für dich tun?«

Ich hörte ihr schweres, ärgerliches Schnaufen; sie war unfähig, sich zusammenzureißen. Wenn ich die Oberhand behalten wollte, musste ich ruhig bleiben.

»Den blasierten Tonfall kannst du dir sparen«, quengelte sie.

»Richtig, und du kannst dir deine Grobheiten sparen. Darf ich dich daran erinnern, dass ich immer noch deine Dozentin bin.« Während ich daran dachte, wie empörend die ganze Situation war, spürte ich, wie mir das Blut in den Kopf stieg. Doch ich behielt mich unter Kontrolle, sprach langsam und deutlich und versuchte, nicht aus der Rolle zu fallen. »Ich verstehe wirklich nicht, warum du mich anrufst. Und noch weniger verstehe ich, warum du meine Familie die halbe Nacht auf Trab gehalten hast. Hat es etwa mit der Uni zu tun?«, fügte ich hinzu und benutzte wieder diesen blasierten Tonfall, der jeden zur Weißglut bringt.

»Natürlich hat es nichts mit der scheiß Uni zu tun!«, schrie sie. »Du weißt verdammt gut, worum es geht.«

»Ach ja?«

»Ja, also ...« Bronwyn zögerte, und ich schlug zu.

»Ich hab keine Ahnung. Und zwar hab ich deshalb keine Ahnung, weil nämlich du diejenige bist, die das alles inszeniert hat. Beth hat gehört, dass ich dauernd Fenn anrufe.

Aber wir beide wissen doch ganz genau, dass das nicht stimmt. Oder etwa nicht?«

»Das heißt nicht, dass du nicht trotzdem versuchst, ihn mir auszuspannen!«

»Wen?«, fragte ich unschuldig.

»Na, Fenn natürlich. Warum ... warum bist du bloß so zickig?«

»Bronwyn«, sagte ich langsam. »Kann es sein, dass du vielleicht ein klein wenig paranoid bist?«

»Paranoid?«

»Ja. Mal abgesehen von der Tatsache, dass es mich nicht im Geringsten interessiert, was für Probleme ihr beide habt, bin ich jetzt schon fast die ganze Woche in London und hab ihn seit letztem Samstag nicht mehr zu Gesicht bekommen, als wir zusammen Kaffee getrunken haben.«

»Ha! Ich hab's gewusst! Ich hab gewusst, dass du dich hinter meinem Rücken mit ihm triffst.«

»Herrgott noch mal! Du bist mir vielleicht ein kindisches Früchtchen.«

»Ach, halt's Maul!«

»Willst du ihn wirklich für den Rest seines Lebens einsperren?«, fragte ich. »Glaubst du etwa, dass du ihn sonst nicht halten kannst?«

Schweigen.

»Wahrscheinlich hast du sogar Recht. Wir wissen beide, dass das Baby nicht von ihm ist – keine Angst, ich werde ihm nichts sagen. Und wir wissen beide, dass er dich nicht liebt. Wenn du unter diesen Voraussetzungen heiraten willst, dann viel Glück. Allerdings hab ich Fenn auch gesagt, dass ich das für einen Fehler halte. Aber das hab ich ihm als Freund gesagt.«

Bronwyn erhob keinen Einspruch wegen des Babys. Sie sagte überhaupt nichts.

»Ist das dann alles, was du mir sagen wolltest?«, fragte ich.

»Wir wollen nicht, dass du zur Hochzeit kommst«, sagte sie ruhig. »Deshalb hab ich angerufen.«

»Was?«

»Wirf die Einladung weg. Wir wollen dich nicht dabeihaben.«

»Das war der Grund für den ganzen Wirbel mit den Telefonanrufen?«

»Zum Teil.«

»Du hättest dir eine Menge Ärger ersparen können, wenn du einen Blick auf deine Antwortkarten geworfen hättest. Ich bin in London, Bronwyn. Hast du wirklich geglaubt, ich würde extra wegen deiner Hochzeit zurückfahren?

Und wenn du glaubst, dass ich nicht weiß, was du tust, dann bist du noch tumber, als Fenn glaubt«, sagte ich. Noch im selben Moment bereute ich meine Gehässigkeit, konnte mich aber dennoch nicht zurückhalten. »Ganz offensichtlich hast doch du dieses bösartige Gerücht in die Welt gesetzt, dass ich immer noch hinter Fenn her bin. Und zwar, um einen Grund dafür zu haben, mich von der Hochzeit fern zu halten. Eine wirklich zu dämliche Zeitverschwendung.«

»Dann kommst du also ganz sicher nicht?«

»Hab ich dir doch schon gesagt, ich hab wirklich was Besseres zu tun. Du brauchst keine Angst zu haben, dass er dir den Laufpass gibt, nur weil er mich noch mal zu Gesicht bekommt.« Ich riss mich zusammen. Das ging zu weit. Ich schlug einen versöhnlicheren Ton an; sie tat mir jetzt fast Leid. »Schau, ich sage ja gar nicht, dass da nie was war zwischen Fenn und mir. Natürlich war da was. Und vielleicht liebt er dich ja wirklich. Aber wie auch immer, eins musst du wissen: Ich will niemanden, der zu jemand anderem gehört.« Ich zögerte. »Also, vergessen wir dieses Gespräch ganz einfach, klar? Wenn das neue Semester anfängt, können wir solche Probleme nicht gebrauchen.«

»Warum? Weil ich für dich nur eine Studentin bin?«

»Klar bist du eine Studentin.«

»Nun, in diesem Fall wird es dich freuen zu hören, dass ich im nächsten Semester nicht mehr komme.«

»Was?«, fragte ich schockiert und ehrlich betroffen.

»Du hast schon richtig gehört.«

»Hast du das mit deinem Tutor besprochen?«, fragte ich, wobei mir für einen Moment entfallen war, dass ich ja ihr Tutor war.

Sie lachte bitter. »Ich glaube kaum, dass das meinen *Tutor* auch nur im Geringsten kümmert.«

»Das stimmt nicht«, sagte ich. »Was du als Studentin machst, kümmert mich sehr wohl.«

»Du hast schon eine komische Art, das zu zeigen«, sagte sie leise. »Was soll's, ich hab das mit meinem zukünftigen Mann schon alles besprochen. Er glaubt, es ist das Beste so, und ich glaube das auch. Ich setzte ja sowieso nur für ein Jahr aus.«

»Ich nehme an, du hast das mit der Uni schon abgeklärt.«

»Nein, noch nicht. Ich wusste nicht, dass man das muss.«

»Nun ja, ich bin sicher, dein zukünftiger Mann kann dich über den Papierkram aufklären. Bring mir die Formulare, und ich werde so schnell wie möglich darüber entscheiden.«

»Darüber *entscheiden?*«

»Sicher. Ich muss entscheiden, ob ich deinen Antrag auf ein Jahr Unterbrechung des Studiums befürworte. Du kannst nicht einfach nach Lust und Laune für ein Jahr verschwinden.«

»Oh, das habe ich nicht gewusst.«

»Jetzt weißt du es. Mach dir keine Sorgen«, fügte ich hinzu. »Du bekommst ein Kind, das ist ein guter Grund. Da dürfte es keine Probleme geben.«

Sie verabschiedete sich hastig und legte auf. Ich fühlte mich ganz erledigt. Hatte ich das wirklich ernst gemeint, dass ich nicht zur Hochzeit gehen würde? Um der Wahrheit die Ehre zu geben, hatte ich die Antwortkarte nur deshalb nicht zurückgeschickt, weil ich es schlicht vergessen hatte und weil ich die Realität der Hochzeit verdrängen wollte. Aber deshalb nicht hinzugehen? Irgendwie war ich doch davon ausgegangen, dass ich hingehen würde. Andererseits: Es war inzwischen Freitag, ich war nicht in Devon, ich hatte keine passenden Sachen zum Anziehen, und ich hatte mich noch um nichts gekümmert. Ich konnte mir nicht vorstellen, wie ich das alles organisieren sollte: Eigentlich war mir schon die ganze Zeit klar gewesen, dass ich nicht hingehen würde – oder besser, nicht hingehen *konnte.* Ich hoffte, Fenn würde mir verzeihen. Dann dachte ich wieder an die letzte Nacht, an Jon, wie er mich in seinen harten, rauen Armen gehalten hatte, und sagte mir, dass es mir egal sei. Es war an der Zeit, mich wieder als Single zu fühlen.

Ich ging wieder nach unten, um mir endlich meinen Kaffee zu machen. Die auf dem Haus lastende Stille bedrückte mich. Aus irgendeinem Grund war es mir inzwischen fast unmöglich geworden, dieses Gefühl, beobachtet zu werden, abzuschütteln. Obwohl ich fest davon überzeugt war, dass dieses Gefühl nur meiner Paranoia zuzuschreiben war, verfolgte es mich: während ich den Kessel auf den Herd stellte, während ich das heiße Wasser in die Kanne goss, während ich einen Becher aus dem Küchenschrank nahm. Mein imaginäres Publikum brachte mich dazu, dass ich mir jeder einzelnen meiner Bewegungen bewusst war; wie ich den Arm ausstreckte, um den Schrank zu öffnen, wie ich mich vorbeugte, während ich den Kaffeesatz aus der Kanne spülte.

Erst als ich den Fernseher einschaltete, löste sich die Anspannung. Mit der Tasse in der Hand und dem Notizbuch auf den Knien saß ich vor der Mattscheibe und machte mich daran, eine Liste der Verdächtigen zu erstellen. Wenn ich nur wüsste, wo ich anfangen sollte. Im Augenblick sah es so aus, als käme, was Motiv, Tatwerkzeug und Gelegenheit betraf, praktisch jeder Bewohner Londons als Täter in Frage. Als ich jedoch beim Notieren der Namen merkte, dass sich dabei drei klar umrissene Gruppen herausschälten, fühlte ich mich schon besser. Ich riss den Zettel vom Block und teilte auf einem neuen Blatt die Namen in drei Kategorien ein.

> *Personen, die eine der Frauen kannten:*
> Dominic Carson, die Studenten vom Goldsmith's College, Tams neuer Freund (wer?), Mark Moss, die Stalker.
> *Personen, die beim Smile!-Magazin arbeiten*:
> Kathi, die anderen Festangestellten, Mark Savage.
> *Jess:*
> Jess selbst und Tyler (warum? – Alibi!)

Angestrengt starrte ich auf die Namen, doch keiner sprang mir ins Auge. Vielleicht war es jemand, den ich gar nicht auf der Liste hatte. Aber wer? Das Klingeln des Telefons schreckte mich auf. Als ich abhob, meldete sich niemand. Wie passend.

Ich musste eingenickt sein, denn das Nächste, was ich hörte, war das Geräusch eines Schlüssels im Türschloss und Stars Stimme, die fragte: *Jemand zu Hause?* Ich war noch ganz weggetreten, als ich mich aufsetzte. Nicht daran gewöhnt, tagsüber ein Nickerchen zu halten, hatte ich – wie immer, wenn ich es dennoch tat – ein schwammiges Gefühl in den Beinen, und mein Gehirn kam mir vor wie eine Masse Kartoffelbrei. Aber schließlich hatte ich letzte Nacht auch nicht viel Schlaf abbekommen.

»Lily!«, sagte Star erleichtert. »Gott sei Dank bist du wieder da.«

»Tut mir Leid, dass ihr euch wegen mir solche Sorgen gemacht habt«, sagte ich. »Ich hab nicht dran gedacht, euch Bescheid zu sagen.«

»Na ja, warum auch?«, fragte sie, stellte ihre Tasche auf den Tisch und ging in die Küche. »Du bist ja schließlich eine erwachsene Frau.«

»Wenigstens hat es mein hysterischer Vater nicht geschafft, dich auch noch verrückt zu machen«, sagte ich.

Star lachte. »Der hat vielleicht einen Wirbel veranstaltet. Ich hab ihm gesagt, dass du wahrscheinlich mit irgendwem durchgemacht hast. Das hat ihn ganz schön nervös gemacht.«

»Kann ich mir vorstellen.«

»Also, wo bist du gewesen?«, fragte sie, als sie mit einer Flasche Wein und zwei Gläsern aus der Küche kam. Noch bevor ich protestieren konnte, hatte sie eingeschenkt.

»Na ja, ich war bei jemandem in der Wohnung«, sagte ich vage. »Du weißt ja, wie das ist.«

»Und das war natürlich *nicht* die Wohnung eines Mannes?«, sagte sie und hob lächelnd die Augenbrauen.

»Doch«, sagte ich, nippte an meinem Glas und lächelte zaghaft. »Sicher.«

Star kicherte unartig und fragte mich so lange aus, bis ich weitere Auskünfte verweigerte. Sie ging nach oben, um sich umzuziehen, und kurz danach kam auch Henri nach Hause. Nach einem befriedigenden Arbeitstag war sein Zorn offenbar verraucht. Er hatte zwei Prominente als neue Patienten gewonnen: eine Schriftstellerin mit Angstzuständen und deren Katze.

»Wie macht man bei einer Katze eine Psychoanalyse?«, fragte Star beim Abendessen.

»So ein Quatsch«, warf ich ein.

»Für das Honorar, das die Frau hinlegt, kriegt sie von mir eine Analyse von ihrer Hintertür, ihren Gartenmöbeln und allem, was sonst noch bei ihr rumliegt«, sagte Henri vergnügt und griff nach der Salatschüssel.

»Was ist das für eine Schriftstellerin?«, fragte Star. »Ist sie berühmt?«

»O ja«, sagte er. »Sehr berühmt sogar.«

»Aber dieser Schriftstellerin ist doch wohl klar, dass Katzen kein Unterbewusstsein haben«, sagte ich. »Oder haben sie etwa doch eins?«

»Ich habe mal gelesen, dass Katzen träumen«, sagte Star. »Und daraus kann man einiges ableiten.«

»Ja«, sagte ich und dachte an meine eigene Katze und die merkwürdigen Bewegungen und Geräusche, die sie im Schlaf machte. »Kann gut sein.«

»Jetzt hört endlich auf«, sagte Henri. »Sonst glaube ich noch selbst dran.«

»Ich glaube allerdings kaum, dass Katzen irgendwas zu verdrängen haben.«

»Vielleicht ihre Schuldgefühle, weil sie die ganze Zeit Kaninchen und Wühlmäuse fressen«, sagte ich. Ich hatte schon seit dem ersten Glas Wein immer wieder kichern müssen, aber jetzt konnte ich mich gar nicht mehr halten.

»Ja, ja. Und wie geht es deinen Psychopathen?«, fragte Henri und sah Star zärtlich an. »Ich hoffe, sie machen nicht zu viel Ärger?«

»Die mögen alle keinen Fisch.«

»Was?«, fragte er verwirrt.

»Heute hat es Fisch gegeben – du weißt doch, in öffentlichen Einrichtungen ist Freitag Fischtag. Den ganzen Nachmittag haben sie sich darüber beklagt. Ich frage mich schon die ganze Zeit, ob ich das nicht in ihre Täterprofile aufnehmen soll.«

»Was?«, sagte ich. *»Ein Erstgeborener, der einen Ford Escort fährt, bei seiner Mutter lebt und keinen Fisch mag?«*

»Die Welt ist wirklich durchgedreht«, sagte Henri.

»Ja, ziemlich«, stimmte Stark zu. »Und wie steht es bei dir, Lily? Wie kommen deine Nachforschungen voran?«

»Zäh. Ist ziemlich frustrierend.«

»Heißt das, dass du Schluss machst damit?«, sagte Henri hoffnungsvoll.

Als er aufstand und anfing, den Tisch abzuräumen, warf ich ihm einen vernichtenden Blick zu. »Ich glaube nicht. Ich brauche nur einen einzigen fetten Brocken, mit dem ich den Durchbruch schaffe. So was Ähnliches wie eine heiße Spur hab ich zwar schon, aber ich kann ihr nicht weiter nachgehen.«

»Was für eine Spur?«, fragte Star aufgeregt.

»Ich weiß nicht, ob es was zu bedeuten hat, aber ... Ich kann es nicht genau erklären. Jess, das Mädchen, das verschwunden ist ...«

»Die Journalistin?«

»Ja. Ihr Freund, bei dem ich neulich war, der hat mir erzählt, dass sie ihm gesagt hätte, der Täter hieße Peeping Tom.«

»Wie in *Peeping Tom*, dem Film?«

»Denke schon, aber ich kann den Film nirgends auftreiben.«

»Hast du es in Videotheken versucht?«

»Klar. Ich habe sogar das British Film Institute angerufen. Die haben den Film nur auf sechzehn Millimeter – keine Ahnung, was das heißt.«

»Du sagst also, dass das Mädchen weiß, wer der Täter ist?«, fragte Star misstrauisch.

»Ich weiß es nicht«, sagte ich. »Macht überhaupt keinen Sinn, wenn sie es weiß.«

»Hmm.«

»Ich meine, warum hat sie *mich* angerufen, anstatt zur Polizei zu gehen? Das kapier ich nicht.«

»Tja, das macht allerdings keinen Sinn«, sagte Star nachdenklich.

»Es wäre aber auf jeden Fall einen Versuch wert, sich den Film anzuschauen – wenn ich ihn auftreiben kann.«

»Versuch es doch mal bei den Filmabteilungen der Unis oder beim Archiv der BBC.

»Das ist eine gute Idee«, sagte ich. »Ich merke schon, warum du in der Forschung arbeitest und ich nicht. In solchen Sachen hast du wirklich was drauf.«

Star lachte. »Hey, Henri«, rief sie. »Sag deiner Tochter, dass sie hier einziehen soll. Von solchen Komplimenten kann ich gar nicht genug kriegen.«

Henri schaute vom Abwasch auf. »Was quasselt ihr da?«

»*Peeping Tom*«, sagte Star. »Ich kann mich erinnern, dass ich den Film gesehen habe, als sie ihn zum zweiten Mal rausgebracht haben. Ein echter Klassiker.«

»Sieht ganz so aus, als wäre ich der Einzige, der das Scheißding nicht gesehen hat«, sagte ich.

»*Der* Klassiker über Psychoanalyse«, sagte Henri. »Mein Lieblingsfilm. Was ist damit?«

»Lily will ihn unbedingt sehen«, sagte Star.

»Und?«

»Sie kann nirgendwo ein Video davon auftreiben.«

»Hast du schon mal im Bücherregal im Wohnzimmer nachgeschaut?«, fragte er und lächelte dabei blasiert.

»Was soll das heißen? Du hast den hier die ganze Zeit rumliegen gehabt?«, fragte ich ungläubig.

»Klar.« Henri lachte, als hätte er gerade den besten Witz seines Lebens gehört.

»Danke«, stöhnte ich erleichtert. »Danke.«

Als ich zum Regal ging, klingelte das Telefon.

»Nimmst du mal ab«, rief Star aus der Küche.

»Ich?«

»Ja. Egal, wer dran ist, sag, dass dein Vater beschäftigt ist.«

Ich hob ab und hörte eine vertraute Stimme: »Ist Lily da?«

»Ja«, sagte ich. »Am Apparat.«

»Jon.«

»Hi, Jon.« Ich war überrascht.

»Stör ich bei irgendwas?«

»Nein, überhaupt nicht. Wir haben gerade gegessen.«

Stille.

»Was hast du … Ich meine …«

»Ich muss dich sehen. Können wir uns treffen?«

»Ja, sicher«, sagte ich und hoffte, dass das nicht das bedeutete, was ich gerade dachte.

»Keine Angst«, sagte er, als hätte er meine Gedanken erraten. »Es ist nicht das, was du glaubst. Ich hab was für dich.«

»Was? Für mich?«

»Nichts Besonderes. Nur das, wonach du mich gestern Abend gefragt hast. Ich kann am Telefon nicht darüber sprechen. Wo bist du? Irgendwo im Norden von London, oder?

»Ja, in Camden.«

»Okay. Wir treffen uns im Café Toto.«

»Café Toto?«

»Das ist direkt neben dem MTV-Gebäude.«

»Werd ich schon finden.«

»In einer halben Stunde?«

»Gut.«

Es war fast zehn, als ich das Haus verließ. Nachdem ich Henris Protestgezeter *(Wo gehst du um diese Zeit noch hin? Da draußen läuft ein Mörder rum, wenn nicht sogar mehrere! Soll ich dich irgendwohin fahren?)* hinter mir gelassen hatte, ging ich erleichtert hinaus in die nun kühle sommerliche Nacht.

Nach meiner Schätzung war das Café Toto nur fünf Gehminuten entfernt, sodass ich unglücklicherweise keinen Grund hatte, ein Taxi zu rufen. Normalerweise ging ich an Abenden wie diesem gern spazieren, doch diesmal spukten mir noch Henris Abschiedssätze im Kopf herum. Definitiv trieb sich hier ein Mörder herum, und immer noch hatte ich das Gefühl, dass mich jemand beobachtete. Ich hatte versucht, mich für das Treffen mit Jon leger, aber dennoch sexy zu kleiden – ganz sicher würde ich nicht noch einmal mit Jon schlafen. Er war zwar ein guter Liebhaber, aber nicht der Typ, mit dem man sich länger einließ; und dennoch wollte ich Eindruck auf ihn machen. Ich hatte mich für ein tief ausgeschnittenes graues T-Shirt und einen kurzen Jeansrock entschieden. Ich hoffte bloß, dass ich auf dem Weg zum Café nicht in irgendwelche Schwierigkeiten geriet.

Die Superschlampe war aufgedonnert wie ein Soap-Opera-Starlet. Aufgemotzte Frisur und dickes Make-up. Kurzer Rock, jede Menge Bein. Aber das ist es nicht gewesen, was mir so viel Spaß gemacht hat. Der Spaß dabei war, dass ich mit ihr spielen konnte. Wie mit einer Puppe, nur dass die Beine am Ende der Drähte länger waren.

Ich bin langsam gegangen, auf der anderen Straßenseite, immer ungefähr fünfzehn Meter hinter ihr. Wenn sie mich gesehen hätte, hätte es Ärger gegeben – ich meine, ich hätte mich ja schlecht als jemand anders ausgeben können. Es hatte schon den ganzen Tag Spaß gemacht, hinter ihr her zu sein. Es war interessant gewesen; wie sie sich durch die Stadt bewegte und was sie für Entscheidungen traf, das war wirklich faszinierend. Wie jetzt: Würde sie in die eine oder in die andere Richtung gehen? Sie hat die erste Abzweigung in die Hauptstraße genommen. Ich hatte den Eindruck, dass sie – aber da kann ich falsch liegen – ein bisschen ängstlich aussah. Sie wollte so schnell wie möglich unter Leute.

Als ich in die Hauptstraße einbog und mich unter Leuten bewegte, die den lauen Abend genossen, atmete ich erleichtert auf. Wie immer um diese Jahreszeit waren die Tische vor den Pubs und Cafés gut besetzt. Es war ruhiger als tagsüber: Nach einem langen, heißen Tag wollten sich die Leute in Ruhe entspannen.

Seit ich es das letzte Mal gesehen hatte, hatte sich das große, silbrig glänzende MTV-Gebäude kaum verändert. Wie immer lungerten vor dem Eingang ein paar Teenager herum, die darauf hofften, dass sich ein zu Lustbarkeiten aufgelegter Popstar zeigte. Ich riskierte nur einen kurzen Blick (am Ende hielt man mich noch für einen Teenager oder einen Popstar), ging noch ein paar Meter weiter die Straße hinunter, betrat das Café Toto und hielt Ausschau nach Jon.

17

Für die Katz

Fast hätte ich ihn nicht gesehen. Er saß ganz hinten an der Wand; nicht gerade die beste Wahl, wenn man sich mit jemandem verabredet hatte. Er schien zwar ein bisschen benebelt, sah in seinen engen Jeans und dem karierten Hemd aber sehr sexy aus.

»Alles klar?«, fragte er, als ich auf ihn zutrat. Im Aschenbecher glomm eine Zigarette, und auf dem kleinen Tisch lag, mit der Lasche nach unten, ein brauner Umschlag.

»Ja, danke«, sagte ich und beäugte Jon und den Umschlag gleichermaßen misstrauisch.

»Ich nehme an, du bist gut nach Hause gekommen heute Morgen?«

»Ja, äh, und danke für …«

»Die starke Nummer?«

»So kann man es auch ausdrücken.« Ich lächelte verlegen. Ich konnte eine ganze Menge vertragen, bevor ich rot wurde. Jetzt wurde ich es.

»Entschuldige«, sagte er. »Aber das war es.«

»Was?«

»Eine starke Nummer.«

»Äh, ja, das stimmt wohl«, sagte ich, während mir noch mehr Blut ins Gesicht schoss. »Ich hole mir was zu trinken. Soll ich dir was mitbringen?«

»Nein. Ich hab gleich noch eine Verabredung. Ich wollte dir nur das hier geben.« Er deutete mit dem Kopf in Richtung des Umschlags. Ich wollte mich von ihm weder rumschubsen noch zur Eile drängen lassen, also drehte ich mich um und ging zum Tresen, bestellte einen Wodka mit Limette und Soda und ging dann mit dem kühlen Glas in der Hand langsam zurück zum Tisch.

»Warum hast du mich nicht angerufen?«, fragte er, als ich mich gesetzt hatte.

»Wann denn?«

»Heute.«

»Heute?«

»Ja. Warum hast du mich nicht gewarnt?«

»Wovor?«

»Dein alter Herr hat gestern Abend bei Cal angerufen. Er weiß jetzt Bescheid, was zwischen uns passiert ist.«

»Wer weiß Bescheid?«

»Cal.«

»Und?«

»Am Tag davor in der Galerie hat er mir gesagt, dass ich die Finger von dir lassen soll.«

»Und, warum hast du es nicht?«

»Tanzen kann man nur zu zweit«, sagte er, wobei sich die Andeutung eines Lächeln auf seinen Lippen zeigte.

»Ich habe nichts von einem Tanz bemerkt«, sagte ich mit gespielter Unschuld.

Jon lachte. »Du bist ganz schön cool, Baby, weißt du das?«

»Und?«

»Vielleicht will ich dich ja wiedersehen.«

Während er redete, behielt er die ganze Zeit den Umschlag im Auge und trommelte mit den Fingern darauf herum. Sicher war ihm die Frage nicht im Geringsten peinlich, ob ich nicht noch mal mit ihm ausgehen wolle.

»Ich kann dich ja anrufen«, sagte ich.

Er lachte, als ob ihn das alles nicht sonderlich kümmerte. »Genau. Das machst du, da bin ich ganz sicher.«

»Man kann nie wissen«, frotzelte ich. Es war angenehm, wieder das Steuer zu übernehmen.

»Wie auch immer.«

»Bist du sicher, dass du nicht doch was trinken willst?«

»Klar bin ich sicher«, sagte er und hörte sich dabei schon ziemlich betrunken an. »Wie ich schon gesagt hab – ich muss gleich wieder weg.«

»Okay. Schade, dass ich dich nicht in Versuchung führen kann.«

»Du führst mich in Versuchung, Baby.« Er lachte und sprach dann mit flüsternder Stimme weiter. »Scheiße, und wie du mich in Versuchung führst.«

Etwas verwirrt von diesem plötzlichen Gefühlsausbruch (oder war es einfach Geilheit? Ich war mir da nicht sicher) schaute ich mich in der Bar um. Aus einer Ecke kamen französische Stimmen. Nach dem Gesprächsthema zu urteilen ein lesbisches Paar, das glaubte, die fremde Sprache schütze sie vor Zuhörern. Am Nebentisch saß ein Mann, der die Autobiografie eines Mannes las, von dem ich noch nie gehört hatte, Michael Powell. Die Brille und der Stoppelbart kamen mir bekannt vor, doch wusste ich nicht, wo ich den Mann schon mal gesehen hatte.

Jon berührte meinen Arm. »Willst du mitkommen?«

»Wie bitte?«

»Zu diesem Typ, mit dem ich mich treffe – dem geheimnisvollen Mann ohne Namen, könnte man sagen –, willst du mitkommen? Wir könnten hinterher noch irgendwohin gehen. Und dann, na ja ... dann sehen wir weiter.«

»Ich glaube kaum«, sagte ich ausweichend. »Aus dem Alter, für dich die Vorzeigetussi zu spielen, bin ich schon raus.«

»Mach, was du willst.« Er streckte die Arme aus, wobei sich die Muskeln spannten. Die tätowierte Schlange auf seinem Unterarm sah aus, als bewege sie sich. Beim Aufstehen stützte er sich auf dem Tisch ab, der unter dem Gewicht seines schwankenden Körpers bedenklich wackelte. Er war tatsächlich ziemlich betrunken. Als er sich zu mir vorbeugte, schlug mir eine warme Wolke aus Alkohol ins Gesicht: Scotch und Bier. Der Atem eines Schürzenjägers.

»Sei ein braves Mädchen«, flüsterte er und strich mir dabei mit der rechten Hand leicht über den Nacken – so als sei er unschlüssig, ob er mich würgen oder auf den Boden werfen und es gleich hier mit mir treiben sollte. Beide Vorstellungen – vor allem, wenn sie sich überlappten – ließen mich erschaudern.

Ich sträubte mich gegen die Berührung, empfand sie aber dennoch als merkwürdig warm und prickelnd. Unwillkürlich stöhnte ich auf. Ich biss mir auf die Lippe, um nicht noch mehr von meinen Erinnerungen an die letzte Nacht preiszugeben. Doch es war bereits zu spät. Jon lachte, während seine Hand meinen Nacken streichelte.

»Du willst mich unbedingt, stimmt's, Baby?«

Ich wusste nicht, wie ich reagieren sollte, und schloss für einen Moment die Augen. Als ich sie wieder öffnete, war er verschwunden. Der Umschlag lag auf dem Tisch: Er enthielt zweifellos die letzten Fotos von Sasha, Rebecca und Tam. Ich öffnete den Umschlag und sah ein mit Blut verschmiertes Stück Bahngleis. Mir wurde schlecht. Ich steckte das Foto zurück in den Umschlag und schaute mich rasch um, ob mich auch niemand beobachtete. Keine Gefahr: Die Lesben waren in ihr Gespräch und der Mann in sein Buch vertieft. Ich schüttete meinen Drink hinunter, packte den Umschlag, hastete nach draußen und rannte den ganzen Weg bis nach Hause.

Das dunkle Haus machte einen verlassenen Eindruck. Als ich den Schlüssel ins Schloss steckte, zitterte meine Hand. Im Flur fühlte ich mich gleich besser, obwohl das Adrenalin immer noch durch meinen Körper pumpte, weil ich so schnell gerannt war und weil mir Jon nicht aus dem Kopf ging. Was an ihm beunruhigte mich? Und wie kam er dazu, mich so zu behandeln? Ich würde ihn bestimmt nicht anrufen. Schließlich hatte ich die zwei Dinge, die er zu bieten hatte, schon bekommen (zum einen die Fotos, zum anderen das, woran ich mich lieber nicht mehr erinnerte). Aber aus irgendeinem Grund spukte er weiter in meinem Kopf herum.

Ich warf den Umschlag auf den Wohnzimmertisch und ging in die Küche, um mir ein Glas Wein einzuschenken. Auf dem Tisch lag eine Nachricht in Stars Handschrift: *Hoffe, dein geheimnisvolles Treffen hat sich gelohnt. Fenn hat angerufen, war ziemlich aufgeregt. Lässt dir ausrichten, dass du anrufen sollst, wenn du vor halb zwölf zu Hause bist.* Ich schaute auf die Uhr: Viertel vor zwölf. Tja, Fenn musste wohl noch etwas warten.

Der Wein schmeckte herrlich. Die frische, angenehme Kühle entschädigte mich für die zähe und schmutzige Hitze des Tages. Ich machte es mir auf dem Sofa bequem und zündete mir eine Zigarette an. Eine Zeit lang schaute ich den Umschlag nur an. Ich hatte Angst, ihn zu öffnen; schließlich wusste ich, was mich erwartete. Stattdessen ging ich zum Bücherregal und suchte das bis heute nicht aufzutreibende Video heraus: *Peeping Tom.* Ich legte es neben den Umschlag auf den Tisch, als sei es das zweite Beweisstück in einem Gerichtsverfahren. Während ich nachdenklich an meiner Zigarette zog, wanderte mein Blick zwischen den beiden Gegenständen hin und her. Irgendwas sagte mir, dass mich jeder in eine andere Richtung führen würde; so wie die beiden Wege in dem Rätsel mit den Brüdern, von denen der eine immer die Wahrheit sagte und der andere immer log. Wie die beiden Brüder hatte auch ich das Gefühl, dass mich einer zur Wahrheit und der andere in die Irre führen würde. Aber welcher?

Als ich mein Glas ausgetrunken hatte, gähnte ich undamenhaft. *Keiner von beiden,* sagte mein abgeschlafftes Hirn, gerade als es einschlafen wollte. Ich rieb mir die Augen; sie waren feucht und schwer und schmerzten. Also morgen dann, dachte ich, und nahm den Umschlag und das Video sicherheitshalber mit nach oben. Einerseits wollte ich ihn auf der Stelle öffnen, andererseits war ich einfach zu müde und hatte auch Angst davor. Das war etwas, das man besser bei Tageslicht erledigte.

In den Träumen dieser Nacht stellte mir Fenn nach. Er rief mich dauernd an, beobachtete mich durchs Fenster und folgte mir jedes Mal in diskretem Abstand, wenn ich das Haus verließ. Immer wenn ich mich nach ihm umdrehte, sah ich aber statt seiner eine alte Hexe: eine ältere Ausgabe von Bronwyn, sagte ich mir, die mich mit Fenns Antlitz und der Tatsache, dass ich ihn nie bekommen würde, verspottete.

Um halb elf wachte ich auf, weil ich mir eingebildet hatte, das Telefon zu hören. Stattdessen Stille: kein Klingeln. Es war Teil meines Traums gewesen, in dem Klingeln, Klopfen und laute Stimmen herausragende Rollen spielten. Mein erster Gedanke an diesem Tag war, ob Bronwyn schon ihr Kleid angezogen hatte. In den ersten Sekunden nach dem Wachwerden stellte ich mir alles genau vor: das Kleid, das Auto, die Zeremonie (vielleicht mit Tränen), wieder das Auto, den Empfang und die Torte. Aus, vorbei. Die Hochzeit war vorüber, mein Tag konnte beginnen.

Henri und Star wuselten schon unten herum. Sie waren beide Frühaufsteher und wollten wahrscheinlich das Wochenende so gut wie möglich ausnutzen. Sie mussten – anders als ich – auf den Luxus akademischer Ferien verzichten. In der Küche dampfte eine Kanne mit frischem Kaffee. Star saß am Küchentisch, das Haar hatte sie zu einem eleganten französischen Zopf geflochten. Als sie aufschaute und mich anlächelte, strich ich mir unsicher über das verworrene Vogelnest, das auf meinem Kopf thronte.

»Wir haben uns schon gedacht, dass du ziemlich erledigt bist«, sagte sie. »Deshalb haben wir dich nicht geweckt.«

»Danke«, erwiderte ich und nahm eine Tasse aus dem Küchenschrank.

»Wie war dein Rendezvous?«

»Kurz«, sagte ich gähnend und setzte mich zu ihr. »Aber vielleicht ganz nützlich.«

»Ach ja?«

»Wenn ich was Genaueres weiß, erzähl ich's dir.«

Ich schenkte mir Kaffee ein, fischte mir aus dem Zeitungsstapel auf dem Tisch den *Guardian Weekend* heraus und blätterte ihn durch. Es fiel mir schwer, mich zu konzentrieren. Die Fotografien lockten, und ich wusste, dass ich nichts unternehmen konnte, bevor ich sie mir nicht angeschaut hatte. Ich war aufgeregt – ich musste an die Antworten denken, die sie möglicherweise für mich bereithielten! Andererseits jagten sie mir auch schreckliche Angst ein: Wobei die Obszönität und der drastische Inhalt weniger für meinen Magen als für meinen Kopf ein Problem darstellten. Es fiel mir schwer zu begreifen, dass man so was überhaupt fotografieren konnte, dass so was überhaupt *passieren konnte*.

Als ich wieder oben war und auf meinem Bett saß, drückte ich mich noch eine Zeit lang darum herum, den Umschlag in die Hand zu nehmen. Der Kaffee, den ich gerade getrunken hatte, schwappte mir unangenehm im Magen herum. Es gab genügend Gründe, um den Brief nicht zu öffnen, genügend Gründe, warum diese Geschichte ganz und gar nicht meine Angelegenheit war. Ich verschränkte die Beine zum Schneidersitz und legte den Umschlag vor mir aufs Bett. Mit zitternden Fingern nahm ich mir vom Nachtkästchen eine Zigarette, zündete sie an und sog den Rauch tief ein.

Schließlich nahm ich den Umschlag, machte die Lasche auf und zog langsam die glänzenden Fotos heraus. Ich fing an, sie vor mir auszubreiten. Noch schaute ich nicht genau hin, noch sahen die Bilder verschwommen und unscharf aus. Als sie alle vor mir auf dem Bett lagen, schaute ich genauer hin. Sie boten das gleiche Bild, das sich auch dem Mörder geboten hatte. Drei Frauen, die – so weit ich wusste – nichts miteinander zu tun hatten.

Sie waren alle tot.

Leicht zitternd warf ich einen Blick zur Tür. Ich hatte Angst, dass jemand hereinkam; das wäre mir peinlicher gewesen, als wenn man mich mit pornografischen Heftchen oder Drogen erwischt hätte. Ich schämte mich, *das* anzuschauen. Das war der Tod – wirklicher, als ich ihn je zuvor gesehen hatte.

Ohne dass ich das beabsichtigt hätte, lagen die Fotos in dieser Reihenfolge vor mir: Sasha im Park, blutüberströmt; dann Rebeccas Überreste auf den Bahngleisen, fast nicht mehr zu erkennen; und ganz rechts Tam, mit einem merkwürdig friedlichen Ausdruck im Gesicht, im Wohnzimmer, das jetzt eher wie ihr Schlafzimmer aussah.

Mir war übel, während ich auf die Fotos starrte und darauf wartete, dass irgendwas passierte. Wie lange saß ich so da? Eine Viertelstunde, vielleicht weniger, hypnotisiert von dem Grauen. Ich versuchte die Realität auf den Bildern zu verdrängen.

Es dauerte etwas, bis mir das Detail auffiel, das mir bestätigte, was ich schon herausgefunden hatte. Ich beugte mich vor und zog das *Smile!*-Magazin aus meiner Tasche, um die Fotos vergleichen zu können. Ich schlug die Doppelseite auf und war geschockt von der quälenden und furchtbaren Traurigkeit dieser Morde: An den gleichen Stellen, an denen auf den Fotos die Leichen lagen, waren die drei Frauen vorher für das Magazin fotografiert worden. Der Bahnhof Hertford East sah auf beiden Bildern gleich aus. Der Park, London Fields, wirkte in der Zeitschrift leuchtender und lebendiger; eine Beleg dafür, dass das Foto nicht in der alles erstickenden Sommerhitze, sondern in der Frische des Frühlings aufgenommen worden war. Das Polizeifoto sah feucht, verschwitzt und eklig aus; und das Mädchen, das da in ihrem Kleid posiert hatte, lag jetzt mit dem Gesicht nach unten in einem blutverschmierten Business-Kostüm auf dem Weg.

Auf den Bildern von Tam sah es auf den ersten Blick genauso aus. Die *Smile!*-Fotos waren in einem aufgeräumten Zimmer aufgenommen worden – damals konnte die arme Tam nicht wissen, dass sie mal auf Fotografien vom Schauplatz eines Verbrechens auftauchen würde. Auf den Polizeifotos sah der Raum dunkler aus: Ganz hinten vor den Verandatüren hing ein großer, afrikanisch aussehender Vorhang, und eine trübe Glühbirne tauchte den gesamten Raum in ein stumpf glänzendes Licht. Ganz rechts in der Ecke stand ein großer Tisch, auf dem sich in heillosem Durcheinander Schmutzwäsche, frische Wäsche und Farbtuben auftürmten.

Für das *Smile!*-Foto hatte man den Tisch abgeräumt und stattdessen ein Gemälde darauf platziert. Die Päckchen Rizla-Zigarettenpapier und die Aschenbecher hatte man ebenfalls entfernt. Auf dem Polizeifoto lag das alles zusammen mit Kippen, die eher von Joints als von Filterzigaretten zu stammen schienen, überall im Zimmer herum. Als ich mir das Foto genauer anschaute, fielen mir zwar noch andere Unterschiede auf, doch schienen diese angesichts des kleinen, schlaffen Körpers, der auf dem Sofa lag, keinerlei Bedeutung zu haben.

Bis auf eine Sache.

Auf beiden Fotos hingen nur wenige Poster an den Wänden. Als ich den Artikel im *Smile!*-Magazin zum ersten Mal gesehen hatte, war mir ein blasses Rechteck an der Wand aufgefallen. Ein leerer Fleck, an dem vorher etwas gehangen hatte, dachte ich. Und jetzt auf dem Tatortfoto war das Poster wieder da – oder genauer: kein Poster, sondern eine gerahmte Zeitschrift. Es war eine glänzend grelle Ausgabe von *Stella,* die fast genauso aussah wie jede x-beliebige Nummer von *Smile!*, *Woman* oder *Take a Break*. Warum hatte sich Tam das an die Wand gehängt?

Zuerst glaubte ich an eine Sackgasse, aber mein Gehirn arbeitete schneller, als ich es ihm zugetraut hätte. *Warum?*, murmelte ich vor mich hin, während ich mich vorbeugte und mein Notizbuch aus der Tasche zog. Alles, was ich wissen musste, war da drin: die Beschreibung der Orte, die ich aufgesucht hatte, und meine Gedanken, die ich im Laufe des stickig heißen Montags, als ich das Dreieck zwischen den drei Wohnungen der Frauen abgefahren hatte, notiert hatte. Ich wusste, warum Tam nicht gewollt hatte, dass jemand die gerahmte Zeitschrift zu Gesicht bekam. Es hatte nichts mit der Rivalität zwischen den beiden Blättern zu tun. Ich wusste es, weil mir jetzt klar war, warum sie das Magazin ursprünglich aufgehängt hatte.

Mit dem Foto im Umschlag und der Visitenkarte von Inspector Thompson, die ich aus meiner Tasche gekramt hatte, hastete ich nach unten. Bevor ich jedoch telefonierte, sprach ich noch mit Star. Jetzt hatte ich wirklich was Aufregendes zu erzählen.

Sie las immer noch Zeitung.

»Jess hat alles erfunden«, verkündete ich atemlos und setzte mich ihr gegenüber an den Küchentisch.

»Was hat sie erfunden?« Sie nahm ihre Lesebrille ab und schaute mich an.

»Die Geschichten. Die Artikel in dem Magazin. Sie sind erfunden!«

»Erfunden?«, sagte Star lachend. »Na ja, das ist nun keine sonderlich große Überraschung, oder? Saugen die sich nicht sowieso das meiste aus den Fingern?«

»Nein«, sagte ich. »Bis zu meinem Lunch mit Kathi hab ich das allerdings auch geglaubt.«

»Kathi?«

»Kathi Trimbull. Die für die Reportagen verantwortliche

Redakteurin bei *Smile*! Sie hat mir erzählt, dass die Geschichten in jeder Hinsicht stimmen müssen – zum Beweis bringen sie immer die echten Namen und die Fotos. Und um sicherzugehen, dass das auch alles stimmt, zahlen sie das Geld an die Personen in den Geschichten nur per Scheck aus, die auf die entsprechenden Namen ausgestellt sind.«

»Und …?«

»Das heißt, dass die *Identität* der Frauen stimmte. Mehr aber auch nicht. Ich bin mir inzwischen ganz sicher, dass es nie einen Stalker gegeben hat.«

»Mein Gott.« Star rieb sich die Augen und spielte gedankenverloren mit einem Bleistift herum.

»Ich rufe jetzt die Polizei an«, sagte ich, wobei sich meine Stimme vor Aufregung überschlug. »Der Punkt ist: Die Einzigen, die wissen konnten, dass die Geschichten gefälscht sind, waren Jess und die drei Frauen. Und die Frauen können logischerweise nichts mehr ausplaudern. Die Polizei war auf dem völlig falschen Dampfer. Kein Wunder, dass sie nicht die geringste Spur von einem Stalker finden konnten.«

»Was ist mit den Verwandten? Den Eltern? Hätten die der Polizei nicht auf die Sprünge helfen können?«

»Nein. Das ist eine von diesen Merkwürdigkeiten. Alle drei hatten keine Eltern mehr. Pass auf, was Inspector Thompson mir erzählt hat: Rebecca hatte nur noch einen Onkel, und der ist Alkoholiker; Sashas Leiche wurde von einer Arbeitskollegin identifiziert; und Tams Leiche von einem ihrer Mitbewohner.«

»Seltsam.«

»Hmm. Genau das hab ich auch gedacht. Aber ich wusste nicht, was es bedeutet.«

»Und – was bedeutet es?«

»Nichts Bestimmtes, außer einem: Wenn sie ihre Namen und Fotos für eine getürkte Story verkauften, hatte wahrscheinlich keine der Frauen viel zu verlieren. Ich kann mir vorstellen, dass es für Jess nicht gerade leicht war, Leute zu finden, die sich so zur Schau stellten. Was, wenn die Eltern die Fotos sehen und denken, die Geschichten sind wahr?«

»Verstehe.« Während sie den Stift zwischen den Handflächen auf und ab rollte, verengten sich Stars Augen zu Schlitzen. »Bist du dir ganz sicher? Ich meine, woher weißt du das?«

»Es gibt jede Menge Hinweise. Hier zum Beispiel«, sagte ich und klappte die bewusste Doppelseite des Magazins auf. »Der Abschnitt über Sasha, in dem steht, dass der Stalker sie anruft …«

»*… aus der Telefonzelle von der gegenüberliegenden Straßenseite. Er konnte sie wirklich sehen«*, las Star laut vor. »Schaurig.«

»Außer, dass es gegenüber von Sashas Haus gar keine Telefonzelle gibt«, sagte ich. »Als ich am Montag dort war, hab ich nach einer gesucht, weil der Akku von meinem Handy leer war. Es war aber weit und breit keine da. Damals ist mir das noch nicht aufgefallen, erst jetzt hat es …«

»… klick gemacht.«

»Exakt.«

»Was ist mit ihr?«, fragte Star und deutete auf das Foto von Rebecca. »Was ist an der Geschichte falsch?«

»An sich nichts«, sagte ich. »Außer die Stelle, als der Stalker ins Haus geht.«

»Erzähl weiter.«

»Das war kein Haus, in dem sie wohnte. Das war nur eine winzige Wohnung über einem Waschsalon. Ich bin gestern dort gewesen. In dem Artikel heißt es, dass sie gerade ein Bad nehmen wollte, als der Stalker geklingelt hat. Aber sie hat gar keine Badewanne, nur eine Dusche. Die Frau aus dem Waschsalon konnte gar nicht glauben, dass sie nichts über diesen Vorfall mit dem Stalker wusste. Rebecca hatte ihr nichts davon erzählt, obwohl sie ihr sonst alle möglichen Sachen von sich erzählt hat.«

»Kriegt langsam Hand und Fuß, deine Geschichte.«

»Hmm. Die Frau hat gesagt, wenn der Stalker tagsüber da war, dann hätte er durch den Waschsalon an ihr vorbeigehen müssen.«

»Was dich zu der Frage geführt hat, warum Jess es tagsüber hat passieren lassen«, sagte Star und schaute wieder in den Artikel.

»Genau. Ich glaube, dass Jess in keiner der Wohnungen der drei Frauen war. Nicht mal in der von Tam – obwohl sie direkt bei ihr um die Ecke gewohnt hat. Andernfalls wären ihr nie diese Fehler unterlaufen.«

»Verstehe.«

»Und noch was«, sagte ich. »Ich hab das alles erst vor fünf Minuten zusammengepuzzelt.« Unschlüssig fummelte ich an der Lasche des Umschlags herum. Sollte ich Star die Fotos zeigen oder nicht?

»Was ist das?«, fragte sie und nickte in Richtung des Umschlags.

»Das ist …« Ich schaute sie unsicher an. »Du hast doch sicher schon mal wirklich grauenhafte Fotos gesehen, oder?«

»Und ob«, sagte sie. »Von den schlimmsten Sachen. Also, was hast du da?« Sie war jetzt wirklich neugierig.

»Fotos von Verbrechensschauplätzen«, sagte ich und sah, wie sie die Stirn runzelte. »Und um die Frage gleich zu beantworten, nein, ich werde dir nicht sagen, woher ich die Fotos habe.«

»Daran hätte ich nicht im Traum gedacht. Also, komm schon, zeig her.«

»Nur eins von den Fotos ist wirklich von Bedeutung«, sagte ich und zog das Bild von Tam heraus. Ich legte es direkt neben das Magazin auf den Tisch, sodass man die beiden Fotos gut vergleichen konnte. Ich wartete auf eine Reaktion, aber es kam keine. Star runzelte nur konzentriert die Stirn.

»Sie sind verschieden, stimmt's?«, sagte sie, während sie

sorgfältig die Bilder studierte. »Aber was ist der entscheidende Unterschied? Du weißt es ja offensichtlich schon.«

»Ja«, sagte ich. »Aber ich hab es auch nicht sofort gesehen. Schau genauer hin.«

Minutenlang starrte sie stumm die Fotos an. Währenddessen machte ich uns Kaffee und zündete mir eine wohlverdiente Zigarette an. Ich war etwas beunruhigt, dass Henri hereinplatzen könnte, sagte mir aber, dass Star ihn inzwischen genauso gut kannte wie ich und deshalb wusste, dass er nicht groß nachfragen würde, wenn sie einfach das Magazin über dem Foto zuklappte. Als ich die Kaffeetasse vor ihr auf den Tisch stellte, brachte sie nur ein nuschelndes Danke heraus, so konzentriert starrte sie auf die Fotos. Wie ich war sie jemand, der ein auftauchendes Problem unbedingt lösen musste, der nie aufgeben würde.

Vor ein paar Jahren hatte ich ein Gesellschaftsspiel gekauft, für das sie in der U-Bahn Werbung gemacht hatten. Es ging ausschließlich darum, Rätsel zu lösen; es war das beste Spiel, das ich je besessen hatte. Wenn mich die Leute fragten, worum es sich drehte, zitierte ich immer (natürlich nur sinngemäß) den Slogan der Anzeige aus der U-Bahn: Da gab es mal ein Rätsel, und das ging so.

Frage: Ein Mann verlässt einen Landgasthof und geht auf den Parkplatz hinter dem Haus. Es gibt keine Straßenlampen, er hat keine Taschenlampe dabei, und das Auto ist schwarz. Trotzdem sieht er sein Auto sofort. Wie ist das möglich?

Antwort: Es ist Tag.

Star nahm die beiden Fotos jetzt genauer unter die Lupe. Sie hob erst das eine hoch, dann das andere, ihr Blick wanderte zwischen beiden hin und her. Sie schüttelte den Kopf.

»Ist nicht einfach«, sagte ich freundlich.

»Das kann doch nicht so schwer sein«, sagte sie frustriert. »Noch eine Minute, dann passe ich.«

»Ich gebe dir einen Tipp«, sagte ich. »Es hat mit all den Dingen zu tun, die ich dir gerade erzählt habe.«

»Hmm«, sagte sie, ohne den Blick von den Bildern abzuwenden. Plötzlich hob sie den Kopf und nahm die Brille ab. »Okay, ich passe.«

»Sicher?«

»Ja, was ist es?«

»Okay. Das Erste, war mir komisch vorgekommen ist, war dieser blasse Fleck hier«, sagte ich und deutete auf das *Smile!*-Foto von Tam in ihrem Zimmer.

»Das ist mir auch aufgefallen.«

»Und jetzt hier.« Ich zeigte auf das Polizeifoto, auf das gerahmte Bild an der Wand. »Das muss ursprünglich da gehangen haben.«

»Gut«, sagte sie. »Aber was ist es?«

»Ein anderes Magazin.«

Star nahm das Foto in die Hand und schaute es sich ganz aus der Nähe an. *»Stella.«*

»Richtig. Und wenn du noch näher rangehst?«

»Äh …«

»Da.« Ich zeigte mit dem Finger drauf. »Es ist winzig, ich weiß, aber das sieht doch ganz nach Tam aus, oder?«

»Wo?«

»In dem kleinen Foto neben der Schlagzeile.«

»Adoptiert: Es war die Hölle«, las Star laut. »Und du glaubst wirklich, dass das Tam ist?«

»Ja. Zugegeben, ich hab etwas gemogelt. Ich hab nämlich schon vorher gewusst, dass Jess für *Stella* eine Reportage über Adoption geschrieben hatte. Die Notizen für die Geschichte hab ich oben.«

»Und weiter?«

»Die beiden haben die Masche früher schon mal durchgezogen. Ich bin sicher, dass das der Punkt ist. Warum sollte sich Tam sonst ein Magazin wie *Stella* einrahmen und an die

Wand hängen? Wahrscheinlich hat sie das für cool gehalten und damit vor ihren Freunden angegeben.«

»Und die Polizei? Die muss das doch gesehen haben.«

»Tja, müssten sie eigentlich …«

»Nein, ich meine, denen müsste doch der Zusammenhang aufgefallen sein.«

»Um das rauszufinden, gibt es nur eine Möglichkeit«, sagte ich und drehte Inspector Thompsons Karte um.

18

Eine magische Kamera und ihre Bilder

»Was, du willst die Polizei anrufen?« Star war entsetzt.

»Klar. Das ist doch eine ziemlich wichtige Entdeckung, oder etwa nicht?«

»Sicher, da gibt es gar keinen Zweifel, aber ...«

»Aber was?«

»Du solltest ›Skrupel‹ spielen. Da hättest du allererste Chancen.«

»Ich kann dir nicht ganz folgen«, sagte ich.

»›Skrupel‹, das Gesellschaftsspiel aus den Achtzigern. Was würdest du tun, wenn dein Kind ...«

»Ja, ja, ich kenne ›Skrupel‹«, sagte ich. »Ich verstehe nur nicht, was das damit zu tun hat.«

»Okay«, sagte sie. »Hier ist die Frage. Du bist ein Detektiv, der mal einen Fall gelöst hat und es dadurch zu ganz ansehnlicher lokaler Berühmtheit gebracht hat. Doch die Leute vergessen schnell, und ehe du dich versiehst, bist du wieder nichts weiter als eine Literaturdozentin, die ...«

»Du baust mich ja mächtig auf«, sagte ich.

Star beachtete mich gar nicht. »... die an einem neuen Fall arbeitet und eine verblüffende Entdeckung macht. Was machst du? 1) Du setzt deine Nachforschungen auf eigene Faust fort. 2) Du gibst alles, was du hast, an die Polizei weiter, obwohl du weißt, dass sie den Ruhm ganz allein einsacken wird.«

»Tja, ich schätze, ich gebe der zweiten Option den Vorzug«, sagte ich. »Die Polizei hat einfach mehr Leute für die

Nachforschungen, und außerdem geht es nicht um Ruhm, sondern um Gerechtigkeit.«

»Tss, und das will eine Spezialistin für Kriminalliteratur sein«, sagte sie und schüttelte missbilligend den Kopf.

»Ich verstehe nicht recht.«

»Stell dir das bloß mal vor: Dupin oder Sherlock Holmes übergeben der Polizei die von ihnen selbst ermittelten Beweise.«

»Stimmt schon, aber das ist Fiktion«, sagte ich. »Das hier ist das wirkliche Leben. Was ist, wenn er noch jemanden umbringt? Ich würde mich mein ganzes Leben lang schuldig fühlen.«

»Das wird er nicht«, sagte Star.

»Was meinst du damit, *das wird er nicht?*«, sagte ich. »Woher willst du das wissen?«

»Er hat, was er wollte«, sagte sie knapp.

»Und – was wollte er?«

»Das, was du noch rauskriegen musst.«

»Oder die Polizei. Ich sollte das besser denen überlassen.«

»Jetzt hör aber auf, Lily, wir wissen beide, dass du ganz scharf drauf bist, das selbst in die Hand zu nehmen.«

Ich dachte kurz darüber nach. »Na ja, ganz scharf drauf ist vielleicht ein bisschen übertrieben«, sagte ich schließlich. »Aber einen leicht perversen Kick gibt es einem schon.«

»Ich wette, du hast dir noch nicht mal *Peeping Tom* angeschaut.«

»Stimmt.«

»Na also«, sagte sie und fuhr in ausnehmend vernünftigem Tonfall fort: »Warum machst du nicht einfach noch ein bisschen weiter? Stell dir nur mal vor, wie du der Polizei das alles erklären willst. Du müsstest ihnen auf jeden Fall sagen, wer dir die Fotos besorgt hat. Und damit würdest du die betreffende Person mit reinziehen. Und angenommen, die Polizei folgt dir bei deinen Gedankengängen, was würde denn als Nächstes passieren? Sie würden damit an die Öffentlichkeit gehen. Sie hätten gar keine andere Wahl, weil sie ja im Augenblick nicht gerade viel vorzuweisen haben. Und dann wüsste auch der Mörder Bescheid – über dich und wie der Artikel zustande gekommen ist.«

»Wenn er es nicht sowieso schon weiß.«

»Das musst du eben rauskriegen.«

»Tja, scheint ganz so.«

Was Star sagte, machte Sinn. Vielleicht war es wirklich das Beste, wenn ich das alles zunächst für mich behielt. Vielleicht. Verunsichert ging ich nach oben in mein Zimmer und entschied mich schließlich, die Polizei außen vor zu lassen, bis ich mehr wusste – aber nicht länger.

Ich saß auf dem Bett und schlug in meinem Notizbuch eine neue Seite auf. *Jess,* schrieb ich, und dann: *Falsche Geschichten.* In meinen Kopf liefen noch mal die Ereignisse der letzten Woche ab. Wenigstens ergab Deans seltsame Bemerkung jetzt einen Sinn. *Ja, richtig,* hatte er gesagt. *Das hätte dir gefallen.* Er hatte nicht recht daran geglaubt, dass ein Stalker hinter ihr her war; jetzt wusste ich, warum. Jess hatte alles erfunden: die Stalker, deren Aktionen, deren Beweggründe und wahrscheinlich auch jede Menge Details die Frauen betreffend. Ich fragte mich, ob sich der Mörder dieser Tatsache bewusst war. Wie auch immer, der Fall präsentierte sich jetzt in einem ganz anderen Licht.

Schon bald schossen die Gedanken mit einem Tempo durch meinen Kopf, dass ich kaum mit dem Aufschreiben nachkam. Wenn es keine Stalker gab, und wenn die Frauen auch sonst in keinerlei Verbindung zueinander standen, dann war die einzige Gemeinsamkeit zwischen ihnen die Reportage in *Smile!* Das bedeutete, dass die einzigen Leute, die sie alle drei kannten, Jess und die Angestellten von *Smile!* waren, vor allem Mark Savage und jede Person, die er kannte.

Mir fiel ein, was Kathi gesagt hatte: Selbst wenn die Reportage das einzige Verbindungsglied wäre, gäbe es immer noch haufenweise Verdächtige. Aber eins war sicher: Die Reportage *war* das Verbindungsglied.

Ich brannte immer noch darauf zu erfahren, wie Jess die Frauen gefunden hatte. Sie muss sie selbst gekannt haben oder zumindest jemand anderen, der sie gekannt hat: eine Person, die sowohl Jess als auch die Frauen kannte. Die kreuz und quer in meinem Kopf herumwirbelnden Informationen drohten mein Gehirn lahm zu legen wie einen heiß gelaufenen Computer. Ich stöhnte auf und legte mich aufs Bett.

Das Haus war voll von verworrenen Spinnweben, in denen sich farblose, durchsichtige Spinnen tummelten; eine dieser Spinnen klebte über meinem Kopf an der Wand und würde sicher jeden Moment auf mein Gesicht oder meine Haare fallen. Schaudernd setzte ich mich wieder auf. Was sollte ich als Nächstes unternehmen? Zu gern hätte ich all die Informationen noch jemand anderem mitgeteilt, nicht nur Star. Aber in einem Punkt stimmte ich ihr zu: keine Polizei zum jetzigen Zeitpunkt.

Eine Stimme riss mich aus meinen Gedanken.

»Lily!«, rief Henri von unten herauf. »Lunch!«

Dabei hatte ich noch nicht mal gefrühstückt. Als ich nach unten ging, rumorte es in meinem Magen. Damit Kopf und Körper auf Trab blieben, musste ich unbedingt was Richtiges essen. In der Küche empfing mich der Duft von Lammbraten, Rosmarin, Knoblauch und gedämpftem Gemüse.

»Kann ich irgendwas helfen?« Eine unpassende Frage, denn der Tisch war bereits gedeckt, und auch der Wein stand schon da.

»Nein, nein«, sagte Henri, der gerade den Braten aus der Reine auf eine Platte hob. *»Merde!«* Fast wäre ihm das Fleisch von der Platte gerutscht und auf den Boden gefallen.

»Alles okay?«, fragte Star und streichelte ihm sanft über den Rücken.

»Ja«, sagte er und stellte den Braten zwischen die beiden Schüsseln mit Spinat und neuen Kartoffeln auf den Tisch. »Ich glaube, jetzt haben wir alles. Lily, nimm dir selbst. Hör auf, da rumzukramen, Star, und setz dich endlich hin.«

»Ich suche einen Topf, in dem ich etwas Soße machen kann«, sagte sie, während sie die eine Küchenschranktür zuschlug und die Nächste aufmachte.

»Soße?«, sagte Henri angewidert. Er sprach das Wort *Soße* aus wie Kinder das Wort *Regenwurm*, wenn sie zum ersten Mal mit zum Angeln fuhren.

»Ja«, sagte Star und ignorierte seinen Tonfall. »Lily, du magst doch Soße, oder?«

»O ja«, sagte ich. »Am liebsten mit viel Rotwein.«

»Siehst du«, sagte Star und schaute Henri triumphierend an. »Du bist der Einzige, der keine mag.«

»Igitt«, sagte Henri. »Nur Verrückte um mich.« Er schaute mich argwöhnisch an. »Das kann unmöglich meine Tochter sein.«

»Beachte ihn gar nicht«, sagte ich zu Star. »Ich bin sicher, dass dir Henri seine Ansichten über *Saucen* schon mitgeteilt hat. An deiner Stelle würde ich das Wort Pfefferminzsoße in seiner Gegenwart allerdings nicht in den Mund nehmen.«

»Würg«, sagte Henri. »Das ist der Gipfel. Ich werde nie verstehen, warum ihr Engländer den Geschmack von Fleisch mit dem Geschmack von *Zahnpasta* erschlagen müsst.«

Star und ich runzelten die Stirn. Keiner von uns war zu hundert Prozent Engländer. Aber Henri war schon nicht mehr aufzuhalten. Während er über die englische Küche herzog, zauberte Star eine Soße, und ich schnitt das Fleisch. Von Mord wurde nicht gesprochen.

Ich war so ausgehungert, dass ich mein Essen fast hinunterschlang und mich auch nicht an Henris und Stars Unterhaltung über irgendein neues Medikament zur Behandlung von Depressionen beteiligte. Nach dem Essen ging ich mit meiner Tasse Kaffee und einer Zigarette wieder nach oben und fing an, alles, was mir durch den Kopf ging, zu notieren; jeden Hinweis, dem ich würde nachgehen müssen. Warum war Jess verschwunden? Mir war jetzt klar, was sie gemeint hatte, als sie davon gesprochen hatte, dass sie etwas wüsste. Sie wusste, dass die Geschichten gefälscht waren. Und als sie von dem »Scheißchaos« gesprochen hatte, in dem sie steckte, war es ihr bitterernst damit gewesen. Wenn sie die Wahrheit gesagt hätte, hätte ihre Karriere auf dem Spiel gestanden.

Während ich so schrieb, an meinem Kaffee nippte und an meiner Zigarette zog, schoss mir eine Frage durch den Kopf. Hatte sich Jess mit den Frauen überhaupt getroffen? Dass sie nicht in ihren Wohnungen gewesen war, wusste ich schon wegen der paar unkorrekten Details in dem Artikel. Wenn sie alles erfunden hatte, war es natürlich auch überflüssig gewesen, die Frauen zu interviewen. Ich war ziemlich sicher, dass sie keine Freundinnen von Jess gewesen waren. Deans Telefonat, das ich in seiner Wohnung belauscht hatte, ergab nun ebenfalls einen Sinn. *Nein, Kumpel, die kenne ich nicht ... Ja, echt schräg. Diesen Tyler kenne ich flüchtig. Kannst es ja mal bei ihm versuchen ... Also, wenn ich du wäre, würde ich mir nichts dabei denken. Weiß ich wirklich nicht, ziemlicher Großkotz ... Ich glaube, das ist alles über ihn gelaufen ...* Er musste über Jess gesprochen haben. Er hatte jemandem erzählt, dass »das« (vermutlich die Reportagen) von Tyler organisiert worden war. Jess' Name hatte nicht in Rebeccas Adressbuch gestanden. Ihre Verbindung zu Jess konnte also auch nicht allzu eng gewesen sein. Bei Sasha war ich mir nicht sicher, obwohl Jess – wegen dieses einen unkorrekten Details – auch nicht in ihrer Wohnung gewesen sein konnte. Und wenn sie nie in ihrer Wohnung war, konnte sie sie auch nicht so gut gekannt haben.

Wenn das alles stimmte, ergaben sich daraus weitere Schlussfolgerungen. Woher, zum Beispiel, hat der Mörder gewusst, wo die Frauen wohnten? Jess war ja nie dort gewesen. Er musste einen anderen Weg gefunden haben. Vielleicht arbeitete er bei *Smile!* – oder er war dem Fotografen nachgegangen, Mark Savage. Ich hatte jetzt zwei Möglichkeiten. Entweder war der Mörder ein Angestellter des Magazins, oder er hatte die Adressen der Frauen über jemanden bekommen, der mit dem Magazin in Verbindung stand. Und um überhaupt Kenntnis von der Existenz der Reportage zu haben, musste er entweder Jess oder jemanden von dem Magazin gekannt haben.

Aber immer noch hatte ich keinen Anhaltspunkt für ein Motiv.

Die Logik meiner Notizen drehte sich im Kreis, wie eine Schlange, die sich immer wieder in den eigenen Schwanz biss. Viele meiner Schlüsse basierten auf Vermutungen, und das war nicht gerade hilfreich. Vielleicht lag ich ja mit all meinen Schlussfolgerungen falsch. Es war jetzt zehn nach drei. Ich fragte mich, was sich wohl gerade auf dem Hochzeitsempfang abspielte.

Ich erhob mich vom Bett und streckte mich. Der Wirrwarr an Fakten und die Schwüle machten mir zu schaffen. Mein Kopf fühlte sich dumpf und schwer an. Ich nahm etwas Geld aus meiner Jackentasche und ging zu dem Schreibwarenladen an der Ecke, um Zigaretten zu holen. Ich musste mir *Peeping Tom* anschauen. Und ich brauchte was zu rauchen. Unbedingt.

Sie wissen, wie sie aussieht, oder? Groß und dünn, aber mit wohl geformten Rundungen und mittelgroßen Titten, die sich unter ihrem weißen T-Shirt abzeichnen. Diese braunen, lockigen Haare, ganz dicht, und diese Augen. Eins grün, das andere blau. Wenn sie mit dem blauen ein bisschen genauer hingeschaut hätte, hätte sie mich sehen können, wie ich da auf der Mauer gesessen und sie beobachtet habe. Kein Rock heute. Wieder die üblichen Levi's und Turnschuhe. Keine Verabredung also. [Lacht.]

Sie war keine fünfzig Meter gelaufen, da hat auch schon ihr Yuppie-Handy geklingelt. Ich habe die Ohren gespitzt: Wer da wohl dran war? Würde sie irgendwas davon erzählen, was sie über mich wusste? Ich war ganz aufgeregt, was ich zu hören bekommen würde. Als sie stehen geblieben ist, habe ich mich an eine Mauer gelehnt. Dann hat sie sich umgedreht, dann noch mal, und dann hat sie sich einen Finger ins Ohr gesteckt, weil gerade ein Umzugslaster vorbeigedonnert ist. Mal sehen, an was ich mich noch erinnern kann. Da sind Sie ganz scharf drauf, was?

Wie auch immer, ich habe also die Ohren gespitzt.

»Was?« Sie hat sich verärgert angehört. Anscheinend ist ihr jemand auf die Nerven gegangen. »Was?«, hat sie noch mal gesagt. Diesmal ungläubig.

Schweigen. Sie hat sich eine Zigarette angezündet, also habe ich mir auch eine angezündet.

Wen immer sie da am Rohr hatte, der konnte auf jeden Fall reden. Fünf Minuten hat es gedauert, bis die Schlampe ein Wort dazwischengebracht hat.

»Dann rufst du vom Empfang an? Das ist wirklich unterste Schublade«, hat sie gesagt. »Wo ist Bronwyn?«

Schweigen. Der Dritte im Bunde redete wieder.

»Und was ist, wenn sie rauskriegt, dass du mich angerufen hast? Was kommt dabei raus – etwa wieder Telefonterror von Familie und Freunden, die mich damit nerven, dass ich endlich die Finger von dir lassen soll? Vielleicht könntest du ihnen mal sagen, dass ich dich seit letzter Woche kein einziges Mal angerufen habe.«

Arme Superschnüfflerin. Hatte offensichtlich noch ein paar offene Herz-Schmerz-Geschichten.

»Dann bist du jetzt also verheiratet?«

Das wurde ja immer merkwürdiger. Die verbotene Liebe hatte sich gerade verheiratet. Also wenn das nicht durchgeknallt war: Schmonzette pur.

»Bist du glücklich?«, hat sie gefragt. Anscheinend nicht, denn das Nächste, was sie gesagt hat, war: »Was zum Teufel soll ich denn jetzt deiner Meinung nach tun? Wenn du geglaubt hast, dass ich dich nach deinem Anruf gestern Abend zurückrufen würde, um dich da rauszuholen, hast du dich wirklich geschnitten. Das geht mich schlicht nichts mehr an, Fenn. Und das weißt du genau.«

Fenn? Was ist denn das für ein bescheuerter Name?

»Tut mir Leid«, hat sie dann gesagt. Sie hat jetzt ein bisschen geschnieft und sich umgeschaut, ob auch niemand sieht, dass sie heult. »Es tut mir wirklich Leid, dass es so weit gekommen ist. Fenn, das wird schon wieder werden. O Gott … Es gibt so Zeiten, da sind Gottes Wege schon seltsam. Was? Katholisch, ja. Warum hätte ich dir das sagen sollen? Also, was willst du jetzt tun? Schätze, du musst es einfach versuchen und das Beste draus machen. Was? Warum? Deine Frau hat angerufen und mich sehr höflich darum gebeten, nicht zu kommen. Schätze, sie hat gedacht, dass ich mit dir durchbrenne oder so … Sag nicht so was.« Sie hat sich eine Träne von der Backe gewischt. »Sag nicht so was, Fenn. Warum hast du nicht darüber nachgedacht, bevor du ihr dein Jawort gegeben hast? Ich werde immer für dich da sein, ja, das weißt du doch … Was? Na ja, ich werde halt weiter meine Angel auswerfen … Im Meer? Ja, sicher, das hab ich gemeint.«

Sie hat sich wieder eine Zigarette in den Mund gesteckt und dann das Feuerzeug herausgekramt, das ihr aber gleich auf den Boden gefallen ist.

»Du kannst nicht eifersüchtig sein, Fenn. Ja, ich weiß, aber sie ist jetzt deine Frau. Ich meine, du musst einfach versuchen, sie zu lieben. Du warst es doch, der mir genau das ge-

sagt hat. Ja, ich weiß, dass das was anderes ist, verdammte Scheiße.«

Sie hat jetzt nicht mehr geweint, sondern ist langsam sauer geworden. Ich hatte sie vorher noch nie fluchen gehört. Aber wie sie die zwei Worte ausgesprochen hat. Verdammte Scheiße. Ziemlich dreckig.

»Und übrigens«, hat sie dann gesagt. »Ich habe jetzt eine Verabredung.«

Unartiges Mädchen. Ich habe gewusst, dass das nicht stimmte, und sie hat es auch gewusst. Und dieser Sven, oder wie der hieß, der hätte es auch wissen können, wenn er richtig zugehört hätte. Die Stimme hat sie verraten. Sie hat dann wieder ein paar Minuten lang geschwiegen und zugehört. Ihr letztes Wort, bevor sie Schluss gemacht hat, war »Jon«. Ich musste so laut lachen, dass ich mich schnell um die nächste Ecke verdrückt habe.

Als ich zurückkam, war das Haus leer. Henri und Star waren ausgegangen. Sie hatten auf dem Tisch eine Nachricht hinterlassen, dass sie zu einem Freund gegangen seien und erst spät zurückkämen.

Ich ging ins Wohnzimmer, weil ich mir jetzt unbedingt den Film ansehen wollte. Ich ließ mich auf dem Sofa nieder und platzierte neben mir Aschenbecher, Zigaretten und Schokolade. Auf dem Weg zum Schreibwarenladen hatte mich Fenn angerufen, um mir mitzuteilen, was für einen Riesenfehler er gemacht hätte, und um mich zu fragen, warum ich ihn nicht aufgehalten hätte. Ich hatte ihm gesagt, dass es sein Leben und im Grunde auch sein Fehler sei. Deshalb die Schokolade. Ich würde es auf keinen Fall zulassen, dass er mich da reinzog. Und außerdem hatte ich jetzt keine Zeit, darüber nachzudenken.

Ich zog das Video aus der Hülle und steckte es in den Rekorder, der sich automatisch einschaltete. Ich stellte Kanal neun ein, lehnte mich mit untergeschlagenen Beinen zurück und zündete mir eine Zigarette an.

Ich klappte mein Notizbuch auf und schrieb die Worte *Dartscheibe* und *Auge* hinein: das, was auf den beiden ersten Bildern des Films zu sehen war. Da ich jedoch vom ersten Moment an gleichermaßen gefesselt wie verwirrt war, legte ich schon Sekunden später den Stift beiseite. Ich wusste, dass der Film alt war, älter als ich, und dennoch machte die ganze Machart einen eigenartigen Eindruck auf mich: Musik, Licht und Kameraführung waren anders als alles, was ich bisher gesehen hatte.

Trotzdem schlug mich der Film sofort in seinen Bann. Auf der Leinwand erschien eine Frau, die durch eine versteckte Kamera beobachtet wurde, deren Linse über ein Fadenkreuz verfügte – wie ein Gewehr. Ich spürte ein Kribbeln im Nacken.

»Das kostet zwei Pfund«, sagt die Frau.

Dann Geräusche von Schritten. Ich dachte: Zwei Pfund? Doch wohl kaum für Sex? Immer noch hört man die Schritte, dieses Klacken von metallenen Pfennigabsätzen, die früher mal in Mode waren.

»Mach die Tür zu«, sagt sie.

Sie geht die Treppe hoch. Sie hat blondes, gewelltes Haar. Die hinteren Nähte an ihren Nylonstrümpfen weisen sie als alt und als Hure aus. Sex. Eindeutig.

Sie fängt an, sich auszuziehen.

Sie wird (wie der Zuschauer auch) von einem einrastenden, klickenden Geräusch abgelenkt. Es kommt von der versteckten Kamera, die die ganze Sequenz filmt. Langsam verändert sich der Gesichtsausdruck der Frau zu einer Furcht erregenden Fratze. Schreiend weicht sie zurück. *Nein.*

Ich wandte kurz den Kopf ab und schnaufte durch. War ich darauf gefasst gewesen, dass das ein Horrorfilm sein würde? War das wirklich ein Horrorfilm? Ich war mir nicht sicher. Trotzdem war es der reine Horror. Ich schluckte. Hatte Tam den gleichen Gesichtsausdruck gehabt, als sie vor einer Woche auf dem Sofa vor ihrem Peiniger zurückgeschreckt war? Ich schluckte wieder und zündete mir erneut eine Zigarette an.

Inzwischen sieht man auf der Leinwand eine laufende Kamera (genauer: einen Projektor). Ein Mann schaut. Wer ist er? Er schaut sich den Mord an – den Mord, den er gerade gefilmt hat. Die Musik – Klaviermusik – umkreist zunächst aufgeregt eine helle Melodie, bevor sie sich zu einem formlosen Crescendo steigert, währenddessen der Voyeur (Peeping Tom) eine Art Gipfel der Erregung erreicht.

Dann filmt er, er ist jetzt wieder draußen auf der Straße, die Begebenheiten nach dem Mord. Er erzählt einem Mann, dass er Reporter beim *Observer* ist *(ha, ha,* dachte ich, ohne darüber lachen zu können). Später sieht man ihn im Hinterzimmer eines Zeitungsladens: Er fotografiert Mädchen für Pornobilder im Stil der frühen Sechziger.

Dann musste ich zurückspulen.

»Ich hab mal eine Frage, Mark«, sagt der Ladeninhaber.

Ich spulte wieder zurück.

»Ich hab mal eine Frage, *Mark.«* O nein. Ich hoffte, dass es nicht das bedeutete, was ich befürchtete. Während das Band weiterlief, war ich ganz konfus und unruhig. Auf der Leinwand unterhalten sich der Ladeninhaber und Mark, der Mörder/Fotograf, über Mädchen und Zeitschriften.

Plötzlich schien das alles eine besondere Bedeutung zu bekommen. Der Film war gut, es war unübersehbar, warum er ein Klassiker war. Und er war Furcht einflößend, obwohl ich mir nicht ganz sicher war, ob nicht zum Teil meine besondere Situation dafür verantwortlich war. Mord war für mich kein Thema mehr, das nur in der Fiktion existierte, es betraf mich sehr real.

Der Mörder hieß zweifelsfrei Mark – mit k. Man konnte

den Namen auf dem Regiestuhl lesen, der neben dem Projektor stand, auf dem er sich immer die Mordsequenzen vorspielte. *Mark Lewis.* Im Laufe der Geschichte wurde klar, dass sich der Zuschauer mit dem sympathisch gezeichneten Charakter identifizieren sollte. Die Gründe für die Morde lagen anscheinend in einer grauenhaften Kindheit verborgen. Sein Vater, ein Wissenschaftler, hatte über Jahre jede Sekunde seines Lebens mit der Kamera aufgezeichnet.

Auf der Leinwand: »Warum hat er das gemacht?«, fragt Helen, die sich zu Mark hingezogen fühlt.

»Er hat sich dafür interessiert, wie das menschliche Nervensystem auf Angst reagiert«, antwortet er.

Und so wurde *Angst* zu Marks Fetisch. Er war ein Produkt dessen, was man interessant an ihm gefunden hatte. Eine Frau zu sehen, die Angst hatte, erregte ihn. Und die Erregung löste den Wunsch aus zu töten.

Ich zwang mich zu kritischer Distanz, was meine eigene Angst eine Zeit lang in Schach hielt; bis mich das Geheimnis des Films in seinen Bann schlug. Fasziniert hörte ich zu, wie ein Polizist sagte, dass das vor Angst erstarrte Gesicht des Opfers einen ganz einzigartigen Ausdruck habe.

»Was hat sie da gesehen?«, fragt der Inspector.

»Vielleicht einen Mann, der mit einer Waffe auf sie zukommt«, sagt sein Kollege. Die naheliegendste Vermutung.

»Mit dieser Art von Angst kenne ich mich aus«, sagt der Inspector. »Das hier ist völlig neu für mich.«

Als am Ende das Geheimnis enthüllt wurde, musste ich mich fast übergeben. Obwohl ich so etwas Fürchterliches noch nie gesehen hatte, war ich so gefesselt, dass ich mich bis zum Schluss nicht losreißen konnte. Während des Abspanns fühlte ich mich wie erschlagen, wie ein Voyeur, der sich zu lange zu viel angeschaut hatte. Ich stand auf, um in die Küche zu gehen und Kaffee zu machen. Vielleicht verschwanden die Ekel erregenden Bilder, wenn ich etwas ganz Alltägliches tat. Als ich am Telefon vorbeiging, klingelte es. Ich hob ab, aber es meldete sich niemand. Wieder mal.

Ich hörte die Stimmen der im Nachbargarten spielenden Kinder. Auch wenn draußen die Sonne vom Himmel brannte, mich fröstelte so, als herrsche dunkelste, tiefste Nacht.

Mir kam es so vor, als liefe *Peeping Tom* auf meinem inneren Projektor noch stundenlang weiter; so flackernd und gruslig wie die im Film von Mark gedrehten Bilder. Ich versuchte mich mit normalen Dingen abzulenken. Ich trank Kaffee, rauchte Zigaretten und schaute mir später – nur um mir zu versichern, dass die Welt nicht nur real, sondern auch unschuldig war – sogar das *Fußballspiel des Tages* an. Ich wollte nur heile Welt um mich. Als ich dann aber aufs Klo musste und dafür hätte nach oben gehen müssen, konnte ich nicht. Die Vorstellung, mich von der Haustür wegzubewegen (in meinen irrationalen Gedankengängen würde ich bei drohender Gefahr als Erstes zur Haustür stürzen) und die Treppe hinauf in die Dunkelheit zu gehen, war zu viel für mich. Also blieb ich einfach auf dem Sofa sitzen und versuchte, nicht an Mord zu denken, oder daran, dass ich vielleicht die Nächste sein könnte. Ich zappte durch die Kanäle und versuchte einen Film oder ein Show zu finden, die mich nicht noch weiter herunterzog.

Das Einzige, was die terrestrischen Kanäle anzubieten hatten, waren Mord- und Horrorgeschichten *(Taggart, Vampire's Kiss, The Hitcher)* oder Poolbillard, bei dem ich locker vor Langeweile gestorben wäre. Also die Kabelkanäle. Ich blieb schließlich bei der Wiederholung einer alten Folge von *Beverly Hills 90210* hängen, die mich einerseits beruhigte, andererseits aber auch beunruhigte: Ein attraktiver Typ mit Namen Dylan hatte die Wahl zwischen zwei Frauen, einer Dunkelhaarigen und einer Blonden. Er entschied sich für die Blonde.

Schließlich kamen Henri und Star nach Hause, und sofort

fühlte ich mich besser und fing wieder an, normal zu denken. Der Film hatte mir einen gehörigen Schrecken eingejagt. Aber was hatte er zu bedeuten? Dass Jess Mark Savage für den Täter hielt? Da waren einfach zu viele Marks. Mark Moss, Mark Savage und der Mark Lewis aus dem Film. Alle standen irgendwie mit den Morden in Verbindung. Alle standen auch mit Jess in Verbindung.

Es war kurz nach zehn. Ich ging in den Flur, um zu telefonieren. Ein paar Minuten später hatte ich die Nummer, die ich wollte, und wählte erneut. Ich musste mit Sarah sprechen. Ich wollte mich vergewissern, ob das, was Jess gemacht hatte, überhaupt möglich war, und wenn ja, wie man so eine Sache anpackte. Sarah war Journalistin bei einem Boulevardblatt. Sie musste es wissen.

»Ja«, sagte eine laute, männliche Stimme am anderen Ende der Leitung. Im Hintergrund waren Stimmen und Musik zu hören.

»Hi. Ist Sarah da?«, fragte ich.

»Einen Moment.« Obwohl er anscheinend den Hörer zuhielt, hörte ich eine gedämpfte Stimme. *Ist hier jemand, der Sarah heißt?* Kurz darauf hörte ich ein schlurfendes Geräusch und dann Sarahs leise Stimme. *Das ist meine Scheißbude, du Penner.*

»Sarah Edwards«, sagte sie.

»Hi, Sarah«, sagte ich. »Hier ist Lily. Wir haben uns vorgestern Abend kennen gelernt.«

»Ja, richtig«, sagte sie. »Du bist die, die Jon flachgelegt hat.«

»Woher weißt du …«

»Hab ich nicht gewusst. Jetzt schon.« Sie lachte. »Tut mir Leid wegen dem Krach. Aber mein Freund schmeißt gerade eine Party.«

»Also, Sarah. Ich hab da ein paar Fragen.«

»Worüber?«

»Tja, das kann ich dir jetzt noch nicht sagen. Aber wenn du mir ein bisschen unter die Arme greifst, hab ich wahrscheinlich eine ziemlich heiße Exklusiv-Story für dich.«

»Tatsächlich?« Eine Tür knallte, und die Musik drang nur noch gedämpft und leise an mein Ohr. »Ich höre.«

»Also, das ist alles noch rein hypothetisch, okay?«

»Wenn du es sagst.«

»Was würde passieren, wenn du eine getürkte Geschichte in euer Blatt hievst?«

»Mein Boss würde mich rausschmeißen.«

»Woher weiß er denn, dass sie getürkt ist?«

»Was meinst du?«

»Angenommen, du türkst eine von diesen Geschichten aus dem wahren Leben. Wie ... Der Typ, der tausend Frauen hatte. So was.«

Sie lachte. »Hört sich ganz nach uns an.«

»Angenommen, du findest einen Typen. Echter Name, echte Fotos. Wer würde das überprüfen?«

»Erst mal mein Redakteur. Wir müssen die Leute ganz genau checken. Letzte Woche hatte ich eine Geschichte über einen fünfzehnjährigen Burschen, der zwei Kinder gezeugt hat. Ich hatte Fotos von dem Jungen, seiner Freundin, den Kindern, das Einverständnis der Eltern, alles eben. Aber mein Redakteur wollte die Geburtsurkunden der Babys, um ganz sicher zu gehen. Außerdem mussten wir noch die Einwohnermeldeämter anrufen, wo die Teenager registriert waren, um zu checken, ob sie uns auch ihr richtiges Alter gesagt hatten. Und das haben wir dann noch mal mit ihren Geburtsurkunden gegengecheckt. Sie hätten uns ja bei ihrem eigenen Alter reinlegen und dann zwei irgendwo ausgeliehene Babys unterjubeln können. Und wir wären dann ziemlich blöd dagestanden.«

»Dann checkt ihr das also alles gründlich durch?«

»Ja. Alle Boulevardblätter machen das. Die Leute pissen

uns an und sagen, dass wir Sachen erfinden. Aber das stimmt einfach nicht. Sogar in den VIP-Storys steckt zumindest ein Körnchen Wahrheit, egal was die jeweiligen VIPs dazu sagen.«

»Was ist mit Zeitschriften?«

»Was meinst du?«

»Diese Frauenzeitschriften, die Wochenblätter. Was, wenn man bei denen eine getürkte Geschichte unterbringen wollte?«

»Scheiße. Das passiert dauernd.«

»Tatsächlich?«

»Na klar. Manchmal hängen wir uns an was echt Schräges, was die gebracht haben, dran. Aber wenn du dann genauer nachhakst, stellt sich raus, dass das meiste einfach Bockmist ist.«

»Wirklich?«

»Ja.«

»Ich hab gestern mit einer Redakteurin gesprochen, die für solche Reportagen verantwortlich ist. Sie schwört, dass die Geschichten alle wahr sind.«

»Ist doch klar, oder? Was soll sie denn sonst tun? Die muss ja die Anzeigenkunden bei der Stange halten.«

»Aber warum der Unterschied? Warum kommt man damit bei einer Zeitschrift durch und bei einer Tageszeitung nicht?«

»Schätze, weil die mehr die Gefühle anpeilen. Unser Job sind Fakten, deren Job sind Emotionen. Die sind sehr vorsichtig, was verleumderische und alle anderen rechtlich komplizierten Sachen angeht. Aber um ehrlich zu sein, zu wählerisch können die nicht sein bei der harten Konkurrenz. Ich meine, die müssen ein ganzes Heft füllen mit Scheißdreck wie *Ich war mit dem Mann meiner besten Freundin im Bett.* Das meiste von dem Zeug würden wir schon deshalb nicht anrühren, weil das keine echten Sensationen sind. Und sonderlich bemerkenswert ist das meiste ja auch nicht. Wie diese Fallstudienmasche über Eifersucht und so was. Jeder ist schon mal irgendwann eifersüchtig gewesen, und wer kann schon beweisen, was einer fühlt oder nicht fühlt?«

»Aber was ist, wenn das Zeug bewirkt, dass irgendwer aktiv wird? Ein paar wahnwitzige Beispiele dafür gibt es ja. Wie der Typ, der den Freund seiner Ex-Freundin angegriffen und ihr die Autoreifen zerstochen hat.«

»Wenn die Geschichte nicht vor Gericht landet, wird das Magazin die Namen von Dritten oder Einzelheiten darüber nicht erwähnen – schon gar nicht, wenn sie keinen Vertrag mit den Betroffenen haben. Außerdem – solange sich die Gerichte nicht damit beschäftigen, ist es ohnehin schwierig, das eine oder das andere zu beweisen. Das ist ein weiterer Unterschied zwischen denen und uns. Wir würden nie was anfassen, das wir nicht schwarz auf weiß belegen können; Gerichtstermine, Geburtsurkunden und so weiter. Den Magazinen reichen echte Namen und echte Fotos. Erzählen können die Personen, was sie wollen.«

»Ja, den Eindruck hatte ich auch.« Ich dachte kurz nach. Sarah war hilfreicher, als ich erwartet hatte. »Woher weißt du das alles?«

»Wir haben alle schon Reportagen geschrieben.«

»Dann scheint das ja alles zu stimmen«, sagte ich mit süffisanter Stimme.

»Also, was ist jetzt mit dem großen Knüller? Hast du was für mich? Irgendwelche Hintergrundinformationen, an denen ich arbeiten kann?«

»Ich kann noch nichts Genaues sagen. Aber ich kann dir versprechen, dass da noch einiges rauskommt.«

»Ich warte auf deinen Anruf.«

»Ach, übrigens«, sagte ich, weil mir plötzlich etwas einfiel. »Was ist das Geheimnis bei der Sache? Wie türke ich eine Geschichte, ohne dass mir einer draufkommt?«

»Tja, im Grunde musst du nur dafür sorgen, dass keiner was erfährt.«

»Das heißt, die Leute dürfen niemandem ein Wort davon erzählen.«

»Genau. Besonders in London. Sonst passiert nämlich Folgendes, und zwar schneller, als du denken kannst: Frau Soundso erzählt es ihrer Mutter, die erzählt es ihrer Freundin, die erzählt es ihrem Sohn, und der ist zufällig der Vertriebsleiter bei dem Verlag. Also: Mundhalten ist Regel Nummer eins, um so eine Sache ohne Panne durchzuziehen. Hilft dir das weiter?«

»Ja, danke.«

»Keine Ursache.«

»Bis dann, Sarah.«

Damit ich sie zurückrufen konnte, gab mir Sarah noch ihre Nummer – Handy, Pager und Büro. Sobald die Sache so wasserdicht war, dass man damit an die Öffentlichkeit konnte, würde ich sie anrufen. Ich war mir jetzt sicher, dass ich richtig lag. Jess hatte die Geschichten erfunden. So was passierte jeden Tag.

19

Faule Tricks

Am Sonntagmorgen war ich nervös. Ich lief unruhig in der Küche herum und schlang hastig mein Frühstück hinunter. Ich musste etwas tun. Ich musste mit Kathi sprechen, und ich musste mehr über das Innenleben des *Smile!*-Magazins herauskriegen. Aber es war Sonntag. Ich konnte nichts tun.

»Was ist denn los?«, fragte Henri schließlich, der am Küchentisch saß und den *Observer* las.

»Es ist Sonntag«, sagte ich und verdrehte seufzend die Augen. »Ein absolut sinnloser Tag.«

»Schätze, *Gott* wäre da anderer Meinung«, erwiderte er.

»Ich hätte so viele Sachen zu erledigen ...«

Es hätte keinen Zweck gehabt, Henri die ganze Geschichte zu erklären. Wie hätte ich ihm erklären sollen, dass ich nur deshalb mit meiner brandneuen Information nicht zur Polizei ging, weil ich es Star versprochen hatte? Von meinem Entschluss, nachdem ich mir *Peeping Tom* angesehen hatte, konnte ich ihm auch nichts erzählen – dass ich nämlich morgen in die Redaktion von *Smile!* gehen würde, um Mark Savage zu treffen. Nein, Henri würde das ganz und gar nicht gefallen.

»Entspann dich«, sagte er. »Warum liest du nicht ein Buch?«

»Äh, ja«, sagte ich, während mir gerade etwas einfiel. »Ich glaube, ich mache erst mal einen Spaziergang. Bis später.«

»Okay. Bis dann«, sagte er verwirrt.

Bevor ich meine Meinung ändern konnte, packte ich Jacke und Notizbuch und verließ das Haus. Auf der Hauptstraße schnappte ich mir ein Taxi und sagte dem Fahrer, er solle mich nach Deptford fahren. Es war an der Zeit, mir noch mal Jess' Wohnung anzuschauen. Wenigstens etwas, das man am Sonntag machen konnte.

Ich habe sie vom Fenster aus gesehen. Sie ist durch den Haupteingang ins Haus gegangen und dann wahrscheinlich die Treppe hoch. Sie ist ohne Probleme reingekommen, das Sicherheitssystem war schließlich immer noch außer Betrieb. Dann habe ich gedacht: Scheiße, sollst du jetzt richtig grob werden, oder was? Na ja, ich will nicht unfair sein, angeklopft hat sie vorher schon. Keine Antwort. Da war eben »keiner«, der sich drum gekümmert hat, was sie als Nächstes tun würde.

Der Punkt ist, da war schon jemand in der Wohnung. Hat rumgeschnüffelt und genau das Gleiche getan, was sie vor ein paar Tagen selbst gemacht hat: Hat sich die Computerdateien angeschaut, hat sich Notizen gemacht. Dann hat er das Klopfen gehört und sich versteckt. Sie sehen also, als sie zur Tür rein ist, da war sie nicht allein.

Als ich an die Tür klopfte, hat keiner geantwortet. Jess wollte offensichtlich weiter unsichtbar bleiben, und Tyler war wohl ausgegangen. Weil die Tür nur leicht angelehnt war, bin ich einfach reingegangen. Ich war erleichtert, dass sich Plan B – nämlich einzubrechen – erübrigte.

In der Wohnung war es heiß. Alle Fenster waren geschlossen. Wie Nebel, der bei sich erwärmender Luft aufsteigt, war die zähflüssige, schmutzige und klebrige Hitze in den Wohntürmen Stock um Stock nach oben gekrochen. Ich hatte mir keine Ausrede für den Fall parat gelegt, dass Tyler hereinplatzte; meine Strategie hieß einfach: Tempo. Das Prinzip basierte ganz simpel auf der Annahme – oder der Hoffnung –, dass ich schon niemandem in die Arme laufen würde, wenn ich nur schnell genug wäre.

Ich beschreibe Ihnen kurz den Aufbau der Szene.

Mädchen betritt zögernd die Wohnung. Schaut sich um, überprüft, ob sie allein ist.

Mann versteckt sich in der Küche. Glaubt, dass sie da nicht nachschaut.

(Die Atmosphäre atmet Heimlichkeit und Heimtücke.) Mädchen geht schnurstracks ins Arbeitszimmer. Scheint zu wissen, was sie will.

Mann beschließt, sich aus der Küche herauszuwagen. Will nachschauen, was sie macht.

Im Arbeitszimmer schüttet Mädchen irgendwas um. Sagt »Scheiße«.

Mann hört sie zurückkommen, erstarrt, schaut sich nach neuem Versteck um.

Mädchen kommt aus dem Arbeitszimmer. Hat nasse Hände, sucht nach einem Handtuch.

Mann versteckt sich hinter der Wohnzimmertür, presst sich mit dem Rücken an die Wand.

Mädchen geht an ihm vorbei. Drückt dabei die Tür gegen seinen Körper.

Mann lugt hinter der Tür hervor. Keine Gefahr; sie ist in der Küche.

Mädchen findet Geschirrtuch, trocknet sich die Hände ab. Mann geht auf die Küche zu.

Mädchen geht auf die Küchentür zu. Sie will zurück ins Arbeitszimmer, will die Schweinerei aufwischen.

Mann geht auf die Küche zu.

Mädchen geht auf die Küchentür zu.

Sie schreit.

Ich lache.

Mann zuckt zurück.

Sie schauen sich an.

Alles wäre viel schneller gegangen, wenn ich nicht die schimmlige Teebrühe auf Jess' Schreibtisch verschüttet hätte. Ich fluchte und ging aus dem Zimmer, um ein Geschirrtuch aus der Küche zu holen, damit ich mir die Hände abtrocknen und die Schweinerei sauber machen konnte. Der Tee war über den ganzen Schreibtisch geflossen und hatte auch Jess' Aktenordner in Mitleidenschaft gezogen.

Auf dem Weg in die Küche bereiteten mir zwei Dinge Kopfzerbrechen. Erstens der Tee: Neulich hatte ich mir keine Gedanken darüber gemacht, aber jetzt fragte ich mich, warum sich jemand eine Tasse Tee machte und dann keinen Tropfen davon trank. Hatte Jess überstürzt die Wohnung verlassen müssen? Das Zweite waren das Poltern und die Schritte, die ich in der Wohnung über mir hörte. Jemand ging pausenlos auf und ab. Wo immer ich gerade stand, die Schritte schienen direkt über mir zu sein.

Da ich so schnell wie möglich wieder verschwinden wollte, machte ich mir keine weiteren Gedanken darüber. Ich suchte nach einem Geschirrtuch und fand schließlich eins.

Als ich mich wieder umdrehte, stand in der Küchentür ein Mann, den ich vorher noch nie gesehen hatte. Er hatte dunkles Haar und trug eine Brille. Das war nicht Tyler, es musste also ein Einbrecher sein. *Oder etwa der Mörder?* Ich schrie. Mein Herz raste; es wollte schneller aus meinen Körper als ich aus der Wohnung.

Obwohl ich wusste, dass es keinen Fluchtweg gab, wich ich langsam zurück. Der Mann hob die Hand und sagte: »Wer immer Sie auch sind, bitte, ich will Ihnen nichts tun … Ich bin …«

»Fassen Sie mich nicht an«, zischte ich, als der Mann einen Schritt auf mich zu machte.

»Okay, okay … Sind Sie vielleicht diese Lily Pascale?«

»Woher wissen Sie, wie ich heiße?«

»Sind Sie's?«

»Ja.«

»Schon gut, beruhige dich, Lily. Kathi hat mir schon alles über dich erzählt.«

»Kathi?«

»Ja, die Redakteurin von *Smile!*«

Bei jedem Satz machte ich einen Schritt rückwärts und er einen Schritt vorwärts. Allerdings war jeder seiner Schritte nur halb so lang wie der vorhergehende.

Frage: Ein Mörder geht auf dich zu; jeder seiner Schritte ist nur halb so lang wie der vorhergehende; der erste Schritt war einen halben Meter lang, und du stehst zehn Meter von ihm entfernt. Wann erwischt er dich?

Antwort: Nie.

»Dann arbeiten Sie also für *Smile!?*«, fragte ich, während ich mich langsam entlang der Küchenzeile auf das Spülbecken zu bewegte, in dem ein großes Messer lag.

»Ja«, sagte er. »Ich kann dir meinen Presseausweis zeigen, wenn du mir nicht glaubst. Ich will dir wirklich nichts tun.«

Etwas in mir wollte ihm glauben, seine Stimme klang Vertrauen erweckend und überzeugend. Aber ich konnte mir einfach nicht dieses Bild aus dem Kopf schlagen, dieses Bild, wie er sich, sobald meine Wachsamkeit nachließ, auf mich stürzte. Wie würde er mich töten? Würde er mich erstechen wie Sasha, würde er mich erwürgen wie Tam? Nie in meinem Leben hatte ich solche Angst verspürt. Ich war praktisch wie gelähmt, konnte mich kaum noch bewegen und kam mir vor wie eine Witzfigur in meinem eigenen Vexierspiel. (Antwort: S*ie* kommt sicher nie ans Ziel.)

»O Scheiße«, flüsterte ich unwillkürlich. »Was zum Teufel …«

»Bitte. Du brauchst keine Angst zu haben«, sagte er, während er immer näher kam.

»Wer sind Sie?« Die Worte hatten sich in meinem Hals zu

Säure verwandelt und waren mir wie ein krächzendes Flüstern über die Lippen gekommen.

»Ich heiße Mark«, sagte er. »Ich bin bloß ein Fotogr–«

»O nein«, murmelte ich. »Nein!« Ich schrie.

Mit schier übermenschlicher Wucht trat ich ihm in den Bauch. Ich musste hier raus, ich musste um mein Leben laufen. Er verlor das Gleichgewicht und fiel rückwärts in eine Stellage voller Gemüse. Bevor er sich wieder aufrappeln konnte, stürzte ich aus der Küche und aus der Wohnung. So schnell ich konnte, lief ich den Flur entlang und die Treppe hinunter.

Ich raste aus dem Gebäude, überquerte die Hauptstraße und bog dann rechts ab, in Richtung U-Bahn-Station Surrey Quays. Als ich mich umschaute, war zwar niemand zu sehen, dennoch rannte ich weiter. Ich hielt das erste Taxi an, das vorbeikam, und sagte dem Fahrer, er solle mich nach Camden fahren. Und zwar schnell. Als das Taxi vor Henris Haus hielt, schlug mir das Herz immer noch bis zum Hals. Meine Muskeln waren verspannt und schmerzten. Der Schweiß, der mir in Jess' Küche aus allen Poren getreten war, fühlte sich jetzt kalt an. Ich war schweißnass, fror und war immer noch zu Tode erschrocken. Ich bezahlte den Fahrer, gab ihm die Hand und stieg aus. Fast hätten die Beine unter mir nachgegeben. Unsicher ging ich zur Haustür und schlug mit der Faust gegen das Holz. Ich wollte nichts als hinein und vergaß dabei ganz, dass ich ja einen eigenen Schlüssel hatte.

Star öffnete die Tür.

»Mein Gott«, sagte sie, als sie sah, in welchem Zustand ich war. »Lily, was um alles in der Welt …«

»Lass mich rein«, sagte ich mit würgender Stimme. »Und mach die Tür zu.«

»Ja, sicher. Komm, ich mach dir erst mal einen Drink.«

Sie bugsierte mich in die Küche und hörte sich meine Geschichte an. »Ein Fotograf – Mark«, murmelte sie nachdenklich, nachdem ich ihr alles erzählt hatte.

»Ja, er hat mich in der Scheißküche festgenagelt«, sagte ich mit immer noch zitternder Stimme. »Vielleicht sollte ich doch die Finger von der Sache lassen.«

»Das muss ja entsetzlich gewesen sein.«

»In meinem ganzen Leben habe ich noch nie so viel …«

Das Klingeln an der Haustür schnitt mir das Wort ab.

»Ich geh schon«, sagte Star. »Bleib ruhig sitzen.«

Sie blieb mehrere Minuten weg, währenddessen ich darüber nachdachte, ob ich weitermachen sollte. Obwohl mir die ganze Sache einen kalten Schauer über den Rücken jagte, war mir klar, dass ich nicht einfach so aussteigen konnte.

Star kam zurück in die Küche und brachte noch jemanden mit. Ich erstarrte, als ich ihn erkannte – es war Mark, der Fotograf. Star hatte ihn hereingebeten.

»Was will der hier?«, fuhr ich sie an.

»Das ist schon in Ordnung«, sagte Star lächelnd. »Er hat mir alles erklärt.«

»Was hat er dir erklärt? Dass er versucht hat, mich umzubringen?«

Mark blieb an der Küchentür stehen. Er machte einen etwas verängstigten Eindruck.

»Ich wollte bloß das hier abgeben«, sagte er und hielt mir mein Handy hin. »Du hast es liegen lassen.«

»Oh«, sagte ich. Mehr fiel mir dazu nicht ein. Und dann: »Wie hast du rausgekriegt, wo ich wohne?«

»Deine Nummer von zu Hause war einprogrammiert«, sagte er. »Ich hab einfach da angerufen und, na ja … deine Mutter war sehr entgegenkommend.«

»Hat er doch gut gemacht, oder? Außerdem ist er nicht der Mörder«, sagte Star.

»Woher willst du das wissen?«, zischte ich sie an.

»Er hatte …«

»Ich habe ein Alibi«, sagte Mark.

»Ach ja?«, sagte ich.

»Ernsthaft. Ich war, tja … das ist mir jetzt ein bisschen unangenehm.« Mark schaute Hilfe suchend Star an, die jedoch lediglich affektiert lächelte. Ich wünschte, jemand würde mir endlich sagen, um was es hier eigentlich ging.

»Was?«

»Ich hatte eine Therapiesitzung«, sagte er. »Und zwar bei …«

»Deinem Vater«, beendete Star den Satz. Sie schaute mich grinsend an.

»Bei meinem Vater?«, sagte ich. »Oh.« Ich dachte nach. Ich war zwar immer noch nicht ganz überzeugt, schlug aber einen versöhnlicheren Ton an. »Und du warst den ganzen Morgen dort?«

»Nein, nicht ganz«, sagte er. »Aber auf dem Weg dorthin habe ich getankt. Das war so um halb neun.« Er kramte etwas aus seiner Hosentasche. »Hier ist der Kassenzettel. Den habe ich auch der Polizei gezeigt. Ich hatte mit Kreditkarte bezahlt, also muss ich es wohl gewesen sein. Das war genau zu der Zeit, als man das erste Mädchen umgebracht hat. Zwischen neun und zehn vor zehn war ich dann in der Sitzung. Bei dem zweiten Mädchen kann ich es also auch nicht gewesen sein.«

»Oh«, sagte ich.

»Tut mir Leid für den Wirbel«, sagte er und wandte sich zur Tür.

»Wo willst du hin?«, fragte ich.

Er schaute mich neugierig an. »Na ja, zurück zu Jess' Wohnung.«

»Wir müssen uns noch über ein paar Sachen unterhalten.«

»Was für Sachen?«

»Wenn du nicht der Mörder bist, was hast du dich dann in Jess' Wohnung rumzudrücken?«

»Ich mache uns einen Kaffee, okay?«, sagte Star und setzte den Wasserkessel auf, während sich Mark, der mich immer noch argwöhnisch musterte, einen Stuhl nahm.

Er schaute nach unten auf das Tischset, mit dem er herumspielte, sodass ich ihn genauer unter die Lupe nehmen konnte. Nichts Auffälliges an den Fingernägeln: Sie waren weder dandyhaft manikürt noch eklig angeknabbert. Die Hände waren allerdings irgendwie seltsam: größer als normale Hände, sonnengebräunt und ziemlich runzlig. Die Augen hinter den runden Brillengläsern funkelten wild: wild, blau und verstohlen. Sie blickten mal auf seine Hände, dann wieder auf das Tischset. Er vermied es, mich anzuschauen. Die hellbraunen Haare waren so durcheinander, dass ich nicht sagen konnte, ob sie gelockt oder einfach nur zerzaust waren. Die Kleidung war zwar salopp, aber teuer. Der Kaschmirpullover fiel locker auf seine Designer-Jeans, und die braune Lederjacke war von bester Qualität. Kurz: Ich fragte mich, wie er sich all das (plus die Therapie) mit einem Fotografengehalt leisten konnte. Dann hob er den Kopf und sah mich an.

»Es tut mir wirklich Leid, dass ich dir Angst eingejagt habe«, sagte er. »Ich kann verstehen, dass du so reagiert hast.«

»Also: Was hast du da gemacht? Bist du ein Freund von Jess?«

»Na ja, eigentlich bin ich mehr Tylers Freund. Seit unserer Schulzeit ist das ein ewiges Hin und Her zwischen den beiden. Mal sind sie zusammen, dann wieder nicht.«

»Ihr seid zusammen zur Schule gegangen?«

»Tyler und ich, ja.«

»Dann warst du also quasi ganz legal in der Wohnung?«

»Na ja, nicht ganz. Aber schätzungsweise legaler als du. Ich könnte dich genau dasselbe fragen. Das ist dir doch klar, oder?«

»Ich bin dabei, was über die Morde an diesen Frauen rauszufinden«, sagte ich lapidar. »Bevor sie verschwunden ist, hat mich Jess um Hilfe gebeten.«

»Dich?«

»Ja.« Ich musterte ihn von oben bis unten. »Ich hab schon vor ein paar Tagen versucht, dich zu sprechen. Ich bin in der Redaktion gewesen, aber Kathi hat gesagt, dass du einen Fototermin hast.«

»Ja, hatte ich. Sie hat mir von dir erzählt. Hat gesagt, dass du auf dem falschen Dampfer bist.«

»Wieso?«

»Weil du glaubst, dass *Smile!* das entscheidende Verbindungsglied in dem Fall ist.«

»Kann ich mir gut vorstellen, dass sie so denkt. Dann wolltest du vorhin also zu Tyler?«

»Nein, eigentlich nicht.« Anscheinend fühlte er sich nicht ganz wohl in seiner Haut. »Du weißt sicher, dass auch Tyler verschwunden ist.«

»Ach ja? Seit wann?«

»Seit dem Tag, als Jess verschwunden ist. Hab ich zumindest geglaubt.«

»Wo ist Tyler jetzt?«

»Hat er mir nicht gesagt.«

»Moment mal. Er ist am selben Tag wie Jess verschwunden?«

»Ja.«

»Das kann nicht sein. Ich hab erst am Montag mit ihm gesprochen. In der Wohnung.«

»Er hat mich angerufen und gesagt, dass er für mindestens zwei Wochen verschwinden würde. Er wäre bei einer früheren Freundin.« Er fügte hinzu: »Ich sollte das eigentlich niemandem erzählen.«

»Tja, aber ich habe mit ihm gesprochen. Das steht fest.«

»Seltsam.« Mark zuckte mit den Schultern. »Was hat er dir erzählt?«

»Nicht viel. Er schien ein bisschen von der Rolle. Machte einen irgendwie trübsinnigen Eindruck.«

»Er hat dir nichts von seinem Verdacht erzählt?«

»Nein. Aber von Jess' Verdacht, da hatte er eine ganze Menge zu erzählen. Offenbar hält sie Peeping Tom für den Täter.«

»Sie hält ... *Peeping Tom.* Mark, der Fotograf. Jetzt ist mir einiges klar.«

»Deshalb bin ich ja auch ...«

»So ausgerastet. Kein Wunder. Gestatten: Mark, der Scheißfotograf«. Er schnaufte schwer, die Wut stand ihm ins Gesicht geschrieben. »Gottverdammte Schlampe.«

»Was soll das jetzt wieder heißen?«

»Was wohl? Jess deutete damit doch wohl an, dass ich was damit zu tun habe. Ich kann einfach nicht glauben, dass Tyler dir das erzählt hat. Er kennt mich. Und außerdem ...«

»Außerdem was?«

»Und außerdem glaubt Tyler, dass sie es getan hat. Ich übrigens auch.«

»Du glaubst, dass Jess die Frauen ermordet hat?«

»Ja klar. Entweder das, oder sie hat die Sache irgendwie arrangiert.«

Star stellte je einen Becher Kaffee vor mir und Mark auf den Tisch. Dann setzte sie sich und schaute mich mit gerunzelter Stirn an.

»Du hältst wohl nicht sonderlich viel von Jess?«, sagte sie zu Mark. Sie hatte einen Ton angeschlagen, den ich vorher noch nie bei ihr gehört hatte. Vermutlich sprach sie so mit ihren Psychopathen. Allerdings dämmerte mir allmählich, dass Mark ganz und gar nicht in dieses Psycho-Raster passte. Er machte eher den Eindruck eines zu Unrecht Beschuldigten. Er war verbittert, wütend und kochte innerlich. Als er jetzt zu sprechen begann, richteten sich diese Emotionen gegen Jess.

»Wisst ihr, was das Lustigste daran ist? Dass ich nicht im

Geringsten überrascht bin. Es überrascht mich überhaupt nicht, dass sie die Morde entweder eingefädelt oder sogar selbst begangen hat. Es überrascht mich auch nicht, dass sie mich anschwärzen will. Jess lockt dich nach London, erzählt dir einen Haufen Scheiße, sagt dir: *Peeping Tom, der war's* (er imitierte dabei perfekt Jess' schneidende, weinerliche Stimme) und verpisst sich dann. Tyler weiß auch, dass sie es getan hat. Er hat Beweise dafür. Warum ist er wohl ebenfalls verschwunden? Weil er einfach den Gedanken nicht ertragen kann, dass sie eine Mörderin ist.«

»Was sind das für Beweise?«, fragte ich.

»Er hat ein blutverschmiertes T-Shirt gefunden«, sagte er. »Wie soll das sonst in Jess' Wohnung gekommen sein?«

»Wann hat Tyler das gefunden?«, fragte Star. »Und warum hat er der Polizei nichts davon erzählt?«

»Gefunden hat er das T-Shirt am Donnerstagabend, nach den Morden. Keine Ahnung, warum er niemandem davon erzählt hat. Außer mir natürlich. Das war, als er sich entschieden hatte zu verschwinden.«

»Warum hast du der Polizei nichts gesagt?«, fragte ich.

»Ich wollte Tyler nicht reinreiten, wegen Zurückhalten von Beweismaterial oder Beihilfe oder Begünstigung oder was auch immer.«

»Dann warst du also in Jess' Wohnung, um …«

»Um nach anderen Beweisen zu suchen. Das T-Shirt haben die beiden verbrannt, das weiß ich. Danach hat sich, soweit ich weiß, Tyler aus dem Staub gemacht. Hat gemeint, dass das einfach zu viel für ihn sei. Aber ich hab keine Ahnung, warum er dann noch mal zurückgekommen ist. Mit mir hat er sich nicht in Verbindung gesetzt, und ich selbst bin auch bis heute nicht mehr in der Wohnung gewesen.«

»Hört sich ganz logisch an«, sagte ich. Gleichzeitig fragte ich mich, warum sich die ganze Geschichte nicht koscher anhörte.

»Ich muss einfach irgendwas finden. Ich bin immer noch nicht raus aus der Sache, ich bin immer noch ein Hauptverdächtiger in einer Morduntersuchung.«

»Warum das denn?«, fragte Star verwirrt. »Du hast denen doch schon bewiesen, wo du an dem Morgen warst.«

»Ich hatte mit einem der Opfer eine Affäre«, sagte Mark, der dabei verlegen den Blick senkte.

»Du hattest eine Affäre mit einem der Opfer?«, wiederholte ich. »Mit welchem?«

»Mit Tam«, sagte er. »Es hat angefangen nach dem Fototermin. Deshalb hatte ich ja auch sofort das Alibi parat. Die Polizei ist das mindestens tausendmal mit mir durchgegangen.«

»Was ist eigentlich dein Alibi für die Zeit, als man Tam umgebracht hat?« Mir war plötzlich eingefallen, dass das noch fehlte. »Davon hast du uns noch gar nichts erzählt.«

Das Telefon klingelte.

»Entschuldigt mich einen Moment«, sagte Star und stand auf.

»Ich bin nicht da«, sagte ich und wandte mich dann wieder Mark zu. »Und?«

»Ich hab keins. Das ist das Problem. Der Polizei hatte ich nämlich nichts davon erzählt, dass ich was mit ihr hatte. Dieser Wichser Carson hat dann nachgebohrt, ob sie nicht noch mit anderen was hatte, hat ein paar Tests machen lassen und die Ergebnisse mit den Daten der *Smile!*-Angestellten verglichen. Bingo! – haben sie zumindest gedacht. Die hätten mir das zu gerne angehängt. Konnten sie aber nicht, weil der Mörder glücklicherweise das Messer am Tatort hatte liegen lassen. Und das Messer konnte ja schließlich nicht von mir sein, weil ich für die beiden Morde vorher Alibis hatte. Aber noch bin ich nicht ganz aus dem Schneider. Ich darf das Land nicht verlassen, bis sie mich endgültig von der Liste streichen.«

»Meine Güte.«

»Jetzt kannst du vielleicht verstehen, warum ich so scharf auf Beweise bin, die Jess mit der Sache in Verbindung bringen.«

»Glaubst du wirklich, das sie es war?«

»Ja. Das blutige T-Shirt ist doch wohl Beweis genug, oder etwa nicht?«

»Na ja, ich bin mir da nicht so sicher. Was hätte sie denn für ein Motiv gehabt?«

»Karrieregeilheit. Wenn man sie nicht schnappt, ist sie ganz heißer Stoff für die Zeitungen; wenn nicht als Journalistin, dann als so eine Art Berühmtheit. Sie ist so dreist und von Ehrgeiz zerfressen, dass ich ihr das absolut zutrauen würde. Ich kann es mir nicht anders vorstellen. Das passt einfach alles zu ihr.«

»Jemand hat sie mir als skrupellos beschrieben«, sagte ich nachdenklich.

»Das ist sie. Absolut.«

»Aber Mord?« Ich schüttelte den Kopf. »Irgendwas stimmt da nicht.«

»Weiß nicht. Mich hat sie ein paar Mal richtig beschissen.«

»Wie?«

»Sie benutzt Menschen. Mich hat sie benutzt, um über Kathi bei *Smile!* reinzukommen. Und dann hat sie mich fallen lassen. Ist immer das Gleiche. Tyler ist ihr Märchenprinz, und ich bin nur sein hässlicher Freund, den man nach Belieben manipulieren kann.«

»Hört sich ja nicht gerade charmant an«, sagte ich und erinnerte mich daran, wie Jess mich hatte fallen lassen, nachdem ich sie mit John bekannt gemacht hatte. »Aber selbst wenn sie wirklich so ein mieser Charakter ist, macht sie das noch nicht zur Mörderin.«

Mark schaute mir direkt in die Augen. »Du kennst Jess nicht sonderlich gut, stimmt's?«

»Wie meinst du das?«

»Das kriegst du schon noch raus«, murmelte er. »Da bin ich ganz sicher.«

Als ich ihn zur Tür begleitete, musste ich ihm versprechen, dass ich ihn auf dem Laufenden halten würde. Anscheinend wollte er genauso verzweifelt seinen Namen rein waschen, wie ich den Fall lösen wollte.

Während ich hinter ihm herschaute, ging ich im Kopf noch mal unsere Unterhaltung durch. Es war klar, wer Marks Hauptverdächtiger war: *Jess,* aber ich konnte mir nicht erklären, warum. Was hatte sie getan, dass er zu einer derart grauenhaften Schlussfolgerung kam? Wie konnte er glauben, dass sie dazu fähig war? Ich dachte daran, was mir Kathi über Rache erzählt hatte. Vielleicht hatte Jess nur eine hyperaktive Fantasie. Schließlich hatte sie all diese Geschichten erfunden. Anscheinend – und einige Hinweise sprachen ja auch dafür – gab es aber auch jede Menge Leute, die glaubten, dass sie zu Üblerem fähig sei. Und dennoch glaubte ich nicht, dass sie eine Mörderin war.

Als ich die Tür schloss, war ich noch verwirrter als vorher. Mark – konnte er der Täter sein? Irgendwas stimmte nicht mit ihm, und Jess hatte ihn mit diesem *Peeping-Tom*-Zeug in Verbindung gebracht. Oder war das nur das, was Tyler mich hatte glauben machen wollen? Und was zum Teufel, fiel mir plötzlich ein, spielte er eigentlich selbst für eine Rolle? Kaum dass er da war, war er auch schon wieder weg. Kein Wunder, dass nie jemand ans Telefon gegangen war. Aber warum tauchte er plötzlich auf, um gleich wieder abzutauchen? Welche Bedeutung hatte das blutbefleckte T-Shirt? Und was noch sonderbarer war: Wenn Tyler wusste, dass Jess die Täterin war, warum hatte er mich gebeten, hier zu bleiben und herumzuschnüffeln? Und wenn Jess wusste, dass es Mark war, warum hatte sie das nicht einfach der Polizei erzählt?

Während ich über Marks Worte und meine selbst gesammelten Erkenntnisse der vergangenen Woche nachdachte, wurde mir eines klar: Das alles war weit komplizierter, als ich mir anfangs vorgestellt hatte. Jemand hatte versucht, Jess mit dem T-Shirt zu belasten (vorausgesetzt, Mark sagte die Wahrheit), und dann hatte Tyler ihr geholfen, das zu vertuschen. Das bedeutete für mich, dass Tyler nicht an Jess' Schuld glaubte. Doch Mark hatte das Gegenteil behauptet – und deshalb war Tyler selbst untergetaucht. Andererseits war es Tyler gewesen, der mir von Jess' Verdacht, dass Peeping Tom der Mörder sei, erzählt hatte. Hatte er überhaupt gewusst, dass das eine Chiffre für Mark war? Sicher nicht, warum hätte er mich sonst darauf hinweisen sollen? Und was Marks Mutmaßung bezüglich Jess' Tatmotiv betraf, so klang das einfach nicht glaubwürdig. Er wusste etwas, das er mir nicht erzählt hatte. Aber was?

»Also – wer war es denn jetzt?«, fragte Star, die gerade in die Küche zurückkam und mich aus meinen Gedanken riss.

»Ich hab keine Ahnung«, sagte ich. »Ich bin sogar noch konfuser als vorher. Wer war das eigentlich am Telefon?«

»Niemand«, sagte sie. »Wahrscheinlich falsch verbunden.«

Ich wusste nicht, wie ich Star diese merkwürdige Ahnung (wie sie das immer in den Fernsehkrimis nennen) erklären sollte, die mich plötzlich überkam. Ein paar von den Sachen, die Mark erwähnt hatte, gaben mir wirklich zu denken. Plötzlich steckte ich mitten in einer Art Rückblende in meine Studienzeit mit Jess. Ich versuchte angestrengt, mir jedes noch so kleine Gespräch, jede Bewegung, jedes Flattern ihrer Haare in Erinnerung zu rufen. Schon damals hatte sie etwas Sonderbares an sich gehabt; etwas, das zum Teil im Verborgenen lag, zum Teil aber auch sichtbar war – wie zum Beispiel die Narbe. In Gedanken versunken ging ich nach oben und nahm mein Adressbuch zur Hand.

Es enthielt sämtliche Telefonnummern, die ich mir jemals notiert hatte. Geordnet nach den Anfangsbuchstaben der

Vornamen, hatte ich peinlichst genau jede Nummer aufgeschrieben. Das Adressbuch war rosa – zumindest war es das früher mal gewesen – und so oft in die Hand genommen oder irgendwo achtlos in die Ecke geworfen worden, dass es ziemlich ramponiert aussah. Manchmal schlummerte es wochenlang zwischen zerknülltem Schokoladenpapier in alten, verstaubten Handtaschen, bevor ich es wieder fand. Aber es war immer wieder aufgetaucht, ich hatte es nie verloren. Während ich es durchblätterte, bekam ich schnell nostalgische Anwandlungen. Eugénies Name und Nummer standen da – eingetragen mit dem grünen Stift, den ich im Alter von zehn Jahren so cool gefunden hatte. Die Seiten waren gefüllt mit den Namen von alten Schulfreunden und von Jungen, mit denen ich während der Unizeit gegangen war. Und immer wieder tauchten Namen auf, hingekritzelt mit dem Bic-Kugelschreiber aus alten Studententagen, die einfach zu meinem Leben gehörten. Einer davon war John Poole, den ich an der Uni kennen gelernt hatte und der dann Jess' Freund geworden war. Mit ihm musste ich zuerst sprechen. Ich musste so viel wie irgend möglich über Jess erfahren.

Von den vier Nummern, die hinter seinem Namen standen, waren drei durchgestrichen: Studentenbuden, wenn ich mich recht erinnerte, in denen er nacheinander gewohnt hatte, bis er schließlich seinen Abschluss gemacht hatte und weggezogen war … wohin? Trotz gegenteiliger Beteuerungen war der Kontakt natürlich abgerissen. Die vierte Nummer war die seiner Mutter. Mit dem aufgeschlagenen Adressbuch lief ich nach unten zum Telefon. Die Vorwahl 0702 (inzwischen wahrscheinlich 01702) sagte mir nichts, aber ich erinnerte mich dunkel, dass Johns Mutter irgendwo in Essex gelebt hatte.

»Hallo?«, sagte ich, als sich eine Frauenstimme meldete. »Spreche ich mit Mrs. Poole?«

»Ganz recht, meine Liebe. Worum geht's denn? Vielleicht

mal wieder um Doppelfenster?«, fragte sie. Sie klang genervt, so als hätte sie sich schon damit abgefunden, dass man sie dauernd mit unerwünschten Anrufen belästigte.

»Nein, ich möchte nur die Telefonnummer von John«, sagte ich. »Ich kenne ihn von der Universität und würde gern wissen, wo er jetzt lebt.« Ich verhaspelte mich etwas, weil ich wohl zu sehr bemüht war, freundlich und salopp zu klingen.

»Sie sind von der Universität?«

»Nein. Doch, ja, früher mal.« Ich atmete tief durch. »Ich möchte mit John sprechen. Haben Sie seine Telefonnummer?«

»Welche Nummer? Die von seinem Handy?«

»Ja, von mir aus auch die. Aber die von seiner Wohnung würde es auch tun.«

»Die von seiner Wohnung?«

»Wenn Sie sie dahaben.«

Am anderen Ende der Leitung war ein Glucksen zu hören. »Ich verstehe nicht ganz, was Sie wollen, meine Liebe. Wollen Sie irgendwas verkaufen?«

»Nein, ich möchte nur mit John sprechen«, sagte ich.

»Oh«, sagte sie. »Warum haben Sie das nicht gleich gesagt? *John!* Bleiben Sie kurz dran, meine Liebe, ich ruf ihn eben. *John!*«

Lebte er etwa bei seiner Mutter?

»Ja?«

Johns Stimme schreckte mich auf. Sie klang sonderbar und weit weg. Trotz ihrer Vertrautheit hatte sie etwas Irritierendes: etwas, das sehr intim war, aber auch schon lange vergessen.

»Hi, John. Wie geht's dir?«

Schweigen.

»Ich bin's, Lily. Von der Uni.«

»Mein Gott«, sagte er. »*Lily.* Das ist ja eine Ewigkeit her.«

»Sag nicht so was, da komme ich mir ja gleich steinalt vor«, sagte ich. »Wir haben schon noch ein paar Jährchen, bis wir solche Sprüche brauchen.«

John atmete tief durch. »Nicht zu fassen, wen ich alles aus den Augen verloren habe.«

»Stimmt. Mich zum Beispiel.«

»Schätze, du hast davon gehört, dass ich nicht mehr mit Jess zusammen bin.«

»Ja«, sagte ich. »Tut mir Leid.«

»Schätze, du weißt auch, dass sie verschwunden ist.«

»Ja. Ich versuche sie zu finden.«

»Das tut die Polizei auch«, sagte er. »Die sind schon dreimal hier gewesen.« Er hielt kurz inne. »Warum suchst du sie überhaupt? Ich hab immer gedacht, dass ihr nicht so gut miteinander klarkommt.«

»Tun wir auch nicht. Sie hat mich neulich aus heiterem Himmel angerufen und gesagt, dass sie meine Hilfe braucht. Als ich dann in den Nachrichten gesehen hab, worum es da ging, bin ich gleich nach London gefahren. Das Problem war, dass sie da schon verschwunden war.«

»Ist sie in Schwierigkeiten?«, fragte er.

»Weiß ich nicht.«

»Was geht da vor, Lily? Ich hatte Angst, dass ich sie in irgendwas reinreißen könnte, also hab ich der Polizei kein Wort gesagt. Aber langsam wird das alles ein bisschen viel. Ich hab keinen Schimmer, was da überhaupt abläuft. Sie hat mich verlassen, hat sich nach London verpisst, und seitdem hab ich weder was gehört von ihr noch hab ich sie ein einziges Mal gesehen. Und dann krieg ich mit, dass sie da ein paar Frauen umgebracht haben ... Mein Gott. Ich kapier das einfach nicht.«

»Tja, um ehrlich zu sein, ich kapier's auch nicht«, sagte ich. »Vielleicht können wir uns gegenseitig helfen. Hast du heute Nachmittag Zeit?«

20

Gift

Den Weg nach Southend zu finden war wahrscheinlich nicht annähernd so kompliziert, wie es sich nach Johns Beschreibung anhörte. Wenn ich den Zug nahm, müsste ich erst zum Bahnhof Fenchurch Street, mit einem Mietwagen oder Henris Auto bräuchte ich auf der A 13 immer nur geradeaus zu fahren. Schwierige Entscheidung. Ein anderer Faktor war mein ganz persönlicher Stalker, dessen Gegenwart ich immer intensiver spürte. Ich hatte nicht mehr nur das Gefühl, dass man mich verfolgte, ich war mir dessen inzwischen fast sicher.

Während ich meine Tasche für die Fahrt packte, ging mir der Stalker nicht mehr aus dem Kopf. Da Henris Auto nicht zur Verfügung stand, weil er zum Golfplatz gefahren war, und die Mietwagenfirmen meinen Führerschein sehen wollten, der zu Hause in Devon nutzlos in der Kommode herumlag, blieb mir nichts anderes übrig, als wieder auf öffentliche Verkehrsmittel zurückzugreifen.

Mir war aufgefallen, dass mich der Stalker nur zu Fuß oder in öffentlichen Verkehrsmitteln verfolgte. Also würde ich zur Fenchurch Street ein Taxi nehmen. Während ich wählte, um das Taxi zu bestellen, sagte mir meine innere Stimme, dass ich mir das alles nur einbildete. Was durchaus möglich war: Der Vorfall mit Mark steckte mir immer noch in den Knochen. Trotzdem wollte ich kein Risiko eingehen.

Sie ist aus dem Haus gekommen, auf dem Gehweg bis zum Ende der Straße gegangen und dann abgebogen. In ihrem normalen Aufzug – Jeans und T-Shirt – hat sie zwar auch sexy ausgesehen, aber doch nicht so sexy wie am Tag davor, als sie sich in der Küche in die Ecke gedrückt hat. Da konnte ich sie zwar nicht sehen, logisch, aber ich hätte sie hören können. Und ich hätte sie mir vorstellen können.

Aber ich bin nicht rechtzeitig im Haus gewesen, ich habe nichts von dem mitgekriegt, was sie geredet haben. Wenn ich nur wüsste, was er ihr erzählt hat. Scheiße. [Schüttelt den Kopf.] Das war absolut nicht so geplant. Am Anfang habe ich noch gedacht, dass das ganz lustig sein könnte, wenn sich die beiden über den Weg laufen. Sie hatte wohl die Hosen voll und hat sich wieder verdrückt – habe ich mir zumindest gedacht. Und keiner von beiden hat das gefunden, wonach er gesucht hatte.

Ist auch egal. Zu dem Zeitpunkt war ich mir immer noch absolut sicher, dass sie nichts wissen konnte. Ich meine, wie zum Teufel hätte einer die Zusammenhänge auch erkennen sollen? Es war alles genau durchdacht: Das Ganze war einfach zu bizarr, als dass da einer hätte drauf kommen können. Vielleicht wenn ich nicht dauernd um sie herumscharwenzelt wäre und sie beobachtet hätte … Aber Sie wollen ja sicher nicht, dass ich gleich zum Schluss springe, oder? Sie wollen es lieber chronologisch, stimmt's? Sie mögen das ja, wenn ich mir Zeit lasse dabei.

Also gut, dann erzähle ich Ihnen jetzt mal, wie das mit Jess gewesen ist. Jess, von der alle gedacht haben, dass sie sich aus freien Stücken verdrückt hat. Da könnte man wirklich einen starken Film draus machen. Das Mädchen sitzt also da, nackt, in einem kleinen Zimmer. Alles verrammelt. Altes, baufälliges Gebäude. Dunkel, überall Ratten. Ich hoffe, sie ist da jetzt noch, ich meine, ich bin seitdem nicht mehr dort gewesen und habe nachgeschaut. Sie hatte ein Notizbuch, einen Stift, eine Schachtel Cornflakes und eine Flasche Mineralwasser. Das müsste reichen, bis sie die Geschichte aufge-

schrieben hat. Das wäre dann der Schluss: die schriftlich fixierte Entschuldigung.

Die Superschlampe ist rein ins Taxi, und weg war sie schon. Verdammte Hure. Hat gedacht, sie ist besonders schlau. Hat das Taxi nicht direkt zum Haus bestellt. War auf jeden Fall zu schnell für mich, konnte nicht mehr hinterher. Das war wirklich übel, in dem Stadium musste ich unbedingt wissen, wo sie hinfährt.

Im Bahnhof Liverpool Street war mehr los, als ich gedacht hatte. Zwischen dem Croissant-Stand und dem Unterwäscheladen empfing mich eine unförmige Masse Rucksacktouristen, die mal in die eine, mal in die andere Richtung wogte. Ich musste mich zusammenreißen, damit ich die Leute nicht anschnauzte. Ich quetschte mich durch die Menge bis zum Bahnsteig dreizehn. Der Zug nach Harwich stand schon da, es war eine Minute vor der fahrplanmäßigen Abfahrt um fünf nach halb vier. In Shenfield würde ich das erste Mal umsteigen müssen, es würde also doch nicht so lange dauern.

Am Anfang hatte es allerdings gar nicht so gut ausgesehen: Ich hatte mich zum Bahnhof Fenchurch Street bringen lassen, weil der durchgehende Zug von da abfahren sollte. Als ich dort ankam, musste ich jedoch feststellen, dass die Linie (die in den Nachrichten laut einem anderen Fahrgast nur die »Linie der Leiden« genannt wurde) wegen Reparaturarbeiten außer Betrieb war.

Als ich in den Zug nach Harwich stieg, vergewisserte ich mich, dass mir niemand folgte. Ich suchte mir einen Platz, versuchte mich zu entspannen und fing an, mir die Fragen zurechtzulegen, die ich John stellen wollte. Ich hoffte, dass ich auf dem richtigen Weg war (zumindest sah es so aus).

Bis Shenfield brauchte der Zug eine knappe Stunde. Die

Fahrt war eine Tortur. Der Zug rumpelte quietschend und stampfend über verrottete Weichen und hielt bei fast jeder Gelegenheit an grauenhaft aussehenden Orten, die Namen wie Romford oder Harold Wood trugen. Die drückend schwüle Luft draußen und der heiße Luftschwall, der aus einem so genannten Belüftungsschlitz neben meinen Füßen strömte, sorgten dafür, dass mein Schädel brummte und sich auf meiner Haut ein schmutzig glänzender Schweißfilm bildete.

Der Bahnhof von Shenfield lag fast verlassen da: Bis auf zwei Fahrgäste am gegenüberliegenden Bahnsteig und einem Schaffner, der mich zum Umsteigen ebenfalls auf den anderen Bahnsteig schickte, war keine Menschenseele zu sehen. Ich setzte mich auf eine Bank, zündete mir eine Zigarette an und zog das Handy aus der Tasche. Ich wählte Tylers Nummer. Mich interessierte, ob er zu Hause war; wenn ja, wollte ich ihm mit ein paar Fragen auf den Zahn fühlen. Vielleicht hatte Mark ja Unrecht, und er hatte sich gar nicht verdrückt. Mark musste Unrecht haben, schließlich hatte ich Tyler ja erst am Montag gesprochen.

Unangenehme Gedanken gingen mir durch den Kopf, Gedanken an heute Morgen, an Mark und meine fehlgeschlagene Operation in Jess' Wohnung. Was hatte ich da eigentlich zu finden gehofft? Den verschwundenen Ordner über den Stalker-Artikel, klar. Der schien jetzt wichtiger denn je zu sein. Ich hatte wissen wollen, ob er noch in der Wohnung war oder ob er – wie ich annahm – endgültig verschwunden war. Wenn er nicht in der Wohnung war, standen die Chancen gut, dass er sich im Besitz des Mörders befand. Wie sonst hätte er an die Details über die Frauen kommen sollen?

Außer der Mörder arbeitete für *Smile*!

Aber das war inzwischen nur noch eine Theorie B. Meine neue Theorie A, der ich auch meine Ahnung verdankte, besagte, dass der Mörder in engerer Verbindung zu Jess als zu *Smile!* stand. Und ein einfacher Weg, an die nötigen Informationen über die Frauen – Adressen, Telefonnummern etc. – zu kommen, war, sich den Ordner zu beschaffen. Wie ich erst gestern ausgeknobelt hatte, konnte diese Person Jess nicht verfolgt haben, weil Jess die Frauen nie besucht hatte. Eine Zeit lang hatte ich die Möglichkeit in Betracht gezogen, die von Kathi ins Spiel gebracht worden war: dass der Mörder Mark verfolgt hatte. Inzwischen glaubte ich daran auch nicht mehr so recht. Der Mann, den ich bei meinem ersten Besuch in den Wohnblocks getroffen hatte, hatte von häufigen Einbrüchen gesprochen. Sicher war das kein Zufall. Der Mörder muss eingebrochen sein, um sich in Jess' Wohnung Informationen zu besorgen. Der Ordner war verschwunden – und zwar zusammen mit dem Mörder.

Was bedeutete, dass der Mörder wahrscheinlich kein Angestellter von *Smile!* war; denn die hatten ja an ihrem Arbeitsplatz Zugang zu allen Informationen. Aber wer konnte sonst gewusst haben, dass diese Geschichte – plus der Ordner darüber – überhaupt existierte? Ich ließ mir das nur kurz durch den Kopf gehen, die Liste potenzieller Kandidaten wäre endlos gewesen. Jede der Frauen konnte eine Freundin ins Vertrauen gezogen haben; auch Jess konnte vielen davon erzählt haben. Was mir aber am meisten Kopfzerbrechen machte, war, dass ich kein Motiv entdecken konnte. Es gab jede Menge Leute, die die Frauen hätten umbringen *können*, aber bei niemandem fiel mir ein plausibler Grund dafür ein.

Jemand hatte sich unglaublich viel Mühe gemacht, um drei Frauen an genau dem Morgen zu ermorden, an dem ihre Geschichten in einem Magazin publiziert wurden. Deshalb musste die Verbindung zu *Smile!* eine wichtige Rolle spielen. Vielleicht war es jemand, der noch eine Rechnung mit dem Magazin offen hatte, jemand, dessen schmutzige Lebensgeschichte auf Grund eines belauschten Kneipengesprächs in die Öffentlichkeit gezerrt worden war; vielleicht war es auch ein gefeuerter Ex-Angestellter. All das lag zwar im Bereich des Möglichen, schien aber nicht sehr stichhaltig. Die Frauen waren nicht im Affekt, aus Wut oder Hass, ermordet worden: Sie waren nach sorgfältiger Planung exekutiert worden. Bei dem Gedanken lief mir ein Schauer über den Rücken. Ich wusste, dass ich Recht hatte: Den Morden lag ein Kalkül zu Grunde. Aber welches?

Als mein Kopf die Arbeit einstellte, hörte auch Tylers Telefon auf zu klingeln. Der Anrufbeantworter schaltete sich ein und forderte mich auf, eine Nachricht zu hinterlassen. Ich erinnerte mich daran, wie er letztes Mal abgehoben hatte, während ich gerade eine Nachricht aufs Band sprach. Ich fragte mich, ob er die Anrufe aufzeichnen ließ. Er hatte Mark glauben gemacht, dass er eine Zeit lang verschwinden würde, war aber ganz scharf darauf gewesen, mit mir zu sprechen. Warum?

»Hallo, hier ist Lily Pascale«, sprach ich auf den Anrufbeantworter. »Tut mir Leid, aber ich hab noch nichts rausgefunden. Wenn sich was ergibt, rufe ich wieder an.«

Diesmal meldete er sich nicht. Vielleicht war er wirklich nicht da.

Der Rest der Fahrt verlief ereignislos. Ich kam schließlich in Southend Victoria an, einem tristen, farblosen Bahnhof, dessen Betonstufen zu einem ausgestorbenen Shopping-Center aus den Sechzigern hinaufführten. Der Bahnhof roch wie jeder andere Vorstadtbahnhof an einem Sonntag; in den Ecken verrotteten die Überreste des Freitag- und Samstagabends, und in der stickigen, schmutzigen Luft schwirrten träge Fliegen herum.

Draußen war die Luft auch nicht viel besser. Wegen der Abgase von der nahe gelegenen Schnellstraße schmeckte sie vergammelt und verbraucht. Ich schnappte mir sofort ein Taxi und nannte dem Fahrer Johns Adresse. Fünf Minuten später, nach einer Serie unverständlicher Abzweigungen nach links, nach rechts, noch mal nach rechts und dann wieder nach links, wurde die Luft allmählich frischer. Vor mir tauchte das Meer auf: klar, blau, belebend.

»Das Meer!«, quietschte ich wie ein kleines Kind. »Ich hatte ganz vergessen, dass wir in Southend-on-*Sea* sind.«

»Westcliff«, sagte der Fahrer. »Wir sind in *Westcliff-on-Sea.*« Er zeigte hinaus auf die weite blaue Fläche. »Und das da ist eigentlich nur die Mündung des Flusses.«

»Oh«, sagte ich, während der Fahrer bremste und anhielt.

»Manor Road«, verkündete er und deutete auf die kleine, nach links abzweigende Straße, die hinunter zum Strand führte. Die Straße wurde von zwei Einfahrt-verboten-Schildern bewacht. »Einbahnstraße. Wenn Sie Zeit genug haben, können wir aber auch hintenrumfahren. Das Haus, das Sie suchen, ist die Pension da.«

»Alles klar, danke«, sagte ich und gab ihm einen Fünfer. »Stimmt so.«

Ich habe nicht gewusst, was ich tun sollte. Habe den ganzen Tag in der Hitze rumgegammelt und mir überlegt, was ich als Nächstes tun sollte. Ich hab mich schließlich gleich bei ihr ums Eck auf die Bordsteinkante gesetzt und gewartet. Wenn sie zurückkommt, habe ich gedacht, bring ich sie um. Sie hatte mich ausgetrickst, ich war stinksauer. Und ich hatte keine Ahnung, wo sie hingefahren war.

John freute sich, mich zu sehen.

»Lily!«, rief er überschwänglich, als er mir die Tür öffnete. »Du siehst fantastisch aus. Ehrlich.«

»Danke«, sagte ich und wünschte, ich könnte dasselbe über ihn sagen. Schon damals auf der Uni hatte er nicht mehr viele Haare gehabt, jetzt hatte er gar keine mehr. Außerdem hatte er abgenommen, was ihm ganz und gar nicht zum Vorteil gereichte. Hemd und Hose hingen an ihm herunter wie an einem Drahtkleiderbügel.

»Komm rein«, sagte er und trat zur Seite. »Ich hab uns was Süßes vom Bäcker geholt. Wir können uns nach draußen auf die Veranda setzen.«

»Schön«, sagte ich und folgte ihm durchs Haus.

Im Haus war es dunkel; da alle Fenster und die zahlreichen Ecken und Vorsprünge in der weitläufigen Eingangshalle mit einer dicken Staubschicht überzogen waren, wirkte die Dunkelheit noch bedrückender. Unter dem Staub zeichneten sich hunderte von Statuen und Heiligenbildern ab; einige waren offensichtlich katholischen Ursprungs, während andere weniger leicht zu identifizieren waren. Zwischen all den geschnitzten Madonnenstatuen hingen Gemälde mit Segelmotiven. Eine merkwürdig vergängliche Aura umgab das Haus, als ob seine früheren Bewohner auf dem Weg hinaus aufs Meer, in den Himmel oder beides waren.

Die Veranda war von außen nicht einsehbar und wurde von Bäumen überschattet, zwischen denen man hinaus aufs Meer schauen konnte. Vereinzelt zogen Segelboote vorbei, hin und wieder konnte man weit jenseits der Bojen einen unerschrockenen Schwimmer erkennen. Während ich auf John wartete, schaute ich hinaus aufs Wasser und fühlte mich so entspannt wie schon seit Tagen nicht mehr. Das Meer hatte eine beruhigende Wirkung auf mich. Ich ließ seinen Zauber auf mich wirken, bis John zurückkam.

»Dann wollen wir mal«, sagte er und stellte das Tablett auf den hölzernen Gartentisch.

»Danke«, sagte ich und zog seufzend meine Zigaretten aus der Tasche. »Das war vielleicht eine Fahrt.«

»Na ja, schließlich hast du es ja doch noch geschafft.«

Nachdem wir eine Zeit lang schweigend dagesessen hatten, sagte ich: »Du siehst ziemlich …«

»Beschissen aus?«

»Nein, ich …«

»Ist schon gut. Ich weiß, dass ich ziemlich abgerissen aussehe. Ich hatte ziemliche Probleme, hier in der Gegend Arbeit zu finden.«

»Dann lebst du ganz hier? Wann bist du aus London weggezogen?«

»So vor zwei Jahren. Als Jess' Vater Pleite gemacht hat. Jess und ich standen auf einmal ohne Job da. Also sind wir hierher gezogen.«

»Jess' Vater hat Pleite gemacht?«

»Ja.«

»Und ihr habt hier zusammen gelebt?«

»Ja. Ich, Jess und meine Mutter. War wirklich sehr heimelig.«

»Gott, o Gott.«

»Na ja, was soll's. Hast du sie gesehen? Wie geht's ihr?«

»Keine Ahnung. Ich hab nur am Telefon mit ihr gesprochen; kurz bevor sie sich verdünnisiert hat. Sie schien etwas … Nun ja, sie war ziemlich durcheinander. Kein Wunder.«

»Da wäre ich mir nicht so sicher«, sagte er sarkastisch und schüttelte den Kopf. »Sie hat gekniffen. Ist doch ganz unsere Jessica.«

»Was meinst du?«

»Beim ersten Anzeichen von Ärger verpisst sie sich. Du brauchst sie nicht zu bemitleiden. Den Fehler hab schon ich gemacht, und zwar viel zu lange.«

»Ich hab gedacht, ihr wart glücklich zusammen.«

»Nein, nicht wirklich. Ich hab sie beschützt, hab mich um sie gekümmert und hab sie das arme Opfer spielen lassen. Bis ich gemerkt hab, dass sie einfach nur egoistisch ist.«

»Bist du sicher?«

»Ja. Das ist alles ziemlich kompliziert. Früher, noch bevor wir uns gekannt haben, hat sie mal einer mit dem Messer verletzt. Ich weiß nicht, ob dir die Narbe aufgefallen ist. Ich weiß nicht, sie ist einfach … Hat sich ziemlich schrecklich angehört; dieser Typ, der wollte ihr wirklich an den Kragen. Aber nach all den Jahren, Herrgott, wie lange wollte sie denn noch auf dieser Sache rumreiten?«

»Was meinst du damit, auf dieser Sache rumreiten?«

»Die ganze Zeit hat sie das ach so arme Opfer raushängen lassen. Wenn sie irgendwas aus dem Laden wollte, aber nicht selbst rauswollte, musste ich gehen. Sie hat dann gesagt, dass ihr immer dieser Typ im Kopf herumspuken würde; sie könnte nicht schlafen, nicht essen, nicht aus dem Haus gehen, weiß Gott was. Um alles musste ich mich kümmern. Und als es ihr dann besser gegangen ist, ist sie sofort abgehauen. Schnurstracks zurück nach London, direkt ins Bettchen zu ihrer alten Sandkastenliebe.«

John lachte bitter. »Ich hatte nie die geringste Chance gegen den. *Tyler Moss.* Ivy Lane, Privatschule, zukünftiger Erbe von fünf Millionen. Kannst du dir das vorstellen? Na ja, eigentlich kann ich es ihr nicht mal übel nehmen. Ich meine, sie hatte sich ziemlich gewöhnt an die angenehmen Seiten des Lebens. Hat mich nicht sonderlich überrascht, dass sie so geldgeil ist. Hat mich bloß gewundert, dass sie nicht gleich abgehauen ist.«

»Was meinst du damit?«

»Damals, nach der Pleite von ihrem Vater. Auf einen Schlag hatte sie keinen Penny mehr.«

John nippte an seinem Tee und schaute nachdenklich hinaus aufs Wasser. »Jetzt glaubt wohl jeder, dass sie die Frauen umgebracht hat, oder?«

»Einige schon, obwohl mir nicht klar ist, warum. Ist doch eigentlich ein typisches Männerverbrechen. Oder nicht?«

»Doch, schätze schon.«

»Wie kommst du darauf, dass jemand annehmen könnte, sie wäre es gewesen?«

»Sie kann ziemlich grausam sein. Sie verletzt Menschen, benutzt sie, trampelt auf ihnen rum. Sie bescheißt die Leute, krallt sich, was sie haben will – immer schön süßlich, ganz das kleine Mädchen –, und dann jagt sie sie zum Teufel.«

»Das habe ich auch schon gehört.«

»Weißt du, wie oft sie ihren Vater angerufen hat seit der Pleite?«

»Wie oft?«

»Kein einziges Mal. Sie hat ihm die Schuld gegeben. Kannst du dir das vorstellen? Sie gibt ihm die Schuld dafür, dass sie jetzt ohne BMW und monatlichen Scheck auskommen muss.«

»Tja, jetzt verstehe ich langsam, warum sie bei einem Typen wie Tyler untergeschlüpft ist.«

»Eins darfst du nicht vergessen: Von dem Geld hat er noch nichts gesehen. Aber irgendwie kriegt sie das schon hin, dass sein Vater bald über den Jordan geht.«

»Viel scheint er wirklich nicht zu haben. Sonst würde er ja wohl kaum in so einer Gegend wohnen.«

»Nach unseren Maßstäben hat er Kohle satt. Er kriegt seinen monatlichen Scheck, aber das geht alles für seine Filme über Armut und diese Stümperei, die er Kunst nennt, drauf. Ich glaube, dass sie das locker aussitzt. Außerdem ist sie völlig weg von der Szene da. Berühmte Journalistin, die Vorstellung hat sie schon immer angemacht. Damals, als sie von *Smile!* den ersten Auftrag bekommen hat, ist sie sofort abgehauen. Ab nach London und rein ins High Life der Medienschickimickis, das war ihr Ding.«

»Verstehe. Aber *Smile!* ist ja nun nicht gerade das, was man sich so unter Journalismus vorstellt.«

»Das war ihr schon klar. Aber sie hat gedacht, wenn sie erst mal den Fuß irgendwo in der Tür hat, Verbindungen knüpft und ein paar Veröffentlichungen vorweisen kann, dann kommt sie schon bei einem von den großen Blättern unter.«

»Und seitdem hast du nichts mehr von ihr gehört?«

»Nein.«

John hatte sich richtiggehend in Rage geredet. Er zündete sich eine Zigarette an und saß eine Zeit lang kopfschüttelnd da. Ein paar Sachen hatte er schon aufgeklärt. Zum Beispiel, warum Jess ohne Geld in dieser Wohnung in London saß und Artikel für *Smile!* schrieb. Das Problem war – trotz allem, was die Leute über sie sagten: Mir kam das alles ganz und gar nicht verdächtig vor, im Gegenteil, es machte sogar Sinn. Sie hatte die Geschichten erfunden, um ihre Karriere voranzutreiben. Ohne Skrupel und mit krimineller Fantasie: Ja. Aber eine Mörderin? Nein.

»Und dauernd steckt sie in irgendwelchen Schwierigkeiten«, fuhr John fort. »Sie zieht den Ärger geradezu an. Schräge Vögel. Durchgeknallte. Damals, die Geschichte mit dem Messer, das ist nicht das einzige Mal gewesen, dass man sie bedroht hat.«

»Ach?«

»Soll ich dir mal was zeigen?«

»Klar.«

John stand auf, sagte, er sei gleich wieder zurück, und ging ins Haus. Ich knabberte an meinem Stück Kuchen herum und nippte am Tee. Für einen Moment herrschte fast völlige Stille. Nur das Flattern von Flügeln in einem der Bäume war zu hören: Ein Vogel brachte sich vor einer kleinen weißen Katze in Sicherheit. Die Sonne brannte trotz des frühabendlichen Dunstes immer noch unverändert heiß vom Himmel.

»Hier ist es«, sagte er. Ich schreckte auf. »Schau dir das mal an.«

Er stellte einen großen, braunen Pappkarton auf den Tisch. Unmengen von identischen, weißen Briefumschlägen, es mussten Hunderte sein. Ich schaute mir ein paar davon an. Die Handschrift war auf allen die gleiche, anscheinend waren sie alle von derselben Person geschrieben worden: dünne, kleine und sparsame Buchstaben, die kaum Rundungen aufwiesen. Auf jedem Umschlag standen der gleiche Name und die gleiche Adresse: Miss J. Malone, Manor Hotel, Southend, Essex.

»Was ist das?«, fragte ich.

»Hassbriefe an Jess. Jede Menge Hass, meinst du nicht auch?«

»Hmm.« Ich ließ die Umschläge durch meine Finger gleiten. Sie waren fast schwerelos. »Warum sind manche noch zu?«

»Mit der Zeit brauchte ich sie gar nicht mehr zu öffnen. Stand sowieso immer das Gleiche drin.«

»Du hast sie gelesen? Aber die sind an Jess adressiert.«

»Ja, aber ich wollte ihr das nicht zumuten.« Er seufzte. »Schau dir mal einen an. Dann weißt du, warum.«

Ich nahm vorsichtig einen der Umschläge und zog ein einzelnes, weißes Blatt heraus. Es war ein kleines, dünnes Stück Papier, einmal säuberlich gefaltet, etwa so groß wie ein Schreibblock. Kein Absender, nur folgender Text:

> Sehr geehrte Miss Malone,
> kommt Ihnen manchmal der Gedanke, dass sie die Zeit zurückdrehen und die Vergangenheit verändern möchten? Blättern Sie manchmal durch Ihr Fotoalbum und wünschen sich, dass Sie da andere Bilder fänden?
> Manchmal habe ich Visionen. Ich sehe Sie. Sie liegen auf einer Trage. Man trägt Sie aus einem Gebäude. Über Ihr Gesicht hat man eine Decke gezogen.
> Hochachtungsvoll,
> Jemand, der Ihnen nur Böses wünscht.

Ich steckte das Blatt zurück in den Umschlag. Mich schauderte. John sah meinen Gesichtsausdruck.

»Gar nicht nett, was?«

»Nein.« Ich schluckte. »Arme Jess. Sie muss sich ja zu Tode gefürchtet haben.«

»Sicher – wenn sie die Briefe gesehen hätte.«

»Hat sie keinen einzigen davon gesehen?«

»Nein.«

»Dann hat sie also gar nicht gewusst, dass ihr jemand diese Hassbriefe schrieb?«

John schüttelte den Kopf.

»Woher hast du gewusst, was drinsteht?«, fragte ich. »Sie muss doch zumindest den Ersten selbst geöffnet haben.«

»Nein.« Er schaute mich einfältig an. »Als ich den ersten Brief aus dem Briefkasten genommen habe, hab ich gedacht, dass er von einem Liebhaber ist oder so. Was weiß ich. Es war auf jeden Fall nicht normal, dass sie einen persönlichen Brief bekam. Ich wollte einfach wissen, was drinstand. Ich hab ihn aufgemacht, über Wasserdampf. Ich konnte einfach nicht glauben, was ich da gelesen habe. Ich konnte ihr das unmöglich zeigen. Die ganze Zeit hatte sie Depressionen, hat von Selbstmord geredet und so. Ich weiß nicht, ob sie mich mit dem ganzen Gerede nur manipulieren wollte. Damals hab ich ihr das alles noch abgenommen. Egal. Am folgenden Tag ist der nächste Brief gekommen. Hat genauso ausgesehen. Ich mache ihn auf, der gleiche Inhalt. Dann am nächsten Tag wieder einer, und am nächsten Tag wieder. Ein Jahr lang, jeden Tag.«

»Mein Gott.«

»Eigentlich bin ich jetzt ziemlich froh, dass ich es jemandem erzählt hab. Du bist die Erste, die die Briefe zu Gesicht bekommt.«

»Und die Polizei?«

»Nein.«

»Warum hast du sie ihnen nicht gezeigt?«

»Spielt doch sowieso keine Rolle, oder? Ich meine, die wollen doch nur wissen, wo sie ist. Das hier geht die nichts an.«

»Was hast du der Polizei überhaupt erzählt?«

»Nicht viel. Nur dass ich sie seit Monaten nicht gesehen hab und auch keine Ahnung hab, wo sie sein könnte. Ich glaube, die haben angenommen, dass sie sich hier versteckt. Hat sie aber nicht. Ich will absolut nichts mehr mit ihr zu tun haben. Und wenn sie hier aufgetaucht wäre, hätte ich ihr sowieso gesagt, dass sie sich verpissen soll.«

»Wollte die Polizei keine Hintergrundinformationen über sie?«

»Doch, ein paar Fragen hatten sie schon. Aber das meiste haben sie sicher von ihren Eltern erfahren.«

»Hmm. Ja, klingt logisch.«

»Was willst du jetzt mit den Briefen anfangen?«

»Weiß noch nicht«, sagte ich. »Kann ich sie mitnehmen?«

»Liebend gern. Ich krieg schon Albträume davon.«

»Danke.« Ich stand auf und klappte den Karton zu. »Ach übrigens, du hast gesagt, dass sie ungefähr ein Jahr lang gekommen sind. Von wann bis wann eigentlich?«

»Hmm, ich würde sagen, ungefähr vom Sommer vor zwei Jahren bis letzten Sommer«, sagte er. »Warum? Glaubst du, die könnten noch wichtig werden?«

»Weiß ich noch nicht.«

Mit der schweren Schachtel unter dem Arm verließ ich die Pension. Ich hatte ein Taxi bestellt, das oben an der Straße auf mich wartete. Als ich in Camden aus der U-Bahn-Station ins Freie trat, hatte ich sofort wieder dieses inzwischen schon vertraute Gefühl, dass man mich beobachtete.

Der Gedanke, dass diese Person über jeden meiner Schritte Bescheid wissen wollte, jagte mir Angst ein. Wer war diese

Person, und was wollte sie? Ihr in die Arme zu laufen war nicht gerade das, was ich mir wünschte. Ich spielte die Unbekümmerte, tat so, als sei der schwere Karton so leicht wie ein Luftballon, und marschierte trotzig nach Hause.

Erst als ich die Haustür hinter mir geschlossen hatte und mich wieder sicher fühlte, löste sich die Spannung etwas. Ich stellte die Schachtel im Flur auf den Boden und schnaufte tief durch. Jede Menge Hass, wie John gesagt hatte. Ganz allein für Jess. Was konnte sie nur getan haben, das eine derartige Reaktion hervorrief?

Henri stand in der Küche und tüftelte an einer Pastasoße herum; Star war offenbar noch nicht zu Hause. Ich schlang die Arme um meinen Vater und gab ihm einen Kuss auf den Hinterkopf.

»Meine unberechenbare Tochter«, deklamierte er. »Wie ist das werte Befinden heute Abend?«

»Ich bin frustriert und konfus«, sagte ich, tunkte ein Stück Brot in die Soße und setzte mich an den Tisch.

»Du bist doch nicht immer noch hinter diesem Mörder her, oder?«

»Klar bin ich das.«

Henri schaute mich missbilligend an. »Ich sollte dir das nicht durchgehen lassen.«

»Hallo, ich bin fünfundzwanzig. Schon vergessen?«, sagte ich, schenkte mir ein Glas Rotwein ein und stand wieder auf. »Ich halte mich von ihm fern, wie versprochen«, log ich. »Du kannst ganz beruhigt sein.« Ich nahm den Karton und die Ordner und ging damit nach oben in mein Zimmer.

Während ich inmitten der Briefe auf dem Bett saß und an meinem Weinglas nippte, dachte ich darüber nach, was John mir erzählt hatte. Ich war mir ganz sicher, dass ich in den Briefen einen Hinweis finden würde. Wenn Jess tatsächlich im Mittelpunkt dieser ganzen Geschichte stand, dann konnten die Briefe entscheidende Informationen über sie enthalten. Was hatte ich neulich irgendwo gelesen: Man erfährt mehr über einen Menschen von seinen Feinden als von seinen Freunden. Na also ... Es sei den, der Karton mit den Briefen war mal wieder eine falsche Fährte – wie der gefälschte Artikel und die gefälschten Frauenschicksale.

Kommen wir noch mal zu den Morden zurück. Warum haben Sie es getan?

Na endlich. Ich habe schon gedacht, dass Sie überhaupt nicht mehr danach fragen. Warum? So eine kleine Frage, und doch so eine Wichtige. Ich hatte zwei Gründe. Erstens: Ich konnte damit durchkommen (habe ich zumindest geglaubt), und zweitens: Rache.

Der Punkt ist der: Vor den Morden hatte ich gedacht, dass ich mit dieser Rache-Geschichte ein für alle Mal fertig bin. Ich hatte gedacht, wenn ich sie mit dem Messer verletze, dann würde das die Dämonen vertreiben. Dann dachte ich, die Briefe würden sie endgültig aus meinem Leben verscheuchen. Aber sie haben einfach nicht von mir abgelassen. Tatsächlich war es so, dass Jess sie nur noch mehr aufgestachelt hat

Es war vier Uhr morgens, bis ich auch den letzten der Briefe gelesen hatte. Sie machten mich krank. Keiner enthielt eine spezifische Drohung; sie brachten immer wieder ganz allgemein den Wunsch zum Ausdruck, sie tot zu sehen. Wie der Erste waren auch alle anderen sehr kurz gehalten. Keiner war länger als ein paar Zeilen. Nur wenige kamen direkt zur Sache: *Ich kann es nicht erwarten, dich sterben zu sehen*, zum Beispiel. Die meisten sprachen jedoch in Rätseln, wie *Wenn du deinen Geist befreist, Baby, dann wirst du mich vielleicht verstehen.* Irgendwie kam mir die Zeile bekannt vor, aber ich wusste weder, wo ich sie schon einmal gehört hatte, noch was sie bedeuten sollte.

Ich brauchte nicht lange, um eine Liste mit allgemeinen Themen und Motiven zusammenzustellen, die sich durch alle Briefe zogen. Das Erste war – natürlich – die Drohung. Wer immer die Briefe geschickt hatte, wollte Jess tot sehen. Behauptete er zumindest. Ich hatte den Eindruck, dass er es eigentlich mehr genoss, sich ihre Qualen vorzustellen. Andererseits: Warum überhaupt Briefe schicken und sie nicht gleich umbringen?

Fast alle Briefe waren im gleichen indirekten, fast verschlüsselten Ton gehalten. Sie trugen die Merkmale einer geheimen Sprache, die nur zwei Arten von Menschen verstehen konnten: Liebende oder sehr alte Bekannte. Worte wie *Erinnerung* und *Vergangenheit* kamen immer wieder vor. Sie bezogen sich anscheinend auf irgendeine alte Verletzung, wie Jess' Narbe.

Auch andere Worte und Wendungen tauchten immer wieder auf. Das Wort *Gebäude* stand in fast jedem Brief: das Gebäude, aus dem man Jess – so der Wunsch des Schreibers – auf einer Trage heraustrug. Die Zeile aus dem ersten Brief, *Über Ihr Gesicht hat man eine Decke gezogen*, erschien ebenfalls des Öfteren. Was hatte das alles zu bedeuten?

Als schließlich meine Augen und mein Rücken zu schmerzen begannen, klappte ich die Schachtel zu und legte mich schlafen. Wie nicht anders zu erwarten, träumte ich von Jess. Wie man sie aus diversen Gebäuden hinaustrug. Auf einer Trage. Über ihr Gesicht hatte man eine Decke gezogen.

21

Drei in einem Bett

»Ich werde beobachtet«, sagte ich am nächsten Morgen beim Frühstück zu Star. Henri war schon zur Arbeit gefahren, während Star an diesem Tag anscheinend keine Interviews hatte und zu Hause arbeiten wollte.

»Woher weißt du das?«, fragte sie.

»Das hab ich im Gefühl«, sagte ich. »Ich bin mir ganz sicher. Ich hab ihn zwar nicht gesehen, aber ich weiß, dass er da ist. Wenn du weißt, was ich meine.«

»Und du glaubst, es ist ...«

»Der Mörder. Ja.«

»Lily«, sagte sie ernst. »Warum bist du nicht zur Polizei gegangen?«

»Weil du es gesagt hast.«

»Aber das ist doch was ganz anderes. Als ich das gesagt hab, bestand doch noch gar keine Gefahr.«

»Ich weiß. Aber was hätte ich denen denn erzählen sollen? *Ich hab da so ein Gefühl, dass man mich beobachtet?* Wir sind in London, ich glaube kaum, dass die sich wegen meinem *Gefühl* ein Bein ausreißen. Ich bin nicht bedroht worden, ich hab den Kerl noch nie zu Gesicht bekommen, und ich hab keinen Beweis.«

»Tja, ich schätze, du hast Recht.« Sie verzog das Gesicht. »Was willst du also unternehmen?«

»Weiß ich nicht«, erwiderte ich. »Irgendwas, ich weiß bloß noch nicht genau, was.«

Nach dem Frühstück zog sich Star in den Garten zurück, um ein paar Akten durchzusehen, und ich hängte mich ans

Telefon. Ich wählte eine der Nummern, die Sarah mir gegeben hatte.

»Nachrichtenredaktion«, sagte die Stimme am anderen Ende der Leitung.

»Sarah Edwards, bitte«, sagte ich.

»Hi, Lily. Wie geht's?« Sie hörte sich abgehetzt an.

»Ganz gut«, sagte ich. »Und dir?«

»Gut, alles bestens. Worum geht's, um meine Exklusiv-Story?«

»Schon möglich. Oder nein, ganz sicher. Du hast doch gesagt, dass du bei euch die ersten Meldungen über die Morde geschrieben hast?«

»Ja.«

»Was hast du da an Hintergrundinformationen über Jess Malone rausgefunden?«

»Neureiche Familie; sehr wohlhabend, bis der Alte Pleite gemacht hat; Mädchenpensionat ...«

»Welches?«

»Cambridge, glaube ich.«

»Noch was?«

»Das war eigentlich schon alles. Wir hatten uns mehr auf die Opfer konzentriert. Warum willst du das wissen?«

»Ich brauche mehr Informationen über Jess, und auch über Tyler Moss und Mark Savage. Kannst du da was machen?«

»Was willst du wissen?«

»Schulen, Familiengeschichten, Skandale ... so was. Alles, was irgendwie aus dem Rahmen fällt.«

»Okay.« Sie klang unsicher. »Und was hab ich davon?«

»Kommt alles deiner Exklusiv-Story zugute.«

»Bist du sicher, dass du auf der richtigen Spur bist? Ich hab nämlich keine Zeit zu verschwenden.«

»Absolut sicher. Vertrau mir, Sarah. Im Moment kann ich dir noch nicht mehr sagen.«

»Also gut. Ich hoffe, du weißt, was du tust. Ich hör mich ein bisschen um und ruf dich später an.«

Ich legte auf. Während sich Sarah um Jess, Tyler und Mark kümmerte, würde ich mir noch mal Jess' Ordner ansehen. Während ich nach oben lief, um den Karton und die Ordner zu holen, und dann wieder nach unten ging, beschäftigte mich nur ein einziger Gedanke: Was hatte ich übersehen?

Nachdem ich mir einen Kaffee gemacht hatte, ließ ich mich auf dem Sofa nieder und las noch mal den Stalker-Artikel – und zwar Wort für Wort. Danach nahm ich mir die Unterlagen zu dem Rache-Artikel vor. Von den beiden älteren Artikeln war mir zunächst die Adoptionsgeschichte als die Bedeutsamste erschienen. Schließlich glaubte ich zu wissen, dass es Tam war, die darin die Hauptrolle spielte. Nachdem ich sie jedoch dreimal durchgelesen und nichts Auffälliges gefunden hatte, legte ich sie beiseite. Der ganze Artikel, offensichtlich Jess' erste Arbeit, war plump zusammengeschustert und las sich wie jeder andere x-beliebige Bericht zum Thema Adoption. Kalter Kaffee.

Ich zündete mir eine Zigarette an, legte den Kopf zurück und schloss die Augen. Wie wohl Sarah vorankam? Ich war mir nicht sicher, ob mir Hintergrundinformationen überhaupt was bringen würden, aber alle frischen Hinweise deuteten auf Jess, Tyler und Mark. John hatte gesagt, dass Jess und Tyler schon seit ihrer Kindheit zusammensteckten. Mark und Tyler waren zusammen zur Schule gegangen. Außer den drei Mordopfern waren sie die drei Personen, die zweifelsfrei von dem Stalker-Artikel wussten. Ob Tyler und Mark wussten, dass er getürkt war, konnte ich nicht sagen. Aber das spielte auch keine Rolle. Sie wussten, dass er existierte, und sie hatten Zugang zu den Informationen über die Frauen. Wenn die Morde irgendwas mit der Lebensgeschichte von einer der drei Frauen – oder jemandem, den sie kannten – zu tun hatten, dann konnte schon ein kleines Detail aus ihrer Vergangenheit etwas Licht in den Fall bringen.

Ich rieb mir die Augen und beugte mich wieder vor. Warum ergab das alles keinen Sinn? In einem letzten verzweifelten Versuch kippte ich den gesamten Inhalt von Jess' Ordnern auf den Boden und fing an, alles noch mal durchzugehen; jeden Fetzen Papier, jeden Artikel unterzog ich einer weiteren, genauen Prüfung.

Die Blätter hatten fast alle Briefbogengröße. Zum ersten Mal fiel mir jetzt der kleinere Post-it-Zettel in die Hände, den mir Tyler gegeben hatte. Ich hatte ihn achtlos zwischen die Computer-Ausdrucke gesteckt und dann vergessen. Es standen lediglich fünf Worte darauf: *Bis bald. Komme irgendwann zurück.*

Was mir jetzt auffiel, war die Handschrift. Die Form des großen »B« war etwas schlampig; es war flüchtig und nachlässig hingeschludert worden. Der Punkt auf dem »i« glich eher einem winzigen Kringel, und das »s« hatte an der unteren Rundung einen kleinen, nach oben zeigenden Schnörkel.

Mit klopfendem Herzen schaute ich zum Wohnzimmertisch, auf dem der Karton mit den Briefen stand. Der weiße Streifen Sonnenlicht, der durch die Jalousien ins Zimmer drang und den Karton beleuchtete, sah aus wie die Schneide eines Messers.

Ich stand auf, öffnete den Karton und zog mit zitternden Fingern einen der Briefe heraus. Das »i« in Miss, das »s« in Miss, Southend und Essex – die Buchstaben sahen genauso aus wie die entsprechenden Buchstaben auf dem Zettel. Mir blieb fast das Herz stehen. Eins war klar: Der Mann, der die Briefe geschrieben hatte, hatte auch die Nachricht geschrieben. Und das konnte nur eines bedeuten: Der Abschiedsgruß war gar keiner gewesen. Jess hatte sich nicht verdrückt, sondern war gekidnappt worden. Und zwar von ihm.

Aufgeregt lief ich um den Tisch herum. Ich hätte mich

ohrfeigen können. Ich hätte es wissen müssen. Sie hatte mich schließlich extra gebeten herzukommen. Und dann war sie verschwunden. Das war mir schon die ganze Zeit komisch vorgekommen. Andererseits: Tyler hatte bestätigt, dass sie sich aus dem Staub gemacht hatte. Und die *Nachricht* hatte es ebenfalls bestätigt.

Plötzlich passte alles zusammen. Der Mörder hatte gewusst, wie er sich Zugang zu Jess' Wohnung verschaffen konnte – er musste der Einbrecher gewesen sein, und er hatte bei einem seiner Einbrüche den Stalker Ordner mitgehen lassen. Und als er das letzte Mal eingebrochen war, nach den Morden, hatte er etwas anderes mitgenommen: Jess. Das erklärte auch die volle Tasse Tee und das angeknabberte Milky Way. War er sofort nach dem Mord an Tam in die Evelyn Street gekommen? Das machte keinen Sinn: Jess hatte mich erst einen Tag später angerufen.

Ja, klar doch – das machte sehr wohl Sinn. Der Mörder war direkt in Jess' Wohnung gefahren, um ihr das mit dem Blut von einem echten Mord verschmierte T-Shirt unterzuschieben. Und dann hat er beobachtet und gewartet. Aber was war sein Plan gewesen? Tyler war ausgeflogen, das wusste ich von Mark. Wenn der Mörder Jess anschwärzen wollte, warum hatte er dann nicht einfach die Polizei angerufen und ihnen von dem T-Shirt erzählt? Vielleicht hatte er nur Tyler aus dem Weg haben wollen, um Jess ungestört entführen zu können. Wenn das der Fall war, dann brauchte ich mir keine allzu großen Hoffnungen mehr zu machen, Jess noch mal lebend wiederzusehen.

Ich zündete mir erneut eine Zigarette an und versuchte mich zu konzentrieren. Ich setzte mich wieder und nahm mir von neuem die Briefe vor – einen nach dem anderen las ich durch. Was war das für ein Mann? Was hatte Jess getan, um eine derartige Obsession in ihm hervorzurufen?

Die Briefe ein zweites Mal durchzulesen zerrte mehr an

meinen Nerven als beim ersten Mal. Ich wusste jetzt, dass er Jess in seiner Gewalt hatte. Ich las langsamer als beim ersten Mal, vermutete hinter jedem Wort eine besondere Bedeutung, eine besondere Bösartigkeit. Das *Gebäude*, das er dauernd erwähnte – wartete er darauf, dass man sie auf einer Trage aus diesem Gebäude heraustrug? Wahrscheinlich. Allerdings half mir das auch nicht viel. Schließlich gab es mehr als ein Gebäude in diesem Land.

Ich schaute auf die Uhr an der Wand: Es war eins. Mir knurrte der Magen, und mir war schwindlig. Ich stand auf und ging in die Küche, um mir ein Sandwich zu machen. Ich nahm gar nicht wahr, was meine Hände da taten. Ich konnte nur an Jess denken, die jetzt weiß Gott wo eingesperrt oder vielleicht sogar schon tot war. Und an den Mann, den Briefeschreiber. Er musste der Mörder sein.

Aber wer war er? Ich ging ins Wohnzimmer zurück und fing wieder an zu lesen. Irgendwas an der Einförmigkeit der Briefe störte mich. Die gleichen Umschläge, das gleiche Papier, der gleiche Poststempel. Sie waren alle in einer kleinen Stadt in Sussex abgestempelt worden. Während ich einen der Umschläge hin und her wendete, ging mir durch den Kopf, dass das etwas Bestimmtes bedeuten musste: jeden Tag der gleiche Brief. Möglicherweise war es einfach so, dass der Mann in diesem Städtchen lebte und eine Vorliebe gerade für diese Art von Papier und Umschlägen hatte. Aber irgendwie hatte ich das Gefühl, dass es damit viel mehr auf sich hatte.

Er war ein Besessener, so viel war klar. Und er war ein Mann, der es liebte, Pläne auszutüfteln, der es liebte, sich kompliziert und verschlüsselt auszudrücken. Vielleicht lag es ja an den Gesprächen, die ich mit Star über Psychopathen geführt hatte, aber irgendwie hatte ich das Gefühl, dass, wenn dem Mann diese äußerliche Einförmigkeit wichtig gewesen wäre, dann auch die Botschaft immer denselben Wortlaut gehabt hätte. Ich hatte davon gehört, dass das tatsächlich vorkam. Eine merkwürdige Form der Folter – jeden Morgen liegt auf dem Läufer im Flur der gleiche Umschlag mit dem gleichen Briefbogen mit der gleichen Botschaft. Aber diese Briefe waren anders. Sie offenbarten die Unberechenbarkeit des Absenders. Die Drohung äußerte sich jeden Tag in leicht abgewandelter Form. Deshalb war ich mir auch sicher, dass hinter den immer gleichen Umschlägen und Briefbögen keine besondere Absicht steckte.

Zu einer anderen Frage: Warum hatte er die Briefe ein Jahr lang jeden Tag geschickt? Hatte der Kerl sonst nichts zu tun? Und warum gerade dieses eine Jahr? Ich hätte ja noch verstanden, wenn er von Jess so besessen gewesen wäre, dass er ihr jahrelang jeden Tag einen Brief schreibt – aber nur für *ein* Jahr? Seltsam. Eine andere Merkwürdigkeit, die mir schon beim ersten Mal aufgefallen war, war die Schreibweise der Adresse. Es hatte den Anschein, als wüsste der Absender zwar, wo Jess wohnte, würde aber die amtlich korrekte Adresse nicht kennen. Die Postleitzahl fehlte, und außerdem hatte der Absender den gleichen Fehler wie ich gemacht: Ich hatte die Gegend Southend genannt, offiziell hieß sie aber Westcliff.

Ich kratzte mich nachdenklich unter dem Kinn und griff nach einer weiteren Zigarette. Ich schaute auf den Poststempel: an jedem Tag um 16 Uhr 45 aufgegeben. Hatte er keinen regulären Job von neun bis fünf? Ich schüttelte den Kopf. Es musste was anderes sein.

Plötzlich kam mir etwas in den Sinn. Was, wenn der Mann wirklich nichts zu tun gehabt hatte, aber eben nur für dieses eine Jahr? Aus welchem Grund auch immer, er musste ja nicht arbeitslos gewesen sein. Vielleicht war er in einer Anstalt oder einem Heim gewesen oder so was. Das würde auch die Gleichförmigkeit der Briefe erklären: Briefpapier und Umschläge, die sie da benutzten. Das Klingeln des Telefons unterbrach meine Gedankengänge. Ich ging in den Flur.

»Lily?« Es war Sarah. Die Leitung knackte, als spräche sie vom Handy.

»Ja. Wie läuft's?«

»Die Sache ist echt bizarr. Kaum zu glauben, was die drei alles für Scheiße am Hacken haben.«

»Raus damit«, sagte ich.

»Okay. Also, du hattest Recht damit, dass sich die drei von der Schule kennen. Jess war auf der Saint Helena's, die beiden Jungs in Ivy Lane – beide Schulen sind in Cambridge. Scheint so, dass sie nachts oft abgehauen ist, um sich mit Tyler zu treffen. Ich hab mit dem Rektor von ihrer Schule gesprochen. Er ist inzwischen pensioniert, war ziemlich verbittert und hat nur zu gern geplaudert. Er meint, dass Jessicas Vater wohl immer das Scheckbuch gezückt hat, wenn sie in irgendwelchen Schwierigkeiten war – für eine neue Bibliothek oder einen neuen Physiksaal oder was auch immer. Bloß, damit sie sie nicht rausschmeißen.«

»Mein Gott.«

»Tja, das hab ich auch gedacht. Wie auch immer, die beiden Jungs hatten keine Probleme, waren gute Schüler. Als Jess in der fünften Klasse war, waren die beiden in der sechsten, in der Abschlussklasse. Tyler war Schulsprecher und Mark einer der Aufsichtsschüler. Der damalige Direktor war alles andere als hilfsbereit. Er hat erklärt, dass man die Schule geschlossen hätte und dass er nichts weiter sagen wolle. Aber er hat irgendwie komisch reagiert, als ich ihn auf Tyler und Mark angesprochen habe. Du verstehst.«

Sie holte kurz Luft und erzählte dann weiter. »Dann hab ich Tylers Mutter angerufen. Nichts. Hat sich piekfein angehört, die Gute. Schottischer Akzent. Marks Eltern sind in Urlaub, aber seine Schwester hab ich erwischt. Als ich was über Tylers Schulzeit wissen wollte, ist gleich die Klappe gefallen. Hab gleich gemerkt, dass da was im Busch ist. Als ich mit ein paar Scheinchen gewedelt hab, hat die Sache gleich ganz anders ausgesehen. Ich komm grad von da. Anscheinend hat man Jessica, Mark und Tyler bei einem flotten Dreier erwischt. Da war sie erst fünfzehn!«

»Hört sich ganz wie eine von deinen Schlagzeilen an«, sagte ich.

»Exakt«, erwiderte sie lachend.

»Und dann? Hat man sie rausgeschmissen?«

»Nicht direkt. Nachdem Mary – so heißt Marks Schwester – die Information ausgespuckt hatte, hab ich noch mal den Direktor von Ivy Lane angerufen. Ich hab ihm damit gedroht, dass ich mit dem flotten Dreier an die Öffentlichkeit gehe, wenn er nicht redet. Mit dem Ruf der Schule konnte ich ihm nicht kommen, die wird ja sowieso bald abgerissen, aber er ist jetzt als Erziehungsberater ganz gut im Geschäft und will natürlich nicht, dass die Sache rauskommt. Also hat er den Mund aufgemacht. Im Juli 1987 ist Folgendes passiert: Anscheinend hat jeder gewusst, dass sich Jessica abends oft verdrückt hat und in Tylers Zimmer geschlüpft ist. Aber die Schule hat ein Auge zugedrückt, schließlich war er der Schulsprecher.«

»Ich wette, als sie die drei dann in flagranti erwischt haben, war nichts mehr mit Augen zudrücken«, sagte ich.

»Das war ja das Komische an der Geschichte. Anscheinend war es ein jüngerer Schüler, der sie erwischt hat. An den Skandal konnte sich der Direktor noch bis ins Kleinste erinnern. Anscheinend hatte sich Jessica dazu entschlossen, dafür zu sorgen, dass der Junge den Mund nicht aufmacht. Was jetzt kommt, hört sich an, als hätte sie viel zu viel Sidney Sheldon gelesen. Man hätte meinen können, dass sie das mit Geld regeln oder einfach alles abstreiten würde oder so. Aber was macht sie? Damit er den Mund hält, heckt sie einen monströsen Plan aus, der auf nichts Geringeres aus ist, als das Leben des Jungen zu ruinieren. Sie hängt sich an ihn dran und erzählt ihm, dass sie schon seit Ewigkeiten in ihn verknallt ist. Und er – er glaubt ihr und verliebt sich in sie. Sie macht Fotos von ihm, wie er sich einen runterholt, wahrscheinlich hat sie ihm erzählt, dass sie das antörnt oder so, und am ersten Schultag des Winterhalbjahrs hängt sie überall in der Schule die Fotos auf. Aber die Schlampe hat nicht überrissen, dass er jetzt sowieso nichts mehr zu verlieren hat. Er hat einen Abschiedsbrief geschrieben, in dem er seinen Selbstmord ankündigt und die ganze Geschichte ausplaudert. Tyler und Mark hat das alles nicht mehr gejuckt, die hatten da schon angefangen zu studieren. Aber Jessica, die haben sie geschmissen, sagt der Direktor, oder zumindest haben sie ihre Eltern von der Schule genommen.«

»Mein Gott«, sagte ich. »Und der Junge? Ist der tot?«

»Nein. Sie haben ihn in einem der Duschräume gefunden. Alles voll Blut. Er hatte versucht, sich die Pulsadern aufzuschneiden. Damals hat die Presse keinen Wind davon bekommen. Ist jetzt überhaupt das erste Mal, dass was davon durchsickert.«

»Hast du den Namen des Jungen?«

»Ja«, sagte sie. Ich hörte, wie sie in ihrem Notizbuch blätterte. »Verfluchte Scheiße, ich find in jetzt grade nicht. Ich ruf dich zurück, wenn ich ihn gefunden hab.«

»Okay. Und noch was«, sagte ich. »Kannst du mal nachprüfen, ob es in der Gegend von Eastbourne eine Nervenheilanstalt oder so was gibt?«

»Klar«, sagte sie. »Ich glaube, da gibt's tatsächlich eine. Warum?«

»Weil ich glaube, dass der Typ, von dem du den Namen nicht finden kannst, da eine Zeit lang drin war. Und wenn er das war, dann bin ich ziemlich sicher, dass das unser Mörder ist.«

»Heilige Scheiße«, rief sie. »Meinst du das ernst?«

»Todernst. Ich hab einen Berg Hassbriefe hier, die er ihr geschickt hat, alle mit Poststempel aus einem kleinen Kaff bei Eastbourne. Und in allen Briefen sind vage Anspielungen auf die Vergangenheit und auf irgendwelche Fotos. Das mit der Nervenheilanstalt – das ist bloß eine Vermutung. Aber dass das alles irgendwie mit Jess zusammenhängen musste, weiß ich schon eine Weile. Tam, Sasha und Rebecca konnten damit nichts zu tun haben. Keine hatte irgendwas mit einer der anderen zu tun – Jess war das einzige Verbindungsglied. Als ich dich ausgequetscht habe, wie man es anstellt, eine Geschichte zu fälschen, das war wegen Jess. Sie hat diese Stalker-Geschichte komplett erfunden. Da hab ich angefangen, in diese Richtung zu denken: Was, wenn jemand die Morde nur als Mittel benutzt, um an Jess ranzukommen? So gesehen hatten die Morde nur eine einzige Funktion: Sie haben den Kontakt zu Jess hergestellt.«

»Heilige Scheiße«, sagte sie erneut. »Als du Exklusiv-Story gesagt hast, da hab ich gedacht, du redest von irgendeiner Rudelbums-Geschichte oder so. Ich wär nie drauf gekommen, dass wir das Rätsel von Englands Verbrechen des Jahres knacken.«

»Nun ja, das Rudelbums-Element spielt ja zumindest eine Rolle«, sagte ich. Der Witz war zwar nicht beabsichtigt, aber mich faszinierte der Gedanke, dass damit alles angefangen hatte. Jess, Mark und Tyler.

»Ich soll also rausfinden, ob der Junge aus der Schule der Typ aus der Klapsmühle ist?«

»Genau. Ich hab einfach diese Ahnung, dass er mal in so einer Anstalt war. Vielleicht wohnt er aber auch nur in der Gegend. Wir müssen rauskriegen, ob es derselbe ist. Ich bin mir ziemlich sicher, dass das alles zusammenpasst. Wenn nicht, haben wir ein paar Probleme. Diesen Typ mit den Hassbriefen kann ich mir gut vorstellen im Zusammenhang mit Jess' Verschwinden, aber ...«

»Wieso?« Sie hörte sich an, als würde sie gleich platzen.

»Da gibt es eine Nachricht, die angeblich Jess hinterlassen

hat. Nur hat sich rausgestellt, dass die Handschrift mit der in diesen Briefen übereinstimmt.«

»Wenn er also die Nachricht gefälscht hat, dann …«

»Genau. Dann ist Jess nicht einfach verschwunden, sondern von ihm entführt worden.«

22

Der King of Rock and Roll

»O mein Gott«, hauchte Sarah. Als brauchte sie etwas Zeit, um die Bedeutung des gerade Gehörten richtig zu erfassen, verstummte sie für einen Augenblick. Ich hörte wieder ein Knacken in der Leitung und dann einen schweren Lastwagen, der an ihrem Auto vorbeidonnerte.

»Bist du noch dran?«

»Ja. Ich kann das noch gar nicht richtig fassen. Bist du dir absolut sicher, dass das alles stimmt?«

»Ja. So sicher, wie man nur sein kann. Schätze, ich kann jetzt die Polizei einschalten.«

»Nein«, sagte sie schnell. »Lass die Polizei noch aus dem Spiel.«

»Wie bitte?«

»Pass auf. Ich geh mal davon aus, dass du nicht verrückt bist und dass du mich auch nicht reinlegen willst. Wenn alles, was du da sagst, stimmt, dann ist das die größte Story, die mir je untergekommen ist. Ich weiß, dass das egoistisch ist, aber ich brauche diese Exklusiv-Story unbedingt.«

»Und was ist mit Jess?«

»Wir finden sie, und wir holen sie da raus – vorausgesetzt, sie lebt überhaupt noch. Hey, ihr kommt beide auf die Titelseite. Wir brauchen weniger Zeit, das auf eigene Faust durchzuziehen, als du brauchst, um der Polizei die ganze Geschichte auch nur zu erklären. Und vergiss nicht, wie peinlich es wäre, wenn wir falsch liegen. Nein: Es ist besser, wir schalten die Polizei erst dann ein, wenn wir Jess haben.«

»Aber wir haben keinen Schimmer, wo sie sein könnte.«

»Das ist deine Aufgabe. Du hast das andere rausgekriegt, dann wirst du doch das wohl auch noch schaffen, oder?« Sie sprach jetzt schneller, ihre Stimme klang professionell und energisch. »Ich kümmere mich um die Identität von dem Kerl, ob dieser Schuljunge derselbe ist wie der, der die Briefe geschrieben hat, und du kümmerst dich darum, wo er Jess versteckt hat.«

»Okay«, sagte ich unsicher. Ich hatte das Gefühl, als befolgte ich einen Befehl. Andererseits hatte ich nicht die geringste Ahnung, wie ich herausfinden sollte, wo Jess steckte.

Ich legte auf und ging zurück ins Wohnzimmer. Mir schwirrte der Kopf. Sarahs Geschichte spulte sich in meinem Kopf ab wie ein alter Film: Jess, Mark und Tyler zusammen im Bett, in einem Internat. Ein Junge platzt ins Zimmer und überrascht sie. Erschreckt sie zu Tode. Ich stellte mir vor, wie Mark und Tyler ausflippten. Was, wenn man sie schnappte? Was, wenn man sie von der Schule verwies? Dann sah ich Jess, dünn, blass, sie spielte sich auf, versicherte ihnen, dass sie das schon regeln würde.

Sarah hatte gesagt, das sich das alles vor zehn Jahren abgespielt hatte (war das von Bedeutung?), und zwar kurz vor Beginn der Sommerferien. Jess muss sich gedacht haben, die beste Möglichkeit, dem Jungen das Maul zu stopfen, sei, ihm etwas noch Verheerenderes anzuhängen als das, was er selbst wusste. Sodass nicht *sie*, sondern *er* zur Zielscheibe des Spotts in der Schule würde. Schaff das Problem aus der Welt, indem du dessen Wurzel ausreisst! Das war genau das, was sie dann auch tat.

Das hörte sich alles nach der Jess an, die ich kannte, und wie sie mir von allen Seiten beschrieben worden war. Sie hatte zugeschlagen, und zwar so hart, dass sie glaubte, ihr Zielobjekt könne sich nicht dagegen wehren. Doch etwas hatte sie bei ihrem verqueren Atomkriegszenario nicht bedacht: Das kleine, gegen ihren Erstschlag vermeintlich chancenlose

Land schlug zurück, und zwar weit härter und mit weit ausgefeilteren Waffen.

Trotzdem verstand ich immer noch nicht, warum die drei Frauen sterben mussten. Darum konnte ich mich allerdings jetzt nicht kümmern, ich musste erst herausfinden, wo Jess war. Ich lehnte mich auf dem Sofa zurück, zündete mir eine Zigarette an und nahm einen Schluck von dem inzwischen kalten Kaffee. Meine Befürchtung, dass mir jede Menge harter Kopfarbeit bevorstand, stellte sich glücklicherweise als unbegründet heraus – sozusagen im Schlaf.

In meinen Träumen wurde Jess immer auf einer Trage aus allen möglichen Gebäuden hinausgetragen. Jetzt, in der Wirklichkeit, als ich mit geschlossenen Augen dasaß, wurde mir auf einmal klar, dass das Gebäude nur die Schule sein konnte – Ivy Lane.

Sarah war immer noch unterwegs, als ich sie anrief.

»Du hast Recht gehabt, Lily«, sagte sie. »Der Kerl heißt Elvis Wilson. Er ist ein Jahr in dieser Klapse bei Eastbourne gewesen, Sommer 95 bis Sommer 96. Anscheinend hatte das seine Mutter veranlasst. Ich hab das noch mal genau nachgeprüft. Es war definitiv der Junge mit den Fotos.«

»Mein Gott«, sagte ich. »Dann …«

»Genau. Das ist unser Mann.« Ihre Stimme klang aufgeregt. »Irgendeinen Vorschlag, was wir als Nächstes machen?«

»Ja«, sagte ich und erzählte ihr, was ich vorhatte.

Ich lehnte an der Wand im Flur. Plötzlich packte mich eine unheilvolle Angst: Das war alles so unwirklich. Ich konzentrierte mich wieder und überlegte mir, dass wir jemanden bräuchten, der sich in der Schule auskannte. Ich hob erneut den Hörer ab und rief Mark Savage an. Er war zwar in der Redaktion, hatte aber einen Termin und wollte gerade weg.

»Lass den Termin sausen«, sagte ich. »Wir treffen uns an der Ivy-Lane-Schule. Komm, so schnell du kannst.«

»An der Schule?«, fragte er. Er schien verwirrt. »An meiner alten Schule? Ich dachte, die wird abgerissen.«

»Das ist genau das, was mir Sorgen macht.«

»Lily, was ist los?«

»Komm dorthin, dann erklär ich es dir.«

»Okay«, sagte er misstrauisch. »Ach übrigens, Tyler ist wieder da. Seine Ex-Freundin hat ihn rausgeschmissen.«

»Sehr gut. Wenn er Zeit hat, hol ihn ab und bring ihn mit«, sagte ich.

»Okay.«

Als ich den Hörer auflegte, zitterte meine Hand. Ich ging ins Wohnzimmer und lief aufgeregt hin und her. Wie sollte ich das anstellen? Wie kam ich aus dem Haus und nach Cambridge, ohne gesehen zu werden? Schließlich hatte ich eine Idee: keine gute, aber die einzige, die vielleicht funktionieren könnte.

Ich ging durch die Küche in den Garten.

»Star?«

»Hmm?«

»Kannst du mal eben reinkommen?«

Die beiden Frauen sind dann vom Garten in die Küche gegangen. Die Bohnenstange in dem Rock, mit den hochgesteckten Haaren, und meine Superschlampe, wieder in Jeans, die Haare diesmal zu einem lustigen kleinen Knoten hochgebunden.

Sie haben sich ziemlich aufgeregt unterhalten und sind dann nach links rübergegangen, wo ich sie durchs Wohnzimmerfenster nicht mehr richtig sehen konnte. Durch die Sonne, die auf den Vorhang geschienen hat, konnte man nur noch ihre dunklen Umrisse sehen, aber wenigstens wusste ich, wo sie war. Heute war der Tag – der Tag, an dem wir uns endlich gegenüberstehen würden. Sie hatte die Briefe, die ich Jessica geschickt hatte; ich habe sie gesehen, sie lagen auf dem Wohnzimmertisch. Cleveres Mädchen. Wenn sie nur einen Funken Verstand hatte, dann würde es jetzt bald klick machen. Aber darüber habe ich mir keine Sorgen gemacht. Ich würde sie ja heute ohnehin töten.

Sie ist aus der Küche gekommen, schnell durch den Flur gelaufen und dann, dachte ich zumindest, die Treppe hochgegangen. Volltreffer. Eine Minute später ist sie oben am Schlafzimmerfenster aufgetaucht. Sie hat in einem Buch gelesen.

Stars weißes Kostüm passte mir wie angegossen, vielleicht ein bisschen eng um die Brust. Ruckzuck hatte ich mein Haar hochgesteckt und ihres zu einem hohen, leicht toupierten Pferdeschwanz hochgebunden. Dann zwängte sie sich in meine Jeans und mein altes T-Shirt.

»Das klappt nie«, kicherte sie.

»Es muss«, erwiderte ich ernst. »Achte bloß darauf, dass du ihm am Anfang immer den Rücken zukehrst. Wenn er es irgendwann später merkt, ist es egal. Dann bin ich schon weg.«

Das Gartentor führte auf eine Gasse, die wiederum in beiden Richtungen auf eine Straße führte. Star hatte mir gesagt, dass Henri heute Morgen mit der U-Bahn zur Arbeit gefahren war und dass sein Wagen rechts vom Gartentor in der Gasse stand.

Ich war so aufgeregt, dass ich am ganzen Körper zitterte, als ich die Fahrertür aufschloss und mich hinters Lenkrad quetschte. Ich drückte sofort den Knopf herunter und schaute mich um, ob mir jemand gefolgt war. Niemand zu sehen. Ich ließ den Motor an und fuhr langsam los. Ich schlängelte mich auf Schleichwegen und kleinen Straßen durch Camden und bog kurze Zeit später in die Seven Sisters Road ab, wo ich Gas gab und am Finsbury Park vorbei Richtung Tottenham und Stadtgrenze fuhr. Immer wieder schaute ich in den Rückspiegel, ob mir auch niemand folgte. Ich schnitt im Schneckentempo dahinkriechende Stadtbusse und Sonntagsfahrer, bis ich schließlich die Autobahn erreichte und erleichtert aufatmete.

Ich hatte es geschafft – ich war ihm entwischt.

In dem Maße, wie sich mein Pulsschlag verlangsamte, verlangsamte sich auch mein Tempo, und schließlich hielt ich mich sogar an die Geschwindigkeitsbegrenzung – zumindest fast. Ich war mit hundertdreißig unterwegs, konnte endlich wieder klar denken und brauchte auch keinen Gedanken mehr an etwaige Beobachter oder Verfolger verschwenden. Wer also war dieser Elvis Wilson?, fragte ich mich.

Ich hoffte, Mark, Tyler und Sarah beeilten sich. Ich wechselte auf die rechte Spur und überholte einen Lastwagen. Ich hatte keine Zeit zu verlieren.

Ich saß gegenüber von ihrem Haus im Wagen. Wenn sie zu Fuß ging, würde ich einfach aussteigen und hinter ihr hergehen; wenn sie mit dem Auto fahren würde (was ich für eher unwahrscheinlich hielt), dann würde ich mich an sie dranhängen. Keiner wusste, dass ich einen Führerschein hatte; das war eins von den Details, warum die Morde so raffiniert gewesen sind. Weil ich mit dem Zug gefahren war, haben sie nach jemandem ohne Führerschein gesucht. Sehr clever.

Das war schon immer das Problem mit diesen Täterprofilen. Die haben nie in Betracht gezogen, dass viele Verbrecher, Mörder und Psychopathen hochintelligent sind. Schauen Sie mich an: Obwohl ich so oft die Schule gewechselt habe, dass ich mich schon gar nicht mehr dran erinnern kann, hatte ich viermal eine Eins plus im Zeugnis. Deshalb kann ich auch nicht finden, dass am Töten irgendwas falsch sein soll. Das menschliche Leben. Der Weltenplan kümmert sich keinen Deut drum, es ist unwichtig. So denkt das Militär, so denkt die Regierung. Nur die große Masse hält sich an moralische Kategorien – an Regeln, an Codes. Richtig und falsch. Meine Theorie ist: Je intelligenter jemand ist, desto weniger gibt er sich mit Kategorien wie richtig und falsch ab, desto fähiger ist er, die Dinge mit der Logik, nicht mit dem Gefühl zu begreifen. Können Sie sich noch an den Brand in der U-Bahn-Station King's Cross erinnern? Ich habe mir immer wieder die Frage gestellt, was ich wohl getan hätte, wenn ich da zufällig vor Ort gewesen wäre. Einmal hat mich jemand gefragt, wen ich gerettet hätte, wenn ich mich zwischen einem Baby und einem Mann mittleren Alters hätte entscheiden müssen (ich glaube, das war in irgendeiner geschäftlichen Besprechung, damals, als ich noch gearbeitet habe, bevor ich total durchgedreht bin und meine Mutter mich einweisen lassen musste). Ich hätte natürlich den Mann gerettet. Sie nicht? Babys sind nichts. Das sind noch keine Menschen, die haben noch keine eigene Persönlichkeit. Die fühlen auch Schmerz noch nicht so, wie das Erwachsene tun.

Wissen Sie übrigens, warum das so ist? Weil ein Baby noch kein Vorstellungsvermögen hat. Wenn man einem Baby ein Messer an den Hals hält, denkt es nicht, jetzt werde ich erstochen, jetzt tut es gleich weh, oder jetzt muss ich sterben. Es weiß nicht, dass das ein Messer ist oder was man damit machen kann, das lernt es erst später.

Was ich sagen will, ist Folgendes: Es gibt zwei Sorten von Menschen, die töten – die besonders dummen und die besonders intelligenten. Menschen, für die Gesetz und Moral keine Rolle spielen. Kranke Menschen töten. So wie ich. Soll ich Ihnen verraten, was das für eine Krankheit ist? Es ist eine Allergie. Eine Allergie gegen die Menschheit.

Aber das heißt noch lange nicht, dass ich nicht clever bin. Denn clever war ich wirklich. Als ich da in dem schwarzen

Mondeo saß, vor dem Haus von unserer Superschlampe, da habe ich gedacht, dass ich wirklich clever bin. Ich bin alles noch mal genau durchgegangen.

Mein Plan ist davon ausgegangen, dass keine logisch betriebene polizeiliche Untersuchung mich und die Morde in Verbindung bringen würde. Warum hätte ich gerade diese drei Frauen umbringen sollen? Alles, was ich über sie wusste, waren die Namen und die Adressen, die ich aus Jessicas Ordner hatte. Der pure Zufall, dass gerade sie die Opfer waren.

Das ist der entscheidende Punkt: willkürliche Opfer, also auch kein Motiv. Oder zumindest keins, das jemand verstehen könnte. Die Leute interpretieren alles Mögliche in Mordfälle hinein, dauernd suchen sie nach einer Logik, die sie zum Mörder führt. Aber von mir haben sie nichts Logisches bekommen. Keine Spur, keine Logik. Ich habe eine Menge von Jessica Malone gelernt. Hart und fantasievoll zuschlagen. Und genau das habe ich gemacht. Ich glaube, das war auch angemessen. Als sie mein Leben ruiniert hat, hat sie schließlich auch verdammt viel Fantasie bewiesen.

Frauen auszusuchen, die schon mal von einem Stalker belästigt worden sind – was hätte idealer sein können? Die Polizei würde sich gleich auf die Stalker stürzen; auf Freunde, Ex-Freunde und dann auf die Leute von dem Magazin, Jess, Tyler und Mark. Und ich habe mich bemüht, sie in der Richtung zu unterstützen. Und dieses »unverbrüchliche Liebes-Trio« war jetzt endlich reif dafür, dass man da mal richtig reinschlägt. Ich meine, das war ja Sinn und Zweck der ganzen Operation. Die hatten mich ja schon total vergessen, wer zum Teufel sollte da eine Verbindung herstellen?

»Lily Pascale«, sagte ich, nachdem ich das Handy aus der Tasche gekramt hatte.

»Sarah hier.«

»Hi«, sagte ich. »Wo bist du gerade?«

»Ich fahr gerade von der M 25 runter. Und du?«

»Weiß nicht genau. Schon etwas weiter als du, aber nicht viel. Mark und Tyler kommen auch. Hab mir gedacht, das könnte ganz nützlich sein. Die kennen sich da schließlich aus.«

»Gute Idee. Jetzt muss ich nur noch einen Fotografen auftreiben.«

»Ist das schwierig?«

»Weiß nicht. Könnte sein. Ich hab nämlich meinem Redakteur noch nichts von der Sache erzählt.«

»Na ja, wenn alle Stricke reißen, hast du immer noch Mark.«

»Hmm.« Sarah schien etwas zerstreut. »Ich glaube, ich mache die Fotos selbst. Dann hab ich die auch exklusiv.«

»Jetzt warte erst mal ab. Vielleicht ist sie ja gar nicht in der Schule.«

Aber sie musste einfach da sein. Das Einzige, was mich interessierte, war, sie da rauszuholen. Sarahs Einstellung irritierte mich allerdings. Andererseits: Mit ihrer Bluthund-Einstellung kam mir ja auch ihre erstklassige Ausbildung zum Bluthund zugute. Warum sollte ich mich also beklagen?

Kurze Zeit später sagte mir ein Schild, dass ich noch zwanzig Meilen vor mir hatte. Beim Nächsten waren es noch zehn, und das Nächste kündigte die Abfahrt nach Cambridge an. Ich verließ die Autobahn, fädelte mich in einen Kreisverkehr ein und nahm die Abzweigung in Richtung Stadtmitte.

Ich fuhr durch eine rapsgelbe, flache Landschaft, die völlig anders aussah als die des sommerlichen Devon. Ich fragte mich, wo die Schule war. Während ich auf der enger werdenden Landstraße aufs Gas trat, überlegte ich mir, was als Nächstes zu tun war. Ich brauchte einen Stadtplan und die Adresse.

Schließlich ist es mir in dem schwarzen Mondeo zu heiß geworden. Es war zum Ersticken. Ich bin ausgestiegen und habe mir die Füße vertreten. Das Mädchen hat immer noch am Fenster gesessen und gelesen. Also bin ich zu dem Laden gegangen und hab mir eine Dose Cola geholt. Auf dem Rückweg habe ich die Cola ausgetrunken und dann wieder meinen Posten bezogen.

Kurz danach steht sie auf. Wo geht sie hin? Zur Haustür? Warum? Weil mein Finger auf den Klingelknopf drückt.

Die Ivy-Lane-Schule lag an einem Park in der Stadtmitte. Der hohe, graue Ziegelbau hatte zweifellos schon bessere Tage gesehen. Kein Wunder, dass man das Gebäude abriss. Teile des Daches waren bereits heruntergebrochen, und die großen Fenster hatte man mit Brettern zugenagelt. Der ganze Kasten sah schon ziemlich baufällig aus. Auf dem Schulhof lag neben Abfallcontainern und diversen Maschinen schon das Gestänge für das Baugerüst.

Da die große Kieselauffahrt durch Bauarbeiter versperrt war, musste ich den Wagen auf der Straße stehen lassen. Im Schutz von Hecken und Bäumen schlich ich mich auf das Grundstück und ging hinauf zum Eingangsportal der ehemaligen Schule.

Sarah und Mark waren noch nicht da.

Ich musste unbedingt hinein. Aber wie? Und wenn ich drin war, wo sollte ich suchen? Ich hoffte, die anderen würden bald auftauchen. Ich ging zur Rückseite des Gebäudes, wo sich ein mit Unkraut überwuchertes Kricketfeld befand, setzte mich auf ein Mäuerchen und zündete mir eine Zigarette an. Wie es wohl Star ging? Ich zog das Handy aus der Tasche und wählte die Nummer.

Im Haus hat das Telefon geklingelt, und dann habe ich sie sprechen gehört. Ich habe noch mal auf den Klingelknopf ge-

drückt. Ich konnte hören, wie sie leise gesagt hat: »Da ist jemand an der Tür, ruf mich später noch mal an.« Dann hat sie die Tür aufgemacht.

Wie geplant, habe ich sie sofort an der Gurgel gepackt. Professionelle Vorgehensweise, wenn Sie mir die Anmerkung gestatten. (Regel Nummer eins: Sofort handeln, nicht groß nachdenken. Den Überraschungseffekt nutzen.) Ich habe sie ins Haus gestoßen, links gegen die Wand gedrückt und währenddessen mit dem linken Fuß die Tür zugeworfen.

Sie hat nicht geschrien, auch nicht gezittert. Hat mich nur angeschaut. Und als ich sie selbst angeschaut habe, habe ich gemerkt: Verdammt, das ist die Falsche. Diese Asiatin, die Stiefmutter, auftoupierte Haare, in den Klamotten von unserer Superschlampe.

Sie. Da waren Sie.

»Sie sind doch jetzt nicht wütend, oder?«, haben Sie gesagt, ganz ruhig.

Schon da hat mich irgendwas an Ihrer Stimme fasziniert. Wie viele Menschen hatten vorher schon so mit mir geredet? Haben mich nach meinen Geheimnissen gefragt? Wir haben über meine Kindheit gesprochen – und haben dabei immer die gottverdammt falschen Sachen erwischt. Jonathans Verschwinden (und den Moment, den ich immer wieder vergesse: den Moment, als ich die Leiche gefunden habe, schon ganz verwest und eiskalt, im Park, bei der Schaukel). Der Tod meines Vaters. Immer die falschen Sachen. Nie sie. Nie Jessica. Das Ende meines verschissenen Lebens.

Sie haben mich immer wieder gebeten, dass ich Sie gehen lassen soll, dass ich Ihnen nicht so wehtun soll. Das tut mir jetzt Leid. Aber habe ich Ihnen nicht gesagt, dass Sie ruhig sein sollen, dass Sie ruhig weitergehen sollen?

Während ich mit Ihnen gesprochen habe, habe ich Sie von der Wand weggezogen und durch die Tür gegenüber ins Wohnzimmer gestoßen. Es hat anders ausgesehen als von au-

ßen. Nicht so verschwommen. Größer. Ich habe Sie dann aufs Sofa gestoßen und mein großes Messer rausgeholt. Ein neues Messer: extra für unsere Superschlampe gekauft. Na ja, hab ich gedacht, dann muss es eben für Sie herhalten.

»Wenn Sie jetzt nicht bald Ihren verdammten Arsch bewegen ...«, habe ich gesagt. Ich wollte Ihnen Angst einjagen.

»Ich versteh schon«, haben Sie gesagt.

Dann hat das Telefon wieder geklingelt.

Mark war immer noch nicht da. Ich wählte noch einmal Henris Nummer. Ich war etwas beunruhigt wegen Star. Jemand war an der Tür gewesen. Was, wenn ...? Ich konnte das nicht einmal denken. Ich musste wissen, ob alles in Ordnung war.

Ich habe Sie gefragt, wer das sein könnte. Als Sie mir gesagt haben, dass das wahrscheinlich Lily ist, da haben Sie das ehrlich gemeint, oder? Ihre Ehrlichkeit hat mich wirklich vom Hocker gehauen, haben Sie das gewusst? Ich hatte keine Ahnung, warum Sie so waren. Eine Zeit lang habe ich geglaubt, dass das nur Taktik war. Dass Sie mich ablenken wollten, bis Sie mich da hatten, wo sie mich haben wollten. Trotzdem habe ich Sie abheben lassen. Lily, haben Sie mir klar gemacht, wüsste sofort, dass irgendwas nicht stimmt, wenn Sie nicht rangingen. Schließlich müssten Sie ja hier sein, um ihre Rolle zu spielen. Ich habe Ihnen gesagt, dass ich Ihnen die Kehle durchschneiden würde, wenn Sie ihr was von mir sagen würden oder wenn Sie was sagen würden, das sich irgendwie komisch anhört. Aber Sie hatten anscheinend überhaupt keine Angst.

Es kam mir vor wie eine Ewigkeit, bis Star den Hörer abhob.

»Star!«, sagte ich. »Ich hab mir Sorgen gemacht. Ist alles in Ordnung bei dir?«

»Ja«, sagte sie mit leicht zitternder Stimme.

»Wer war das an der Tür?«

»Niemand.«

Irgendwas an ihrer Stimme machte mich stutzig. Ich fragte mich, ob sie frei reden konnte.

»Ist wirklich alles in Ordnung?«

»Ja, sicher.« Ihre Stimme klang auf einmal unnatürlich aufgekratzt. »Ich habe noch Arbeit, die ich unbedingt erledigen muss. Wir sehen uns später. Rat, was passiert ist? Wir haben ihn ausgetrickst. Er ist verschwunden, gesehen hab ich ihn aber nicht. Kommst du bald wieder?«

»Nein. Ich warte noch auf Sarah und Mark. Wir gehen dann rein. Bist du sicher, dass alles in Ordnung ist?«

»Ja. Mach nicht so einen Wirbel.«

»Okay. Pass auf dich auf.«

Als ich das Handy wieder verstaut hatte, schaute ich auf und sah zwei Gestalten auf mich zukommen. Die eine war Mark, die andere kannte ich nicht. Während sie näher kamen, dachte ich wieder an Stars Stimme. Sie hatte sich irgendwie komisch angehört.

»Also«, sagte Mark. »Was gibt's?«

Ich habe nicht verstanden, warum Sie nicht versucht haben, sie irgendwie auf meine Anwesenheit aufmerksam zu machen. Und dann haben Sie gesagt, dass Sie mich für irgendein Projekt mit sadistischen Mördern, an dem Sie arbeiten, interviewen wollen. Den Namen von dem Projekt habe ich vergessen.

Sie haben immer noch keine Angst gehabt. Das hat mich echt fertig gemacht. Ich glaube sogar, dass Sie mir etwas Angst eingejagt haben. Sie haben all diese Geschichten erzählt von Leuten, die zum Spaß Babys umbringen und kleine Kinder vergewaltigen. Das hat mir den Rest gegeben. Kennen Sie wirklich solche Typen?

Diese Typen hören sich alle wie Jammerlappen an. Die haben keine Gründe für ihre Taten. Ich habe Gründe. Und mir ist durchaus bewusst, dass mein Fall faszinierend ist. Also habe ich zugestimmt. Ja, sie könnten mich interviewen – zwei Sachen müssten allerdings klar sein: 1) Ich muss Sie hinterher töten, und 2) Sie versuchen nicht, Zeit zu schinden.

Ich habe Sie an einen Küchenstuhl gefesselt – ich hoffe, es ist nicht zu unbequem – und bin dann nach draußen in den Garten, um den Kassettenrekorder zu holen. Auf dem Weg vom Garten in die Küche habe ich mir etwas von dem Band angehört. Ein Kerl hat erzählt, wie er seine eigene Tochter umgebracht hat. Der war wirklich total gestört. Das ist dann auch der entscheidende Grund gewesen, warum ich mich mit Ihnen unterhalten habe. Ich wollte Ihnen beweisen, dass ich cleverer gewesen bin als all diese abartigen Kindermörder, all diese langweiligen Massenmörder, die sich alle haben schnappen lassen.

Ich habe das Band angestellt.

»Ich heiße Star«, haben Sie gesagt.

Darauf habe ich mit meinem schottischen Akzent verkündet: »Und ich heiße – zumindest jetzt, zu diesem Anlass – ich heiße Tyler.«

»Das ist Tyler«, sagte Mark. »Ihr habt euch ja schon kennen gelernt.«

»Was?«, sagte der Mann und schüttelte verwirrt den Kopf.

»Das ist nicht Tyler«, sagte ich langsam, während sich in meinem Kopf ein furchtbarer Verdacht breit machte.

»Tja, da wirst du wohl nichts dran ändern können«, sagte Mark und schaute mich neugierig an.

»Verdammte Scheiße«, sagte ich. »Dann war der Typ in der Wohnung …«

»Auf jeden Fall nicht ich«, sagte Tyler.

»Elvis Wilson!«, sagte ich. Bei dem Gedanken, dass ich

mit dem Mörder allein in der Wohnung gewesen war, stellten sich mir die Haare auf. Als ich in die verständnislosen Gesichter von Mark und Tyler blickte, merkte ich, dass sie keine Ahnung hatten, wovon ich überhaupt redete. »Erinnert ihr euch nicht?«

»Nein«, sagte Tyler. »Sollten wir?«

»Der King of Rock and Roll?«, witzelte Mark.

»Der Typ, der euch beide mit Jess im Bett erwischt hat«, erwiderte ich. »Vor zehn Jahren.«

»Scheiße«, sagte Mark und schaute zur Seite. Er lief rot an, sein Witz war plötzlich gar nicht mehr lustig.

Tyler blieb gefasst, das kantige Kinn starr, der Gesichtsausdruck nüchtern. »Und er hat sich für mich ausgegeben?«

»Ja.«

»Warum?«

»Weil er der Mörder ist, du Trottel«, sagte Mark und schlug die Hände vors Gesicht.

»O Scheiße«, sagte Tyler.

»Ihr habt Jess nicht über den Weg getraut, stimmt's?«, fragte ich. »Keiner von euch. Nur deshalb konnte er das Ding überhaupt durchziehen.« Ich zeigte auf Tyler. »Wenn du dich nicht verdrückt hättest, weil du Jess für die Mörderin gehalten hast, dann hätte er sich nie für dich ausgeben können.«

Mark fasste sich wieder, und beide zuckten mit den Schultern.

»Wo ist sie jetzt?«, fragte Tyler.

»Ich glaube, hier in der Schule«, sagte ich. »Wahrscheinlich in dem Zimmer, in dem alles angefangen hat.«

Sie schauten mich ausdruckslos an. Hinter Mark sah ich Sarah auf uns zukommen. Sie winkte und fing an zu laufen.

»Also, was läuft hier ab?«, fragte sie, als sie uns erreicht hatte. Sie zwinkerte mir zu und sagte: »Starkes Outfit, Baby.«

»Noch gar nichts«, sagte ich lächelnd. »Wir sind gerade erst angekommen. Ich wollte noch auf dich warten.«

»Sehr gut«, sagte sie aufgekratzt und holte einen Fotoapparat aus ihrer Umhängetasche. »Ich mach nur eben ein Foto von den beiden ...«

Der Hintereingang, neben dem ich gesessen hatte, war natürlich auch mit Brettern zugenagelt. Ich trat ein paar Mal lustlos gegen die Latten, während Sarah Mark und Tyler über deren schlüpfrige Vergangenheit ausquetschte. Ich wünschte, sie würden mit dem Quatsch aufhören. Schließlich wurde hier eine Frau gefangen gehalten, und wir wussten nicht mal, ob sie überhaupt noch lebte.

»Hier kommen wir nicht rein«, sagte ich, nachdem ich noch ein paar Mal vergeblich gegen die Bretter getreten hatte.

»Moment mal«, sagte Mark und drehte sich um, während Sarah weiter ganz gebannt dem Redefluss Tylers lauschte. »Es gibt noch einen anderen Eingang. Wahrscheinlich haben sie sich nicht die Mühe gemacht, den auch noch zu verrammeln.«

Ich folgte Mark und rief den anderen zu, sie sollten sich beeilen.

»Was ist eigentlich mit Tyler los?«, fragte ich Mark. »Man sollte doch meinen, er würde die Türen gleich reihenweise eintreten, um seine Freundin da rauszuholen.«

»Das ist halt Tyler«, sagte er achselzuckend. »Er war schon immer so. Überleg doch mal: Das ist der Kerl, der seine Freundin für eine Mörderin hält und sich beim ersten Anzeichen von Ärger aus dem Staub macht.«

»Arme Jess.«

Mark schaute mich scharf an und rückte sich die Brille zurecht. »Von den beiden brauchst du keinen zu bemitleiden. Da hat jeder den anderen verdient.«

Sarah und Tyler holten uns ein, und ein paar Sekunden später standen wir alle vor einer anderen Hintertür.

»Hier müsste es klappen«, sagte Mark.

Insgeheim hoffte ich, dass es nicht klappen würde; dass sich das Gebäude als uneinnehmbar herausstellen würde und dass Jess nicht da drin wäre. Aber ich wusste jetzt ohne den geringsten Zweifel, das alles eine große Lüge gewesen war. Klar, *Tyler* hatte mir (und der Polizei) erzählt, dass Jess verschwunden war. Der Haken war, dass Tyler gar nicht Tyler gewesen war.

Auf einmal machte alles einen Sinn: »Tylers« Übellaunigkeit, sein vager schottischer Akzent (der des echten Tyler war weicher, ausgeprägter) und die Tatsache, dass er nie zu Hause war, wenn ich ihn anrief – wie hätte er auch, er war ja die ganze Zeit hinter mir her … Seit ich mit ihm gesprochen hatte, war er mir auf den Fersen gewesen. Sonnenklar. Sein Alibi war perfekt: Sich als jemand auszugeben, der ein nachprüfbares Alibi hatte (der echte Tyler war an bewusstem Morgen beim Fitnesstraining gewesen), war in der Tat clever gewesen. Cleverer, als eins zu erfinden. Obwohl er eigentlich überhaupt keins gebraucht hätte: Es gab keinerlei Verbindung zwischen ihm und dem Magazin oder den Frauen.

Und die Nachricht in Jess' Wohnung: Die musste Elvis hastig hingekritzelt haben, als er für die paar Minuten das Zimmer verlassen hatte. Ich hatte mich schon damals gewundert, warum die Polizei sie nicht beschlagnahmt hatte. Jetzt wusste ich es. Er hatte sie speziell für mich geschrieben: Ich hatte zu viele Fragen gestellt, und ich hatte auch nicht daran geglaubt, dass sie einfach so verschwunden war, nachdem sie mich extra nach London gerufen hatte.

Nach ein paar kräftigen Tritten sprang die Tür auf und gab den Blick auf die ehemaligen Küchenräume frei. Mark ging voran, ich und Sarah folgten dichtauf, und Tyler trat als Letzter ein. Ich wunderte mich noch immer darüber, dass Tyler nicht vorpreschte und laut ihren Namen rufend ins Gebäude stürmte. Allerdings hielt sich meine Verwunderung in Grenzen. Wie Mark gesagt hatte: Tyler traute Jess zu, einen Mord zu begehen.

Die halbkreisförmige Treppe knarzte bei jedem Schritt. Wir gingen durch ein Labyrinth von Korridoren. Nie würde ich da wieder herausfinden, dachte ich. Schließlich traten wir in einen engen Gang mit knarrenden Holzbohlen.

»›Maids' Corridor‹«, zischte Mark. »Da waren früher die Zimmer für die Schüler der Abschlussklasse.«

»Das Zimmer, das wir suchen, ist das hier?«, fragte ich.

»Ja. Am Ende des Flurs. Siebte Tür links.«

»Mein altes Zimmer«, sagte Tyler leise.

»Bisschen dunkel hier«, bemerkte Sarah.

»Moment«, sagte Mark und kramte in seinen Hosentaschen. »Ich glaube, ich hab ein Feuerzeug dabei.«

Als die Flamme aufflackerte, wurde das Ausmaß der Verwüstung erst richtig sichtbar. Glücklicherweise waren wir nicht im Dunkeln weitergegangen: An mehreren Stellen, an denen man die Bodendielen herausgerissen hatte, klafften jetzt schwarze Löcher, durch die man weiß Gott wohin fallen würde. Während wir vorsichtig weitergingen, musste ich mir die Hand vor den Mund halten, so dicht hing der Staub in der Luft. Spinnweben schlangen sich wie Netze um meine nackten Beine und das weiße Kleid, das inzwischen von einer grauen Staubschicht überzogen war.

Wir waren nur noch zwei Türen von dem Zimmer entfernt, als wir es hörten. Ein schwaches, dann lauter werdendes Klopfen und das Schluchzen eines Mädchens.

»Bist du das, Elvis?«, sagte die gebrochene, schwache Stimme des Mädchens. »Lass mich raus, ich bin krank – *bitte*!«

»Jess«, rief Tyler unsicher.

»Bitte, lass mich raus«, jammerte die Stimme.

Wir gingen jetzt schnell auf die Tür des siebten Zimmers zu. Sie war verschlossen; Mark und Tyler traten sie ein. Wir waren drin.

Der Anblick war grausam. Die Cornflakes-Schachtel und die Wasserflasche, die leer in einer Ecke lagen, sahen aus, als wären sie von Ratten angeknabbert worden. Der einzige helle Lichtstrahl, der durch die Bretter vor dem Fenster in das Halbdunkel drang, beleuchtete ein Notizbuch, auf dem in Großbuchstaben die Worte ES TUT MIR LEID standen. Neben dem Notizbuch lag eingerollt wie ein Fötus eine nackte, blasse und zitternde Gestalt: Jess.

»Lily«, sagte sie, ohne Tyler, Mark und Sarah auch nur anzuschauen. »Du hast es tatsächlich geschafft. Gott sei Dank. Hol mich hier raus.«

Dann wurde sie ohnmächtig.

Und dann haben Sie die erste Frage gestellt: Wie haben Sie sie getötet?

Schätze, wir sind durch. Das Interview ist beendet. Zeit zu sterben.

Sarah hatte gerade noch Zeit, ein paar Schnappschüsse zu machen, bevor Tyler seine Arme unter Jess' Körper schob und sie hochhob.

»Ruf in Addenbrookes an, und sag, dass wir unterwegs sind«, sagte er zu mir.

»Wo?«

»Addenbrookes, das Krankenhaus«, sagte Tyler. Mit Jess im Arm und Mark im Schlepptau ging er aus dem Zimmer, wobei er in der Eile stolperte und ihm Jess um ein Haar aus den Armen geglitten wäre.

»Hmm«, sagte Sarah und zog ihr Handy aus der Tasche. »Ich schick einen Fotografen hin.« Sie war ganz aufgeregt: Ihr Gesicht sah im Halbdunkel des Zimmers wie ein großer lächelnder Schatten aus. »Jetzt müssen wir nur noch den Mörder schnappen.«

»Das letzte Mal, dass ich seine Gegenwart gespürt habe,

war vor Henris Haus«, sagte ich lapidar und sah, wie Sarahs Augen immer größer wurden. »Andererseits: Vielleicht ist er auch wieder in Deptford und gibt den Tyler Moss.«

»Du bist mir vielleicht eine Nummer«, sagte sie.

Damit sie mit anhören konnte, wie ich die Polizei anrief und ihnen ihren Mörder servierte, fuhr Sarah mit mir in Henris Wagen zurück nach London. Dann führte sie mit mir ein Interview (so empfand ich es wenigstens), in dem ich ihr haarklein erzählen musste, wie sich die ganze Geschichte abgespielt hatte. Als wir in Camden ankamen, waren wir bester Laune. Es war nur eine Frage der Zeit, bis man Elvis Wilson fassen und wegen der Morde an Sasha, Tam und Rebecca den Prozess machen würde.

Dann sahen wir vor Henris Haus die Polizeiautos und den Krankenwagen. Die Haustür stand weit offen, und es wimmelte von Polizisten und Sanitätern.

Die Szene kannte ich vom Fernsehen. Aber ich war durch nichts darauf vorbereitet, wie es sich in der Wirklichkeit anfühlte, wenn man nach Hause kam und feststellte, dass während deiner Abwesenheit etwas Furchtbares passiert war: etwas so Furchtbares, dass mindestens sechs Streifenwagen die Straßen absperrten und den Verkehr umleiteten. Mir wurde so schlecht, dass ich mich fast übergeben musste; ich glaubte, mein Herz bliebe stehen.

Sarah schaute mich an. Sie schien etwas sagen zu wollen, schwieg dann aber. Wir sprangen aus dem Wagen, quetschten uns an den Polizisten vorbei und schlüpften unter den Absperrbändern hindurch. In meinem Kopf spukten Bilder von Elvis herum, wie er über Star herfiel. Ich fühlte mich hundeelend. Es war alles meine Schuld: Ich hatte sie dazu überredet, sich zu verkleiden, und als leichte Beute zurückgelassen, während ich mich selbst davongemacht hatte, um den Helden zu spielen. Ich hatte mich in meinem ganzen Leben noch nie so schlecht gefühlt. Henris wunderbare neue Freundin, meine wunderbare neue Freundin. Star. Sie durfte nicht tot sein. Ich durfte nicht schuld daran sein. *Bitte.*

Verschwommen nahm ich wahr, dass Sarah die Polizisten beiseite schob, dass sie ihnen in ihrer herrischen Art immer wieder sagte: *Sie wohnt hier.* Dann sah ich Tyler, oder besser Elvis. Er saß in einem Streifenwagen, der gerade wegfuhr. Hass loderte in mir auf: Hass auf den Mörder von drei unschuldigen Frauen, auf den Peiniger von Jess. Hatte er jetzt auch noch Star auf dem Gewissen? Ich wollte hinterherlaufen, wollte ihn anschreien, wollte das Wagenfenster zertrümmern und ihm ins Gesicht schlagen. Ich spürte, wie mir heiße Tränen des Hasses und der Wut über das Gesicht liefen. Ich wischte mir die Tränen weg. Wie lange weinte ich schon? Sarah musste mich stützen, als ich ins Haus ging.

23

Schlussklappe

Im Haus herrschte Chaos. Die zerfledderte Fußmatte lehnte an der Wand des Flurs, und vor der Treppe lagen die Scherben einer Vase und zwei zersplitterte Bilder. Während ich mir einen Weg durch die Trümmerlandschaft bahnte, steigerte sich mein Grauen noch. Wo war Star?

Wir fanden sie im Wohnzimmer. In eine Decke gewickelt, saß sie mit angezogenen Knien auf dem Sofa. In der Hand hielt sie eine Tasse mit dampfendem Tee. Ihr gegenüber saß Jon, der aussah, als hätte er einen Kampfeinsatz hinter sich. Sarah schaute sich seufzend um und ging dann in die Küche.

Ich zitterte vor Erleichterung, als ich mich neben Star aufs Sofa setzte und ihr schützend den Arm um die Schulter legte.

»Star.« Ich schluckte. »Ich hatte solche Angst. Ich kann noch gar nicht glauben, dass dir nichts fehlt. Was um Himmels willen ist passiert?«

»Dein Freund hat sich prächtig geschlagen«, sagte sie und lächelte Jon dabei an.

»Was wolltest du eigentlich hier?«, fragte ich ihn.

»Klasse Outfit, Baby«, sagte er und grinste mich mit herabhängendem Mundwinkel an.

»Das ist doch jetzt egal. Was war hier los? Und was ist mit deinem Hemd und deinem Arm passiert?« Sein Hemd war über und über mit Blut verschmiert, ein Arm war frisch bandagiert. Er sah aus, als hätte man ihn durch die Mangel gedreht.

»Ich hatte ein kleines Scharmützel mit deinem Psychokiller.« Er schaute mich mit seinen blauen Augen unschuldig an. »Hab bloß kurz reingeschaut, weil ich dich fragen wollte, ob du vielleicht noch mal Lust hättest auf ein …«

»Schon gut, wir haben verstanden«, sagte ich schnell.

»Was ist passiert?«, fragte Sarah, die gerade mit einer Kanne frischem Tee aus der Küche kam. Offenbar hatte sie das Gespräch von der Küche aus mitgehört. »Hast du geklingelt und den Mörder bei der Arbeit gestört, oder was?«

»Nein. Da sich Lily und ich ja schon etwas näher gekommen waren, hab ich mir gedacht, dass sie sicher nichts dagegen hat, wenn ich mir die Freiheit nehme, durch die Hintertür reinzukommen. Ich schau durchs Fenster und seh diese fremde Frau, an einen Küchenstuhl gefesselt. Ich hatte Star vorher ja noch nie gesehen. Erst hab ich gedacht, dass ich da bei was störe, das mich wirklich nichts angeht. Erst als ich diesen Typen mit dem riesigen Messer gesehen hab, ist mir das Ganze verdächtig vorgekommen.«

»Ich hab gedacht, jetzt ist alles aus«, sagte Star mit heiserer Stimme. »Ich hatte ein Interview mit ihm geführt, das hat ihn die ganze Zeit beschäftigt. Aber wir waren gerade fertig damit, und er hat gesagt, dass er mich jetzt umbringen würde. Ich hatte wirklich eine Heidenangst.«

»Mit meinem Handy hab ich die Bullen angerufen«, sagte Jon. »Aber irgendwie hatte ich das Gefühl, dass sie es nicht rechtzeitig schaffen würden …«

»Als Nächstes hat sich ganz langsam die Hintertür geöffnet«, fuhr Star fort. »Den Typen, der da reingekommen ist, hatte ich noch nie vorher gesehen. Als Erstes hab ich gedacht: *Was ist hier eigentlich los? Kommt da jetzt der zweite Mörder zur Tür rein?* Und dann hab ich gemerkt, dass er mir helfen wollte. Er hat einen Finger auf die Lippen gelegt und sich vorsichtig reingeschlichen. Elvis ist mit dem Rücken zu ihm gestanden, also hab ich versucht, ihn abzulenken, hab ihm gesagt, dass mir die Schnur ins Fleisch schneidet. Dann hat Jon ganz sachte eine Bratpfanne von dem Abtropfgestell genommen und sich langsam weiterbewegt. Elvis hat mir immer noch das Gesicht zugewandt. Er konnte Jon nicht sehen, aber er hat mir das Messer unter das Kinn gepresst, und ich war ganz sicher, das er mir jeden Augenblick die Kehle durchschneiden würde. Irgendwie muss das auch Jon gespürt haben, denn in der nächsten Sekunde brüllt er los und holt mit der Bratpfanne aus, und im selben Moment wirbelt auch Elvis rum.«

»Ich hab ihn voll im Gesicht erwischt«, sagte Jon und machte die Armbewegung nach. »Trotzdem ist er auf mich zugestürzt und hat mir mit dem Messer den halben Arm aufgeschlitzt. Dabei ist mir die Bratpfanne aus der Hand gefallen. Ich bin dann richtig ausgerastet, hab mir einen Stuhl geschnappt, bin auf ihn los und hab ihm das Messer aus der Hand geschlagen. Er ist zurückgetaumelt und hingefallen. Ich stürz mich auf ihn und schlag ihm mit der Faust ins Gesicht. Schätze, dabei hab ich ihm die Nase gebrochen, das ganze Gesicht war voller Blut. Aber er hat immer weiter mit dem Kopf nach mir gestoßen. Was dann passiert ist, weiß ich nicht mehr genau.« Er merkte, dass er die Fassung verlor, und zuckte mit den Achseln. »Ganz normaler Kampf, nichts Besonderes.«

»Du hast ihm ganz schön die Hölle heiß gemacht«, sagte Star anerkennend. »Er hat keine Chance gehabt.«

»Logisch, Baby«, sagte er mit einem schwachen Lächeln.

»Und dann ist die Polizei aufgetaucht?«, fragte ich.

»Ja«, sagte Jon. »Hat echt Schwein gehabt, der Kerl. Ich wollte ihm gerade den Rest geben.«

»Dann ist alles ganz schnell gegangen«, sagte Star. »Die sind hier reingewalzt, haben sich Elvis geschnappt und mich losgebunden. Dann haben sie mich und Jon hier aufs Sofa gesetzt und uns eine Tasse heißen, süßen Tee in die Hand gedrückt. Schätze, die warten noch ein bisschen, bis wir den

Schock überwunden haben, und dann holen sie uns ab, damit wir unsere Aussagen machen.«

»Aber wie …?« Mir schwirrten haufenweise Fragen im Kopf herum. »Aber wie ist er überhaupt reingekommen?«

»Er hat mich an der Haustür überrumpelt«, sagte sie. »Hat geglaubt, dass ich du wäre. Durch das Fenster hat er den Karton mit den Briefen gesehen, und da hat er es mit der Angst bekommen, dass du doch mehr weißt, als er gedacht hat. Er wollte dich töten.«

»Schlauer Bursche«, sagte ich. Obwohl sich alles in mir verkrampfte, versuchte ich die Abgebrühte zu geben. Noch nie hatte jemand versucht, mich umzubringen.

»Was hat er gemacht, als er gemerkt hat, dass du gar nicht Lily warst?«, fragte Sarah.

»Er war völlig außer sich«, sagte Star. »Ich glaube, von da an hat er den Überblick verloren. Er war von dieser Wahnidee besessen, dass er alles unter Kontrolle hat: Er hat sich als Tyler ausgegeben, hat sich als solcher von der Polizei befragen lassen, hat die Polizei davon überzeugt, dass Jess verschwunden ist, hat Lily permanent überwacht.« Sie schaute mich an. »Deine totale Überwachung, Lily, hat ihm meiner Meinung nach irgendeinen Kick gegeben. Er hat sich überhaupt nicht vorstellen können, dass du rauskriegen könntest, was hinter der ganzen Sache steckt.«

»War er wütend?«, fragte Sarah, die ein Diktafon aus der Tasche zog und auf den Couchtisch stellte.

»Am Anfang schon, aber dann hab ich mich auf seine kranken Allmachtsfantasien eingelassen und ihn glauben lassen, dass es eine große Ehre für mich ist, ihn zu interviewen, dass er ein ganz außergewöhnlicher und seltener Fall ist. Lass ihn reden, hab ich mir gedacht, und das hat er dann ja auch stundenlang getan. Aber ich war trotzdem heilfroh, als Jon aufgetaucht ist. Andererseits: Das war das beste Interview, das ich je geführt habe.«

»Das meinst du nicht ernst?«, sagte ich.

»Doch. Er ist wirklich ein seltsamer Fall. Auf einer bestimmten Ebene ist er geisteskrank, auf einer anderen ist er das ganz und gar nicht. Seine Kindheit war wirklich ungewöhnlich, da sind haufenweise bizarre Dinge passiert. Das Verstörendste für ihn war wahrscheinlich der Mord an seinem besten Freund. Ich kann mich noch an den Fall erinnern, ist durch alle Zeitungen gegangen. Elvis selbst hat die Leiche entdeckt. Das Interessante daran ist, dass er das offenbar total verdrängt hatte. Er hat immer wieder behauptet, dass das Schlimmste, was ihm je zugestoßen ist, die Sache mit Jess war. Ganz eindeutig war das nicht der Fall. Das Entscheidende ist, dass die Geschichte mit Jess die *letzte* schlimme Erfahrung war. So was wie der letzte Strohhalm.«

»Verstehe«, sagte ich. »Dann hat sie sich also das falsche Opfer ausgesucht, oder?«

»Genau. Zu der Zeit, als er nach Ivy Lane gekommen ist, da hatte er schon Zwangsvorstellungen und war völlig gestört. Das Schlimmste war wahrscheinlich, dass Jess das erste Mädchen überhaupt war, das ihn beachtete. Und dann das Opfer von einem fiesen Streich zu werden, das hat ihn buchstäblich zerstört. Es hatte ihn zwar nie jemand richtig geliebt, aber immerhin war er nie vorsätzlich hintergangen worden. Und Jess hatte den Bogen überspannt.«

»Hört sich ja ganz so an, als wäre diese Jess ein richtiges Miststück«, sagte Jon.

»Was genau hat sie ihm eigentlich angetan?«, fragte Star. »Das war das Einzige, worüber er sich nie richtig ausgelassen hat.«

»Hat ihm die große Liebe vorgespielt, hat ihn dazu gebracht, sich von ihr nackt fotografieren zu lassen, und hat dann die Fotos überall in der Schule aufgehängt«, sagte ich. »Er hat sie mit Tyler und Mark im Bett erwischt, und die hatten eine Riesenangst, dass er es ausplaudert.«

»So ein Dreckstück«, sagte Jon. »Ist sie nicht die Journalistin gewesen, die diesen Artikel geschrieben hat?«

Sarah lachte. »Journalistin ist gut.«

»Sie hat die Geschichten alle erfunden«, sagte ich. »Die über die Frauen aus dem *Smile!*-Artikel. Hinter den Frauen ist nie ein Stalker her gewesen. Sie hat das alles getürkt, alles für die Karriere.«

»Hat Elvis das gewusst?«, fragte Jon.

»Nein«, sagte ich. »Wenn er es gewusst hätte, dann hätte er die Sache anders angepackt.«

Ich zündete mir eine Zigarette an und bot Star ebenfalls eine an. Mir fiel auf, dass ihre Hände immer noch zitterten.

»Na ja, wenigstens konnte ich ein paar Sachen meiner eigenen Theorie ausprobieren«, sagte sie. »Das Wichtigste ist, keine Angst zu zeigen. Das große Zittern ist erst hinterher gekommen; bei dem Interview, da hättet ihr mich sehen sollen. Ich war kalt wie ein Fisch. Außer ganz am Ende.«

»Wie in *Peeping Tom*«, sagte ich.

»Genau.«

»Elvis selbst hat mich in diese Sackgasse gelockt«, sagte ich nachdenklich. »Ich frage mich nur, warum. Schätze, er wollte mich mit der falschen Spur bloß auf Trab halten und gleichzeitig noch Mark ein bisschen unter Druck setzen.«

»Cleveres Bürschchen«, sagte Star. »Er hat ganz genau gewusst, was er tat. Er hatte alles so genau geplant, dass man ihn nicht erwischen konnte, und es hätte auch geklappt, wenn ...«

»Ja«, sagte ich. »Darüber habe ich auch schon nachgedacht. Es hätte geklappt, wenn er seinen ganzen Plan nicht auf diesem Artikel aufgebaut hätte, von dem keiner wusste, dass er getürkt war. Und deshalb hat Jess wieder gewonnen. Glücklicherweise hat sich Tam nicht an die Regeln gehalten und hat sich dieses Titelbild an die Wand gehängt.«

»Hmm.« Star schloss die Augen und rieb sich langsam die Schläfen.

»Alles in Ordnung?«, fragte ich.

»Ja, geht schon«, sagte sie, öffnete die Augen und lächelte in die Runde.

»Glaubst du, dass er dich umgebracht hätte, wenn Jon nicht aufgetaucht wäre?«, fragte Sarah.

»Nein«, sagte Star. »Ich glaube nicht.« Als sie in unsere ungläubigen Gesichter blickte, versuche sie es uns zu erklären. »Vielleicht hätte er mich irgendwie verletzt oder mir Schmerzen zugefügt. Aber eigentlich gab es keinen Grund dafür. Und außerdem hatte ich gegen Ende des Gesprächs den Eindruck, dass er mich fast als Freund betrachtete. Es ist einfacher, einen Fremden umzubringen. Trotzdem bin ich froh, dass ich den Beweis für meine Theorie nicht antreten musste. Ich kann es nicht ausstehen, wenn man mich widerlegt.«

Jon sah aus, als wüsste er nicht recht, wie er mit seiner Heldenrolle umgehen sollte. Er schien verlegen, und sein Blick wanderte unruhig hin und her. Aber schließlich hatte er Star gerettet, und dafür liebte ich ihn in diesem Augenblick.

»Los, du musst aus dem Hemd raus«, sagte ich, zog ihn vom Sofa hoch und führte ihn an der Hand in die Küche.

»Okay, okay«, sagte er grinsend, als ich ihn zu einem Küchenstuhl bugsierte. Dann beugte ich mich zu ihm hinunter und küsste ihn.

»Wofür war das denn?«

»Dafür, dass du Star gerettet hast«, sagte ich mit einem breiten Lächeln.

Das war die letzte ruhige Minute des Tages.

Während Sarah und ich zum nächstgelegenen Polizeirevier chauffiert wurden, damit wir unsere Aussagen zu Protokoll geben konnten, wurden Jon und Star zur Untersuchung ins Krankenhaus gebracht. Jons Arm musste mit ein paar Stichen genäht werden, aber bei Star mussten nur die von den Fesseln aufgescheuerten Handgelenke verarztet werden. Danach machten sie ebenfalls ihre Aussagen. Sarahs Gesicht strahlte vor Begeisterung, als sie das Haus verließ; sie hatte den Schock, dass sie eine derart atemberaubende Geschichte an Land gezogen hatte, noch gar nicht richtig verarbeitet. Sie hatte alles, was sie brauchte: Fotos und alle Einzelheiten von der Rettungsaktion; Interviews mit mir, Star und Jon; und auch – was ich vor lauter Selbstvorwürfen gar nicht mitbekommen hatte – ein Foto von Elvis im Streifenwagen.

Schließlich schaffte ich es noch, für die Versicherung eine Schadensliste zu erstellen, wobei ich im Kopf schon mal dafür zu proben begann, mit was für einer beschönigenden Erklärung ich Henri besänftigen sollte. *Tut mir Leid, dass dein Haus nur noch ein Müllhaufen ist, aber jetzt kommt die gute Nachricht: Star lebt noch, obwohl sie den ganzen Nachmittag an einen Stuhl gefesselt in der Gewalt eines durchgeknallten Killers gewesen ist.*

Die nächsten paar Tage nahm ich wie durch einen Schleier wahr. Es fand eine Pressekonferenz statt, auf der sich Jon zunächst sehr schüchtern und sehr sexy und dann sehr betrunken präsentierte. Ich hatte ihm zwar noch nicht ganz verziehen, wie er ausposaunt hatte, dass wir uns schon mal etwas »näher« gekommen waren – was übrigens auch Sarah in ihrer fünfseitigen Exklusiv-Story erwähnte –, trotzdem ging ich an jenem Abend mit in seine Wohnung. Schließlich hörte ich mir auch noch die Bänder an, die Star von ihrem Gespräch mit Elvis gemacht hatte: eine verstörende und gleichermaßen faszinierende Erfahrung.

Epilog

Auf Jons Anregung hin machten wir zwei Wochen Urlaub in Paris. Die meiste Zeit verbrachten wir mit fantastischem Sex im Hotel; kein Reden, kein Analysieren, nur Taten. Der Trip bedeutete so etwas wie einen Abschied für mich. Die meiste Zeit meines Lebens war ich geradezu von der Vorstellung besessen gewesen, eine dauerhafte Beziehung einzugehen. Doch Jon war nicht der Typ für eine Beziehung, das war uns beiden von vornherein klar. Jon hatte weder eine Vorstellung davon, was der Begriff sozialverträgliches Miteinander bedeutete (meinem Vater hatte er zum Beispiel erzählt, wir würden zwei Wochen lang »bumsen, bis der Arzt kommt«), noch hatte er die Absicht, sich häuslich niederzulassen. Weil auch ich mir darüber keine Gedanken machte und er im Bett einfach fantastisch war, war es eine herrliche Zeit. Wir wachten morgens zwischen zerwühlten und kühlen Bettlaken auf, und Sekunden später waren unsere Körper schon wieder verschmolzen. Abends tanzten wir halb nackt im Mondschein auf dem Balkon; unsere langsamen, erotischen Tänze endeten regelmäßig auf dem Fußboden des Apartments.

Als wir uns in London voneinander verabschiedeten, wusste ich, dass ich ihn nie vergessen würde. Er hatte nicht nur Star, er hatte auch mich gerettet. Ich wusste, dass ich mich von Fenn abgenabelt hatte; ich hatte den festen Vorsatz, mir in meinem künftigen Leben mehr Spaß zu gönnen. Vergnügen war nichts, wofür man sich schämen musste. Diese Erkenntnis verdankte ich Jon.

Als im Zug auf dem Nachhauseweg das Handy klingelte und ich Fenns Nummer auf dem Display sah, nahm ich den Anruf mit gemischten Gefühlen entgegen. Bis jetzt hatte ich die Fahrt genossen: Der Zug raste dahin, der Waggon war fast leer, und ich konnte ungestört über die Zukunft nachdenken. Das Leben konnte für mich nur besser werden. Ich hatte diese Woche noch einige Besichtigungstermine. Ich wollte ein Cottage mieten; möglichst am Meer, vielleicht aber auch an einem Fluss. Mein neues Auto war da, ich brauchte es nur noch abzuholen, und die noch unzensierten Schulaufgaben zu Hause im Schrank konnten meiner Hochstimmung nicht das Geringste anhaben.

Ich drückte auf den Knopf.

»Lily Pascale«, sagte ich und tat so, als wüsste ich nicht, wer dran sei.

»Lily«, sagte Fenns Stimme. »Wir müssen unbedingt reden.«

»Ach ja?«, sagte ich aufgekratzt. »Worüber denn?«

»Jetzt stell dich nicht blöd.«

»Was meinst du?«

»Ich hab's in der Zeitung gelesen.«

»Wie jeder andere im Land auch«, sagte ich. »Wie waren eigentlich die Flitterwochen?«

»Beschissen.« Es klang verbittert. Seine Stimme hörte sich grauenhaft an.

»Wie bitte?« Noch vor gar nicht so langer Zeit hätte ich genau das von ihm hören wollen. Jetzt ärgerte ich mich nur noch darüber. Das zwar frustrierende, aber dennoch unwiderstehliche Chaos in den Wochen vor der Hochzeit hatte sich in etwas weitaus weniger Faszinierendes verwandelt: in die weinerliche Abschiedsvorstellung eines Mannes, der wusste, dass er einen Fehler gemacht hatte. Und das sagte ich ihm auch.

»Es war einfach furchtbar. Die ganze Zeit habe ich mir gewünscht, bei dir zu sein.«

Ein lapidares »Oh« war das Einzige, was mir dazu einfiel. Worüber zum Teufel redete er eigentlich? Ich schaute aus dem Fenster, um mich abzulenken. Wir hatten gerade Teignmouth hinter uns gelassen. Die Flut kam. Unmengen von Enten hatten sich unter der Brücke versammelt. Ich beobachtete einen auf den Wellen treibenden Wasserskiläufer, der darauf wartete, dass ihn ein im Kreis herumfahrendes Motorboot aus dem Wasser fischte. In einer knappen halben Stunde würde der Zug in Totnes ankommen. Meine Mutter würde mich abholen und zu dem Autohändler fahren, wo der neue Wagen auf mich wartete. Dann würde ich mich um das Cottage kümmern. Ich ermahnte mich nachdrücklich, dass mein neues Leben ein Leben ohne Fenn sein würde.

»Ich wollte dir nur was sagen«, erklärte er nach einer langen Pause.

Ich schwieg eine Zeit lang, bevor ich ihn fragte: »Und was?«

»Ich liebe dich«, sagte er.

Ich liebe dich. Ich *liebe* dich?

»Tja«, sagte ich. Obwohl mir das Herz bis zum Hals schlug, versuchte ich ganz cool zu bleiben. Das ist reine Überrumpelungstaktik, sagte ich mir, nichts weiter. Dann wurde ich ärgerlich. Ich wusste nicht, was ich sagen sollte. »Tja, das ist ...«

»Ich weiß, ich hätte das nicht sagen sollen«, sagte er. »Aber es musste einfach raus. Übrigens, die Nachricht von letzter Woche hatte ich wieder gelöscht. Ich musste ... Irgendwann musste ich ja mal ehrlich zu dir sein.«

»Aber warum erst jetzt? Hast du schon mal was von Timing gehört? Das hier ist das Ende der Geschichte, Fenn, nicht der Anfang. Du bist verheiratet. Es ist aus. Alles, was mal zwischen uns gewesen ist, ist Vergangenheit.«

»Du bist sauer. Ich hab gedacht, du freust dich.«

»Früher, vielleicht hätte ich mich da gefreut«, sagte ich bestimmt. »Aber jetzt nicht mehr. Du hast jetzt dein gemütliches Leben, lass mich da bitte aus dem Spiel. Und vergiss eins nicht: Du hast es selbst so gewollt.«

»Ich hatte keine Wahl«, sagte er bitter.

»Jeder hat die Wahl. Und du hast deine getroffen. Also dann, wir sehen uns zum neuen Semester.«

»Aber …«

»Mach's gut, Fenn«, sagte ich.

Ich drückte auf den Knopf und wandte mich wieder den Enten unter der Brücke zu.

Danksagung

Dank an John Rhodes (der Bursche mit dem Zahlengedächtnis) und Bob Chase für die kleinen Bröckchen hier und da. Dank an Kate: Erkennst du dich irgendwo? Ein dickes Dankeschön an Kirsty. Dank an Tom, der mich morgens immer aus dem Bett gescheucht hat, den Katzen frisches Wasser gegeben hat und einfach toll war.